Das Buch

Frankfurt am Main im Jahre 1509: In der Nacht von Allerseelen beobachtet der Totengräber Heinrich Sahl eine Gruppe vermummter Gestalten, die auf dem Friedhof seltsame Rituale vollziehen. Am nächsten Morgen entdeckt er im Beinhaus die Leiche einer jungen Frau. Die Obrigkeit geht davon aus, dass es sich um das Werk von Teufelsanbetern handelt, und beauftragt einen Inquisitor mit der Aufklärung des Falles. Bald wird der Totengräber der schrecklichen Tat verdächtigt und der Folter unterzogen. Lediglich die Totenwäscherin Katharina Bacher ist von der Unschuld ihres Vaters überzeugt. In Anna, der Schwester der Ermordeten, findet sie eine Verbündete. Über alle Standesgrenzen hinweg freunden sich die Patrizierin und die Geächtete an. Im Zuge ihrer Ermittlungen geraten die beiden immer tiefer in den Sog einer ominösen Todesbruderschaft und müssen um ihr Leben bangen …

Die Autorin

Schon während ihres Studiums der Geschichte, Kulturwissenschaften und Soziologie begeisterte sich Ursula Neeb für das späte Mittelalter, insbesondere für die geächteten Bevölkerungsgruppen. Aus der eigentlich geplanten Doktorarbeit entstand später ihr erster Roman »Die Siechenmagd«. Sie arbeitete als Archivarin und Bilddokumentarin beim Deutschen Filmmuseum und bei der FAZ. Heute lebt sie als Autorin mit ihren beiden Hunden in Seelenberg im Taunus.

Von Ursula Neeb sind außerdem
in unserem Hause erschienen:

Die Hurenkönigin · Die Hurenkönigin und der Venusorden
Die Rache der Hurenkönigin · Der Teufel vom Hunsrück

Für meinen Großvater Karl Neeb, der mir als Kind so spannende Fuchsgeschichten erzählt hat, und meine Großmutter Gertrud Neeb, die mir beigebracht hat, eine eiserne Lady zu sein, wenn's drauf ankommt.

I. Teil
König Tod

»So ist doch der Tod zu allen Zeiten bereit für Junge wie für Alte, und niemand ist begabt für ihn.«

(Heinrich Steinhöwel, um 1461)

Prolog

Die Fackeln waren fast schon heruntergebrannt, als er endlich von ihr abließ. Auch er schien allmählich am Ende seiner Kräfte zu sein.

»Wer bist du?«, fragte er sie ein letztes Mal, während er sich ächzend erhob und mit blutigen Fingern seinen Hosenlatz zuknöpfte.

»Ein Nichts und ein Niemand ... ich bin ein Nichts und ein Niemand«, stammelte die Frau mit schwerer Zunge und wimmerte leise. Ihr Mund war von den vielen Schlägen wund und geschwollen, alles tat ihr weh. Das Gesicht, der Kopf, jeder Knochen im Leibe. Am höllischsten aber waren die Schmerzen an ihrem Geschlecht. Unzählige Male war er mit roher Gewalt in sie eingedrungen, hatte auf sie eingeprügelt und sie gewürgt und ihr immer wieder die gleiche Frage gestellt. Sie hatte ihm schließlich die Antwort gegeben, die er hören wollte. Damit er endlich aufhörte.

Ich bin ein Nichts und ein Niemand ...

»So ist es. Jetzt scheinst du es kapiert zu haben. Hat ja auch lange genug gedauert«, blaffte er sie an und zog ein Glasfläschchen aus seiner Hosentasche. »So, das säufst du jetzt, damit du einen leeren Kopf bekommst«, befahl er und träufelte ihr etwas davon in den Mund. »Nicht, dass in dem allzu viel drin wär. Aber das wenige, was drin ist, ist lauter dummes Zeug.«

Er grinste höhnisch auf sie herunter, ergriff eine der

Fackeln, löschte die übrigen und stapfte breitbeinig aus dem Verlies.

Sobald sie seine Schritte nicht mehr hörte, steckte sie sich einen Finger in den Rachen und erbrach sich mit heftigem Würgen neben den Strohsack. Es kostete sie zwar einige Überwindung, denn sie hätte die betäubende, einschläfernde Wirkung der Droge weiß Gott gut gebrauchen können. Doch sie wusste genau, dass es kein Entrinnen mehr gab, wenn sie sich dem Rausch überlassen und wieder in die alte Lethargie fallen würde. Dann wäre sie rettungslos verloren. Entrückt wie all die anderen in eine dunkle Schattenwelt, die unaufhaltsam in den Tod mündete. Und sie wollte nicht sterben.

Nein, alles in ihr schrie nach Leben!

I

Frankfurt am Main, den 28. Oktober 1509

Hildegard Dey zog die Tür des Frauenhauses »Zum Rosengarten« hinter sich zu und rümpfte die Nase. An diesem Oktoberabend roch es hier an der Frauenpforte keineswegs nach Rosen. Das brackige Wasser des nahen Stadtgrabens, die Fäkalien, die in den Main geleitet wurden, und die Fleischabfälle der nahen Gerbereien verströmten einen penetranten Kloakengeruch. Mit beiden Händen hielt die junge Hübscherin ihren langen dunklen Umhang zusammen, den der Wind immer wieder aufbauschte. Niemand sollte das schwefelgelbe Untergewand sehen, das sie als wohlfeile Frau kenntlich machte. Hildegard seufzte. Ein einziges Wort ihres Geliebten, und nur zu gern würde sie ihren schändlichen Erwerb aufgeben. Ihm jedoch schien vor allem daran gelegen, dass das Verhältnis, das sie seit nahezu drei Monaten miteinander hatten, nicht ruchbar wurde. Was sie, auch wenn es schmerzte, verstehen konnte, denn wer eine feste Liaison zu einer Hübscherin aus dem Frauenhaus unterhielt, wurde aus jeder Zunft ausgeschlossen und von der Allgemeinheit verachtet. Jemand wie er musste als angesehene Standesperson auf seinen guten Ruf bedacht sein.

Die neunzehnjährige Hildegard gehörte zu den begehrtesten Huren der Stadt. Sie war es gewöhnt, dass die Männer ihr zu Füßen lagen und sie entsprechend hofierten und bezahlten. Lange genug im Gewerbe, war ihr Herz dabei immer unberührt geblieben. Auch wenn sie es trefflich verstand, ihren

Verehrern glühende Leidenschaft vorzuspiegeln, war das Verhältnis zu ihren Galanen doch stets ein rein geschäftliches gewesen. Nie hätte sie sich träumen lassen, dass es einmal anders sein könnte. Ganz anders. Und nun hatte sie unverhofft die Liebe erfahren – mit allem, was dazugehörte.

Als sie endlich in die Sandgasse einbog, wo ihr Geliebter in einem der imposanten Steinhäuser wohnte, zitterten ihr vor Aufregung und sehnsüchtiger Erwartung die Knie. In seinen Armen war sie unsagbar glücklich, sie hatte nur den Wunsch, dass dieser Zustand niemals enden möge. Geld nahm sie schon lange keines mehr von ihm, und wenn ihm daran gelegen gewesen wäre, hätte sie sich keinem anderen Mann mehr hingegeben. Doch das schien ihm egal zu sein. Ihm lag an Distanz, außer wenn er mit ihr schlief. Dann war er voller Leidenschaft und unersättlich. Er war der erste Mann, bei dem sie Lust empfand, und inzwischen konnte sie einfach nicht genug von ihm bekommen. Auch wenn er zuweilen recht grob werden konnte. Er nahm sie oft so heftig, dass es weh tat, hatte sie vor Erregung schon geschlagen, und das letzte Mal hatte er sie sogar gewürgt, als er sich in sie verströmte.

Dezent klopfte sie an das Portal seines Wohnhauses. Heute öffnete er ihr anstelle seines alten Leibdieners persönlich die Tür und bereitete ihr, kaum dass sie eingetreten war, einen schier atemberaubenden Empfang. Er trug nichts weiter als einen knöchellangen Umhang aus blutroter Seide, unter dem sie seinen nackten sehnigen Körper sehen konnte. Er war schon sehr erregt, riss ihr förmlich die Kleider vom Leib und nahm sie noch in der Halle. Trunken vor Glückseligkeit ergab sie sich ihm und hätte vor Wollust vergehen mögen.

In den frühen Morgenstunden des nächsten Tages entdeckten die Torwächter der Galgenpforte eine Frauenleiche im

Stadtgraben. Die Tote, die anhand ihrer gelben Kleidung unschwer als Hübscherin zu erkennen war, trieb mit dem Gesicht nach unten im trüben Morast der Uferböschung.

Die Wächter riefen den Stadtphysikus und die Bürgerpolizei. Der Medicus machte sich nicht die Mühe, den schlammverkrusteten Leichnam mit dem langen honigfarbenen Haar genauer in Augenschein zu nehmen. Er befühlte nur kurz die Halsschlagader und bemerkte lapidar: »Die ist mausetot. Ist wahrscheinlich ertrunken.«

Der Polizeibüttel streifte die Tote mit abschätzigem Blick und brummelte: »Wahrscheinlich hat sich das Weibsbild die Nacht über im Galgenviertel herumgetrieben und ist dann besoffen in den Graben gefallen. Oder es wurde von zwielichtigem Gesindel, von dem es ja im Galgenviertel nur so wimmelt, ins Wasser gestoßen. Am besten wird es sein, den Züchtiger herzubestellen. Der soll sie sich mal angucken, ist doch eine von seinen Menschern.«

Nachdem der Henker, dem die städtischen Frauenhäuser unterstanden, die schlanke Tote als die Hure Hildegard Dey identifiziert hatte, wurde der Leichnam auf einen Leiterwagen geworfen und zur Totenkapelle auf dem Peterskirchhof gekarrt.

*

Als Katharina Bacher die polternden Schritte ihres Mannes draußen auf der Treppe vernahm, sprang sie von ihrem Strohsack auf, breitete sich ein Wolltuch über die Schultern und eilte zum Kachelofen, um Feuer zu machen. Schlaftrunken schichtete sie die Holzscheite aufeinander und gähnte dabei herzhaft. Gerne wäre sie an diesem trüben, regnerischen Oktobermorgen noch in ihrem warmen Bett geblieben und hätte weiter vor sich hin gedöst. Doch es grauste sie vor

Ruprechts Branntweingeruch und seiner Zudringlichkeit, und so hatte sie lieber darauf verzichtet.

Der Nachtwächter Ruprecht Bacher, der gerade seinen Dienst beendet hatte, trat in die Stube, ging auf seine Frau zu und drückte ihr einen Kuss auf den Mund. Katharina wandte unwillkürlich den Kopf zur Seite.

»Guten Morgen, mein Mädchen«, sagte er gut gelaunt. »Was ist das für ein Wetter draußen! Jetzt freu ich mich aber auf mein warmes Bettchen.« Er entledigte sich seines regennassen Umhangs und dann seiner übrigen Kleidung. Als er nur noch die wollene Unterkleidung trug, die über seinem kugelförmigen, vorgewölbten Bauch spannte, rieb er sich behaglich die Hände und gurrte zärtlich wie ein verliebter Täuberich: »Willst du dich nicht noch ein bisschen zu mir legen?«

Katharina verzog missmutig das Gesicht. Es war doch immer wieder dasselbe mit ihm.

»Nein, das will ich nicht«, erwiderte sie gereizt. »Ich hab genug Arbeit. Schlaf du nur.« Ein wenig milder setzte sie hinzu: »Wenn du Hunger hast, kann ich dir gleich noch die Brühe warm machen.«

»Verschon mich bloß mit deiner Suppe!«, knurrte der Nachtwächter ärgerlich. »Mir ist nach was anderem. Man ist ja schließlich ein gesund empfindendes Mannsbild und kein Klosterbruder ...«

»Dann musst du halt ins Hurenhaus gehen!«, unterbrach ihn Katharina barsch und blies aufgebracht in die Glut.

»Und so was muss man sich von der eigenen Frau anhören«, murmelte Ruprecht bitter. Er nahm den Weinkrug vom Wandbord, goss sich einen Becher voll und stürzte ihn in einem Zug herunter. »Kein Wunder, dass man säuft«, bemerkte er mit finsterem Gesichtsausdruck.

»Onkel Rupp, jetzt hör aber auf!« Katharina hatte sich

vor ihrem Mann aufgebaut und funkelte ihn wütend an. »Das war schon bei unserer Heirat klar, ich habe dir diesbezüglich nie etwas vorgemacht. Fang also nicht wieder damit an. Für mich warst du immer wie ein Onkel, den ich sehr gern hatte, aber mehr auch nicht. Daran hat sich bis heute nichts geändert. Ich sorg für dich, mach dir den Haushalt und stehe treu zu dir. Aber was anderes darfst du nicht von mir erwarten, das weißt du genau. Also hör endlich auf, dich und mich damit zu quälen.« Sie beugte sich zu ihrem Mann hinunter, der mit trübsinniger Miene am Tisch saß, und strich ihm begütigend über das kahle Haupt.

»Du bist mir lieb und wert, und ich halte zu dir, in guten wie in schlechten Zeiten. Darauf kannst du dich verlassen, Onkel Rupp. Nur das eine verlange bitte nicht von mir.«

»Ich weiß doch, mein Mädchen. Ist schon recht«, presste Ruprecht hervor und goss sich noch Wein nach. »Den trink ich jetzt noch, und dann geh ich schlafen«, erläuterte er gähnend. In wenigen Schlucken hatte er den Trinkbecher geleert und wankte zum Strohsack, während ihm Katharina einen guten Schlaf wünschte. *Und hoffentlich einen tiefen,* dachte sie bei sich, räumte den Tisch ab und bereitete sich einen Haferbrei zu. Als sie gleich darauf Bachers Schnarchen hörte, atmete sie erleichtert auf, setzte sich auf die inzwischen warme Ofenbank und löffelte verschlafen ihren Frühstücksbrei.

Als Tochter des städtischen Totengräbers war Katharina Bacher von klein auf von Tod und Vergänglichkeit umgeben, was aber ihr Wesen keineswegs zu trüben schien. Im Gegenteil: Ihre bernsteinfarbenen Augen strahlten vor Energie und Lebenslust, und wenn sie lächle, so sagten die Menschen, die ihr zugetan waren, gehe regelrecht die Sonne auf. Früh hatte

Katharina erfahren müssen, dass der Tod zum Leben dazugehörte, untrennbar mit ihm verbunden war. In seinem Schatten hatte sie gelernt, ihm die Lebensfreude gleichsam abzutrotzen. Bereits als Mädchen hatte sie der Mutter bei der Totenwäsche geholfen und war dadurch in ihre Tätigkeit hineingewachsen. Auch wenn ihr der Respekt für die Toten längst in Fleisch und Blut übergegangen war, so hatte sie doch durch ihren Beruf eine eher nüchterne Beziehung zum Tod entwickelt. Sie fand, dass der Tod weniger Rätsel barg, als die Menschen immer zu glauben schienen.

Für die jetzt 22-Jährige war das Leben ungleich faszinierender als der Tod, und sie sehnte sich unsagbar nach dem Glück einer erfüllten Liebe, das sie an der Seite ihres zwanzig Jahre älteren, ungeliebten Ehemannes bislang so schmerzhaft vermisste. Wie so häufig fragte sie sich, ob ihr das jemals beschieden sein würde, und schaute wehmütig in den trüben, wolkenverhangenen Himmel, der sich hinter den regennassen Butzenscheiben des kleinen Turmfensters abzeichnete. Während sie noch ihren Gedanken nachhing, ertönte von unten das laute, durchdringende Geräusch des Türklopfers, und sie schreckte zusammen. Rasch erhob sie sich von der Ofenbank, eilte die Wendeltreppe herunter und entriegelte die schwere Eichentür. Gleich darauf blickte sie in das grellgeschminkte Gesicht einer jungen Hübscherin.

»Gott zum Gruße«, murmelte sie erstaunt und fragte die Hure nach ihrem Begehr.

»Gott zum Gruße«, erwiderte die gelbgewandete Frau und musterte Katharina scheinbar gleichermaßen verwundert. »Ihr seid doch die Bacherin, die, wo die Toten waschen tut?«

»Ja, die bin ich«, erwiderte Katharina und musste unversehens grinsen. Schon häufig hatte sie es erlebt, dass die

Leute über ihre äußere Erscheinung verblüfft waren, weil sie sich unter einer Totenmagd ein hutzliges altes Weib vorstellten.

»Ursel Zimmer, die Vorsteherin der städtischen Hurengilde, schickt mich. Ich soll Euch mit der Totenwäsche unserer Gildeschwester Hildegard beauftragen, die heut' in der Früh tot im Stadtgraben aufgefunden worden ist.« Der jungen Hure traten die Tränen in die Augen, und sie hatte Mühe weiterzusprechen.

»Mein Beileid«, erwiderte Katharina schlicht. »So tretet doch bitte ein, Ihr werdet ja ganz nass.«

Zögernd trat die junge Frau über die Schwelle. »Ich danke Euch«, murmelte sie. »Das hätte längst nicht jede gemacht. Ich meine, dass Ihr eine von uns hereinkommen lasst. – Jedenfalls möchte ich Euch bitten, hernach auf den Peterskirchhof zu gehen und unsere Schwester herzurichten. Für morgen ist die Beerdigung angesetzt, und wir möchten uns vorher noch ... von Hildegard verabschieden.« Sie schniefte und wischte sich die Tränen von den Wangen.

»Keine Sorge, ich mach mich nachher gleich auf zum Friedhof«, versprach die Totenfrau und verabschiedete sich freundlich von der Hübscherin.

Ehe die Frau im gelben Gewand aus der Tür trat, drehte sie sich noch einmal zu Katharina um. »Wenn die Arbeit getan ist, bittet Euch die Zimmerin, ins Frauenhaus zu kommen und Euch den Lohn abzuholen.«

*

Um die zwölfte Stunde verließ Katharina ihre Behausung im Stadtturm links der Galgenpforte und machte sich um einiges zu früh auf den Weg zum Peterskirchhof, um die Leiche der Hübscherin zu waschen. Sie hatte es eilig, ihrem Zuhause zu entkommen, wo der verliebte alte Tor bald aufwachen würde. Gemächlich schlenderte sie an den Verkaufsständen am Rande des Rossmarkts entlang, nahm die verlockenden Spezereien in Augenschein, die für sie immer unerschwinglich bleiben würden, und ignorierte die herablassenden und feindseligen Blicke der behäbigen Bürgersfrauen. Hier und da hielt sie einen Schwatz mit fremden Marktfrauen, die sie nicht kannten und von ihrem verfemten Berufsstand nichts ahnten.

Als sie an einem Stand vorbeikam, an dem geröstete Maronen feilgeboten wurden, obsiegte ihr Heißhunger gegenüber der auferlegten Sparsamkeit. Sie erstand eine Handvoll der köstlichen Esskastanien, die sie im Weitergehen genüsslich verzehrte. Immerhin würde sie ja heute noch ein paar Groschen verdienen, wenn sie nachher die tote Hure herrichtete. Wenn sie am Nachmittag damit fertig war, würde sie heimgehen und ihrem Mann die Abendmahlzeit zubereiten. Dann musste er auch bald seinen Dienst als Nachtwächter antreten, und sie hatte ihre Ruhe vor ihm.

Als sie wenig später den Friedhof betrat und auf das Bahrhaus zustrebte, in dem ihr Vater eine Kammer bewohnte, war sie noch so in Gedanken versunken, dass sie den Pfarrer gar nicht bemerkte, der ihr entgegengeeilt kam. Beinahe wäre sie mit ihm zusammengestoßen.

»Gelobt sei Jesus Christus«, murmelte sie erschrocken und verbeugte sich artig in seine Richtung.

»Dank sei Gott dem Herrn«, entgegnete Pfarrer Juch unwirsch und schüttelte ungehalten sein kahles Haupt. »Wo steckt denn nur wieder dein Vater? In ein paar Tagen begehen wir das Fest der Toten, und drüben im Beinhaus sieht es wieder mal aus wie Kraut und Rüben! Man muss sich ja schämen ...«

Wenn er nicht zu Hause oder auf dem Kirchhof ist, sitzt er womöglich in irgendeiner Schenke und lässt sich volllaufen, dachte Katharina besorgt, doch sie erklärte nur betreten, dass sie nicht wisse, wo sich ihr Vater aufhalte. Als der Geistliche ihre Befangenheit bemerkte, mäßigte er seinen Tonfall und äußerte milder:

»Na, du kannst ja nichts dafür, Kind«, und wandte sich mit einem knappen »Gott zum Gruße« zum Pfarrhaus.

Wenn der den Vater auf seine alten Tage nur nicht noch wegen seiner Sauferei vor die Tür setzt. Bekümmert setzte Katharina ihren Weg fort.

Nachdem sie in der Kammer ihres Vaters einen großen Bottich mit heißem Wasser bereitet und ihre Arbeitsutensilien zusammengetragen hatte, ging sie in die an der westlichen Friedhofsmauer gelegene Totenkapelle, wo die Toten gewaschen und aufgebahrt wurden. Dort lag auch der schlammverkrustete Leichnam der jungen Hübscherin.

Ehe Katharina mit der Säuberung begann, bekreuzigte sie sich vor der Toten und hielt ihr eine brennende Kerze an Mund und Nase, um sicherzugehen, dass die Frau tatsächlich nicht mehr lebte. Auch wenn sie es selbst noch nicht miterlebt hatte, ereignete es sich doch zuweilen, dass angeblich Verstorbene als Scheintote zu Grabe getragen wurden, weil eine genauere Prüfung versäumt worden war.

Im Falle der jungen Hübscherin aber brachte kein Hauch die Flamme zum Flackern. *Noch nicht einmal die Augen haben sie ihr geschlossen*, stellte Katharina unmutig fest und senkte behutsam die Lider der Toten über die deutlich hervorgetretenen Augäpfel. Dann befreite sie den Körper von dem schmutzstarrenden gelben Gewand und wusch zunächst die Haare und das Gesicht der jungen Frau. Auf einmal hielt sie erschrocken inne. Am Hals der Toten waren dunkle Flecken zu sehen. Würgemale! *Die ist erwürgt worden. Genau wie die Bademagd, die ich im Frühjahr gewaschen habe.* Angespannt überlegte die Totenwäscherin, was sie tun sollte.

Damals hatte sie, gleich nachdem sie bei der Totenwäsche die bläulichen Blessuren am Hals der Toten festgestellt hatte, die Bürgerpolizei verständigt. Doch der diensthabende Polizeibüttel hatte ihr erklärt, für derlei habe man jetzt, wo in wenigen Tagen die Frühjahrsmesse eröffnet werde, fürwahr keine Zeit. Streitereien unter dem Badestubengesindel gebe es immer wieder, das brauche keinen zu verwundern. Sie solle gefälligst ihre Arbeit machen und sich nicht in Dinge einmischen, die sie nichts angingen, beschied er sie und schob sie aus der Wachstube.

Katharina hatte sich sehr darüber geärgert. Natürlich wusste sie, dass eine Reiberin aus der Badestube gewöhnlich nicht viel taugte und ein liederliches Frauenzimmer war, aber hatte sie nicht wie alle Leute, die meuchlings ermordet worden waren, ein Recht darauf, dass der Täter gefasst und bestraft wurde? Sie hatte mit ihrem Vater gesprochen, und der hatte ihr dringend geraten, den Mund zu halten und nichts weiter zu unternehmen. Widerstrebend folgte sie seinem Rat.

Bei den stumpfsinnigen Stangenknechten würde Katharina sich jedenfalls nicht noch einmal das Maul verbrennen. Der Gedanke, die Sache einfach auf sich beruhen zu lassen, behagte ihr allerdings auch nicht.

»Armes Ding, wer hat dir das nur angetan?«, flüsterte sie mitleidig und streichelte der Toten liebevoll über die kalte Wange. »Wo du doch so eine Schöne bist!«

Sie kämmte der Toten sorgfältig das lang wallende Haar und fuhr mit der Totenwäsche fort. Als sie behutsam die zur Faust verkrampfte linke Hand der Hübscherin öffnete, um sie auch innen vom Schmutz zu reinigen, fand sie darin einen Stofffetzen. Erstaunt begutachtete Katharina das Stück Stoff genauer. Es war ein zerknittertes Dreieck aus scharlachroter Seide.

»Seltsam«, murmelte die Totenwäscherin nachdenklich, während sie das durchweichte Stoffstück ins Licht der Kerze hielt. *Am Ende stammt es gar von ihrem Mörder. Sie hat es ihm womöglich beim Todeskampf aus der Kleidung gerissen. Rote Seide – dann muss es aber ein feiner Pinkel gewesen sein.* Denn Rot war von alters her eine Herrenfarbe, die armen Leuten gar nicht zu tragen erlaubt war. Und seidene Gewänder konnten sich gleichfalls nur Wohlhabende leisten. Schlagartig wurde ihr klar, dass sie ihre Entdeckungen unbedingt der Hurenkönigin melden musste.

Als Katharina die Tote fertiggewaschen hatte, streifte sie ihr ein einfaches leinenes Totenhemd über. Dann klemmte sie ihr eine Pomeranze unters Kinn, um den Leichengeruch abzumildern und den Unterkiefer zu fixieren, rückte ihr den Kopf zurecht, damit das Gesicht zum Himmel gerichtet war, und faltete die Hände der Verstorbenen über der Brust. Die Kerze ließ sie brennen und stellte, wie es Brauch war, kleine Tiegel mit Milch und Honig für die Totengeister unter die Bahre.

*

Um die dritte Nachmittagsstunde bog Katharina auf dem Weg zum Frauenhaus eilig in die Mainzergasse ein. Sie war aufgeregt und fröstelte, was nicht alleine an den rauen Witterungsverhältnissen lag. Der Himmel war voll dunkelgrauer

Wolken, und durch die langgezogene enge Gasse fegte ein eisiger Wind. Aber zu wissen, dass irgendwo in der Stadt ein Mörder, der junge Frauen erwürgte, unbehelligt seiner Wege ging, erfüllte sie mit größerem Unbehagen.

Endlich hatte sie die westliche Stadtmauer erreicht, wo das Frauengässchen entlangführte, und gleich darauf stand sie vor dem Frauenhaus »Zum Rosengarten«. Katharina war ängstlich, denn sie war noch nie zuvor in einem Frauenhaus gewesen und wusste nicht so recht, was sie dort erwartete. Aber sie fasste sich ein Herz und erklomm mit flinken Schritten die Stufen zur Eingangstür.

Im nächsten Augenblick ging die Tür auf, und ein Mann kam so schnell heraus, dass Katharina ihm nicht mehr ausweichen konnte. Sie geriet ins Straucheln und konnte sich gerade noch am Geländer festhalten. Dabei fiel ihr das Stückchen Seidenstoff, das sie die ganze Zeit über sorgsam in der Hand gehalten hatte, auf die Stufen.

»Könnt Ihr denn nicht besser achtgeben«, entfuhr es ihr gereizt, während sie sich nach dem roten Stofffetzen bückte. Auch der Mann hatte sich sofort vorgebeugt, und so prallten sie erneut zusammen, dieses Mal sogar mit den Köpfen, was die Totenwäscherin mit einem ärgerlichen »Auweh!« quittierte.

»Bitte entschuldigt meine Ungeschicklichkeit«, murmelte der hochaufgeschossene junge Mann in der abgetragenen Schaube und verbeugte sich ritterlich, während er Katharina den Flicken reichte. Immer noch konsterniert, betrachtete sie ihn genauer. *Was für ein hübscher Kerl*, fuhr es ihr durch den Sinn. Sein Gesicht war feingeschnitten und wurde von schulterlangen rotblonden Haaren umrahmt. Helle, meergrüne Augen musterten sie unverblümt, so dass sie verschämt den Blick senkte.

Der junge Mann hingegen sah sie mit unverhohlener Bewunderung an. »Ihr seid sehr liebreizend«, entfuhr es ihm.

»Was erlaubt Ihr Euch! Habt Ihr Euch im Hurenhaus nicht schon genug verlustiert, dass Ihr nun auch noch ehrbare Frauen belästigen müsst?«, fauchte ihn Katharina an. Dann trat sie energisch ins Haus und ließ ihn einfach stehen.

»Nein, es ist nicht so, wie Ihr denkt«, konnte ihr der Fremde gerade noch hinterherrufen, ehe die Tür hinter ihr zufiel.

Er blieb noch eine geraume Weile draußen auf der Treppe stehen, vollkommen in seine Impressionen versunken – ganz so, als wäre für ihn die Zeit stehengeblieben.

Als eine junge Hure die Totenwäscherin ins Zimmer der Hurenkönigin führte, blickte ihr die ältere Frau mit verweinten Augen entgegen. Sie saß am Fenster und flickte offenbar gerade Wäsche. Katharina hatte ihre imposante Gestalt bislang nur aus der Ferne gesehen, nun konnte sie zum ersten Mal ihr Antlitz betrachten. Die Vorsteherin der städtischen Hurenzunft hatte ein Gesicht, dem man ansah, dass sie gelebt hatte. Unter einer dicken Schicht Schminke zeichnete sich eine Vielzahl an Falten und Fältchen ab, auch kleinere Narben waren auf der großporigen Haut zu sehen. Dennoch war ihr Gesicht alles andere als unattraktiv. Der große, wohlgeformte Mund mit den purpurrot geschminkten Lippen kündete von Stolz und Lebensfreude, und den ausdrucksvollen, fast schwarzen Augen schien nichts Menschliches fremd zu sein. Katharina war beeindruckt. Trotz ihres verachteten Standes ging von der Hurenkönigin etwas Würdevolles aus. Die Totenmagd grüßte etwas verschüchtert.

»Jungfer Zimmerin, ich muss mit Euch reden«, erklärte sie ernst.

»So nehmt doch Platz, Bacherin, und sagt mir, was Ihr auf dem Herzen habt.« Die Hurenkönigin rückte einen weiteren Stuhl ans Fenster und legte fürsorglich noch ein Kissen darauf. »Habt Ihr unsere tote Schwester schon hergerichtet, oder seid Ihr noch nicht dazu gekommen? – Es ist Euch doch sicher ausgerichtet worden?«, erkundigte sich die Gildemeisterin.

»Doch, doch, und ich habe sie auch schon gewaschen. Deshalb bin ich ja hier«, entgegnete Katharina angespannt.

»Ach so, Ihr wollt sicher Euren Lohn haben. Wie töricht von mir! Seht es mir nach, Kind, in meinem Alter ist man manchmal etwas schwerfällig. Wartet, ich gebe es Euch gleich.« Die Hurenkönigin nestelte aus dem Ausschnitt ihres Kleides einen kleinen Lederbeutel hervor und entnahm ihm ein paar Münzen.

»Nein, deswegen bin ich nicht gekommen, das hat noch Zeit«, unterbrach sie Katharina. »Es gibt etwas, das ich Euch unbedingt sagen muss. Mir ist vorhin bei der Totenwäsche etwas aufgefallen am Leichnam Eurer Schwester.«

»Was denn?« Die Hurenkönigin blickte alarmiert, sie schien das Unheil bereits zu wittern.

Als Katharina die Würgemale beschrieb, schrie die Zimmerin entsetzt auf. »Heilige Muttergottes! Welcher Drecksack hat dem armen Kind nur sowas angetan?«

»Und das hier habe ich in ihrer zusammengeballten Hand gefunden.« Die Totenmagd präsentierte der Hurenkönigin den roten Seidenflicken.

Diese nahm ihn mit bebenden Fingern entgegen, besah ihn von allen Seiten und überlegte angestrengt. »Rote Seide. – Wer, zum Teufel, kann das nur sein? Von unseren Galanen hier im Frauenhaus wüsst' ich keinen, der ein Wams oder einen Mantel aus roter Seide trägt.« Unverwandt starrte sie auf den Stoff, als könnte er ihr den Träger preisgeben.

»Ich habe die Obrigkeit noch nicht davon in Kenntnis gesetzt«, fuhr Katharina fort, »sondern wollte es erst Euch persönlich sagen. In einem ähnlichen Fall im letzten Frühjahr bin ich nämlich zur Bürgerpolizei gegangen, aber man hat mir nur ein freches Maul angehängt und mich wieder fortgeschickt. Deswegen bin ich diesmal gar nicht erst hin. Aber ich finde das nicht rechtens, wenn eine erwürgt wird und das dann still und heimlich untern Teppich gekehrt wird, nur weil es ein liederliches Frauenzimmer war. Und so habe ich mir gedacht, ich sage es Euch, und Ihr könnt dann überlegen, was Ihr unternehmen wollt.«

»Ich danke Euch sehr, Jungfer Bacherin. Eure Mitteilung macht mich tief betroffen. Dass unsere Schwester so jäh von uns gegangen ist, ist beileibe schon schlimm genug für mich und meine Schwestern von der städtischen Hurenschaft.« Die Hurenkönigin rang sichtlich um Fassung. »Aber dass sie nun auch noch so schändlich gemeuchelt wurde, ist einfach unerträglich!« Ihre Stimme bebte, und ihre schwarzen Augen funkelten vor Zorn.

Eine echte Löwenmutter, dachte Katharina bewundernd.

»Ihr seid eine ehrliche Haut, Totenwäscherin, und ich bin sehr froh, dass Ihr damit zu mir gekommen seid. Aber ich könnte förmlich die Wände hochgehen, wenn ich an diese dumpfen Polizeibüttel denke, die wieder einmal auf beiden Augen blind waren, nur weil es um eine von uns ging. Die hätten doch selber sehen müssen, dass das Mädel abgemurkst worden ist! Aber bloß nicht genauer hingucken, wenn eine Hure im Graben liegt. Die ist ersoffen, und damit fertig.«

Sie schüttelte empört den Kopf. »Wisst Ihr, wäre unsere Schwester im Frauenhaus ermordet worden, dann hätte der Schuft, der sie auf dem Gewissen hat, nichts zu lachen. Die Frauenhäuser des Rates gelten seit alters her als befriedete

Orte, und wer darin mit Worten oder Taten frevelt, der verfällt sogar der doppelten Strafe. So schützt der Rat seine freien Töchter, die nicht unerheblich dazu beitragen, die städtische Schatulle zu füllen.«

Mit erhobener Stimme ereiferte sich die kräftige Frau: »Man braucht uns zwar, aber man verachtet uns auch! Wir haben keine Bürgerrechte, und in der Kirche müssen wir ganz hinten auf der Hurenbank sitzen. Dabei kommen zu uns die hohen Herren und die reichen Pfeffersäcke, Ehrengäste der Stadt vergnügen sich mit ihrer ganzen Gefolgschaft oft tagelang im Frauenhaus. Für ihre Lust sind wir gut genug, ansonsten sind wir für sie der letzte Dreck!«, wetterte die Hurenkönigin grimmig. »Nichts da, meine Herren, so haben wir nicht gewettet! Immerhin ist eine freie Tochter des Rates ermordet worden, und da hat der Magistrat sich gefälligst darum zu kümmern. Ich renn denen im Rathaus jetzt die Tür ein und pack sie bei den Eiern, die feinen Herren. Und wenn's der Herr Schultheiß persönlich ist, umso besser. Der hat lange genug bei mir gelegen.« Sie erhob sich von ihrem Stuhl und wandte sich an Katharina.

»Hier, Bacherin, das ist für Eure Mühe«, sagte sie und steckte ihr eine Silbermünze zu.

»Aber, das ist ja viel zu viel, das kann ich doch nicht annehmen!«, protestierte die Totenfrau.

»Doch, nehmt das nur. Ihr seid ja schließlich auch nicht auf Rosen gebettet und könnt es bestimmt gut gebrauchen. Kauft Euch was Schönes dafür, mein Kind.«

»Aber das war doch selbstverständlich ... dafür braucht Ihr mich doch nicht zu bezahlen.«

»Nix da, Ihr nehmt das jetzt und damit Schluss!«, entschied Ursel Zimmer streng. »Ich bezahl Euch ja nicht für Euren Anstand. Der ist sowieso mit Geld nicht aufzuwiegen. – Komm, mein Mädchen, ist schon in Ordnung so«, fügte sie mit gutmütigem Lächeln hinzu, während sie Katharina umarmte und an ihren mächtigen Busen drückte. Katharina, die ihre verstorbene Mutter zuweilen bitter vermisste, genoss die mütterliche Zärtlichkeit und bedankte sich noch einmal höflich für die großzügige Spende.

Als sie zur Tür ging, gewahrte sie in der Zimmerecke eine Staffelei mit einem Gemälde. Obgleich das Porträt noch unfertig war, konnte sie darauf eindeutig die Züge der Hurenkönigin erkennen, die mit meisterlichen Pinselstrichen skizziert waren.

»Ach, wie schön! Das seid ja Ihr!«, äußerte sie bewundernd.

»Ja, das hat ein junger, sehr begabter Maler aus der Nachbarschaft gefertigt«, erwiderte die Hurenkönigin stolz. »Die Mädchen haben es bei ihm in Auftrag gegeben. Es soll mein Geburtstagsgeschenk werden.«

*

Kaum war die Totenwäscherin fort, eilte Ursel Zimmer zum Römerrathaus und bestand darauf, sogleich zum Bürgermeister geführt zu werden.

Die Hurenkönigin, die das fünfzigste Lebensjahr bereits überschritten hatte und sich seit nunmehr zwei Jahrzehnten als Gildemeisterin um die Belange der städtischen Hurenschaft kümmerte, konnte sehr aufbrausend und ungnädig sein, wenn es darum ging, die Angelegenheiten der Hübscherinnen vor den Stadtoberen zu vertreten. Daher fürchteten die hohen Herren des Rates, die nahezu ausnahmslos zu ihren ehemaligen Kunden zählten, die Zimmerin. So war es auch Bürgermeister Reichmann recht unbehaglich zumute, als ihm von einem Rathausdiener gemeldet wurde, die Hurenkönigin wünsche ihn zu sprechen.

Gleich darauf trat Ursel Zimmer in seine Amtsstube. Höflich bat er sie, auf einem Lehnstuhl vor seinem Schreibtisch Platz zu nehmen, und erkundigte sich, was er für sie tun könne. Die Zimmerin streifte den Würdenträger mit einem kurzen durchdringenden Blick, bei dem Reichmann das Gefühl hatte, sie könnte auf dem Grund seiner Seele den einen oder anderen schwarzen Fleck genau erkennen. Dann kam sie, ganz, wie es ihre Art war, gleich zur Sache:

»Eine Eurer freien Töchter ist ermordet worden. Ich erwarte daher vom Magistrat, dass er in der Angelegenheit umgehend tätig wird.«

»Ach, Ihr meint bestimmt die Hure, die am Morgen ertrunken im Stadtgraben gefunden wurde«, erkundigte sich der Bürgermeister vorsichtig. Seine lange, spitze Nase hatte sich seit dem Auftauchen der Hurenkönigin leicht gerötet.

»Genau die meine ich. Es handelt sich im Übrigen um die Hübscherin Hildegard Dey, die dem Herrn Bürgermeister ja gut bekannt sein dürfte«, fügte sie spitz hinzu, während Reichmann verlegen den Blick senkte. »Mitnichten aber ist Hildegard ertrunken, sondern sie wurde, wie die Würgemale an ihrem Hals bekunden, eindeutig erdrosselt. Nur der Totenmagd Katharina Bacher, die die Tote im Auftrag der Hurengilde gewaschen und hergerichtet hat, ist es zu verdanken, dass dies überhaupt ruchbar geworden ist. Die Büttel, die sie heute Morgen gefunden haben, haben wohl noch geschlafen, dass sie das nicht bemerkt haben. Und auch dem herbeigerufenen Stadtarzt war unsere Schwester wohl keines genaueren Blickes wert.« Die Zimmerin schnaubte aufgebracht und schlug mit der flachen Hand auf die polierte Mahagoniplatte des Schreibtisches. Augenblicklich zuckte der Bürgermeister zusammen wie ein Scholar, den der Rohrstock des Magisters ereilt hatte. Doch die Hurenkönigin ließ ihm nicht mal die Zeit, Atem zu holen.

»Ich möchte den Herrn Bürgermeister nur noch einmal daran erinnern, dass nicht nur das Frauenhaus und sein gesamtes Inventar Eigentum des Rates sind, sondern dass er seinen freien Töchtern gegenüber auch eine Verantwortung und Sorgfaltspflicht hat. Schließlich tragen sie durch ihr Gewerbe nicht unerheblich dazu bei, die städtischen Schatullen zu füllen. Ich muss den Rat mit allem Nachdruck dazu auffordern, einen Untersuchungsrichter mit der Aufklärung des Falles zu betrauen, damit der schändliche Mensch, der Hildegard auf dem Gewissen hat, alsbald gefasst wird.«

Der Bürgermeister, dessen spitze Nase inzwischen einen satten Rotton angenommen hatte, nickte nur anheischig und versicherte der Hurenkönigin mit dem gebührenden Ernst, er werde noch heute alles Nötige in die Wege leiten.

*

Am nächsten Morgen betrat der Untersuchungsrichter Melchior Lederer das Sterbehaus auf dem Peterskirchhof. Er trug eine ausgeprägte Leichenbittermiene zur Schau, denn er war wenig erfreut darüber, sich sein ohnehin nicht gerade glänzendes Renommee durch Ermittlungen im Hurenmilieu noch mehr zu beschädigen. Als er die aufgebahrte Leiche in der Ecke der Totenkapelle gewahrte, überlegte er kurz, ob er sie sich vorab schon einmal anschauen sollte, entschied sich aber, auf den Stadtphysikus zu warten, der jeden Moment eintreffen musste.

Während Richter Lederer steifbeinig und mit gesenktem

Kopf durch die Leichenhalle trippelte, gemahnte er in seinem fadenscheinigen schwarzen Amtstalar, den kleinen, eng zusammenstehenden Augen und der langen Nase an eine übergroße Saatkrähe. Wenig später betrat der Stadtarzt Stefenelli die Totenkapelle. Er war gleichfalls nicht besonders erbaut, ein zweites Mal wegen einer ersoffenen Hure konsultiert zu werden. Nachdem der Arzt, der in seiner edlen pelzverbrämten Schaube und der modischen Kappe aus Biberhaaren weltmännische Vornehmheit ausstrahlte, den Untersuchungsrichter begrüßt hatte, machten sie sich auch sogleich ans Werk.

Während der Leichenschau, die kaum zehn Minuten dauerte und sich vor allem auf die dunklen Hautverfärbungen am Hals der Toten konzentrierte, bemerkte der Arzt nur mit einigem Zynismus: »Na, da hat wohl einer im Eifer des Gefechts zu fest zugedrückt, und weg war sie.«

Der Untersuchungsrichter stimmte nicht minder hämisch zu: »Soll ja bei derlei Frauenzimmern häufiger vorkommen, dass ein eifersüchtiger Galan mal grob wird und über die Stränge schlägt. – Ob sich ein solcher indessen ausfindig machen lässt, da hege ich so meine Zweifel«, grummelte er kopfschüttelnd.

»Bei der ist doch halb Frankfurt ein und aus gegangen«, bemerkte Doktor Stefenelli abschätzig und verzog angewidert sein markantes Raubvogelgesicht. »Ihr seid um Eure Aufgabe fürwahr nicht zu beneiden, mein Guter. Meine Arbeit indessen ist beendet: Es handelt sich eindeutig um Tod durch Erwürgen. Eine weitergehende Visitation erübrigt sich demnach, und die Leiche kann unbedenklich unter die Erde geschafft werden.«

»Gut, dann lasse ich den Totengräber und den Pfarrer verständigen, dass das Hurenbegräbnis begangen werden kann«, entgegnete Lederer knapp und verließ hinter dem Arzt die Leichenhalle.

Als sich die beiden Herren der Friedhofspforte näherten, kam ihnen die Hurenkönigin entgegen und stellte sich ihnen resolut in den Weg.

»Nun, was ist jetzt? Ich erbitte umgehend einen ausführlichen Rapport«, forderte sie, während sie ihre Arme in die ausladenden Hüften stemmte und die beiden Männer abwechselnd mit unbeugsamen Blicken fixierte.

Doktor Stefenelli fühlte sich augenscheinlich nicht bemüßigt, daraufhin etwas zu erwidern. Er setzte eine unbeteiligte Miene auf und überließ die Beantwortung seinem Begleiter, der sich vor Unbehagen wand. Dann setzte er zu einer knappen amtlichen Erklärung an:

»Die soeben erfolgte Leichenschau der städtischen Hübscherin Hildegard Dey hat ergeben, dass dieselbe eines gewaltsamen Todes gestorben ist. Anhand der blauen Male im Kehlkopfbereich muss davon ausgegangen werden, dass sie erwürgt wurde. Wir werden der Sache nachgehen und versuchen, den Täter ausfindig zu machen, was indessen nicht einfach sein wird. Bei den zahlreichen Männerbekanntschaften, die die Ermordete ja aufgrund ihres ... Gewerbes hatte, wird man bei der Tätersuche wohl, wie soll ich sagen: vor lauter Bäumen den Wald nicht mehr sehen.« Den letzten Satz hatte der Untersuchungsrichter mit einem Grinsen von sich gegeben, was die Hurenkönigin mit tiefem Ingrimm erfüllte.

»Wenn man den Wald nicht sehen will, mag das vielleicht zutreffen, Herr Richter«, erwiderte die Zimmerin in schneidendem Tonfall. »Ich hingegen kenne einen jeden, der bei uns im Frauenhaus ein und aus geht, Anwesende nicht ausgenommen. Ich erinnere mich an nahezu jedes Gesicht, das ich in des Rates freien Häusern jemals gesehen habe. Wenn es Euch weiterhilft, komme ich gerne zu Euch in die Amtsstube und nenne Euch die Namen aller, die zu Hildegards Galanen gehörten. Es sind in der Tat nicht wenige. Und dem einen oder anderen wird es auch nicht sonderlich gefallen, wenn er dabei genannt wird.« Sie warf dem Stadtarzt einen bezeichnenden Blick zu. »Es ist eigentlich auch nicht meine Art, die Namen unserer Kundschaft preiszugeben. Aber in diesem Fall, da es um die heimtückische Ermordung einer Gildeschwester geht, werde ich es tun.«

»Von mir aus, kommt vorbei, wenn Ihr Euch davon einen Nutzen versprecht«, presste Lederer hervor. Er wollte sich schon zum Gehen wenden, als ihn die Hurenkönigin erneut ansprach:

»Und was ist mit dem roten Stofffetzen, den ich Euch übergeben habe? Habt Ihr Euch dazu schon ein paar Gedanken gemacht? Oder meint Ihr am Ende gar, es lohnt der Mühe nicht, weil man ja ohnehin vor lauter Bäumen den Wald nicht mehr sieht?«

»Nein, nein, dem werden wir schon noch nachgehen«, murmelte Lederer.

»Das will ich auch schwer hoffen. Und seid Euch gewiss: Ich werde Euch dabei über die Schulter blicken! Morgen bin ich bei Euch und nenne Euch ein paar Namen«, zischte die Hurenkönigin Lederer zu, der unwillkürlich vor ihr zurückwich wie ein verängstigtes Kaninchen vor der Schlange.

Mit belegter Stimme stieß er hervor: »Morgen ist Sonntag, am Montag ist Allerheiligen und am Dienstag Allerseelen. Kommt meinethalben am Mittwoch, da bin ich wieder im Dienst.« Dann drehte er sich um und strebte endgültig dem Ausgang zu.

»Was ist denn das für eine Arbeitsmoral? Immerhin geht

es darum, einen Mord aufzuklären. Um einen Mörder zu suchen, sollte man auch am Feiertag arbeiten!«, rief ihm die Zimmerin empört hinterher.

*

Wie im Leben, so waren auch die Menschen im Tode nicht gleich. Wurden wohlhabende Tote in ein feines Totengewand gekleidet, so reichte es bei anderen noch nicht einmal für ein letztes Hemd. Nackt, wie Gott sie geschaffen hatte, wurden die Armen von der Totenwäscherin oder einer Spitalmagd in ein Leichentuch eingenäht.

Die sterblichen Hüllen von Begüterten hingegen bestattete man in kunstvollen Holzsärgen, Vornehme sogar in Sarkophagen. Die Besitzlosen trug man auf dem wiederverwendbaren Totenbrett zu Grabe, das der Stadt gehörte.

Selbst auf dem Friedhof war die Gemeinschaft der Toten ähnlich gegliedert wie die der Lebenden: Arme und Reiche hatten jeweils separate Begräbnisplätze, und das galt erst recht für die Schandbaren und Verachteten. War ihnen im Leben schon ein Platz am Rande der Gesellschaft und meist auch am Rande der Stadt zugewiesen, so setzte sich dies im Tode noch fort. Des Rates freie Töchter und andere in niederen Diensten Stehende hatten ihre vorgeschriebenen Plätze im abgelegenen nördlichen Bereich, dort, wo der Peterskirchhof mit seinen vielen Obstbäumen und dem grasbewachsenen Boden einem verwilderten Garten glich.

In Frankfurt konnten es sich nur die Wohlhabenden leisten, in Einzelgräbern beigesetzt zu werden. Dort sollten die Toten so tief in der Erde zu liegen kommen, wie sie groß waren, was dem Totengräber einiges an Arbeit abverlangte. Bei armen Leuten dagegen musste er sich weniger Mühe machen.

Ihre Leichen wurden in einen großen Graben gepackt und mit etwas Erde bedeckt. Die Friedhofsvorschrift bei einem Armenbegräbnis bestimmte, dass das Erdreich den Leichnam gerade mal eine Elle hoch bedecken musste.

Auch die Kuhle, die der Totengräber für die sterblichen Überreste der ermordeten Hübscherin ausgehoben hatte, war nicht sehr tief. Im Erdreich waren noch die Knochen und Leichenteile anderer Verstorbener zu erkennen. Der Totengräber und ein Gehilfe, die das Totenbrett in Ermangelung anderer Leichenträger von der Totenkapelle an der Westmauer bis zum Armenbezirk getragen hatten, kippten den in ein Leinentuch eingenähten Leichnam ohne großes Zeremoniell in die Grube. Der Pfarrer der Peterskirche, der zu diesem Anlass auf Weihrauch und andere kostspielige Devotionalien verzichtet hatte, besprengte die Tote mit Weihwasser, verlas, wie bei Hurenbegräbnissen üblich, das Gleichnis »Jesu Salbung durch die Sünderin« aus dem Lukas-Evangelium, sprach noch ein paar knappe, vorwurfsvolle Worte über Buße und Vergebung und warf die erste Schaufel Erde auf die Tote.

Als Katharina den Friedhof betrat, war die kurze kirchliche Zeremonie bereits vorüber und die städtischen Hübscherinnen und ihre Vorsteherin Ursel Zimmer drängten sich um das Grab ihrer ermordeten Gildeschwester.

Als die Huren die Anwesenheit der Totenwäscherin bemerkten, begrüßten sie Katharina mit großem Respekt. Vor allem die Hurenkönigin schien es ihr hoch anzurechnen, dass sie zu der Beisetzung gekommen war, und dankte ihr im Namen der Hurengilde für ihr Erscheinen.

Katharina stellte sich etwas abseits, um den Trauernden nicht im Wege zu stehen, und ließ ihre Blicke verstohlen über die anwesenden Hübscherinnen gleiten. In ihrer Nähe stand eine junge Frau, die von auffallender Schönheit und Grazie war, sie konnte aber auch ältere Frauen ausmachen, die eher gewöhnlich und verlebt wirkten. Alle waren wie stets in ihre grelle Hurentracht gekleidet, denn den Hübscherinnen war es selbst zu diesem Anlass verboten, Trauerkleidung anzulegen. Die Huren hielten Zitronen oder Pomeranzen in den Händen, um sie der Verstorbenen nach der Aussegnung ins Grab zu werfen. Mit den kostspieligen Früchten wollten sie ihre Wertschätzung gegenüber der toten Gildeschwester zum Ausdruck bringen. Der Reihe nach traten sie an das offene Grab. Die Frauen waren tief ergriffen und weinten, auch der Hurenkönigin rannen die Tränen über die Wangen.

Obgleich Katharina die Verstorbene nicht gekannt hatte, war sie selbst den Tränen nahe. Es tat ihr einfach leid, dass die junge Frau so früh hatte sterben müssen. Schon wollte sie sich unauffällig zurückziehen und die Trauergemeinde verlassen, als jemand sie von hinten sachte am Mantel fasste. Sie drehte sich um und gewahrte die Hurenkönigin.

»Jungfer Bacherin, wollt Ihr uns nicht die Ehre erweisen und dem Leichenschmaus beiwohnen? Wir wollen im Frauenhaus unserer Schwester gedenken«, erkundigte sie sich mit bittendem Unterton. Katharina willigte dankend ein und hielt sich wartend im Hintergrund.

Plötzlich stieß eine der Huren einen gellenden Schrei aus und deutete entsetzt auf etwas, das offenbar auf der Erde lag. Andere stimmten in schriller Panik ein, Rufe wie »Wiedergänger« und »Untote« waren zu vernehmen, und selbst die Hurenkönigin war vor Entsetzen kreidebleich geworden.

Katharina trat näher, um die Ursache des Schreckens genauer in Augenschein zu nehmen, und gewahrte eine halbverweste Hand, die neben der ausgehobenen Grube aus dem Erdreich ragte. Fürwahr ein schrecklicher Anblick, der selbst furchtlose Gemüter das Grauen lehren konnte!

»Es bewegt sich!«, schrie eine der Huren panisch. Tatsächlich war die Hand wieder zur Hälfte in der Erde verschwunden, so, als wäre sie von dem Toten selbst zurückgezogen worden.

Katharina, der als Totengräbertochter solche schaurigen Phänomene bekannt waren, versuchte, die Hübscherinnen zu beschwichtigen: »Ruhig Blut, das ist nichts Schlimmes. So etwas kommt immer wieder mal vor, wenn eine frische Kuhle ausgehoben wird. Dadurch verändern die anderen Toten, die in der Nähe verscharrt wurden, ihre Lage und fallen in sich zusammen. Das sieht schrecklich aus, ist aber ganz normal. Das sind keine Wiedergänger, glaubt mir, die sind alle schon lange tot.«

Nach und nach gelang es ihr, die verschreckten Frauen zu besänftigen. Doch nun hatten es alle recht eilig, den Friedhof zu verlassen.

Als Katharina wenig später gemeinsam mit den Huren dem Frauengässchen zustrebte, konnte sie es bei aller Beherztheit nicht verhindern, dass ihr eine schwelende Furcht im Nacken saß, die sie wie eine böse Ahnung noch den Abend und einen Großteil der Nacht umklammert hielt.

2

Am Abend von Allerheiligen fegten bereits die ersten Vorboten der Novemberstürme, begleitet von heftigen Regenschauern, durch die Gassen der Frankfurter Neustadt. Ein Wetter so recht zum Verkriechen; wer nicht unbedingt musste, blieb in der Stube und machte es sich auf der warmen Ofenbank gemütlich. Man trank heißen Würzwein und lauschte den schaurigen Geschichten, die sich seit alters her um das Fest der Toten rankten. In jener Nacht, so erzählte man sich, zögen die Jenseitigen durch die Gassen, pochten an die Haustüren der Lebenden, kehrten in die Häuser von Menschen ein, die ihnen einst zugetan waren, und hielten dort Nachtmahl. Dann machten sie sich davon, ohne Spuren oder Schaden zu hinterlassen, es fehle auch nichts von den Speisen. Wen auch immer die Wiedergänger unterwegs anträfen, der müsse sie auf ihrer Nachtfahrt begleiten. Die Heimgesuchten kehrten zwar zurück, seien fortan jedoch wunderlich und seltsam entrückt. Sie lebten nicht mehr länger im Hier und Jetzt und könnten weder Freud noch Leid empfinden.

Wer immer an diesem Abend kurz vor der achten Stunde die lange, hagere Gestalt erblickt hätte, welche im schwarzen kuttenartigen Mantel mit spitz zulaufender Kapuze durch die einsame Vilbeler Gasse hastete, der hätte mit Sicherheit einen Entsetzensschrei ausgestoßen und behauptet, er habe einen solchen Wiedergänger gesehen.

Heinrich Sahl, den städtischen Totengräber, hätte das

nicht verwundert, er war es gewohnt, dass sich die Leute vor ihm fürchteten. Sein ausgemergelter Körper, die bleiche Gesichtsfarbe und die tiefen Ringe um die wässrigen Augen riefen selbst am helllichten Tage ein Raunen unter den Stadtbürgern hervor.

»Da geht Freund Hein!«, hieß es, wenn er vorüberhuschte, und man erzählte sich, er stehe mit dem Jenseits in Kontakt und sei hellsichtig genug, das nahe Ende eines Menschen zu erspüren. Wenn er über den Markt schritt oder eine Schenke betrat, wichen alle seinem Blick aus, denn es wurde gemunkelt, wen er anlächle, der werde sein nächster Kunde.

Als Sohn eines Totengräbers war Heinrich Sahl mit der Verachtung und Feindseligkeit seiner Umwelt aufgewachsen. Aus dem stillen Jungen war ein in sich gekehrter, scheuer Mensch geworden, der seit seiner Kindheit unter tiefer Schwermut litt. Seit vielen Jahren war er dem Alkohol ergeben, und nach dem Tod seiner Frau, die er vor zwei Jahren an die Pest verloren hatte, war seine Trunksucht noch stärker geworden.

Das war auch der Grund, warum er bei diesem Unwetter noch um die Häuser strich. Sein Weinvorrat war zur Neige gegangen, und er hatte sich bei einem Weinhändler an der alten Bornheimer Pforte einen schweren Krug säuerlichen Frankfurter Weißweins geholt, den er nun sorgsam unter seiner regennassen Kutte verbarg. Die heftigen Sturmböen peitschten ihm eisige Regengüsse ins Gesicht, und die Kapuze hing ihm vor den Augen, so dass er kaum noch etwas erkennen konnte. Endlich war er vor der Peterskirche angelangt und trat durch die hinter der Kirche gelegene Friedhofspforte auf den Gottesacker. Er ging ein ganzes Stück an der hohen Friedhofsmauer entlang, die verhindern sollte, dass herumstreunende Tiere die eben verscharrten Leichen ausgruben und auffraßen, bis er vor dem Bahrhaus am Südende des Peterskirchhofs angelangt war. Dies war sein Reich, hier bewahrte Sahl Totenbretter und Arbeitsutensilien auf und bewohnte eine kleine Kammer. Unter dem Vordach des Bahrhauses flackerte das Licht der Totenleuchte, eine Öllampe in einem steinernen Pfeiler, der dem hageren Totengräber bis zur Brust reichte. Das ewige Licht als Zeichen der Fürbitte für die armen Seelen.

»Sapperlot, was für eine Nacht!« Keuchend und völlig durchnässt betrat Heinrich Sahl seine dunkle Behausung und stellte den Weinkrug behutsam auf dem Boden ab. Er tastete in dem Holzstapel neben dem erkalteten Ofen nach einem Kienspan und trat erneut nach draußen zur Totenleuchte. Die Hände schützend darübergebreitet, hielt er das Holzstück in die Flamme, bis es Feuer gefangen hatte, trug es in der hohlen Hand zurück in seine Kammer und entzündete damit eine Talgkerze auf dem Wandbord. Mit zitternden Händen goss er sich Wein in einen Trinkbecher und leerte ihn in einem Zug.

Nachdem er den Becher abgesetzt hatte, zog er den Mantel wieder eng um den mageren Körper und begab sich erneut hinaus, um zum nahe gelegenen Friedhofsportal an der Schäfergasse zu laufen. Knirschend drehte sich der große Bartschlüssel im Schloss, als der Totengräber das Tor für seinen bald erwarteten Besuch aufschloss.

Nachdem er in die stickige, feuchtkalte Stube zurückgekehrt war, entledigte er sich schlotternd seiner nassen Kleidung, rückte einen Schemel an den Tisch und genehmigte sich noch einen Schoppen.

Wenig später klopfte es an der Tür, und ein beleibter Mann betrat die Stube, dicht gefolgt von einem schwarzweißen Hund, der ebenso vor Nässe troff wie sein Herr.

»Gott zum Gruße, Ruprecht«, sagte Sahl mit heiserer Stimme.

»Grüß dich, Heinrich«, erwiderte der Besucher und nickte dem Totengräber zu. »Was für eine unwirtliche Nacht.« Während der Hund den Totengräber freundlich anwedelte, entledigte sich der Mann seiner Lanze und einer Pechfackel, die der Regen zum Erlöschen gebracht hatte, legte den durchnässten Umhang ab, stellte eine Steingutflasche auf den Tisch und setzte sich.

Der städtische Nachtwächter Ruprecht Bacher war Heinrich Sahls einziger Freund. Seit über zwanzig Jahren verband die beiden fast gleichaltrigen Männer, die innerhalb der städtischen Ordnung ganz unten standen, eine alte Kameradschaft. Bachers Eheschließung mit Sahls jüngster Tochter Katharina vor fünf Jahren hatte dazu beigetragen, dass sich die so zurückhaltenden Männer noch näher gekommen waren.

Heinrich Sahl blickte in das bekümmerte Gesicht seines Schwiegersohns und dachte sich sein Teil. Er wusste gut genug, dass der Nachtwächter in der Ehe mit Katharina häufig unglücklich war.

»Und, wie geht's bei euch daheim?«, fragte er vorsichtig.

»Wie soll's schon gehen?«, brummte Ruprecht. »Ehrlich gesagt: beschissen!«

»Du kannst einem leidtun, Rupp. Komm, lass uns einen trinken.« Sahl klopfte dem Freund ermutigend auf die Schulter und füllte zwei Trinkbecher mit einem ordentlichen Quantum Branntwein, den die Männer schweigend hinunterkippten. Der Totengräber wusste, dass es einiges brauchte, um die Zunge des schweigsamen, in sich gekehrten Ruprecht ein wenig zu lockern. Auch wenn es dann eher gestammelte Andeutungen waren, die er von sich gab, als ausführliche Schilderungen. Einmal hatte Ruprecht sogar geweint.

»Ich kann ihr ja nichts vorwerfen«, stieß der Nachtwächter nach einer Weile des Schweigens hervor. »Sie versorgt den Haushalt tadellos und ist mir gegenüber immer anständig. Hat mir auch noch niemals Hörner aufgesetzt, obwohl sie an jedem Finger zehn Galane haben könnte, so liebreizend wie sie ist. Sie liebt mich halt nicht. Was kann man da machen?« In Ruprechts vom Alkohol geröteten Augen glitzerten Tränen.

Heinrich Sahl, dem nicht viel einfiel, was er hätte erwidern können, grummelte nur: »Arme Haut!«

Wie so häufig plagten ihn dabei nagende Schuldgefühle. Die Ehe der beiden war seine Idee gewesen. Er hatte damals nur das Beste gewollt für seinen Freund und für seine Tochter, und als ihm Katharina offen gesagt hatte, dass sie für den Mann, der ihr Vater hätte sein können, nichts empfinde, hatte er entgegnet, dass die meisten Ehen weniger auf Liebe gründeten als auf gegenseitigen Respekt. Damit war das Thema für ihn erledigt gewesen. Wie hätte er denn ahnen können, dass seine pragmatische Entscheidung zwei Menschen, die ihm am Herzen lagen, ins Unglück stürzen würde?

Ruprecht, der dazu neigte, seinen Kummer in sich hineinzufressen, war in den letzten Jahren ebenfalls zum Trinker geworden. Zwar hatte er auch früher schon bei seinen nächtlichen Wachgängen immer eine Branntweinflasche dabeigehabt, um die Einsamkeit und Ödnis der endlos langen Nächte besser ertragen zu können, aber inzwischen betrank er sich jede Nacht, und oft tat er dies mit Heinrich Sahl gemeinsam. Und Katharina, die schon immer der Augenstern ihres Vaters war, hatte nie einen Hehl daraus gemacht, dass sie an der Seite des korpulenten, kahlköpfigen Nachtwächters nicht glücklich war. Immer wieder musste Sahl sich eingestehen, dass sein Sonnenschein eigentlich etwas Besseres verdient hatte. Doch er hütete sich, dies auszusprechen.

Der Totengräber schenkte dem Schwiegersohn von dem säuerlichen Wein ein und legte ein paar Wecken und Würste auf den Tisch.

»Iss nur, Rupp, das ist von dem Leichenschmaus geblieben, den die Huren am Freitag abgehalten haben«, forderte er seinen Gast auf, ohne sich selber etwas von den Speisen zu nehmen.

Es war ein alter Brauch, die Überbleibsel des Leichenschmauses, der zu Ehren des Verstorbenen nach dessen Beisetzung begangen wurde, dem Totengräber zu bringen, und die Hurenkönigin hatte sich nicht lumpen lassen. Sie hatte dem alten Friedhofswärter ein paar fette Leber- und Blutwürste überlassen, bei deren Anblick dem Nachtwächter, erst recht aber seinem Hund förmlich das Wasser im Munde zusammenlief. Der Totengräber, dem die großen flehenden Augen des Tieres und sein erregtes Schnüffeln nicht entgangen waren, ergriff schließlich das Ende einer Wurst und warf es mit gutmütigem Lächeln dem Hund vor, der es mit einem Biss gierig hinunterschlang und kräftig mit dem Schwanz wedelte.

»Das ist vielleicht ein Sauwetter heute«, brummte der Nachtwächter zwischen zwei Bissen.

»Und, haste wenigstens nen Geist gesehen?«, fragte Sahl und verzog den Mund zu einem schiefen Lächeln.

»Dafür bist du doch zuständig«, gab Bacher zurück. »Ich hab nur ein paar arme Gesellen getroffen, die Kutten trugen. Bettelmönche oder dergleichen. Hab sie ins Pilgerhospiz geschickt.«

Nachdem die Männer schweigend noch ein paar Becher geleert hatten, erhob sich der Nachtwächter ächzend, um sich wieder an die Arbeit zu machen. Pünktlich zur neunten Stunde musste er von der Balustrade des Rathauses auf dem Römerberg die Zeit verkünden. Dazu brauchte er jedoch nicht nüchtern zu sein, denn die Verse, die er aussang, kannte er in- und auswendig.

Ruprecht Bacher stellte erleichtert fest, dass der Regen nachgelassen hatte, entzündete seine Pechfackel an der Totenleuchte und schlurfte leicht wankend zur Friedhofspforte. Plötzlich hörte er in der Nähe ein Geräusch. Im flackernden Licht der Fackel kam es ihm vor, als huschten dunkle Schatten über den Kirchhof. Auch der Hund schien etwas wahrgenommen zu haben, er knurrte drohend. Ein Schauder überlief den Nachtwächter. So schnell er konnte, eilte er zur Friedhofspforte und stürzte hinaus auf die Schäfergasse.

Sein Atem ging schnell, doch einige Schritte später schon hatte er sich gefasst. Ein Hirngespinst, weiter nichts. Nicht ungewöhnlich in so einer unheimlichen Nacht. Ruprecht besann sich auf seine Pflicht, zog seinen Mantel enger und beschloss, dass die Gestalten auf dem Kirchhof nur ein Trugbild durch Schnaps und Wein gewesen waren.

Zielstrebig eilte er zum Römerrathaus und erklomm die Stufen zur Balustrade, um von dort die neunte Stunde anzusingen. Seit nunmehr fünfundzwanzig Jahren wiederholte er Nacht für Nacht seine Verse, Stunde für Stunde, von Sonnenuntergang, wenn die Stadttore geschlossen wurden, bis Sonnenaufgang, wenn die Torwächter sie wieder öffneten. Für jede Uhrzeit gab es einen eigenen Stundenruf. Je weiter die Nacht voranschritt, desto länger wurden die Verse und umso eindringlicher die Bitte um Schutz vor den Mächten der Finsternis. Von allen Versen war ihm das Tagansingen der liebste: »Der Tag vertreibt die finstre Nacht, auf, auf, ihr braven Leut', erwacht!« Während die Menschen der Stadt aufstanden und sich an ihr Tagwerk machten, konnte er endlich seinen Dienst beenden und sich zu Bett begeben.

Nach dem Verkünden der neunten Stunde verließ der

Nachtwächter den Rathausbalkon und drehte seine vorgeschriebenen Runden durch die schlafende Stadt. Eigentlich fürchtete sich Ruprecht schon lange nicht mehr vor der Dunkelheit. Als er allerdings in dieser Nacht durch die menschenleeren Gassen schritt, an der Stadtmauer entlang, während die Herbststürme an den Türmen rüttelten und irgendwo in der Ferne ein Käuzchen anschlug, musste er an die armen Seelen denken. Er vermeinte, ihr Wehklagen zu hören, spürte die Furcht vor bösen Geistern und Nachtdämonen wie ein törichter alter Mann und sehnte sich unsagbar danach, in den Armen seiner Frau zu liegen.

*

Müde und betrunken, wollte sich Heinrich Sahl um die zehnte Stunde herum allmählich schlafen legen, als er auf einmal einen sonderbaren Gesang vernahm. Es war ein sich stets wiederholender Chor von düsteren Stimmen, eine eintönige, aber beschwörende Melodie, die aus einem abgelegenen Winkel des Friedhofs zu kommen schien. Er wankte nach draußen, um nach dem Rechten zu sehen, und hörte den Gesang nun deutlicher. Er drang eindeutig vom nördlichen Teil des Friedhofs zu ihm herüber.

»Verdammtes Gesindel«, fluchte er erbost vor sich hin, »müssen die einen jetzt auch noch in der kalten Jahreszeit behelligen!«

Nicht nur während der Pest waren Friedhöfe beliebte Treffpunkte und Versammlungsstätten gewesen, von gewissen Leuten wurden sie auch in ruhigen Zeiten aufgesucht. Da sich die meisten Menschen davor grauten, nach Einbruch der Dunkelheit auf den Friedhof zu gehen, blieben Ganoven und andere zwielichtige Gestalten dort ungestört. In warmen

Sommernächten wurde ausgiebig dem verbotenen Glücksspiel gefrönt und Diebesgut verschachert, Huren, die nicht in einem der städtischen Frauenhäuser kaserniert waren, gingen auf dem verwilderten Gelände ihrem Gewerbe nach. Der Bereich an der Nordmauer des Peterskirchhofs war besonders beliebt, denn die angrenzende Gegend war nahezu unbewohnt. In den letzten Jahren hatte das Treiben so sehr überhandgenommen, dass Pfarrer Juch seinen Totengräber verschärft dazu angehalten hatte, das lichtscheue Gesindel zu verjagen. Schon mehrfach hatte er ihn des Nachts durch seine Wirtschafterin unsanft wecken lassen, weil Lärm und Gejohle vom Kirchhof bis zum Pfarrhaus tönten und Heinrich Sahl, seinen Rausch ausschlafend, nichts davon bemerkt hatte.

»Ich kann es keinesfalls dulden, dass unser heiliger Kirchhof durch diese sündigen Metzen entweiht wird!«, hatte Hochwürden gewettert. Als Sahl ihn nur mit betretener Miene ansah, herrschte er ihn erbost an: »Er, Sahl, hat mir persönlich dafür Sorge zu tragen, dass unser Peterskirchhof nicht durch den *effusio seminis* aufs Schmählichste geschändet wird!«

»Was ist denn das, ein ... Fusio herminis?«, erkundigte sich der Totengräber begriffsstutzig.

»Mensch, Kerl, Er kann einem aber auch noch den letzten Nerv rauben!«, schimpfte Pfarrer Juch unwirsch und wand sich regelrecht vor Unbehagen. »Das ist der Erguss männlichen Samens«, murmelte er errötend. »Die Heilige Kurie in Rom hat festgelegt, dass im Falle eines vollzogenen *effusio seminis* der Kirchhof umgehend entsühnt werden muss. Und diese Schande, mein lieber Sahl, soll meiner Pfarrei erspart bleiben. Also, halte Er sich ran, Bursche, und sorge Er dafür, dass mein Kirchhof nicht zu einem Freudenhaus verkommt!«

Jetzt packte Heinrich den Spaten verärgert mit festerem Griff, um den Störenfrieden nötigenfalls drohen zu können, und eilte unsicheren Schrittes zur Nordmauer hin. Ein eisiger Novemberwind blies ihm gehörig um die Ohren und trug dazu bei, dass sein Kopf nach dem Trinkgelage ein wenig klarer wurde. Als er den schmalen Durchgang der Mauer erreichte, die den kleineren nördlichen Bezirk von dem weitaus größeren des neuen Gräberfeldes abteilte, tastete er vorsichtig die Maueröffnung ab. Schon einmal war es ihm während eines nächtlichen Kontrollgangs widerfahren, dass er in angetrunkenem Zustand gegen die Mauer gestoßen war und sich an einer der prunkvollen Grabinschriften, welche wohlhabende Frankfurter Bürger in den Schwibbögen hatten anbringen lassen, eine blutige Nase geholt hatte. Dann schob er sich durch den Durchlass.

Er holte noch einmal tief Luft, um sich in eine gewisse Kampfesstimmung zu versetzen, was dem friedliebenden Mann jedoch kaum gelang. Weitaus lieber wäre es ihm gewesen, sich der weinseligen Müdigkeit zu ergeben und ausgestreckt auf seinem Strohsack in bleiernen Schlaf zu versinken. Eher missmutig als aufgebracht lief er an den kahlen Obstbäumen vorbei in Richtung der nordöstlichen Mauerecke, wo sich, den gedämpften Stimmen nach zu urteilen, die Schlawiner aufhielten. Bald konnte er die Eindringlinge schon als Schemen wahrnehmen. Er nahm seinen ganzen Mut zusammen, strebte, den Spaten fest umklammert, geradewegs auf sie zu und wollte sie gerade in strengem amtlichen Tonfall zurechtweisen. Doch was er dann sah, raubte ihm den Atem. Hastig verbarg er sich hinter dem wuchtigen Stamm einer alten Eiche. Hoffentlich hatten ihn die Unholde nicht bemerkt!

Er sah vor sich eine Geisterschar in langen schwarzen Gewändern, die Gesichter wie von Blut überzogen. Im nächsten

Moment erkannte er, dass es sich um dunkelrote Masken handelte, wie sie die Pestknechte zum Schutz gegen die Ausdünstungen zu tragen pflegten. Die schauerliche Schar vollführte einen gespenstischen Reigentanz um die Gräber. In der Mitte des Kreises stand eine Gestalt, die mit dem blanken Totenschädel und der weiten blutroten Kutte aussah wie der leibhaftige Tod. In den Händen hielt der Knochenmann einen brennenden Kienspan, den er nun einem der Geister übergab. Die unheimlichen Reigentänzer reichten das glimmende Holzstück im Kreis herum, bis es schließlich in den Händen eines der Vermummten erlosch. Dieser stieß einen gellenden Schrei aus und warf sich vor dem Gevatter auf den Boden.

»Gütiger Gott, steh mir bei«, flüsterte der Totengräber entsetzt. *Hat jetzt etwa mein letztes Stündlein geschlagen?* Ihm war es, als täte sich die Erde unter ihm auf und wollte ihn verschlingen. Ein grässlicher Gedanke erfasste ihn: Vielleicht hatten sich die Geister all jener Toten, die er jemals in der Friedhofserde vergraben hatte, gegen ihn verschworen und trachteten danach, ihn in ihr Totenreich hinabzuziehen?

»Nein, das darf nicht sein«, stammelte er tonlos. Er machte kehrt und flüchtete in wilder Panik in seine Behausung, wo er in Windeseile Fenster und Türen verriegelte. Vor lauter Schreck war er schlagartig nüchtern geworden. Zitternd griff er nach dem fast leeren Weinkrug, kippte den kümmerlichen Rest in seinen Trinkbecher und stürzte ihn in einem Zug hinunter. Dann nahm er den Rosenkranz seiner verstorbenen Frau, der an der Wand über dem einfachen Holzkreuz hing, und umklammerte ihn mit bebenden Händen. Er warf sich auf die Knie und stammelte in tiefster Bedrängnis, während ihm die Tränen über die eingefallenen Wangen strömten, die Worte eines Gebetes:

»Der Herr ist mein Hirte,
Mir wird nichts mangeln.
Er weidet mich auf einer grünen Aue
Und führet mich zum frischen Wasser.
Er erquicket meine Seele.
Er führet mich auf rechter Straße
Um seines Namens willen.
Und ob ich wanderte im finstern Tal,
fürchte ich kein Unglück ...«

Es war das gleiche Gebet, welches er seinerzeit auch am Totenlager seiner Frau gebetet hatte, und überdies eines der wenigen, die er kannte. Immer noch vor Angst schlotternd, flehte er zusätzlich noch die Jungfrau Maria um Gnade an.

»Heilige Muttergottes, steh mir bei!«, murmelte er mit tränenerstickter Stimme. »Bewahre mich doch vor den bösen Totengeistern. Ich gelobe dir auch, künftig dem Trunke abzuschwören, jeden Sonntag den Gottesdienst zu besuchen und eine Kerze für die armen Seelen zu stiften, wenn du mich nur vor diesen Unholden erretten mögest.«

König Tod

Weißt du, bereits als junger Mann habe ich erkennen müssen, wie mächtig der Tod ist. Ich erinnere mich noch sehr genau daran, wie damals in Frankfurt genau wie im übrigen Land die Pest ausbrach. Als an jenem drückend schwülen Sommermorgen im Juni 1507 auf einmal die Sturmglocke auf dem Pfarrturm von St. Bartholomäus erklang, weilte ich gerade bei Verwandten auf dem Rahmhof. Nach und nach fielen auch die anderen Kirchenglocken ein, weithin schallte das vielstimmige Geläut. Auf den Stadttürmen wurden schwarze Fahnen gehisst, und der Turmtrompeter verkündete zur achten Stunde mit bebender Stimme vom Rathausturm am Römer die schauerliche Nachricht.

»Hört ihr Leut und lasst euch sagen: Der schwarze Tod hat Einzug unter uns gehalten. Gott sei uns allen gnädig!«

Dann blies er in sein Instrument und wiederholte die schreckliche Hiobsbotschaft noch zweimal, während unten das Weinen und Wehklagen der Frankfurter Stadtbürger immer lauter wurde.

Die Seuche breitete sich von den flussnahen Bezirken rasend schnell über die ganze Stadt aus. Am Abend war das im Jahre 1492 errichtete Pestilenzhaus am Klapperfeld bereits bis unters Dach mit Menschen gefüllt.

Halb wahnsinnig vor Angst irrte ich durch die Gassen und vernahm aus den Häusern gellende Schmerzensschreie. Unerträgliche Schwüle herrschte allenthalben in der Stadt, die Luft stand förmlich zwischen den engen Häuserschluchten, und nicht der geringste Windhauch brachte Abkühlung. Mir lief der Schweiß in Strömen über das Gesicht. Ich suchte eine Schenke auf, um mit ein paar Krügen kühlem Bier meinen Durst zu stillen und die Furcht zu betäuben. Dort kam ich neben einem jungen Medicus zu sitzen, der so bleich und ausgezehrt wirkte wie ein Geist. Ich spendierte ihm eine Maß, und wir kamen miteinander ins Gespräch.

Unentwegt werde er zu Kranken gerufen, klagte er, denen ohnehin nicht mehr zu helfen sei. Die Krankheit beginne mit hühnereigroßen Schwellungen in den Achselhöhlen und Leisten, die aufbrechen und sich als Geschwüre und schwarze Flecken auf der ganzen Haut ausbreiten würden. Die Gepeinigten litten unter unerträglichen Schmerzen und verschieden meist schon nach wenigen Tagen, erläuterte er mutlos. Alle Ausscheidungen und Exkremente verbreiteten einen durchdringend faulen Gestank, den er einfach nicht mehr aus der Nase bekomme. Wir verabredeten uns für einen der nächsten Tage in derselben Schenke, denn mir war sehr daran gelegen, unseren Kontakt aufrechtzuerhalten. Mir war es schon immer ein Herzenswunsch gewesen, Arzt zu werden, doch als Sohn eines Landjunkers, der einmal das Landgut und die Ländereien der freiherrlichen Familie übernehmen sollte, blieb mir dieser Wunsch bedauerlicherweise verwehrt.

Wenn es ihm seine Zeit erlaube, komme er in den Abendstunden zu einer kleinen Stärkung vorbei, erklärte der Arzt zum Abschied. Ich habe ihn nie wiedergesehen. Als ich mich nach einiger Zeit beim Wirt nach ihm erkundigte, sagte mir dieser, der Medicus habe sich im Main ersäuft. Er habe es nicht mehr ertragen, machtlos mit ansehen zu müssen, wie ihm die Menschen unter den Händen wegstarben.

In dieser Nacht betrank ich mich, so sehr hatte mich die Nachricht über den Freitod des Arztes mitgenommen. Ich verließ die Schenke erst im Morgengrauen, und das grauenhafte Szenario, dessen ich draußen ansichtig wurde, trug nicht dazu bei, meine Stimmung zu heben. Unheimlich anmutende Pestknechte in langen schwarzen Kutten huschten durch die Gassen, um die zahlreichen Leichen einzusammeln. Ununterbrochen zogen Leichenwagen vorbei. Die Leichen stapelten sich vor den Häusern, ein unerträglicher, süßlicher Verwesungsgestank hing in den Gassen. Ich hielt mir angewidert einen Ärmel meines Gewandes vor die Nase, doch es nützte nichts. Der durchdringende Gestank war einfach überall, und bald erging es mir so wie meinem toten Trinkkumpan: Ich bekam ihn nicht mehr aus der Nase und erbrach mich in krampfartigen Schüben neben einem Stapel Pestleichen. Es schauderte mich, überall die aufgedunsenen Toten zu sehen, gleichzeitig faszinierte mich jedoch der Anblick des Todes auf eine eigentümliche Weise.

In dieser schlimmen Zeit trank ich weit mehr, als mir guttat, um meine Sinne zu betäuben. Eines Nachts, als ich wieder einmal aus der Schenke wankte, vernahm ich in der dunklen Gasse plötzlich ein Poltern und dann ein durchdringendes Quietschen, das mir durch Mark und Bein ging. Ab und zu verstummte das unerträgliche Geräusch für eine Weile, um dann in seiner ganzen Kläglichkeit erneut einzusetzen. Ein Stück weit vor mir, wo das Poltern herzukommen schien, war das flackernde Licht einer Fackel auszumachen. Neugierig geworden, beschleunigte ich meine Schritte und gewahrte im Lichtschein eine Gestalt, bei deren furchterregendem Anblick mir der Atem stockte. Sie trug eine lange rote Kutte mit einem spitz zulaufenden roten Hut. Das Gesicht war von einer blutroten Maske bedeckt. Der Rotgewandete zog einen klapprigen Leiterwagen, auf dem mehrere Pestleichen lagen. Als er meiner ansichtig wurde, blieb er stehen und starrte mich aus seinen dunklen Sehschlitzen an, was derart gespenstisch anmutete, dass sich mir unwillkürlich die Nackenhaare sträubten. Für einen kurzen Augenblick glaubte ich, Gevatter Tod stünde vor mir und fahre seine Ernte ein. Ich war derart erschrocken, dass ich mich nicht mehr von der Stelle bewegen konnte. Der Rote schien meine Angst zu wittern.

»Ihr braucht Euch nicht zu fürchten«, erklang seine eigenartig gedämpfte Stimme hinter der Maske.

»Wer … wer seid Ihr?«, stieß ich hervor.

»Ich gehöre zu den Brüdern des Mitleids. Wir helfen den Pestknechten beim Einsammeln und Bestatten der Pestleichen.«

»Darf ich Euch ein Stück begleiten?«, vernahm ich zu meinem Befremden meine eigene kehlige Stimme. Damals war ich mir nicht ganz im Klaren, was da plötzlich über mich kam. Heute dagegen weiß ich: Es war der Ruf des Todes, dem ich folgte.

Während wir gemeinsam durch die dunklen Gassen zogen, machten wir uns miteinander bekannt. Mein eigentümlicher Gefährte hieß Tobias und war ein einfacher Mann, der in Frankfurt als Gassenkehrer arbeitete. In dem großen Aufruhr, der das Leben der Menschen erfasst hatte, hatte er sich den »Brüdern des Mitleids« angeschlossen, einer nach florentinischem Vorbild gegründeten Bruderschaft, die den Pestknechten behilflich waren. Seine Schilderungen beeindruckten mich derart, dass ich bald darauf ebenfalls der Bruderschaft beitrat.

In einer blutroten Kutte folgte ich den übervollen Leichenwagen und half den Pestknechten beim Aufladen der Leichen. Der Gestank, der von den Toten ausging, war so infernalisch, dass uns die Gesichtsmasken nicht davor schützen konnten. Wir verscharrten die Pesttoten in Massengräbern, was gar nicht so einfach war. Denn der Frankfurter Peterskirchhof platzte seit der großen Pest förmlich aus allen Nähten. Früher bestattete Leichen mussten ausgegraben werden, um Platz für die vielen Pesttoten zu schaffen. Die Schädel und Knochen aus den alten Gräbern schichteten wir an den Wegrändern auf, was einen schauerlichen Anblick bot. Damit nicht genug, befanden sich nun auch überall in der Stadt Schautafeln und Straßenaltäre, auf denen verfaulende Körper und detailgetreue Abbildungen von Verwesung bildlich dargestellt waren.

Man konnte sich nicht wehren gegen den Tod. Keiner konnte sich wehren, alle mussten sterben. Der Tod war der große Gleichmacher. Gegen ihn war kein Kraut gewachsen, und es half auch kein Beten.

In jener düsteren Zeit hatte ich meine ersten Visionen: König Tod, gekleidet in ein purpurfarbenes Herrschergewand, ausgestattet mit Zepter und Krone, thronte auf einem mächtigen Berg von Pesttoten und bleckte triumphierend die Zähne. In einer unendlich langen Prozession zogen seine Untertanen an ihm vorbei und erwiesen ihm die Ehre. Könige, Fürsten, Kardinäle und Päpste beugten ihre Häupter vor dem Allmächtigen und küssten den Saum seines Gewandes. Ich reihte mich ein in seinen Hofstaat und wartete geduldig, bis ich an der Reihe war. Als ich endlich vor dem Erhabenen stand, schlotterten mir die Knie. Ich warf mich auf den Boden und küsste den Saum seines Umhangs, wie es die anderen taten. Doch das genügte mir nicht. Tollkühn ergriff ich seine knöcherne Hand, die auf seinem Schoß ruhte, und bedeckte sie mit Küssen, während ich stammelte: »Mein Leben gehört Euch, mein König!«

Er blickte mich eindringlich aus seinen leeren Augenhöhlen an, legte mir sodann seine Knochenhand auf die Schulter und antwortete mit einer Stimme, die aus den Tiefen einer Gruft zu kommen schien: »So sei es, mein tapferer Recke!«

Ich weinte vor Glück und vor Ergriffenheit. König Tod hatte mich zu seinem Ritter geschlagen. Endlich hatte ich meine wahre Bestimmung gefunden.

Seit diesem Augenblick wurde mir der Gevatter zu einem Vertrauten, mit dem ich stumme Zwiesprache hielt. Er wurde mein ständiger Begleiter, führte mich an der Hand von Leichenstapel zu Leichenstapel.

Ich kannte ihn persönlich, nannte ihn Gevatter, wusste, wie er aussah. Längst war er kein anonymes Wesen mehr, er war vorstellbar, sichtbar und greifbar und schritt einher wie ein König.

»Unter Hunderten ist nicht einer, der mir vorbereitet entgegeneilt«, klagte er. »Wohl geschieht denen, die nicht uneinsichtig und unverständig sterben. Eitle Ehren, Wohlbefinden des Leibes, vergängliche Liebe und das habgierige Suchen nach des Lebens Notdurft blenden die Menge. Willst du aber dieser Jämmerlichkeit entgehen, so folge meiner Lehre. Siehe, mein Anblick ist nichts anderes als die getreue Hilfe deiner armen Seele, die so sehr nach mir ruft, dass du nicht nur alle Angst verlierst, sondern sogar meiner harrest.«

Und ich harrte seiner. Rechnete ständig damit, mich bei den Pestleichen anzustecken, doch es geschah nicht.

*

Mitten in den Wirren der Pest erreichte mich eine Nachricht meiner Mutter, die mir mitteilte, dass mein Vater und meine beiden Brüder an der Seuche gestorben seien, und mich ver-

zweifelt bat, nach Hause zurückzukehren. Umgehend packte ich das Nötigste zusammen und machte mich auf die Reise in den Westerwald.

Obwohl ich in der glücklichen Lage war, über ein gutes Reitpferd zu verfügen, und nicht wie die einfachen Reisenden gezwungen war, zu Fuß zu gehen, war ich tagelang unterwegs. Überall stieß ich auf Menschen, die, vor Todesangst schier wahnsinnig, in Panik vor der Seuche flüchteten. Die einen flohen aus den Städten aufs platte Land, die anderen vom Land in die Stadt. Die Angst vor Ansteckung hatte sie herzlos und stumpf gemacht. Eltern ließen ihre kranken Kinder im Stich, Frauen liefen ihren kranken Männern davon und Männer ihren sterbenden Frauen. Reiche Bürger und Adelige flüchteten vor der Pest auf ihre Landsitze im Taunus. Doch auf dem Land war das Sterben nicht minder groß wie in den Städten. Die wenigen Überlebenden erstarrten in Apathie, versorgten das Vieh nicht mehr und brachten keine Ernte ein. Es war der Wahnsinn der Hoffnungslosigkeit, der die Überlebenden lähmte.

König Tod galoppierte durch die Länder wie ein fliegender Reiter. Er zog auch mit denen, die vor ihm flüchteten, löschte hier ein ganzes Dorf aus und ließ dort ein anderes ganz unversehrt.

Immer wieder begegneten mir auch Büßerscharen, die in zerfetzte Lumpen gehüllt, abgemagert bis auf die Knochen, unentwegt der Selbstgeißelung frönten. Beim Anblick ihrer blutenden Wunden überkam mich eine seltsame Erregung, und die düsteren Prozessionen faszinierten mich. Glaube mir, wäre ich nicht meiner Mutter gegenüber in der Pflicht gewesen, so hätte ich mich ihnen auf der Stelle angeschlossen.

3

Heinrich Sahl erwachte am Morgen mit heftigen Kopfschmerzen und fühlte sich derart gerädert, dass er den Tag am liebsten auf dem Strohsack verbracht hätte. Doch heute war Allerseelen, da kamen viele Leute auf den Friedhof, um ihrer verstorbenen Angehörigen zu gedenken. Von früh bis spät wurden in der Peterskirche Totenmessen abgehalten, und Pfarrer Juch würde den Kirchhof ausgiebig mit Weihwasser besprengen und Gebete sprechen. Selbstverständlich erwartete sein gestrenger Vorgesetzter von ihm, dass der Gottesacker am heutigen Gedenktag in einwandfreiem Zustand war. Stöhnend richtete sich Heinrich langsam auf und begann, sich anzukleiden. Sein schwarzer Kapuzenmantel war immer noch klamm vom gestrigen Regen. Während er mit zittrigen Händen einen Becher Sauermilch trank, um seinen rebellierenden Magen zu besänftigen, kamen ihm wieder die grauenhaften Ereignisse der vergangenen Nacht in den Sinn, und ihn überfiel ein Schaudern. Eigentlich war ihm ja die Angst vor Geistern und Gespenstern fremd, derlei Empfindlichkeiten konnte er sich bei seinem Beruf auch gar nicht leisten. *Ein Totengräber, der sich vor Geistern fürchtet, das ist ja wie ein Metzger, der kein Blut sehen kann*, dachte er grimmig. Er musste dem Trunke abschwören! *Also nur noch Milch und Wasser – zumindest fürs Erste*, raunte er seinem inneren Widersacher zu, den es schon jetzt nach einem ersten Schoppen gelüstete.

Nein, er wird nicht zum Weinhändler rennen und sich Nachschub holen! Stattdessen wird er jetzt zum Beinhaus gehen und dort Ordnung schaffen, denn den Karner an der westlichen Friedhofsmauer wird der Pfarrer bei seinen Segnungen gewiss nicht auslassen.

Obwohl die letzte Pestepidemie schon zwei Jahre zurücklag, war der Kirchhof noch immer zum Bersten voll mit den Gerippen der Pesttoten. Bei nahezu jeder neuen Beisetzung barg der Totengräber Schädel und Beinknochen von Altbestattungen und schichtete sie im Beinhaus an der Friedhofsmauer auf. Momentan allerdings lagen dort die Gerippe einfach kunterbunt durcheinander. Sahl war in letzter Zeit einfach nicht mehr zum Aufräumen gekommen. Also trotzte er dem kalten Nieselregen, den heftigen Windböen, seinem Kater und der immer stärker werdenden Sehnsucht nach einem Glas Wein und stakste über den noch menschenleeren Friedhof zur Kapelle an der Westmauer. Als er sich dem Karner näherte, grinsten ihm die Schädel schon hämisch entgegen, ganz so, als würden sie sich über seine traurige Gestalt lustig machen und ihn daran gemahnen, dass auch seine Tage gezählt seien. Heinrich öffnete das Holzgatter und zwängte sich an den Knochenbergen vorbei ins Innere des Beinhauses. Der schmale Durchgang war übersät von Knochen, die von den Stapeln heruntergefallen waren, ungehalten schob er sie zur Seite, damit es nicht auf Schritt und Tritt unter seinen Füßen knirschte. Sogar ein Schädel war auf den Boden gerollt, den er ärgerlich ergriff, um ihn auf einen der Schädelberge zu werfen. Da gewahrte er im diffusen Licht des trüben Novembermorgens etwas Dunkles auf den Knochenstapeln, das ihm wie eine Decke oder ein Kleidungsstück vorkam.

Seltsam, wie kommt denn das dahin?, fragte er sich erstaunt, denn er hatte es mit Sicherheit nicht dort hingelegt.

Die Kundschaft, die er hierherbrachte, trug doch schon seit langem keine Kleider mehr!

Während er sich förmlich den Arm verrenkte, um einen Tuchzipfel zu erwischen, damit er die merkwürdige Decke zu sich ziehen und in Augenschein nehmen konnte, fiel ihm auf, wie schwer sie war. Außerdem ragte plötzlich etwas aus dem Stoff heraus. Aufmerksam stierte er mit seinen altersschwachen Augen dorthin und stellte erschrocken fest, dass es sich um eine zierliche, beringte Hand handelte. Mit aller Kraft zog er weiter an dem Stoff, während rings um ihn die Gebeine herunterkullerten, bis er des Bündels endlich habhaft wurde. Es war die Leiche einer mageren Frau, gehüllt in einen schwarzen Trauermantel. Obgleich ihn der Anblick von Toten schon lange nicht mehr schrecken konnte, brach ihm unversehens der kalte Schweiß aus und rann ihm über Gesicht und Nacken. Angesichts der wächsernen Blässe der Toten mit den weit aus den Augenhöhlen getretenen Augäpfeln, in denen sich auch im Tod noch die ärgste Seelenpein spiegelte, drehte sich ihm förmlich der Magen um. Grauenhaftes musste ihr widerfahren sein. Hinter Heinrich Sahls schmerzhaft pochenden Schläfen flackerten erneut die Schreckensbilder der vergangenen Nacht, so deutlich, dass er glaubte, den Verstand zu verlieren. »Heilige Muttergottes, steh mir bei«, stammelte er verzweifelt. Er zitterte wie Espenlaub, und für einen Schoppen Branntwein hätte er in diesem Moment Gott weiß was gegeben. Doch mit dem letzten Rest Vernunft, der ihm bei aller Panik verblieben war, wurde ihm klar, dass er umgehend zum Pfarrhaus eilen müsse, um dem Pfarrer Meldung zu erstatten.

Mit schlotternden Knien taumelte er den Friedhofsweg entlang, und je näher er seiner Behausung kam, desto heftiger meldete sich seine Trunksucht. Im Geiste durchsuchte er jeden Winkel seiner Kammer nach einer stillen Reserve, die es, und das war ihm nur allzu bewusst, tatsächlich nicht gab. Hatte er nicht vielleicht noch irgendwo bei den Gräbern eine Flasche vergessen, da es ihm schon seit langem zur lieben Gewohnheit geworden war, auch während der Arbeit hin und wieder einen heimlichen Schluck aus der Pulle zu nehmen? Hektisch irrten seine Blicke über den Gottesacker, all seine Vorsätze, dem Trunke künftig abzuschwören, hatten sich in Luft aufgelöst. Er fühlte sich so hundeelend und sterbenskrank, dass er wie jeder Kranke seine Medizin brauchte!

Da nahm er auf dem Friedhofsweg plötzlich ein Glitzern wahr. Sein Säuferherz ließ ihn hoffnungsfroh innehalten, um es genauer in Augenschein zu nehmen, doch es erwies sich als viel zu klein. Wertloser Tand, eine Glasscherbe womöglich. Missmutig und enttäuscht bückte er sich danach – und erkannte jetzt erst, dass es sich um eine juwelenbesetzte Gemme handelte. Das Herz schlug ihm bis zum Hals. Das war genug, um sich eine ganze Wagenladung mit Weinfässern zu kaufen! Verstohlen schaute er sich um und steckte das Schmuckstück kurzerhand unter seine Kutte.

*

»Entschuldigt bitte, dass ich Euch schon so früh behellige, aber ich muss unbedingt den Herrn Pfarrer sprechen«, stieß Sahl atemlos hervor und kam sich unter den ungnädigen Blicken der Pfarrhaushälterin vor wie der letzte Lumpenhund.

Die Frau rümpfte angewidert die Nase, fächelte sich Luft zu und trat demonstrativ einen Schritt zurück. »Ihr stinkt ja zum Gotterbarmen!«, zeterte sie mit schriller Stimme. »Und wie Ihr wieder ausseht! Da kann man ja das Grausen kriegen. So kommt Ihr mir jedenfalls nicht über die Schwelle.

Verpestet uns noch die ganze Stube, dieser Trunkenbold! Geht erst mal heim, und wascht Euch. Und wenn Ihr wieder halbwegs nüchtern seid, könnt Ihr von mir aus wiederkommen.«

»Ich habe nichts getrunken«, rechtfertigte sich Heinrich mit bebender Stimme. »Und dass ich so verdreckt bin, liegt daran, dass ich gearbeitet habe. Ich zieh ja nicht mein Feiertagsgewand an, wenn ich im Beinhaus zu tun habe. Jetzt lasst mich bitte zum Herrn Pfarrer. Es ist nämlich etwas Schlimmes passiert.« Aus Sahls geröteten Augen sprach eine solche Bedrängnis, dass selbst die abweisende Wirtschafterin merkte, dass irgendetwas nicht stimmte.

»Was ist denn passiert?«, erkundigte sie sich plötzlich interessiert und bekam vor Sensationsgier ganz glänzende Augen.

»Das werdet Ihr noch früh genug erfahren. Jetzt lasst mich mit dem Herrn Pfarrer reden«, insistierte Heinrich. Er genoss es, die Frau, die augenscheinlich vor Neugierde platzte, ein wenig schmoren zu lassen.

Auch Hochwürden Juch, der mit einem Gast beim Frühstück saß, war äußerst ungehalten über die Störung:

»Was untersteht Sie sich, Agnes, mir am heiligen Feiertag und auch noch in aller Herrgottsfrühe den Totengräber ins Speisezimmer zu führen!«, schimpfte er entrüstet.

»Ei, er hat gesagt, es wär was Schlimmes passiert, Herr Pfarrer«, entschuldigte sich die Haushälterin kleinlaut und deutete einen Knicks an. Dann blieb sie stehen und starrte mit sensationsgieriger Miene auf den Totengräber.

Der Pfarrer, der sich häufig genug über ihre Klatschsucht ärgerte, fuhr sie ungeduldig an: »Sie kann gehen!« Unwillig wandte sie sich um und verließ den Raum.

Unterdessen wartete Heinrich Sahl angespannt darauf,

dass der Pfarrer ihm endlich das Wort erteilte. Sein Blick fiel auf den opulent gedeckten Tisch, auf dem sich neben einer Schinkenkeule und diversen Wurstkringeln auch ein gebratener Kapaun und, wie er neidvoll bemerkte, überdies eine hohe Karaffe mit tiefrotem Burgunderwein befanden. Unwillkürlich trat er einen Schritt vor.

»Trete Er sofort zurück! Er stinkt ja wieder, als hätte Er in einem Weinfass genächtigt. Verdirbt uns den ganzen Appetit, der alte Saufaus!«, fuhr ihn daraufhin der Pfarrer an und presste sich ein großes weißes Batisttaschentuch an die Nase. Gehorsam wich der Totengräber zurück bis zur Tür und fühlte sich dabei wie ein Hund, dem man einen Tritt verpasst hatte.

»Also, jetzt red Er endlich! Was will Er denn schon so früh?«, erkundigte sich Juch gereizt.

»Ei, Herr Pfarrer, da licht e tot Fraa im Beinhaus«, presste Heinrich hervor.

»Was denn für eine tote Frau? Ist Er sich da sicher? Ich meine – äh, dass die da nicht schon länger liegt?«

»Nee, nee. Keine ausgegrabene Leich, wenn Ihr das meint. Die ist noch ziemlich frisch. Halt noch net verwest, versteht Ihr, da is noch alles dran, mein ich.«

»Verschon Er uns mit weiteren Einzelheiten, Kerl! Da wird einem ja speiübel!« Der Pfarrer streifte seinen Besucher, der in der Tat ganz blass geworden war, mit besorgtem Blick und erhob sich unwillig.

»Bitte vielmals um Entschuldigung, verehrter Freund, aber gewisse Leute wissen sich einfach nicht gesittet zu betragen. Da ist Hopfen und Malz verloren. Um Euch weitere Abscheulichkeiten zu ersparen, mein werter Herr Felber, werde ich mich am besten hinausbegeben und das Ganze selber in Augenschein nehmen. – Und Gnade Ihm, Sahl, wenn das wieder so eine Posse von Ihm ist! – Frühstückt doch bitte weiter, oder nehmt vielleicht erst einen ordentlichen Schluck von dem Roten, um Euren Magen zu besänftigen. Ich bin gleich wieder bei Euch.« Der Pfarrer verbeugte sich vor dem Gast und verließ hinter Sahl den Raum.

Als der Totengräber und der Pfarrer wenig später das Beinhaus betraten und Heinrich nur mit stummer Geste auf die leblose Gestalt im schwarzen Trauermantel wies, die auf den Knochenstapeln des Beinhauses lag, gab Hochwürden einen lauten Aufschrei von sich. Was Heinrich, obgleich ihm der Schrecken selber noch in den Gliedern steckte, doch mit einer gewissen Häme erfüllte.

»Bringt mich raus an die frische Luft«, ächzte Juch, dessen fahle Gesichtsfarbe verriet, dass er in Ohnmacht zu fallen drohte. Keuchend geleitete Sahl den schwankenden Geistlichen, der sich mit seinem ganzen stattlichen Gewicht auf ihn stützte, unter das Vordach des Bahrhauses, wo er ihn rasch auf einen Holzhocker schob. Hochwürdens Kopf bewegte sich ständig hin und her, als könnte er dem Herbstwind nicht mehr standhalten, während er mit weit geöffnetem Mund nach Atem rang und schließlich hervorstieß: »Das ist doch die Mechthild Stockarn. Ausgerechnet die Stockarn-Tochter liegt tot auf meinem Friedhof!«

»Meint Ihr die Stockarns aus der Fahrgasse, die, wo so reich sind?«, erkundigte sich Heinrich betreten.

»Genau die meine ich, Bursche!«, entgegnete Juch mit einiger Empörung. »Die Familie Stockarn gehört immerhin zu den vornehmsten Geschlechtern Frankfurts. Ihrer Großmütigkeit verdankt unsere Peterskirche zwei prunkvolle Altäre. Sie haben in unserem Gotteshaus eine Ehrenbank. – Lieber Herrgott, was soll ich jetzt nur machen?« Pfarrer Juch rang fassungslos die Hände und starrte mit bestürzter Miene in den wolkenverhangenen Himmel. Die Antwort schien nicht lange auf sich warten zu lassen, denn gleich darauf murmelte er wie zu sich selbst: »Ich muss unbedingt den Senat verständigen.«

Im nächsten Augenblick erhob er sich unsicher vom Hocker und hastete in Richtung Pfarrhaus. Sahl, der nicht recht wusste, wie er sich verhalten sollte, trottete ihm hinterher.

Juch wandte sich zu ihm um und herrschte ihn wütend an: »Bleib Er mir bloß vom Halse! Geh Er meinethalben zum Beinhaus zurück, und halt Er Wache, dass niemand Unberufenes hineingeht.«

Heinrich nickte gedemütigt und schlurfte mit hängenden Schultern zum Karner hin, wo er im immer stärker werdenden Nieselregen vor dem Eingang Position bezog. Erneut das Innere zu betreten und sich dem Anblick der schreckensgeweiteten toten Augen noch einmal auszusetzen, dazu konnte er sich nicht durchringen. Er fror in seiner klammen Arbeitskutte, fühlte sich gänzlich überflüssig in dieser Welt und sehnte sich so sehr wie nie nach einem Glas Branntwein. Da bog unversehens die Haushälterin des Pfarrers um die Ecke. Als sie auf dem Weg zur Friedhofspforte an ihm vorüberschritt, streifte sie ihn mit einem kurzen, vernichtenden Blick, so, als stünden ihm seine frevelhaften Gedanken auf die Stirn geschrieben.

*

Nachdem der Stadtschultheiß Reichmann von der Haushälterin des Pfarrers über den schrecklichen Fund im Beinhaus in Kenntnis gesetzt worden war, schickte er umgehend einen Boten zu sämtlichen Mitgliedern des Magistrats und ließ ihnen bestellen, sich umgehend auf dem Peterskirchhof einzufinden. Auch den Stadtarzt Stefenelli bat er dazu.

Heinrich Sahl stand noch immer im Nieselregen vor dem Beinhaus und zitterte vor Kälte, als der völlig aufgelöste Pfarrer Juch den Bürgermeister und die Ratsherren sowie den Stadtphysikus ins Beinhaus führte. Doch keine der Standespersonen würdigte ihn auch nur eines Blickes. Aus dem Innern des Karners vernahm Heinrich das entsetzte Aufstöhnen und die gestammelten Betroffenheitsbekundungen der hohen Herren und wurde gleich darauf von seinem Vorgesetzten damit beauftragt, die Tote in die Leichenhalle zu tragen und sie dort aufzubahren.

Bevor Doktor Stefenelli vor den versammelten Honoratioren die Leichenschau eröffnete, forderte er unwirsch: »Ich bitte darum, dass ausreichend Fackeln angezündet werden, in diesem trüben Licht kann ich nicht arbeiten.«

Pfarrer Juch stürzte sogleich nach draußen und rief dem sich bereits entfernenden Totengräber zu, er solle gefälligst Licht herbeischaffen.

Erst als Sahl nicht weniger als zehn Fackeln in den Wandhalterungen befestigt hatte und die Leichenhalle hell erleuchtet war, nickte der Arzt endlich zustimmend. Schweigend wartete er, bis der gemeine Mann die Totenkapelle wieder verlassen hatte, dann erst begann er, die Leiche der jungen Frau zu entkleiden. Beim Anblick des extrem abgemagerten Körpers der Toten konstatierte er mit hämisch nach unten gezogenen Mundwinkeln: »Das ist ja das reinste Gerippe. Die muss ja schon kurz vor dem Hungertod gewesen sein.«

Einzelne Ratsherren hüstelten betroffen, und Reichmann rief erschüttert: »Die sieht ja schlimm aus, die Arme.«

Stefenelli fuhr mit der Visitation fort, bewegte vorsichtig den Kopf der Toten und besah gründlich das Gesicht und den Hals.

»Die Tote weist an der Halsschlagader eine Schnittwunde

auf und ist vollkommen ausgeblutet«, stellte er gleich darauf fest. »Das erklärt auch ihre extreme Blässe, die noch um einiges heller ist als die eigentliche Leichenblässe.« Dann untersuchte der Medicus in akribischer Genauigkeit den gesamten Körper der Toten.

»Außer zahlreichen vernarbten Striemen an Schultern und Rücken sind keine weiteren Auffälligkeiten auszumachen«, konstatierte er abschließend und erklärte die Leichenschau für beendet.

Beim Hinausgehen raunte der Bürgermeister seinem Freund und engsten Vertrauten Johann Fichard mit unheilvollem Augenaufschlag zu: »Die Stockarin war ja schon recht sonderbar. Wer weiß, was da noch alles dahintersteckt.«

Anschließend beauftragte er ein Dutzend Stadtbüttel, das gesamte Friedhofsgelände gründlich nach Blut oder sonstigen Spuren zu durchforsten. Doch weder in der Umgebung des Beinhauses noch auf dem restlichen Gottesacker fanden sich Hinweise auf eine Gewalttat. Auch eine entsprechend große Blutlache war nirgendwo zu entdecken, was aber womöglich dem starken Regen zuzuschreiben war.

Nach der nervenaufreibenden Prozedur zogen sich die Herren zu einer ersten Beratung ins Pfarrhaus zurück, wo ihnen die Pfarrhaushälterin stärkende Getränke reichte.

»Wir werden nichts unversucht lassen, den Schurken ausfindig zu machen, der der armen Mechthild so etwas angetan hat«, gab Reichmann mit bebender Stimme von sich.

Der Patrizier Johann Fichard stimmte ihm zu: »Der Meinung bin ich auch, mein lieber Nikolaus, das sind wir unserem alten Freund und Senatskollegen Josef schuldig.« Dann gab er zu bedenken: »Welchen Untersuchungsrichter aber wollen wir mit dem Fall betrauen? Der Lederer taugt doch nicht viel und ist einer Ermittlung von solcher Bedeutsamkeit nicht gewachsen. Außerdem haben wir ihn mit dem Hurenmord betraut, weil er da nicht viel falsch machen kann.«

»Ich muss die Herren um Entschuldigung bitten«, meldete sich Pfarrer Juch plötzlich mit der klangvollen Stimme des routinierten Kanzelredners zu Wort. »Ich unterbreche nur ungern, aber in diesem Fall muss ich daran gemahnen, dass es sich eindeutig um eine Kirchensache handelt. Für mein Dafürhalten besteht nämlich kein Zweifel daran, dass es sich bei der grausamen Mordtat um das Werk von Teufelsanbetern handelt. Außerdem ist der Kirchhof als heiliger Ort durch die frevelhafte Bluttat geschändet worden, was die Aufklärung des Verbrechens gleichfalls zu einer Angelegenheit der Kurie macht. Ich werde mich noch heute mit dem Erzbistum Mainz in Verbindung setzen und die Diözese um Hilfe ersuchen.«

Der Bürgermeister und die Ratsherren waren über das Ansinnen des Pfarrers wenig erfreut, hielten ihren Unmut aber im Zaum und schwiegen. Eigentlich ließen sie sich von der Geistlichkeit nicht gerne in die Regierungsgeschäfte hineinreden. Andererseits mochten sie es sich mit dem Kaiser, der ein Ausbund an Frömmigkeit war, auch nicht verderben, verdankten sie ihm doch die Reichs- und Messefreiheit.

In die allgemeine Stille hinein erkundigte sich der Bürgermeister, dessen lange, spitze Nase durch den frühen Genuss geistiger Getränke deutlich gerötet war: »Pflegt nicht die heilige Mutter Kirche bei derartigen Sachverhalten einen Inquisitor mit der Untersuchung zu beauftragen?« Er schien mit einem Mal Juchs Vorschlag gegenüber gar nicht mehr so abgeneigt zu sein. *Wenn die Kirche die heikle Angelegenheit unbedingt selbst aufklären wollte, bitte schön! Das ersparte dem Rat der Stadt weitere Blamagen und Peinlichkeiten ...* Auch wenn keiner von ihnen gewagt hätte, es offen auszusprechen, hegten die Ratsherren ganz ähnliche Gedanken und bekundeten durchweg ihr Einverständnis.

Daher wurde ein berittener Stadtherold zum Bischof nach Mainz entsandt, und die Herren besannen sich, dass es nun an der Zeit war, die Familie der Toten zu benachrichtigen.

4

An Allerseelen machte sich die Totenwäscherin Katharina Bacher um die elfte Stunde auf den Weg zu ihrem Vater. Sie wusste um seine Schwermut und Trunksucht und war seit dem Tod der Mutter darum bemüht, ihn vor der Verwahrlosung zu bewahren. Täglich bereitete sie ihm eine warme Mahlzeit zu, die sie, um den mehr als mäßigen Appetit des Trinkers ein wenig anzuregen, mit ihm gemeinsam einzunehmen pflegte. Für heute hatte sie eine herzhafte Linsensuppe vorgesehen und sogar eine Speckschwarte dabei, die sie mit Zwiebeln auslassen und dann mit den Linsen und dem Wurzelgemüse zusammen köcheln lassen würde.

Da Feiertag war, trug Katharina eine kunstvoll gefaltete Schmetterlingshaube aus rauchgrauem flandrischen Linnen, welches sie als Stoffrest für wenig Geld einem Tuchhändler auf der Neuen Kräme abgekauft hatte. Das zarte Grau der Haube korrespondierte vorteilhaft mit ihren zimtfarbenen Haaren. Unterwegs warfen ihr nicht wenige Männer begehrliche Blicke zu, doch Katharina senkte nur züchtig die Lider und ging unbeirrt weiter. Als sie über den weiten Platz vor der Katharinenkirche kam, neigte sie wie immer leicht ihr Haupt, um der Namenspatronin einen stillen Gruß zu senden. Gerade wollte sie in die Zeil abbiegen, als sie am Rande des Platzes einen jungen Flugblatthändler gewahrte, der gerade dabei war, eine Schautafel aufzustellen. Gleich darauf begann er, in theatralischem Tonfall zu deklamieren:

»Von der schlimmen Infektion, welche sich in Niederschlesien ausgebreitet hat, und ihren Ursachen.«

Katharina liebte es, den mitunter haarsträubenden Geschichten der Vorleser zu lauschen, und blieb stehen. Allerdings wäre es ihr viel lieber gewesen, sie hätte die Nachrichten selbst entziffern können; glühend beneidete sie jeden, der das Lesen beherrschte.

Nachdem es dem Vorleser gelungen war, die Aufmerksamkeit der Menge auf sich zu ziehen, fuhr er mit viel Pathos fort: »Der Stifter und Verursacher des großen Sterbens war kein anderer als der Totengräber Heinrich Krahle. Er hat nicht allein Brunnen vergiftet, sondern zudem die meisten und wichtigsten Straßen der Stadt mit einem giftigen Pulver bestreut. Und das Elend ist unter den Bewohnern der Stadt immer schlimmer geworden. Als aber der barmherzige Gott gesehen hat, dass die rechte Zeit gekommen war und er dem Mordgesellen keine weitere Macht mehr lassen wollte, hat es sich wunderbar geschickt, dass der besagte Schurke überführt werden konnte. Im Zorn und im Rausch hat er in der Schenke die folgenden Worte ausgestoßen: Er würde mit der Stadt bald fertig sein, sein Pulver reiche aus, um auch die noch nachzuholen, die übriggeblieben seien. Daraufhin hat der ehrenfeste Rat den Menschenmörder in Haft genommen und foltern lassen. Da hat er dann gestanden, dass der Teufel ihm eingegeben hätte, wie er das Pulver machen sollte. Als gerechte Strafe für seine Gräueltaten ist er mit dem Rad an seinen Gliedern zerschlagen und dann auf einem großen Scheiterhaufen lebendig zu Pulver verbrannt worden!«

Die Menge grölte gehässig, hier und da wurden wüste Flüche ausgestoßen. Katharina kannte die abergläubische Scheu der Stadtbürger vor dem Beruf ihres Vaters und die damit verbundenen bösartigen Verunglimpfungen nur allzu gut.

Sie wollte sich schon voller Unbehagen und Groll aus dem Gedränge zurückziehen, als sie in ihrer unmittelbaren Nähe höhnisches Gekeife hörte:

»Na, Totenfrau, gefällt dir wohl net, was man da von solchen wie euch zu hören kriegt, was? Ich weiß nur eins: Wenn's irgendwo eine Seuch gibt, stecken entweder die Judde dahinner oder eure Bagage. Des wär ja net des erste Mal, dass einer von euch die Brunne vergifte tät in unserm schöne Frankfurt. Am Beste wär's, mer steckt euch alle zusamme in en Sack und drischt druff!« Der Rufer war ein betrunkener, zahnloser alter Mann, in dem Katharina den früheren Küster der Peterskirche wiedererkannte. Er war wegen seiner ausufernden Trunksucht unehrenhaft entlassen worden und strich seither durch die Stadt, erbettelte Geld und wetterte zwischendurch gegen Gott und die Welt.

Katharina hatte nun doch genug. »*Dich* sollte man in einen Sack stecken und deinen versoffenen Kadaver den Hunden vorwerfen, dann hätten wir eine Dreckschleuder weniger in der Stadt«, fuhr sie dem Trunkenbold aufgebracht übers Maul. Aus der Menge waren Pfiffe zu vernehmen.

»Halt bloß den Rand, du rothaarisch Hex, sonst werste aach noch zu Pulver verbrannt«, grölte eine ältliche Matrone bösartig, worauf sie zustimmendes Gelächter erntete.

»Leichenfledderer und Grabräuber seid ihr, des waas doch in Frankfurt jeder!«, mischte sich nun auch wieder der Betrunkene ein. »Warum hat's de Heini in seiner Stubb immer so schee warm? Weil er sein Ofe mit Sargholz beheize tut. – Was trägt er unner seim Rock? – A feines Totehemd ...«, krähte er aufgekratzt, als ihn plötzlich eine laute Männerstimme unterbrach.

»Haltet bloß Euer Schandmaul, Alter, sonst stopf ich es Euch«, fuhr ein hochgewachsener, schlanker Mann mit ungebändigten Haaren und einem abgewetzten Samtbarett den Aufwiegler an. Es war der junge Mann, mit dem Katharina unlängst vor der Tür des Frauenhauses zusammengestoßen war.

Drohend ging er auf den Alten zu. »Hör auf, die Dame zu belästigen, du altes Waschweib, und schleich dich gefälligst!«, herrschte er ihn an, und seine hellgrünen Augen funkelten angriffslustig. Das Lästermaul bekam es offenbar mit der Angst zu tun und trollte sich widerwillig, nicht ohne weiter unwirsch vor sich hin zu brabbeln.

Katharina, die die Gehässigkeiten ebenfalls nicht einfach auf sich beruhen lassen mochte, fauchte die verächtlich starrende Menschenmenge an:

»Von uns vergiftet niemand Brunnen! Wir tun alle nur redlich unsere Arbeit. Außerdem haben auch wir unsere Toten zu beklagen, meine Mutter und meine vier Geschwister sind ebenfalls an der Pest gestorben. – Und jetzt lasst mich in Frieden!« Angesichts dieser zornigen jungen Löwin traute sich keiner mehr, etwas Ungebührliches zu sagen, und der Pulk begann, sich langsam aufzulösen.

Lediglich ein paar Gassenkinder sangen im Hintergrund:

»Totenmagd, mir graut vor dir,
näht ein weißes Hemdlein mir,
ruhe sanft und schließ die Lider,
was sie anfasst,
kehrt niemals wieder!«

Katharina trat auf die Kinder zu und zwickte sie versöhnlich in die Wangen. »Seid nicht so frech, ihr Bälger, sonst kriegt ihr das nächste Mal keinen Totenweck mehr von mir«, sagte sie mit gespielter Strenge, während sie den Kindern liebevoll über die Köpfe strich.

Ihr Zorn hatte sich etwas gelegt, und sie wandte sich an

den jungen Mann mit dem Samtbarett, der stehen geblieben war und das Schauspiel mit amüsiertem Lächeln verfolgt hatte.

»Danke für Euren Beistand«, erklärte sie und streckte ihm freundschaftlich die Hand hin. »Mein Name ist Katharina Bacher, und ich bin die Tochter des städtischen Totengräbers. Und damit nicht genug, arbeite ich auch noch als Totenwäscherin. Gruselig, nicht wahr?«

Der junge Mann ergriff unbeeindruckt ihre Rechte. »Sehr erfreut, Euch kennenzulernen, Katharina Bacher. Ich bin Florian Hillgärtner, angehender Kunstmaler und Meisterschüler bei Meister Martin Caldenbach. Meinen Beistand gab ich Euch gerne, auch wenn ich den Eindruck gewann, dass Ihr ihn keineswegs nötig hattet – Ihr habt Euch selbst tapfer verteidigt. Und dass Ihr von Beruf Totenwäscherin seid, ängstigt mich kein bisschen. Im Gegenteil, ich finde es interessant. Doch es verblüfft mich auch. Ich dachte nämlich immer, Totenfrauen wären zahnlose alte Weiber und nicht jemand, der so strahlend und … liebreizend ist wie Ihr.« Der Maler musterte die Totengräbertochter mit unverhohlenem Wohlgefallen.

Angesichts dieses frechen Blickes fand Katharina es angemessen, ihn gebührend in die Schranken zu weisen und sich zu entfernen.

»Ich muss mich aufmachen«, sagte sie reserviert.

Doch Florian Hillgärtner ließ sich nicht so leicht abwimmeln. »Darf ich Euch ein Stück begleiten?«, erkundigte er sich höflich.

Katharina brachte es nicht übers Herz, ihm eine Abfuhr zu erteilen. »Na gut, dann geht halt mit«, stimmte sie schließlich zu. »Ich muss zu meinem Vater auf den Peterskirchhof.«

Als er daraufhin ihren Korb ergriff, um ihn für sie zu tragen, ließ sie ihn gewähren.

Eine Weile lang gingen sie schweigend dahin. Dann fasste sich Katharina ein Herz und sagte: »Es tut mir leid, dass ich damals so ruppig zu Euch war, als wir uns vor dem Frauenhaus getroffen haben.«

»Ach das! Das war doch nicht so schlimm. War ja auch ziemlich ungeschickt von mir, mich gleichzeitig mit Euch zu bücken. Aber mit dem Frauenhaus, da habt Ihr mir schon ein wenig unrecht getan. Ich gehe nämlich nicht dorthin, um mich zu verlustieren, sondern der Arbeit wegen. Ihr müsst wissen, ein Malergeselle verdient nicht allzu viel. Mit fünf Gulden im Jahr kann man keine großen Sprünge machen. Da war ich froh, dass mich die Huren um ein Porträtbild ihrer Meisterin gebeten haben.«

»Ihr habt das Gemälde gemacht, das bei der Hurenkönigin in der Stube steht!«, stellte Katharina ehrfürchtig fest. »Ich habe es gesehen, als ich letztens da war, weil ich ... Ich habe im Auftrag der Hurengilde eine Tote gewaschen, wisst Ihr. Ich verstehe ja nichts davon, aber ich finde, Ihr beherrscht Euer Handwerk ganz vortrefflich.«

Ihr Lob schien den Meisterschüler mit Stolz zu erfüllen.

Neugierig fuhr Katharina fort: »Ihr seid überhaupt der erste Maler, den ich kennenlerne. Wolltet Ihr immer schon Maler werden?«

»Nun, eigentlich sollte ich Schreiber lernen«, antwortete Florian. »Mein Vater und Großvater waren angesehene Frankfurter Buchmaler. Doch seit der Entdeckung des Buchdrucks durch Meister Gutenberg verlor mein Vater immer mehr Aufträge und musste schließlich als Ratsschreiber arbeiten. Aber mir widerstrebte diese Tätigkeit ...«

»Ihr könnt schreiben?«, unterbrach ihn die Totenwäscherin fasziniert.

»Ja, ich war auf der Lateinschule. Aber schon als Knabe

habe ich angefangen zu zeichnen, alles, was ich so gesehen habe. Und als ich fünfzehn war, gab der Vater meinen ständigen Bitten endlich nach und gestattete mir, mich als Malergeselle auf die Wanderschaft zu begeben. Er hatte Verständnis für mich, schließlich war er selbst Künstler gewesen. Kurz nach den Wirren der Pest, Ende 1507, kehrte ich dann nach Frankfurt zurück und wurde auf Empfehlung meines Vaters Meisterschüler bei Meister Caldenbach.« In ehrfürchtigem Tonfall fügte Florian hinzu: »Er ist ein Schwager des großen Albrecht Dürer und war früher auch sein Schüler.«

Katharina, die ihm begeistert zugehört hatte, schüttelte den Kopf und gab unumwunden zu, dass sie von Dürer noch nie gehört hatte.

»In der Malerei kenne ich mich überhaupt nicht aus. Nur wenn ich in die Peterskirche gehe, oder in die Katharinenkirche, um an meinem Namenstag vor dem Bildnis meiner Namenspatronin eine Kerze zu entzünden, schaue ich mir immer die herrlichen Altargemälde an. Der Herr Jesus und die Muttergottes und auch die Heiligen, sie sehen darauf so echt und lebendig aus. Ich habe immer das Gefühl, sie schauen mich an und verstehen alle meine Gebete.«

Florian, der Katharina bei diesen Worten immer wieder gemustert hatte, war jetzt mitten auf der Zeil stehen geblieben und schaute sie wie gebannt an.

»Eure reinen Züge, die strahlenden Augen in der Farbe von wildem Waldhonig, Eure feingeschwungenen Lippen – was wärt Ihr für eine wundervolle Pietà«, murmelte er entzückt und schien dabei alles um sich herum zu vergessen. »Darf ich Euch einmal porträtieren? Das wäre mir ein großer Herzenswunsch.«

Katharina spürte, wie sie tief errötete. »An und für sich

hätte ich nichts dagegen, aber ...« Sie senkte verlegen den Blick und sprach nicht weiter.

Inzwischen waren sie am Peterskirchhof angelangt. Hastig verabschiedete sich Katharina und schlüpfte durch das Tor.

Während sie den Friedhofsweg entlang zum Bahrhaus lief, fühlte sie sich so leicht und beschwingt wie schon lange nicht mehr. Fröhlich vor sich hin summend, betrat sie die Kammer ihres Vaters.

Doch sobald sie die schlimme Unordnung und den Weingeruch wahrnahm, der in dem stickigen Raum hing, verflog ihr Wohlgefühl. Beklommen sah sie sich nach dem Vater um und entdeckte ihn auf seinem Strohsack, wo er betrunken seinen Rausch ausschlief. Wenn es auch nicht das erste Mal war, dass sie ihn so vorfand, setzte ihr der jämmerliche Anblick doch gehörig zu. Den Tränen nahe, beugte sie sich zu ihm hinunter, um ihn wachzurütteln. Heinrich Sahl stöhnte laut auf, grummelte etwas Unverständliches vor sich hin und schlug die trüben, geröteten Augen auf.

»Ach, mein Mädchen«, murmelte er mit belegter Stimme. »Sei mir net bös. Aber nach allem, was ich heut schon hinter mir hab, musst ich einen trinken.«

»Das wird nicht bloß einer gewesen sein«, entgegnete Katharina unwirsch. »Doch damit ist jetzt Schluss!« Sie ergriff den halbleeren Weinkrug, der neben dem Strohsack stand, und eilte nach draußen, wo sie den Inhalt auf den Boden goss.

Heinrich Sahl, der die Resolutheit seiner Tochter kannte, wagte nicht, dagegen aufzubegehren. Er strich sich mit fahriger Geste die strähnigen Haare aus der Stirn und versuchte mit einiger Mühe, auf die Beine zu kommen. Als Katharina ihm dabei helfen wollte, wehrte er ab und moserte, er sei ja noch kein alter Mann.

»Aber ein besoffener«, konterte die Totenwäscherin trocken, hievte den mageren Vater hoch und führte ihn zu einem Schemel am Tisch. Sie füllte Wasser in einen Becher und stellte ihn dem Totengräber vor die Nase. »Da, trink das, damit du wieder nüchtern wirst. Und dann wird was gegessen«, beschied sie ihn streng, begann, aufzuräumen und Feuer zu machen.

Während Katharina in trotzigem Schweigen das Linsengericht aufsetzte, wuchs ihre Wut noch an. Mit einem Mal platzte es aus ihr heraus: »Wenn ich dich noch einmal am helllichten Tag so besoffen erleben muss, dann kannst du in Zukunft deinen Scheißdreck alleine machen!« Sie barg das Gesicht in den Händen und fing bitterlich an zu weinen. Heinrich Sahl saß mit schuldbewusster Miene am Tisch und wusste nicht, was er sagen sollte.

»Du hast ja recht, Käthchen«, brachte er schließlich hervor und schien den Tränen nahe.

»Vadder, du darfst dich net so gehen lassen! Bitte versprech mir das«, stammelte Katharina und blickte den Vater eindringlich an.

»Is ja gut, mein Mädchen. Ich versprech es dir. Ich wollt ja sowieso mit der Sauferei aufhören. Das hab ich mir heut Nacht noch geschworen. Doch als ich am Morgen das tote Mädchen gefunden hab, da ging es mir so dreckig, dass ich einen trinken musste.« Auf den fragenden Blick seiner Tochter hin berichtete Heinrich Sahl von der Toten im Beinhaus und den Vermummten, die er in der Nacht von Allerseelen auf dem Friedhof beobachtet hatte. Katharina hörte ihm mit angespannter Miene zu und bemerkte nachdenklich:

»Und wenn das gar keine Geister waren, die du da gesehen hast?«

»Ich weiß net. Vielleicht hab ich mir das im Suff ja auch alles nur eingebildet«, erwiderte der Totengräber bekümmert und nippte an seinem Wasser.

»Überleg doch mal genau, Vadder. Du bist seit über dreißig Jahren Totengräber und saufen tust du auch schon, solange ich denken kann. Hast du denn jemals irgendwelche Geister oder Gespenster auf dem Friedhof gesehen?«

»Nee, eigentlich net.«

»Siehst du. Das sind doch alles nur Ammenmärchen, mit denen man Kindern und abergläubischen Leuten Angst einjagen kann. Ich glaub jedenfalls nicht an so was. Und du doch eigentlich auch nicht.«

»Stimmt. Ich sach immer: ›Klappe zu, Affe tot‹, und fertisch ist's«, entgegnete der Totengräber grinsend und schien allmählich seinen Galgenhumor wiedergefunden zu haben.

»Genau. Und deswegen glaub ich auch nicht, dass diese Vermummten an den Gräbern Totengeister waren«, konstatierte Katharina nüchtern.

»Und was waren sie dann? Spitzbuben und Huren und was sich sonst so nachts auf dem Friedhof rumtreibt, waren das jedenfalls auch keine.«

Die Totengräbertochter dachte nach. »Vielleicht sind es Teufelsanbeter gewesen?«, fragte sie dann düster. »Hast du nicht gesagt, die tote Frau aus dem Beinhaus hätte auch so eine schwarze Kutte angehabt? Das kann doch kein Zufall gewesen sein! Vielleicht haben diese Kuttenträger sie sogar abgemurkst ...«

»Das hat der Pfarrer auch gesagt, dass die, die, wo die Stockarn umgebracht hätten, dass das Teufelsanbeter gewesen sind.«

»Hast du dem Herrn Pfarrer gesagt, was du in der Nacht gesehen hast?«

»Gott behüte!«, erwiderte Sahl. »Das hätt der mir doch sowieso net geglaubt. Außerdem bin ich gar net dazu gekommen, so turbulent wie das heut Morgen hier zugegangen ist.«

»Das solltest du ihm aber unbedingt noch erzählen. Nachher, wenn wir gegessen haben, gehst du rüber ins Pfarrhaus und sagst es ihm.«

»Wenn der Juch überhaupt Zeit hat«, erwiderte der Totengräber mürrisch. »Heut an Allerseelen hat der Pfarrer doch so viel zu tun, und Besuch hat der auch noch. Der hat mich heut Morgen schon so runtergeputzt, als ich des mit dem toten Mädchen gemeldet hab. Nee, nee. Ich glaub, es is besser, wenn ich den heut in Ruh lass. Ich kann ja auch morgen noch hingehen.«

»Dann gehst du aber gleich morgen früh! Ich hab so ein komisches Gefühl im Bauch. Wenn da nur nicht noch was Böses nachkommt ...« Unwillkürlich musste Katharina an die grausige Geschichte des Flugblatthändlers denken, während sie den Linseneintopf umrührte.

Nachdem Heinrich Sahl tapfer eine kleine Portion des Linsengerichts zu sich genommen hatte und Katharina gerade dabei war, den Tisch abzuräumen und das Geschirr zu reinigen, hüstelte der Totengräber betreten und kramte ausgiebig in der Tasche seines Arbeitskittels. Schließlich zog er die Gemme hervor und legte sie mit zittrigen Händen auf den Tisch.

»Hier, das wollt ich dir noch zeigen. Die hab ich heut Morgen auf dem Friedhof gefunden«, sagte er kleinlaut. Katharina ließ den Lumpen sinken und starrte entgeistert auf das Schmuckstück.

»Wo hast du das denn her?«, fragte sie verblüfft.

»Ei, des lag auf dem Boden ... und da hab ich's halt aufgehoben.« Der Totengräber senkte schuldbewusst den Blick und fuhr sich mit der Hand über die schweißnasse Stirn.

»Und davon hast du dem Pfarrer natürlich auch nix erzählt!«, wetterte Katharina und schepperte aufgebracht mit dem Geschirr.

»Nein, hab ich net. Und das war vielleicht ein Fehler«, entgegnete Sahl tonlos.

»Ein Fehler, ein Fehler! Mensch, Vadder, du bringst dich noch in Teufels Küche! Herrjeh, dass du das nicht gleich gesagt hast. Du gehst jetzt auf der Stelle zum Pfarrer und gibst dem die Brosche. Sag am besten, du hättest sie vorhin erst gefunden. Ich kann auch mitkommen.«

»Nein, nein. Das mach ich schon allein. Es ist ja auch schon nach drei. Mach dich heim, der Rupp wartet bestimmt schon und hat Hunger«, brummelte der Totengräber missmutig. Katharina, die wusste, wie störrisch ihr Vater sein konnte, insistierte nicht mehr weiter und wischte stattdessen schweigend den Tisch ab.

Nach einer Weile räusperte sich Sahl und erklärte achselzuckend: »In Gottes Namen, dann mach ich mich halt auf.« Er erhob sich, zog einen sauberen Trauermantel über und verließ gemeinsam mit Katharina seine Wohnstatt.

Kurz bevor sie sich trennten, flehte die Totenwäscherin den Vater noch einmal an, Wein und Branntwein endlich abzuschwören.

*

Griesgrämig musterte die Haushälterin des Pfarrers den Totengräber und beschied ihn schroff: »Hochwürden sind nicht zu sprechen. Den ganzen Tag nicht und auch am Abend nicht.« Damit knallte sie ihm die Tür vor der Nase zu. Ohne Gegenwehr schlich Heinrich Sahl davon.

Er begab sich mit hängenden Schultern zum Bahrhaus, wo er ein kleines Talglicht vom Wandbord nahm. An der Totenleuchte entzündete er es und ging damit zum Grab seiner Frau und seiner Kinder an der Nordmauer des Friedhofs, um mit ihnen stumme Zwiesprache zu halten. Wieder zurück in seiner Kammer, verkroch er sich auf dem Strohsack, wo er, größtenteils schlaflos, die Nacht zubrachte.

Am nächsten Morgen fühlte sich Heinrich zwar wie gerädert, aber da er dem Alkohol entsagt hatte, was ihm beileibe nicht leicht gefallen war, hatte er wenigstens keinen Brummschädel. Gleich nachdem er einen Bissen Brot und einen Schluck Wasser zu sich genommen hatte, machte er sich mit der Gemme in der Tasche auf den Weg zum Pfarrhaus und klopfte schicksalsergeben an die Tür.

»Hochwürden erwarten heute noch hohen Besuch aus Mainz und sind vor einer halben Stunde aufgebrochen, ihm entgegenzureiten«, knarzte die Hauswirtschafterin mit der üblichen Unfreundlichkeit.

Heinrich schüttelte verzagt den Kopf. »Wann wird er denn ungefähr zurück sein? – Es ist wichtig«, sagte er eindringlich.

»Das weiß ich nicht«, entgegnete die Frau abweisend und schlug Heinrich, ehe er noch etwas erwidern konnte, erneut die Tür vor der Nase zu.

Um die Mittagszeit wurde der Totengräber wieder im Pfarrhaus vorstellig und zum dritten Mal abgewiesen. Als er am späten Nachmittag einen weiteren Vorstoß wagte, ließ ihn die Haushälterin mit grimmiger Genugtuung wissen, Pfarrer Juch befinde sich gerade in einer Besprechung mit dem Herrn Inquisitor Hubertus Ottenschläger und wünsche, keinesfalls gestört zu werden. Er möge gefälligst morgen wiederkommen.

*

Das Abendessen im Pfarrhaus ließ nichts zu wünschen übrig. Dem hohen Gast zu Ehren zierten kalter Fasan, edles Wildbrett aus dem Taunuswald und geräucherte Bachforelle die festlich gedeckte Tafel. Dazu gab es tiefroten Burgunderwein und den berühmten Frankfurter Mandelkäse, eine köstliche, aber auch recht teure Süßspeise. Umso mehr irritierte Pfarrer Juch die Anspruchslosigkeit seines Besuchers: Der Inquisitor begnügte sich mit einem Stück Bachforelle und einer Scheibe Roggenbrot und trank dazu nur Wasser, was den Gastgeber, der Speis und Trank sonst gut zuzusprechen pflegte, notgedrungen dazu bewog, seinen Appetit zu zügeln.

Hubertus Ottenschläger war ein Mann von hagerer Gestalt und mit scharfgeschnittenen, asketischen Gesichtszügen. In seinem schlichten braunen Ordensgewand und den einfachen Sandalen sah der betagte Dominikaner eher wie ein einfacher Mönch aus als wie die hohe geistliche Autorität, die er zweifellos war. Ebenso schlicht und geradlinig schien er auch in seinem Umgang zu sein. Als ihn Pfarrer Juch mit »Herr Großinquisitor« ansprach und jedes Mal ehrfürchtig den Kopf neigte, wenn er das Wort an ihn richtete, bemerkte Ottenschläger bescheiden:

»Nennt mich doch einfach Bruder Hubertus. Schließlich sind wir doch alle beide ergebene Diener der heiligen Mutter Kirche.«

Kaum dass die Tafel abgetragen war, kam Ottenschläger auch gleich zur Sache. »Wir sollten uns darüber beraten, wie in der heiklen Angelegenheit weiter vorzugehen ist«, sagte er und fixierte seinen Amtskollegen mit seltsam starren, nahezu farblosen Augen, die nie zu blinzeln schienen. In diesem eindringlichen Blick offenbarte sich dem Pfarrer die ganze Unbarmherzigkeit und Härte, für die der berühmte Dominikaner in Kirchenkreisen bekannt war. Einen Moment lang spürte er eine so namenlose Angst, dass ihm die Luft wegblieb. Der Inquisitor, dem die Irritation des Pfarrers nicht verborgen geblieben war, blieb gelassen:

»Fangen wir doch am besten noch einmal ganz von vorne an. Die Tote wurde von Eurem Totengräber unter höchst merkwürdigen Umständen gefunden. Ist das zutreffend?«

Pfarrer Juch zögerte kurz mit der Antwort.

»Ihr meint, weil sie im Beinhaus lag?«, fragte er unsicher.

»Richtig. Sie lag im Beinhaus auf den Knochenstapeln und war in einen schwarzen Leidmantel gekleidet«, bestätigte der Inquisitor. »Fällt Euch da nichts auf?« Ottenschläger maß Juch mit einem auffordernden Blick, der Juchs Unsicherheit noch verstärkte. In Ottenschlägers Gegenwart kam er sich vor wie ein dummer, kleiner Lateinschüler vor einem allwissenden Magister. Er blieb dem Inquisitor die Antwort schuldig und zuckte nur mit den Schultern.

Ottenschläger zeigte sich gnädig und fügte hinzu: »Tragen nicht auch Totengräber solche schwarzen Kutten?«

Pfarrer Juch wurde es mit einem Mal siedend heiß. »Ihr habt recht!«, rief er aus. »Totengräber haben solche schwarzen Mäntel.«

»Seht Ihr«, bemerkte Ottenschläger triumphierend. »Und deswegen bin ich der Meinung, wir sollten uns mit diesem Totengräber noch eingehender befassen. Wie hieß er gleich?«

»Heinrich Sahl«, erwiderte der Pfarrer, froh darüber, dass das Gespräch in überschaubare Bahnen gelenkt wurde.

»Ach, lieber Juch, könntet Ihr vielleicht so freundlich sein, mir einen Bogen Papier und eine Schreibfeder zur Verfügung zu stellen? Ich möchte mir das alles gerne aufschreiben.«

Pfarrer Juch läutete seiner Haushälterin und beauftragte sie, dem Wunsch seines Gastes zu entsprechen.

Nachdem sich der Inquisitor mit zufriedener Miene verschiedene Notizen gemacht hatte, hob er den kantigen Gelehrtenschädel und erkundigte sich mit sanfter Stimme:

»Was ist er denn für ein Mensch, dieser Totengräber Heinrich Sahl?«

Pfarrer Juch nahm zu seinem Unbehagen wahr, dass ihm der Schweiß ausbrach. »Nun, ich muss leider zugeben, er ist … er ist nicht gerade eine Zierde unseres Peterskirchhofs«, entgegnete er verlegen. »Eigentlich hätte ich ihn schon längst aus dem Gemeindedienst entfernen müssen, allein meiner falschen Langmut ist es zu verdanken, dass er überhaupt noch in Lohn und Brot steht. Kurzum: Sahl ist ein arger Trunkenbold und, das muss ich leider so sagen, von seinen ganzen Lebensverhältnissen her und auch von seiner äußeren Erscheinung ein höchst verkommenes Subjekt.«

In die Augen des Inquisitors war ein eigentümlicher kalter Glanz getreten, während er des Pfarrers Worte noch auf sich wirken ließ. Dann verkündete er mit harter, metallischer Stimme:

»Ein haltloser, lasterhafter Mensch also. Das Laster aber ist des Teufels! – Ich werde diesen Lumpenhund zu allererst befragen.«

»Jederzeit, Herr Inquisitor … äh … Bruder Hubertus. Ich kann ihn gleich hierherbestellen lassen, wenn Ihr das wünscht.«

Ottenschläger unterbrach seine Aufzeichnungen und schien konzentriert nachzudenken. Doch auf seinem hageren Gesicht zeigte sich nicht das geringste Mienenspiel.

»Nein, nein, das wäre unklug«, erklärte er entschieden. »Bei dergleichen Kreaturen ist erfahrungsgemäß die Überrumpelungstaktik vorzuziehen.«

5

In den Morgenstunden polterte es heftig an Heinrich Sahls Kammertür. Der Totengräber, der sich aufgrund seiner Alkoholabstinenz die ganze Nacht schweißgebadet auf seinem Strohsack hin- und hergewälzt und kaum ein Auge zugetan hatte, sprang erschrocken auf und wankte zur Tür.

»Öffne Er auf der Stelle!«, vernahm er die aufgebrachte Stimme des Pfarrers. Ohne sich etwas überzuziehen, sperrte er verängstigt auf und stand gleich darauf Hochwürden Juch und seinem Begleiter im fleckigen, verschwitzten Nachtgewand gegenüber.

Die hohen Herren betrachteten ihn verächtlich, und der Pfarrer fuhr ihn an:

»Was ist Er doch für ein verkommenes Subjekt, Sahl! Kleide Er sich an und richte Er sich her. Wir haben schon die achte Stunde, und Er liegt noch auf der Bärenhaut. Man muss sich ja schämen, solch einen Lumpenhund in Diensten zu haben!«

Während sich Sahl mit bebenden Händen über die strähnigen Haare fuhr und seine schwarze Arbeitskutte überzog, zischte Juch gereizt:

»Beeile Er sich gefälligst! Der Herr Inquisitor Hubertus Ottenschläger ist von der heiligen Kurie mit der Aufklärung des Mordfalles Stockarn betraut und möchte Ihm ein paar Fragen stellen.«

»Was … was will er mich denn fragen?«, stieß der Totengräber angstvoll aus, und mit bangen Augen schaute er auf den hageren Mann in der braunen Mönchskutte, der neben dem Pfarrer stand. Ottenschläger, der die ganze Zeit über geschwiegen, den Totengräber aber keinen Moment aus den Augen gelassen hatte, verzog den schmallippigen Mund zu einem tückischen Lächeln, ehe er fragte:

»Hat Er vielleicht eine Ahnung, wie die Leiche ins Beinhaus gekommen ist?«

»Nein ... ich weiß nicht so genau, aber ... aber vielleicht ...«, stammelte der Totengräber beklommen.

»Seht Ihr jetzt, mein lieber Freund, dass meine Entscheidung die richtige war?«, raunte Ottenschläger dem Pfarrer zu, der mit verächtlichem Blick auf den Totengräber erwiderte:

»Und ob! Der Kerl ist ja kaum in der Lage, eine vernünftige Antwort zu geben, und gebärdet sich wie einer, der nicht ganz bei Trost ist.«

»Oder wie jemand, der kein reines Gewissen hat«, zischte der Inquisitor und trat bedrohlich auf Sahl zu, bis er nur noch eine Handbreit von ihm entfernt stand.

»Also, Friedhofswärter, sprich Er jetzt endlich, und sag Er mir die ganze Wahrheit! Er hält doch etwas in der Hinterhand, das habe ich gleich bemerkt!«, schrie Ottenschläger dem Totengräber ins Gesicht, so dass Heinrich Sahl seinen unguten Atem riechen konnte.

»Ja, das stimmt«, murmelte Sahl mit dem Mut der Verzweiflung. »Da waren doch diese ... diese unheimlichen Reigentänzer, die in der Nacht vor Allerseelen auf dem Friedhof ihr Unwesen getrieben haben. Ich habe sie beobachtet, die hatten so lange schwarze Kutten an und sahen aus wie Geister. Und in der Mitte des Kreises stand der Gevatter Tod ...«

»Was sind denn das für Ammenmärchen! Will Er mich

etwa verhöhnen? – Hüte Er sich, Bursche!« Die Drohung hatte der Inquisitor mit einer solch eisigen Ruhe von sich gegeben, dass Sahl regelrecht das Blut in den Adern stockte.

»Das ist die Wahrheit! Ich schwöre es bei allem, was mir heilig ist. Wahrscheinlich haben diese Unholde auch die Frau getötet. Das wollte ich dem Herrn Pfarrer schon die ganze Zeit sagen, ich bin nur noch nicht dazu gekommen.« Sahls heiseres Flüstern ging mehr und mehr in ein Wimmern über. »Und das, das wollte ich Euch auch geben. Die ... die habe ich gestern auf dem Friedhofsweg gefunden«, stotterte er und nestelte mit bebenden Händen die Gemme aus der Tasche seiner Arbeitskutte.

Entgeistert starrten der Pfarrer und der Inquisitor auf das kostbare Schmuckstück.

»Seht, seht«, tönte der Dominikaner höhnisch. »Ich glaube, jetzt ist der Moment gekommen, dem Verdächtigen härtere Bandagen anzulegen. – Lieber Freund Juch«, wandte er sich an den Pfarrer, »wir müssen unbedingt die Polizeibüttel herbestellen. Könntet Ihr vielleicht so freundlich sein und das Nötige veranlassen?«

Wenig später erteilte der Inquisitor den Stadtbütteln die Anweisung, Sahl zu inhaftieren. Während die Schergen Sahl in Ketten legten, schrie dieser verzweifelt: »Ich habe doch nichts Böses getan! Ich bin unschuldig! Bitte, Herr Pfarrer, ich flehe Euch an, so helft mir doch!«

Pfarrer Juch indessen setzte nur ein unbeteiligtes Gesicht auf, drehte sich um und ging zum Pfarrhaus, wo ihm seine Haushälterin, von den gellenden Schreien alarmiert, mit bestürzter Miene entgegeneilte.

»Ich hab's doch gewusst, dass von dem nix Gutes kommt!«, kreischte sie aufgeregt und schlug die Hände über dem Kopf zusammen.

»Herr Pfarrer, so helft mir doch bitte«, brüllte Heinrich immer wieder mit sich überschlagender Stimme, während ihn die Büttel zum Friedhofstor zerrten. »Das könnt Ihr doch nicht zulassen. Ich hab Euch doch all die Jahre treu gedient!«

Juch presste sich entsetzt die Hände an die Ohren, stürzte hektisch ins Pfarrhaus und schlug die Tür hinter sich zu.

Man brachte den gequält wimmernden Totengräber zum städtischen Gefängnis im Mainzerturm und übergab ihn den Turmwächtern. Unterwegs wurde der Gefangene von zahlreichen Passanten angegafft, mit üblen Schmährufen bedacht und mit allerlei Unrat beworfen.

Die Gefängniswärter wurden, wie vom Inquisitor befohlen, instruiert, den Gefangenen unter höchster Sicherheitsstufe zu verwahren. Daraufhin führten sie den Totengräber, der nur noch fassungslos vor sich hin starrte, in ein enges, finsteres Verlies, wo sie ihn wie einen gefährlichen Schwerverbrecher an die Wand ketteten. Seine Füße wurden in einen dicken Holzkeil geklemmt, der ihm das Laufen und Umhergehen unmöglich machte. Sahl ließ alles ohne jede Gegenwehr über sich ergehen.

Unterdessen suchten der Pfarrer und der Inquisitor die Angehörigen der toten Patriziertochter in ihrem Stadtpalais in der Fahrgasse auf. Nachdem Hubertus Ottenschläger der Familie in aller Form zu dem tragischen Tod ihrer Anverwandten kondoliert hatte, zeigte er den Eltern und der Schwester von Mechthild Stockarn das beschlagnahmte Schmuckstück.

Unter Tränen bekundeten die Trauernden einstimmig, dass die Gemme der Ermordeten gehört habe.

*

Um die Mittagszeit betrat Katharina den Friedhof, um dem Vater das Essen zu bringen. Als sie am Pfarrhaus vorbeikam, wurde sie durch lautes Klopfen an der Fensterscheibe aufgeschreckt. Verwundert blieb sie stehen. Im nächsten Moment riss die korpulente Haushälterin des Pfarrers den Fensterflügel auf und rief ihr mit unverhohlener Schadenfreude zu:

»Den Besuch kannst du dir sparen, Totenmagd. Dein Alter sitzt im Mainzerturm!«

Katharina war wie vor den Kopf gestoßen. »Was sagt Ihr da? Das kann doch nicht sein ...«, murmelte sie bestürzt. »Was ... was ist denn passiert?«

Der Matrone schien ihre Fassungslosigkeit Genugtuung zu bereiten. »Na, der Sahl ist heute Morgen von dem Herrn Inquisitor persönlich zum Mord an der jungen Stockarin befragt worden. Und der Eindruck, den er dabei auf den hohen Herrn gemacht hat, ist wohl nicht so günstig gewesen«, erklärte sie gehässig. »Jedenfalls hat mich der Herr Pfarrer zur Polizeiwache ins Leinwandhaus geschickt, um den Stangenknechten zu sagen, sie sollten umgehend zum Pfarrhaus kommen, um den Totengräber zu verhaften. Und dann ist der alte Trunkenbold zum Mainzerturm gebracht worden. Mehr weiß ich auch nicht.«

Katharina war den Tränen nahe, aber sie wollte sich vor dem bösartigen Weib keine Blöße geben. Stattdessen erkundigte sie sich beherrscht, ob sie den Herrn Pfarrer sprechen könne.

»Der Herr Pfarrer ist nicht da. Der ist heute Morgen mit dem Herrn Inquisitor weggegangen und noch nicht wieder zurück«, beschied sie die Wirtschafterin gewichtig.

Katharina drehte sich auf dem Absatz um und hastete grußlos durch die Friedhofspforte davon. Sie wollte zum Mainzerturm in der Hoffnung, den Pfarrer oder den Inquisitor dort anzutreffen. Je stärker ihre Wut wurde, die sie wie ein kräftiger Rückenwind vorantrieb, desto mehr begann sich der Kloß in ihrem Hals aufzulösen.

Als sie an ihrem Wohnturm links der Galgenwarte vorbeikam, hielt sie kurz inne und entschied sich spontan hinaufzugehen, um Ruprecht über alles zu informieren. Immerhin war er ja der beste Freund ihres Vaters und sollte davon erfahren, dass man ihn gefangengesetzt hatte. Außerdem konnte ihr Vater momentan jede Unterstützung gut gebrauchen.

Nachdem Katharina den noch schlafenden Nachtwächter geweckt und ihm von der überraschenden Verhaftung erzählt hatte, konnte sie schließlich doch nicht verhindern, dass ihr die Tränen kamen. In ihrer Verzweiflung ließ sie es zu, dass Rupp sie in die Arme schloss und liebevoll versuchte, sie zu trösten. Als er dabei aber zärtlich wurde und sogar seinen Kopf in ihre Haare vergrub, löste sie sich jäh aus seiner Umarmung und fuhr ihn aufgebracht an:

»Wir haben jetzt Wichtigeres zu tun als rumzuschmusen!«

Ihre Worte trafen den Nachtwächter wie ein Peitschenhieb. Er sank auf einen Hocker, barg sein Gesicht in den Händen und fing mit bebenden Schultern an zu weinen. Katharina, die spürte, dass sie zu weit gegangen war, ging neben ihm in die Hocke und stieß mit brüchiger Stimme hervor:

»Es tut mir leid, Onkel Rupp. Aber jetzt müssen wir uns um den Vater kümmern. Komm, beruhige dich, und lass uns überlegen, was wir tun können.« Versöhnlich tippte sie ihm an die Schulter, und der Nachtwächter trocknete sich die Tränen ab.

»Hast ja recht«, erwiderte er kehlig. »Das bin ich dem armen Heini schuldig. Ich würde sagen, wir machen uns jetzt gleich auf zum Mainzerturm und dringen darauf, den Pfarrer oder diesen Inquisitor zu sprechen. Wir sind dem Heini seine Angehörigen und haben ein Recht darauf, dass man uns anhört.«

Beim Anblick von Rupps verweinten Augen zog sich Katharinas Herz schmerzlich zusammen. Es dauerte sie, dass sie dem herzensguten Mann so häufig weh tun musste. Aber sie konnte es nun einmal kaum ertragen, von ihm angefasst zu werden. Im Grunde genommen war sie doch nur aus Mitleid all die Jahre bei ihm geblieben. Und ihrem Vater zuliebe.

Sie rückte ihre Haube zurecht, strich ihr Leinenkleid glatt und sagte: »Gut, dann lass uns gehen.«

Als sie unten auf der Gasse angelangt waren, bot der Nachtwächter Katharina ritterlich seinen Arm, und sie hakte sich bei ihm unter, bis sie vor dem Mainzerturm standen.

Ruprecht ergriff den schweren eisernen Türklopfer an der Pforte und ließ ihn gegen das Holz schmettern. Niemand rührte sich. Erst nachdem er noch mehrfach geklopft hatte, näherten sich endlich Schritte, und von innen wurde eine kleine Luke geöffnet. Ein feister Gewaltdiener erkundigte sich verdrießlich nach ihrem Begehr.

»Ich bin der Nachtwächter Ruprecht Bacher, und das ist meine Frau Katharina. Wir haben gehört, dass mein Schwiegervater, der Totengräber Heinrich Sahl, hier im Turm gefangen gehalten wird, und möchten höflich darum bitten, den Herrn Inquisitor oder Pfarrer Juch in der Angelegenheit zu sprechen«, sagte Rupp mit fester Stimme.

»Ich werde mal nachfragen«, erwiderte der Wachhabende knapp, ehe er die Luke verschloss und sich entfernte.

Den Wartenden erschien es wie eine halbe Ewigkeit, bis der Laden wieder geöffnet wurde.

»Ich soll Euch von dem Herrn Inquisitor ausrichten, Nachtwächter, dass er momentan nicht abkömmlich ist. Es wäre auch noch viel zu früh, etwas zu sagen, denn die Befragung des Totengräbers sei noch lange nicht abgeschlossen, hat er gemeint. Morgen wüsste man aber bestimmt schon mehr. Er werde den Pfarrer regelmäßig über den aktuellen Stand in Kenntnis setzen, und Ihr sollt Euch dann an den halten«, ratterte der Aufseher mit stumpfsinniger Miene herunter, ohne die beiden ein einziges Mal anzusehen.

Katharina, die das Reden bislang anstandshalber ihrem Ehemann überlassen hatte, konnte nun nicht mehr an sich halten. In scharfem Ton fragte sie: »Was geht hier eigentlich vor? Ich will sofort mit dem Inquisitor reden und zu meinem Vater gelassen werden.«

»Das wird nicht gehen. Gefangene dürfen nur in Sonderfällen Besuch erhalten, und der Inquisitor kann zurzeit niemanden empfangen«, beschied sie der Wärter dröge und vermied es auch weiterhin, sie anzuschauen.

»Das geht doch aber nicht!«, mischte sich nun Rupp erneut ein und bemühte sich um einen amtlichen Tonfall. »Es ist doch unser gutes Recht, dass man uns als Angehörige in Kenntnis setzt.«

»Das werdet Ihr ja auch. Zu gegebener Zeit. Nur halt jetzt noch nicht. Glaubt mir, Nachtwächter, das ist alles rechtens und geht schon seinen geregelten Gang. Geht morgen zu Pfarrer Juch, dann erfahrt Ihr mehr. – Gott zum Gruße.« Und damit schlug er die Luke zu.

Katharina war so fassungslos, dass sie zunächst nur stumm dastand. Dann stürzte sie nach vorne und hämmerte gegen die Tür. Sie verlangte mit aller Vehemenz, dass man ihr öffne, rief immer lauter und lauter, bis ihr schließlich die Stimme brach und sie Ruprecht weinend in die Arme sank.

Weder sie selbst noch Rupp hatten bemerkt, dass sie die ganze Zeit aus einer schmalen Fensteröffnung oberhalb des

Turmes beobachtet wurden. Erst als sie sich entfernten, zog sich auch der Schatten zurück.

»So eine schöne Tochter hätte ich diesem Lumpenhund gar nicht zugetraut«, spottete der Inquisitor, als er hinter sich den Gewaltdiener gewahrte.

»Wohl wahr«, murmelte dieser und geleitete ihn mit einer Fackel zurück in den Verhörraum.

König Tod

Als ich an jenem drückend heißen Spätsommertag in der kleinen Ortschaft Gückingen eintraf, meine Liebe, mochte ich meinen Augen nicht trauen, so sehr hatte sich das einst so malerische Dörfchen verändert. Der Ort wirkte wie ausgestorben, die ungemähten Weiden waren übersät von aufgetriebenen, verwesten Tierkadavern, und auf den Feldern verdorrte die überreife Frucht. Keine Menschenseele begegnete mir, als ich den ansteigenden Weg zum Landgut der Herren von Gückingen einschlug. Beim Anblick des prächtigen Anwesens, welches seit Jahrhunderten im Besitz meiner Familie war, beschlich mich ein mulmiges Gefühl: Wie mochte es meiner Mutter wohl ergangen sein in diesen schrecklichen Zeiten?

Als ich durch das geöffnete Portal in den Innenhof ritt, gewahrte ich eine Frau, die am Ziehbrunnen Wasser schöpfte. Da ich annahm, es handelte sich um eine Bedienstete, sprach ich sie an und trug ihr auf, umgehend der Freifrau zu melden, dass ich eingetroffen sei. Dann solle sie den Stallburschen Bescheid geben, damit mein Pferd versorgt werde. Doch anstatt meinen Anweisungen Folge zu leisten, wandte mir die Frau ein vulgäres, grell geschminktes Gesicht zu und brach in lautes, kehliges Gelächter aus. Erzürnt stieg ich vom Pferd und trat auf sie zu, um ihr für ihr unziemliches Gebaren eine Maulschelle zu verpassen. Doch ich bemerkte mit Befremden, dass die Dirne – denn um nichts anderes konnte es sich bei dem frechen Weibsbild handeln – in ein seidenes Gewand gekleidet und über und über mit Geschmeide behängt war, welches ich mit wachsender Bestürzung als Teil des Familienschmucks erkannte. Als ich schon die Hand zum Schlage erhoben hatte, schüttete mir die Kanaille einen Bottich Wasser ins Gesicht, stemmte die Arme in die Hüften, knickste hämisch in meine Richtung und krähte laut, dass es über den ganzen Hof hallte:

»Hat sich was, mit deiner Freifrau, mein Kleiner! Musste halt mit mir vorliebnehmen. Gestatten: Cornelia, Freifrau von Rotz, mein Name.« Daraufhin brach sie erneut in schallendes Hohngelächter aus. Außer mir vor Rage wollte ich mich auf sie stürzen, als mich von hinten unversehens ein heftiger Keulenschlag ereilte, der mir auf der Stelle das Bewusstsein raubte.

Nachdem ich wieder zu mir gekommen war, tat mir mein Kopf dermaßen weh, dass schon die kleinste Bewegung genügt hätte, mich wieder ohnmächtig werden zu lassen. Rings um mich herrschte finstere Nacht. Mit größter Mühe richtete ich mich auf, um herauszufinden, wo ich mich befand. Ein starker Verwesungsgeruch, der mir in den vergangenen Wochen nur allzu vertraut geworden war, stieg mir in die Nase. Schemenhaft konnte ich vor mir eine hohe Steinmauer erkennen, hinter der sich ein Hausgiebel erhob. Als ich endlich auf den Beinen stand und ein paar Schritte rückwärtsgehen wollte, stolperte ich über ein sperriges Hindernis, welches ich in der Dunkelheit nicht bemerkt hatte. Ich fiel zu Boden und fand mich dicht an dicht mit mehreren übereinanderliegenden Leichen. Starr vor Abscheu wich ich zurück und stakste mit wackligen Beinen ein Stück weiter, wo ich mich erschöpft zu Boden sinken ließ. Ein schlimmer

Durst plagte mich, ich fühlte mich wie ausgetrocknet. Wo war der nächste Bach oder Brunnen? Mein Blick wandte sich wieder der mächtigen Steinmauer und den Dachgiebeln zu, die sich vor dem klaren Nachthimmel abzeichneten, und mir wurde mit einem Mal bewusst, dass es in Gückingen nur zwei Gebäude gab, die von einer Mauer umgeben waren: die Dorfkirche mit dem Gottesacker und das Hofgut der Herren von Gückingen. Ich begriff, dass ich mich in unmittelbarer Nähe meines Elternhauses befinden musste. Diese verdammten Schurken hatten mich einfach draußen vor der Mauer abgeladen.

Ich tastete nach meinem kurzen, zweischneidigen Schwert, welches ich in einer Lederscheide am Gürtel zu tragen pflegte, doch es war nicht mehr da. Die wild aufflackernde Wut verlieh mir neue Kräfte, und ich bewegte mich leicht schwankend, aber zielstrebig zum Torbogen hin, der zum Innenhof mit dem Ziehbrunnen führte. Da fühlte ich, wie mir etwas Feuchtes den Nacken herabrann. Es war Blut, das aus einer schmerzhaften Wunde am Hinterkopf sickerte. Gleichzeitig spürte ich einen stechenden Schmerz an der Nasenwurzel und ließ meine Finger vorsichtig über mein Gesicht gleiten. Mir schien, dass an der Nase etwas gebrochen war. Erneut wurde mir schwarz vor Augen, aber der Gedanke an Wasser trieb mich weiter, ich schleppte mich zum Tor – doch es war verschlossen. Mit letzter Kraft humpelte ich zum Fischteich, der nur einen Steinwurf vom Anwesen entfernt lag, fiel auf die Knie und trank in gierigen Schlucken das brackig schmeckende Wasser. Dann ergab ich mich meiner Erschöpfung und schlief am Ufer ein.

Gleich nach dem Aufwachen am nächsten Morgen machte ich die schockierende Entdeckung, dass sich unter den toten

Körpern, über die ich in der Nacht gestolpert war, auch die Leiche meiner Mutter befand. Die Beulen und dunklen Flecken an Armen und Beinen verrieten mir, woran sie gestorben war. Ich verharrte eine Weile in tränenloser Trauer.

Nun beschloss ich, den alten Jagdaufseher und Jäger Michel Puch, der schon seit Jahrzehnten in treuen Diensten der freiherrlichen Familie stand, aufzusuchen, um mir bei ihm und seinen Gehilfen wehrhafte Unterstützung gegen die Eindringlinge zu suchen. Er lebte in einer Jagdhütte am Waldrand. Ich musste mehrmals an die Tür klopfen, bis endlich aus dem Inneren eine dunkle, knarzende Männerstimme, die ich freudig als die des alten Jägers erkannte, nach meinem Begehr fragte. Nachdem ich mich zu erkennen gegeben hatte, wurde die Tür entriegelt. Bei der Begrüßung liefen dem knorrigen Alten Freudentränen über die Wangen.

Als er mich genauer in Augenschein nahm und meine Blessuren bemerkte, erkundigte er sich besorgt, was mir widerfahren sei. Ich berichtete ihm von den unglückseligen Ereignissen und erwähnte auch, dass ich die Leiche meiner Mutter unter den Pesttoten gefunden hatte. Der Alte bekreuzigte sich und setzte mich mit bebender Stimme darüber in Kenntnis, dass vor ein paar Wochen auch mein Vater und kurz darauf meine beiden Brüder an der Pest gestorben seien. Er selbst habe fast alle seine Angehörigen verloren. Und diejenigen, die überlebt hatten, seien vor der Pest davongelaufen. In ganz Gückingen war nur noch eine Handvoll Leute zurückgeblieben.

Als ich mich anschließend am Waschzuber wusch und meine Wunden versorgte, entdeckte ich mit Entsetzen mehrere hühnereigroße Schwellungen an den Achselhöhlen und wusste sofort, dass ich nun auch an der Seuche erkrankt war.

»Nun bist du also doch gekommen, mich heimzuführen, Gevatter«, flüsterte ich mit bebender Stimme und barg schluchzend mein Gesicht in den Händen.

6

Seit über drei Jahrzehnten war Hubertus Ottenschläger Inquisitor der Heiligen Kurie in Rom und hatte während dieser langen verdienstvollen Zeit in sämtliche Abgründe der menschlichen Seele geblickt. Mit einigem Stolz konnte er von sich behaupten, dass es keinem Menschen je gelungen war, ihn hinters Licht zu führen.

Das Blut hatte er aus ihnen herauspeitschen lassen, er hatte ihr Fleisch mit glühenden Zangen malträtieren, ihnen die Gliedmaßen zermalmen, die Zungen herausschneiden, die Haut in Streifen abreißen lassen, bis der Schmerz die Wahrheit zutage gebracht hatte. Selbst die Verstocktesten hatten im Verlauf der »scharfen Fragestellung«, wie die Tortur von der Inquisition genannt wurde, ihre Schuld eingesehen und gestanden. Der Schmerz war heilsam für die Sünder.

Früh hatte der Inquisitor erkannt, dass die Angst eines Delinquenten ein untrüglicher Beweis für seine Schuld war. Inzwischen waren seine Sinne so geschärft, dass er Angst förmlich riechen konnte. Wie ein Schweißhund, der Fährte aufgenommen hatte, erspürte er jedes Anzeichen von Furcht oder Panik und erbaute sich daran. Solcherart Witterung versetzte ihn geradezu in einen Rausch. Sein kaltes Herz wurde durchdrungen von einem erhabenen Glücksgefühl, und er wusste einmal mehr, dass er den Satan am Ende besiegen würde. Ihn – das abgrundtief Böse, den Teufel, der von der jämmerlichen Kreatur Besitz ergriffen hatte.

Und bei diesem armseligen Jammerlappen von Totengräber stank die Angst förmlich zum Himmel. So sehr, dass sich der Herr Inquisitor angewidert ein Riechtüchlein an die Nase presste, als er am Nachmittag mit der ersten Vernehmung begann. Wohlweislich hatte er entschieden, die Befragung in der großen Folterkammer vorzunehmen, und den Züchtiger angewiesen, von Anfang an zugegen zu sein und sich im Hintergrund an den Gerätschaften zu schaffen zu machen. Denn bei gewissen Memmen und Hasenfüßen – und genau so schätzte er den Totengräber ein – genügten oft schon die furchterregende Gegenwart des Henkers und der fürwahr grauenvolle Anblick der Folterinstrumente, um sie weichzukochen.

Doch in diesem Falle schien er sich ausnahmsweise getäuscht zu haben. Als er Heinrich Sahl vorwarf, Mechthild Stockarn auf den Friedhof gelockt zu haben, um sie dort dem Satan zu opfern und sich anschließend an dem Schmuck der Toten zu bereichern, entgegnete der Totengräber mit überraschend fester Stimme:

»Ich würde lieber sterben, Herr, als solche schrecklichen Dinge zu tun! Ich habe die Jungfer Stockarin nicht auf den Friedhof gelockt und getötet. Und schon gar nicht habe ich sie dem Teufel geopfert. Ich bin ein gottesfürchtiger Mann und habe der Stadt Frankfurt stets gute Dienste geleistet. Mit meiner Frau Anna, Gott hab sie selig, und unseren sechs Kindern, von denen mir die Pest nur noch eines gelassen hat, habe ich fast dreißig Jahre lang ein unbescholtenes Leben geführt ...«

»Schweig Er still! Da haben wir aber ganz andere Sachen gehört«, unterbrach ihn der Inquisitor in eisigem Tonfall. Sahl, der bisher erstaunlich gefasst gewesen war, wirkte auf einmal verunsichert.

»Na ja«, räumte er betreten ein, »seit dem Tod meiner lieben Frau leide ich häufig unter Schwermut und ... und habe mich manches Mal auch dem Trunke ergeben. Aber das wird jetzt besser werden. Ich habe mir nämlich fest vorgenommen, künftig dem Branntwein abzuschwören, dann wird auch der Herr Pfarrer keinen Anlass zur Beschwerde mehr haben. Das könnt Ihr ihm gerne ausrichten ...«, beteuerte Heinrich aufrichtig.

»Das hätte Er sich früher überlegen sollen«, erwiderte Ottenschläger ungnädig und fuhr gleich darauf mit mildem Lächeln fort: »Gegen seine Melancholie aber weiß ich ein gutes Mittel. Hat Er schon einmal von der ›Flagellum Salutis‹ gehört? – Nein? Das habe ich mir fast gedacht. Diese ›Prügel des Heils‹ werden von hervorragenden Ärzten gerne als schnelle und leichte Kur bei Erkrankungen wie Melancholie, Lähmungen, Zahnschmerzen, Schlafwandeln und Taubheit empfohlen. Er wird sie schätzen lernen.«

Heinrich Sahl schwante Böses. »Nein«, stammelte er verzweifelt. »Bitte nicht schlagen!«

Doch sein klägliches Flehen um Gnade schien an dem Dominikaner abzuprallen wie an einer Felswand.

»Meister Hans, zehn Stockschläge auf den blanken Rücken«, flötete Ottenschläger in Richtung Scharfrichter. »Aber dresche Er ruhig ordentlich drauf!«

»Nein!«, schrie der Totengräber gellend. »Bitte, bitte verschont mich, ich habe doch nichts Böses getan!«

Auch den städtischen Henker, dem die Frankfurter Stadtbürger ob seines würdevollen, fast schon aristokratischen Habitus den Spitznamen »Fürst vom Rabenstein« gegeben hatten, konnten Sahls Bitten nicht erweichen. Mit unbeweglicher Miene bedeutete er dem Delinquenten, sich mit dem Gesicht an die Wand zu stellen, wo er ihm mit einem festen Ruck das Hemd herunterzog. Dann ergriff er einen dicken Holzprügel und begann, vehement auf Heinrich Sahls knochigen Rücken einzudreschen. Bereits nach dem dritten Schlag des drahtigen Züchtigers sank der Totengräber laut schreiend zu Boden, wo ihn Meister Hans ungerührt weitermalträtierte. Nach der peinvollen Prozedur war Sahls Rücken blutig, die Haut hing in Fetzen herunter. Der Totengräber wimmerte vor Schmerzen, er stand kurz vor einer Ohnmacht. Kurzerhand goss ihm Meister Hans einen Bottich mit Wasser über den Kopf, damit seine Lebensgeister wieder zurückkehrten, denn die »Vernehmung« war noch lange nicht zu Ende.

Hubertus Ottenschläger, der, hinter seinem Schreibpult sitzend, jeden Handstreich des Züchtigers mit ausdruckslosen Reptilienaugen verfolgt und akribisch protokolliert hatte, ordnete an, den Angeklagten nun der »leichten Befragung« zu unterziehen. Denn die Handbücher der Kurie geboten den Inquisitoren in christlicher Barmherzigkeit, die selbst die schlimmsten Sünder und Verbrecher mit einbezog, die Angeklagten zunächst »leicht und ohne Blutvergießen« zu befragen. Und Ottenschläger hielt sich bei aller Härte, die ihm seine Profession abverlangte, als ergebener Kirchenmann stets mit großer Gewissenhaftigkeit an die Vorschriften.

Im Laufe seines Amtes hatte er ein untrügliches Gespür dafür entwickelt, welche Art der peinlichen Befragung sich für den jeweiligen Delinquenten eignete, und bei Heinrich Sahl musste er nicht lange nachdenken. Kurzerhand entschied er sich für die Anwendung der Wasserfolter.

Nachdem Meister Hans einen seiner Schergen damit beauftragt hatte, zwei Holzbottiche mit Mainwasser herbeizuholen, befahl er dem am ganzen Leibe schlotternden Totengräber, sich auf die Folterbank zu legen, wo er die Hand- und Fußgelenke mit breiten Ledermanschetten fixierte.

In Heinrich Sahls weit aufgerissenen geröteten Augen spiegelte sich die blanke Angst, als der Inquisitor erneut das Wort an ihn richtete.

»Weil Er vorhin schon sein Maul so weit aufgerissen hat, um seine Unschuld zu beteuern, darf er das jetzt noch einmal machen. Und weil Er zudem so ein Saufaus ist, der den Hals nicht vollkriegen kann, werden wir nun das Unsrige dazu beitragen, ihm selbigen gehörig zu stopfen! – Auf, Angstmann, steck Er ihm den Trichter in den Rachen, und dann rein mit der Brühe.«

Ottenschläger konnte sich eines feinen Lächelns nicht ganz enthalten, als Sahl beim Anblick des riesigen Holztrichters, auf dem wie auf allen Folterinstrumenten die fromme Inschrift »Ehre sei Gott allein« angebracht war, einen gellenden Entsetzensschrei von sich gab. Er schien vor Angst wie von Sinnen zu sein und wimmerte immer wieder: »Lieber Herrgott, steh mir bei!«

Nachdem der Züchtiger den ersten Bottich mit Wasser in den Trichter geschüttet hatte – immer wieder unterbrochen, weil der Gemarterte sich heftig und krampfartig erbrach – befahl der Inquisitor, es fürs Erste bewenden zu lassen, und setzte die Befragung fort.

»Nun denn, gibt Er jetzt endlich zu, die Jungfer Stockarin verhext und auf den Friedhof gelockt zu haben, um anschließend seine abscheulichen Praktiken an ihr zu vollziehen?«

Sahl, der noch immer keuchte und verzweifelt nach Luft rang, gab anstelle einer Antwort nur ein gequältes Wimmern von sich, und Ottenschläger wies den Henker an, den kugelartig aufgetriebenen Bauch des Totengräbers mit dem Stock zu bearbeiten. Erst als Sahl die Pein kaum noch zu ertragen vermochte und winselnd um Gnade flehte, bedeutete der Inquisitor dem Angstmann mit einer entschiedenen Handbewegung innezuhalten und herrschte Sahl in vernichtendem Tonfall erneut an, doch endlich zu gestehen.

*

Katharina konnte in jener Nacht einfach keinen Schlaf finden, die Sorge um den Vater brachte sie fast um den Verstand. Schließlich beschloss sie, aufzustehen und noch einen kleinen Rundgang zu machen.

Obgleich es rabenschwarze Nacht war und dichte Nebelschwaden in den Gassen hingen, hoffte sie, in der kühlen Nachtluft wieder einen klaren Kopf zu bekommen. Ziellos streifte sie durch die Gassen, ohne einer Menschenseele zu begegnen. Doch als sie sich unversehens wieder vor der Galgenwarte fand, musste sie feststellen, dass sich ihre Gedanken ebenso im Kreis gedreht hatten.

Niedergeschlagen tastete sie in den Taschen ihres Umhangs nach dem Schlüssel. Da vernahm sie auf einmal Schritte hinter sich und wandte sich erschrocken um. Im Fackelschein der Galgenpforte gewahrte sie zu ihrer Verblüffung den jungen Maler Florian Hillgärtner, der freudig auf sie zutrat.

»Grüßt Euch, Katharina. Was für eine angenehme Überraschung, Euch zu sehen. Was macht Ihr denn zu solch später Stunde noch hier draußen?«, erkundigte er sich gutgelaunt.

»Ich habe mir noch ein bisschen die Beine vertreten, weil ich nicht schlafen konnte«, erwiderte Katharina zurückhaltend und wies mit der Hand auf den Wohnturm. »Außerdem wohne ich hier, ich wollte gerade die Tür aufschließen.«

»Was, hier lebt Ihr? Das gibt's doch nicht! Da sind wir ja fast Nachbarn. Meine Behausung ist das kleine, windschiefe Häuschen da drüben an der Stadtmauer.«

»Seit wann wohnt Ihr denn da? Ich habe Euch noch nie dort gesehen. Das Haus gehört doch der Witwe Braunfels?«

»Ja, das ist meine Vermieterin. Ich bin erst vor ein paar Tagen eingezogen, Anfang November. Vorher habe ich in der Kanngießergasse bei meinem Meister gewohnt, doch das war mit der Zeit zu eng mit dem Meister und der Meisterin und den fünf kleinen Kindern. – Aber das ist ja erfreulich, dass wir Nachbarn sind. Dann hoffe ich, dass Ihr mich bald einmal besuchen kommt. – Oder, vielleicht darf ich Euch ja jetzt schon zu einem Glas Wein einladen?«, fragte er und schaute sie hoffnungsvoll an.

»Das schickt sich nicht«, entgegnete Katharina vorsichtig. »Und Ihr müsst wissen: Ich bin eine verheiratete Frau. Mein Mann ist der städtische Nachtwächter, und in dem Turm ist seine Dienstwohnung.«

Dem Maler stand die Enttäuschung förmlich ins Gesicht geschrieben. »Wie schade«, erwiderte er leise. »Ich meine, schade, dass Ihr schon vergeben seid. – Verzeiht mir, ich wollte Euch nicht zu nahe treten.«

Einen Moment schien er zu überlegen, dann fügte er hinzu: »Vielleicht darf ich Euch ja doch einmal porträtieren, wenn es Euer Gatte erlaubt.«

Als Katharina daraufhin nur ein nachdenkliches Gesicht machte und schwieg, ergänzte er: »Glaubt mir, ich will nichts Ehrenrühriges von Euch. Ich habe mich einfach nur gefreut, dass wir uns begegnet sind.« Seine Augen blickten dabei so entwaffnend und aufrichtig, dass Katharina trotz ihrer Niedergeschlagenheit unwillkürlich lächeln musste.

»Gegen einen gelegentlichen Plausch unter Nachbarn ist ja auch nichts zu sagen«, entgegnete sie. »Mir steht nur gerade nicht so der Sinn danach. Ich habe nämlich schlimme Sorgen.«

Florian blickte sie mitfühlend an. »Wenn ich Euch irgendwie helfen kann? Manchmal genügt es ja schon, einfach darüber zu reden.«

»Danke«, erwiderte Katharina schlicht. »Vielleicht habt Ihr ja recht. Aber ich kenne Euch kaum. Wie soll ich wissen, ob ich Euch vertrauen kann?«

»Das könnt Ihr. Auch, wenn wir uns noch nicht lange kennen, kann ich Euch eines versichern: Egal, um was es geht, ich bin grundsätzlich auf Eurer Seite«, sagte Florian Hillgärtner mit fester Stimme und schaute Katharina offen an.

Die junge Totenwäscherin spürte, dass der junge Mann es ehrlich meinte, und sie war eigentlich ganz froh darüber, jemanden gefunden zu haben, dem sie ihre Sorgen anvertrauen konnte. Stockend begann sie, dem Meisterschüler von der unglückseligen Verhaftung ihres Vaters und den unglaublichen Vorwürfen gegen ihn zu erzählen. Florian hörte ihr schweigend zu.

Als sie geendet hatte, sagte er: »Am besten wird es sein, wenn Ihr tatsächlich morgen mit dem Pfarrer sprecht. Wenn Euer Vater schon so lange in seinen Diensten ist, kann er sich vielleicht bei diesem Inquisitor für ihn einsetzen.« Er sprach Katharina Mut zu: »Bestimmt wird sich alles aufklären, und Euer Vater kommt bald wieder frei.«

»Euer Wort in Gottes Ohr«, entgegnete Katharina beschwörend. Aber die Aussprache hatte ihr gutgetan, und sie wünschte dem Nachbarn eine gute Nacht.

*

Als der Inquisitor an jenem tristen Novemberabend den Mainzerturm verließ und sich energischen Schrittes zum Pfarrhaus der Peterskirche begab, um mit dem Herrn Pfarrer zu nachtmahlen, hatte er allen Grund, mit sich und der Welt zufrieden zu sein. In einer Ledermappe, auf welcher die Insignien der Heiligen Kurie kunstvoll in Gold geprägt waren, trug er bei sich das Protokoll mit dem umfangreichen Schuldeingeständnis des Delinquenten.

Selbst die ruppigen Windböen und der eiskalte Regen vermochten es nicht, Ottenschlägers Stimmung zu trüben, und als er wenig später mit Pfarrer Juch in der wohlig warmen Stube an der festlich gedeckten Tafel saß, begann er auch sogleich, gutgelaunt von der Vernehmung zu berichten.

Auch Juch war über den raschen Erfolg erfreut. Doch während er nach dem Essen das Vernehmungsprotokoll las, seufzte er einige Male schwer.

Ich, Heinrich Sahl, geboren am 2. Februar 1462 zu Frankfurt am Main als Sohn des Thomas Sahl, von Beruf Totengräber auf dem Kirchhof von Sankt Peter zu Frankfurt am Main, gestehe im Angesichte Gottes, die Jungfer Mechthild Stockarin am Abend von Allerheiligen im Jahre des Herrn 1509 mit einem bösen Zauber versehen und auf den Kirchhof gelockt zu haben. Daselbst ich ihr einen zauberischen Trank eingegeben, den ich aus den Herzen und Zungen von Toten zubereitet, wie es mich der böse Feind gelehrt. Sodann habe ich ihr mit einem scharfen Messer die Halsader aufgeschnitten, um ihre reine jungfräuliche Seele, die mit dem Blut entwichen, dem Satan zu opfern. Ich gestehe gleichermaßen, mich hernach an der Toten auf unchristliche und schändliche Weise vergangen zu haben, wie ich es schon unzählige Male zuvor an den toten Leibern weiblichen Geschlechts begangen habe. Desgleichen gestehe ich, in den vielen Jahren meines Dienstes als Totengräber zahllose entseelte Körper aus den Gräbern genommen, aufgeschnitten, derselben Herzen und Organe entnommen, gekocht und verspeist zu haben. Ich gebe auch zu, aus den Hirnschalen der Toten Wein getrunken zu haben.

Der böse Feind, mit dem ich einen Pakt geschlossen, hat mir eingegeben, all diese Schreckenstaten zu begehen.

Ich bereue meine gottlosen Taten zutiefst und bin bereit, vor meinen himmlischen Richter zu treten, obdass ich meinen bösen Werken entsprechend den verdienten Lohn empfange.

Heinrich Sahl
Frankfurt am Main,
den 4. November Anno Domini 1509.

Unter Sahls Namen war ein Kreuz gezeichnet, da der Totengräber weder lesen noch schreiben konnte.

Pfarrer Juch schien über Sahls Schreckenstaten einigermaßen bestürzt zu sein.

»Welche Abgründe doch in einem Menschen schlummern«, sagte er nachdenklich. »Sahl war zwar ein Saufbold, aber seine Arbeit hat er im Großen und Ganzen immer ordentlich gemacht. Man kann ihm auch nicht nachsagen, dass er faul war. Dass er zu solchen Abscheulichkeiten in der Lage ist, hätte ich niemals für möglich gehalten. Welche abgrundtiefe Schande für meine Pfarrei! Im ganzen Land wird man mit Fingern auf uns weisen.«

»Ihr habt Euch in keinster Weise etwas vorzuwerfen, mein lieber Juch. Das Böse schleicht sich oft auf verborgenen Pfaden ins Leben der Menschen. Und wenn es dem bösen Feind auch niemals gelingen würde, einen frommen Kirchenmann wie Euch zu umgarnen, so bereitet es doch dem Antichristen stets ein besonderes Vergnügen, in den Bereichen der heiligen Mutter Kirche zu freveln, um das Reine und Erhabene zu besudeln und zu verunglimpfen. Doch wir werden sie zertreten, die Schlange! Ihren Kopf unter unseren Stiefeln zermalmen! Das, mein lieber Juch, wird immer meine einzige große Berufung sein. – Gelobt sei Jesus Christus!«, intonierte der Inquisitor feierlich und bekreuzigte sich. Juch tat es ihm gleich und erwiderte in frommer Weise: »Dank sei Gott dem Herrn!«

Der Pfarrer wies seine Haushälterin an, die Becher aufzufüllen, damit die geistlichen Herren noch einmal auf Sahls Geständnis anstoßen konnten. Bei aller Schmach für die Pfarrei von Sankt Peter und die freie Reichsstadt zu Frankfurt am Main, einen solchen Unhold in Diensten zu haben, war Juch doch froh, den gottlosen Frevler überführt zu wissen.

Nachdem die Herren ihre Trinkgefäße erhoben und angestoßen hatten, der Pfarrer mit Wein, dem er den ganzen Abend schon gut zugesprochen hatte, der asketische Inquisitor indessen wie üblich mit Wasser, erkundigte sich Juch nach dem weiteren Verlauf der peinlichen Angelegenheit.

»Ich werde das Protokoll am morgigen Tag an den Rat der Stadt Frankfurt weiterleiten, dem ja alleine der Urteilsspruch in peinlichen Dingen obliegt«, erklärte Ottenschläger mit säuerlichem Unterton. »Und bis das große Strafgericht tagt, um hoffentlich ein der Schwere der verübten Missetaten angemessenes Urteil zu fällen, werde ich mir den Schurken noch einmal vorknöpfen müssen.«

»Tatsächlich, mein Freund? Wieso denn das? Er hat doch bereits alles gestanden.«

»Das schon, mein Guter, aber bei einem außergewöhnlichen Verbrechen wie diesem wird die Folter auch weiterhin zum Tragen kommen müssen. Denn schließlich wissen wir ja noch nicht, wer Sahls Komplizen waren. In der Regel schließen sich dergleichen Teufelsanbeter und Nekromanten gerne mit Gleichgesinnten in Gruppen zusammen. Sie frönen gemeinsam ihren abscheulichen Ritualen und helfen sich gegenseitig bei ihren Bluttaten. – Sagtet Ihr nicht, Sahl habe noch eine Tochter, die Totenwäscherin sei? Vielleicht haben wir da ja eine Mittäterin.«

Der Pfarrer nickte nur kurz und schwieg beklommen. Wenn er auch Heinrich Sahl vor allem wegen seiner Trunksucht nicht besonders geschätzt hatte, hielt er doch große Stücke auf dessen Tochter Katharina, die eine fleißige, aufrechte Person war. Schließlich kannte er die junge Frau, seit sie ein kleines Mädchen war. Die Vorstellung, dass auch sie sich solch schrecklicher Dinge schuldig gemacht haben könnte, befremdete ihn.

Es war spät geworden, als der Inquisitor, begleitet von zwei bewaffneten Fackelträgern, aufbrach, um sich zum Dominikanerkloster zu begeben, wo dem hohen Ordensbruder während seines Aufenthalts in Frankfurt eine komfortable Schlafstatt zur Verfügung gestellt worden war. Auf ihrem Weg durch die düsteren Gassen huschten immer wieder Ratten an ihnen vorbei. In dem vom Wind wild flackernden Fackellicht hatte es den Anschein, als wichen die Nagetiere vor der hohen Gestalt in der braunen Mönchskutte angstvoll zurück. Ganz so, als gewahrten sie in ihm ihren Meister, den Herrn der Finsternis.

Aus den Aufzeichnungen eines jungen Mönchs

Im weitläufigen Kapitelsaal der Zisterzienserabtei Marienstatt im Westerwald herrschte Stille. Die ehrwürdige Zuhörerschaft, die aus dem Abt und den ihm nahestehenden führenden Klosterbrüdern bestand, hatte ihre gesamte Aufmerksamkeit dem jungen Mönch am Rednerpult zugewandt.

Die sonst so kühlen grauen Augen des gelehrten Bruders glänzten fiebrig wie die eines Betrunkenen. Und er war trunken, trunken vor Begeisterung über seinen Schatz, den er vor nunmehr acht Tagen zufällig im Boden einer morschen alten Büchertruhe in der Klosterbibliothek entdeckt hatte. Seitdem hatte er kaum noch geschlafen, sondern in jeder seiner knapp bemessenen freien Minuten diese wunderbar erhaltene alte Schrift studiert. Sie war in Hebräisch verfasst und auf Papyrus niedergeschrieben: Die Apokalypse des Jakobus.

Ein unmerkliches Beben durchlief seinen hageren Körper, als er mit fast zärtlicher Geste über die aufgeschlagene Seite strich und mit leicht zitternder Stimme zu lesen begann:

»Sucht also den Tod wie die Toten, die das Leben suchen. Denn solchen wird sich zeigen, was sie suchen. Wenn ihr nach dem Tode sucht, wird er euch zeigen, dass ihr auserwählt seid. Denn ich sage euch, dass von denen, die sich vor dem Tod fürchten, keiner erlöst werden wird. Denn das Reich des Todes ist das Reich derer, die sich dem Tod überlassen ...«

Als der Mönch seinen Vortrag beendet hatte, wandte er seinen Blick angespannt dem Auditorium zu. Ihm war sehr wohl bewusst, dass er unter den Brüdern keine Freunde hatte. In der Zisterzienserabtei war er der Einzige, der neben Griechisch und Latein auch Hebräisch beherrschte. Die Gelehrsamkeit des jungen Adeligen war so umfassend, dass der Abt ihn bereits ein halbes Jahr nach seiner Ordensweihe zum Leiter der klösterlichen Bibliothek und der angegliederten Schreibstube ernannte, was innerhalb des Klosters für reichlich Irritation gesorgt hatte.

Nun war die Ablehnung der Zuhörerschaft fast schon greifbar. Auch die Züge des Abtes hatten sich zunehmend verhärtet. Nach einer Weile eisigen Schweigens, welches sich über die wenigen Mönche in der Weite des Kapitelsaals niedersenkte wie ein Leichentuch, schlug der Abt plötzlich heftig mit der flachen Hand auf die Armlehne seines kunstvoll geschnitzten Lehnstuhls und zischte erzürnt:

»Das ist nichts anderes als Ketzerwerk und stammt mitnichten aus der Feder des heiligen Jakobus! Der Selbstmord ist eine Todsünde, und unser Herr Jesus hätte seinen Jüngern niemals die frevelhafte Empfehlung gegeben, den Freitod zu wählen!«

Aus dem Auditorium war zustimmendes Gemurmel zu vernehmen.

»Das Werk gehört auf den Index!«, mischte sich der Novizenmeister ein, der im Kloster gleichfalls als sehr gelehrt galt und ein erbitterter Rivale des jungen Mönchs war. »Wo genau wollt Ihr es gefunden haben, Bruder? Seid Ihr sicher, dass es ein Original ist und nicht eine krankhafte Verirrung jüngeren Datums?«

»Was wollt Ihr damit sagen? Wollt Ihr etwa andeuten, ich selbst hätte es erdacht und niedergeschrieben?«, blaffte der junge Redner seinen Widersacher an. »Nun, um dies zu widerlegen, bedarf es wenig. Glücklicherweise verfügt die Heilige Kurie in Rom über Spezialisten für dergleichen alte Schriften. Das Archiv des Heiligen Vaters wird sich gewiss sehr glücklich schätzen, solch ein Kleinod beherbergen zu dürfen, dessen bin ich mir sicher.«

»Dorthin wird diese gotteslästerliche Schrift bestimmt niemals gelangen«, beschied ihn der Abt, kreidebleich vor Zorn. »Wollt ihr, dass uns der Großinquisitor aufsucht und unangenehme Fragen stellt? Das würde insbesondere Euch treffen, Bruder. Und bald würde man in der ganzen Kurie mit Fingern auf uns zeigen und uns nachsagen, wir bewahrten in unserer Klosterbibliothek ketzerische Schriften auf!«

»Mit Verlaub, Bruder Abt, aber warum sollte man in Rom die fromme Vorbereitung auf den Tod für frevelhaft erachten? Gibt es nicht überall im Heiligen Römischen Reich derartige Vereinigungen? Ich erinnere nur an die höchst ehrenwerte, anno 1490 zu Ulm gegründete ›Bruderschaft zur Vorbereitung auf den Tod‹, die Geistlichen wie Laien offensteht und zu deren Mitgliedern meines Wissens hohe geistliche Würdenträger ebenso zählen wie die vornehmsten Ulmer Bürger. Es gehört doch zum Gebot der Nachfolge Christi, sich die Marter des Herrn aufzuladen, auf dass man Erlösung finde von dem Elend dieser Welt. Allein das Sterben des irdischen Leibes gewährt diese Erlösung. Darum soll man sich gegen den Tod nicht sperren, sondern ihm offenen Herzens entgegengehen. Nichts anderes kündet uns diese wunderbare Offenbarung des Jakobus.« Obgleich der junge Mönch seine Gegenrede mit der ihm eigenen Eloquenz vorgetragen hatte, konnte er nicht verhindern, dass eine tiefe Ergriffenheit seine Stimme erzittern ließ.

In strengem Tonfall mahnte daraufhin der Abt: »Das Leben ist Mühsal, die man mit Geduld und Demut ertragen muss. Das lehrt uns schon die Geschichte des armen Lazarus. Egal, wie schwer er an seinem Leid zu tragen hat, ein Christenmensch wählt niemals den Freitod, sondern wartet geduldig darauf, bis der Herrgott ihn in seiner unendlichen Güte von seiner Marter erlöst. Von einem ›Königreich des Todes‹ ist in der gesamten Heiligen Schrift niemals die Rede. Es gibt nur das Königreich des Vaters, des Sohnes und des Heiligen Geistes. Etwas anderes zu glauben ist schwere Sünde. Nun erwarte ich von Euch, Bruder, dass Ihr mir auf der Stelle diese Schrift aushändigt, auf dass wir sie gemeinsam den Flammen überantworten. Tut Buße, um von Euren Irrwegen abzukommen, dann will ich es einstweilen damit bewenden lassen.«

Der junge Gelehrte war mehr als enttäuscht. Insgeheim hatte er sich erhofft, der Fund der alten Handschrift würde Begeisterung unter seinen Mitbrüdern hervorrufen. In seinen Träumen hatte er vor sich gesehen, wie die Wogen am Ende gar bis zum Vatikan emporschlagen – und ihm womöglich ganz neue Türen öffnen würden. Er hatte keineswegs vor, sein ganzes Leben in einer Abtei im Westerwald zuzubringen. Doch er hatte nicht mit der kleinlichen Beschränktheit der Provinzgeistlichkeit gerechnet. Und nun erwartete der Abt allen Ernstes von ihm, dass er ihm das Kleinod zur endgültigen Vernichtung überließ. Ihm blutete regelrecht das Herz. Das allein war doch für jeden Gelehrten die schlimmste Todsünde! Aber er war nun einmal von Banausen umgeben, da war der Abt keine Ausnahme. Sich ihm offen zu widersetzen, wäre ein Affront gewesen, den er sich nicht erlauben konnte.

Glücklicherweise hatte er eine Abschrift angefertigt. Aber als das unschätzbare Originaldokument, welches mit hoher Wahrscheinlichkeit aus einer Zeit stammte, da Christus noch auf Erden weilte, wenig später in den Flammen des Kaminfeuers aufloderte und rasch zu Asche zerfiel, kostete es ihn große Mühe, nicht laut aufzuschreien.

Da ertönte plötzlich die helle, metallische Stimme des Novizenmeisters aus dem Hintergrund, dass er zusammenzuckte: »Habt Ihr den ketzerischen Text nicht vielleicht kopiert? Mir war so, als habe ich Euch unlängst in der Schreibstube hebräische Schriftzeichen malen sehen.« Erneut richteten sich alle Blicke auf den jungen Gelehrten. Als ihn der Abt darauf mit großer Eindringlichkeit fragte, ob dies zutreffe, bemerkte er zu seinem Unmut, wie er errötete. »Nein, es gibt keine Abschrift, dafür hat mir die Zeit gefehlt«, log er und bemühte sich um eine feste Stimme.

Die Replik seines Widersachers traf ihn wie ein Peitschenhieb: »Dann habt Ihr ja sicher nichts dagegen, wenn der Herr Abt und ein Bruder seines Vertrauens Eure Zelle durchsuchen. Nur, um alle Zweifel aus dem Weg zu räumen.«

Der Vorschlag des Novizenmeisters stieß bei allen Anwesenden auf große Zustimmung. Der Abt, in Zugzwang geraten, machte sich wenig später in Begleitung seines Stellvertreters auf den Weg zur Zelle des jungen Mönchs. Unter den übrigen Brüdern im Kapitelsaal herrschte bleiernes Schweigen, während die Zeit kaum zu verstreichen schien. Der Gelehrte indessen, dem schwante, dass man die besagte Abschrift, die er nur notdürftig unter seinem Nachtlager verborgen hatte, rasch entdecken würde, versuchte, sich innerlich auf seine Vernichtung vorzubereiten. Und sie ließ nicht lange auf sich warten.

Er wurde noch am selbigen Tage vom Abt aus dem Orden ausgeschlossen und des Klosters verwiesen.

In den frühen Morgenstunden des 3. Mai 1507 brach der junge Gelehrte in Richtung Limburg auf. In seinem Tornister trug er neben seinen notwendigsten Habseligkeiten und einer knappen Proviantration auch eine wertvolle Familienbibel. Eingebettet zwischen den Goldschnittseiten lag Blatt für Blatt die Übersetzung der geheimen Offenbarung des Jakobus, die er in vorausschauendem Fleiß parallel zu der Abschrift angefertigt hatte. Bei allem Unglück, welches so plötzlich über ihn hereingebrochen war, erschien es ihm doch als ein Fingerzeig Gottes, dass die

Blätter unentdeckt geblieben waren. Er wusste nicht genau, wohin er sich wenden sollte. Nach Hause konnte er keinesfalls, nachdem man ihn so schmählich aus dem Kloster gejagt hatte. Diese Demütigung wollte er sich und der gräflichen Familie ersparen.

So war er unversehens zu einem Entwurzelten geworden, der ohne genaues Ziel und vogelfrei über die Lande zog. Doch Schritt für Schritt festigte sich in seinem Innern ein Gedanke, der ihm bald zur tiefen Überzeugung wurde. Er hatte eine große Mission zu erfüllen: Den Menschen das Königreich des Todes nahezubringen.

7

»Das kann nicht sein! Nie und nimmer hat mein Vater so schreckliche Dinge getan. Sich an Toten vergangen und ihre Innereien gegessen ... auf so etwas Krankhaftes wär der doch nie gekommen, Ihr kennt ihn doch! Und niemals hätte er einen Pakt mit dem Teufel geschlossen, das solltet Ihr eigentlich auch wissen. Der Vater ist unschuldig! Er hat die Stockarin nicht ermordet, und die anderen Freveltaten hat er auch nicht begangen. Um Christi willen, Herr Pfarrer, setzt Euch doch bitte beim Inquisitor für ihn ein!« Katharina konnte nicht mehr länger an sich halten und fing heftig an zu weinen. »Ich weiß nicht, was ihn da geritten hat, solche Abscheulichkeiten zu gestehen. Vielleicht war er ja besoffen oder nicht Herr seiner Sinne. Ich weiß nur, dass das, was er da gestanden haben soll, einfach nicht stimmt.«

Dann hob sie entschlossen den Kopf und sagte: »Da stecken doch ganz andere dahinter. In der Nacht von Allerseelen waren so seltsame Leute auf dem Friedhof, hat Euch das der Vater nicht erzählt? Er hat sie gesehen, vermummte Gestalten, die auf den Gräbern getanzt haben. Und am Morgen danach hat die Stockarin tot im Beinhaus gelegen. Bestimmt haben diese Teufelsanbeter die Jungfer auf dem Gewissen. Dieser Spur muss der Inquisitor nachgehen, dann findet er auch die wahren Mörder.« Als sie gewahrte, wie wenig der Pfarrer von ihren Worten beeindruckt schien, setzte sie nach: »Hat Euch denn der Vater nichts von den Reigentänzern erzählt?«

»Doch, doch«, erwiderte Juch ausweichend und kratzte sich an einem schorfigen Ekzem am Handgelenk. »Aber das sind doch die reinsten Ammenmärchen. Von solchen Schauergeschichten lässt sich ein erfahrener Inquisitor wie Hubertus Ottenschläger nicht beeindrucken.«

»Aber von den Schauergeschichten, wie sie der Vater gestanden haben soll, schon? Da ist doch was faul, Herr Pfarrer. Merkt Ihr das denn nicht?« Erneut begann Katharina, heftig zu schluchzen.

Pfarrer Juch, der wenig Erfahrung mit weinenden Frauen hatte und den schon trauernde Witwen ratlos machten, blickte sie zerknirscht an. Eine so anmutige junge Frau zu trösten, überforderte ihn deutlich, dennoch hegte er für die bescheidene Totengräbertochter gewisse väterliche Gefühle. Ihr Weinen rührte sein vertrocknetes Klerikerherz mehr, als ihm lieb war. Gleichzeitig aber verbot es ihm sein Amt, auch nur den geringsten Zweifel an der Aufrichtigkeit des Geständnisses und der Rechtmäßigkeit seines Zustandekommens zu haben, und so blieb ihm nur, der Verzweifelten in salbungsvollem Tonfall anzuraten:

»Lass uns für die Seele deines unglückseligen Vaters beten, mein Kind.«

»Ihr seid also nicht bereit, Euch bei dem Inquisitor für den Vater zu verwenden?«, fragte Katharina enttäuscht und blitzte den alten Pfarrer mit auflodernder Wut an.

Juch wich ihrem Blick aus und schlug vor: »Wir können hinüber in die Kirche gehen und für deinen Vater, den armen Sünder, eine Kerze am Marienaltar entzünden, auf dass ihm die Heilige Jungfrau in all ihrer Güte in diesen schweren Tagen beistehen möge …«

»Wenn *Ihr* es beim Beten bewenden lassen wollt, so muss ich mich damit wohl abfinden. Auch wenn es mich sehr schmerzt, dass es Euch nicht einmal einen Versuch wert ist, den Vater auch im Diesseits zu retten«, erklärte Katharina verächtlich und hielt ihre bernsteinfarbenen Augen unerbittlich auf den Geistlichen gerichtet. »Dann muss ich halt selber mit dem Herrn Inquisitor sprechen und versuchen, ihn von der Unschuld meines Vaters zu überzeugen.« Sie erhob sich von ihrem Stuhl.

»Das würde ich dir nicht raten, Katharina«, murmelte der Pfarrer, der plötzlich sehr besorgt wirkte.

»Warum nicht? Ich werde alles tun, was ich tun kann, um den Vater zu retten.«

»Mein liebes Mädchen, der ist nicht mehr zu retten. Keine Macht der Welt vermag es, einen Gefangenen zu befreien, den die Untersuchungsbeamten der Heiligen Kurie bereits der peinlichen Befragung unterzogen haben. Die Gesetze der Inquisition erlauben keinen Widerruf eines Geständnisses.«

»Aber der Vater ist unschuldig! Ich gehe jetzt auf der Stelle zum Mainzerturm und rede mit diesem Ottenschläger«, widersprach Katharina aufgebracht.

»Der wird dir was husten, Katharina. Ein so hoher Herr gewährt einer wie dir mit Sicherheit keine Audienz.«

»Dann warte ich so lange, bis er rauskommt. Und wenn der zehnmal so ein hohes Tier ist, ich geh da nicht eher weg, bis der mich angehört hat.«

»Wenn der überhaupt eine wie dich anhört, dann steckt sie schon fast im Schraubstock. Katharina, sei bloß vorsichtig!«, beschwor sie der Pfarrer eindringlich. »Ich sage dir das auch nur, weil du mich dauerst und weil du so eine brave Jungfer bist. Halt um Gottes willen still in der Angelegenheit, sonst lenkst du am Ende noch den Verdacht des Inquisitors auf dich. Und das würde mir doch sehr leidtun.«

»Wie denn das?«, fragte Katharina erstaunt. »Ich hab

doch überhaupt nichts getan.« Der Pfarrer zögerte mit der Antwort.

»Weil er dich möglicherweise als Mittäterin verdächtigt«, erläuterte er dann mit gesenkter Stimme.

»Was ist denn das für ein Humbug!«, rief die junge Frau empört. »Der ist ja nicht bei Sinnen, dieser Ottenschläger!«

»Hüte bloß deine Zunge, Mädchen, sonst wird sie dir noch herausgerissen! Ich sage es jetzt zum letzten Mal: Dein Vater ist nicht mehr zu retten. Geh jetzt nach Hause zu deinem Mann, und verhalte dich fürderhin mucksmäuschenstill – dann kannst du vielleicht noch dein eigenes Leben retten.«

»Aber ich kann doch den Vater nicht einfach im Stich lassen! Sein Leben muss ich retten – und wenn ich gegen Tod und Teufel kämpfen muss.«

»Dann ist dir nicht zu helfen, Katharina«, grummelte Juch unwirsch. »Du rennst sehenden Auges in dein Unglück.«

Die Totenwäscherin schüttelte den Kopf und ging zur Tür.

»Ich kann doch nicht zu Hause sitzen und so tun, als wenn nichts wäre, wo es dem Vater an den Kragen geht«, sagte sie beim Hinausgehen leise und war wieder den Tränen nahe. »Ich muss ihm doch helfen in all seiner Bedrängnis. Das hätte er auch für mich getan.«

Als sie hinaustrat in den kalten Novemberregen, brach sich all ihre Trostlosigkeit und Verzweiflung Bahn, und sie weinte hemmungslos.

Nach einer Weile hörte sie auf, schniefte und wischte sich mit dem Ärmel übers Gesicht. Und dann stand sie noch eine Zeitlang reglos auf dem Kirchhof, ergab sich ganz und gar dem Wind und dem Regen, die wohltuend über ihr verweintes Gesicht strichen, und spürte in sich eine Kraft aufsteigen, die sie wärmte und erquickte. *Genug geheult, jetzt wird gekämpft*, ermahnte sie sich streng und begab sich zielstrebig zum Mainzerturm, um sich beim Inquisitor für ihren Vater zu verwenden.

*

Für den Beruf von Meister Hans gab es mannigfaltige Namen, die teilweise noch aus grauer Vorzeit stammten. Ebenso umfangreich und weit verzweigt waren auch die Stammbäume der verschiedenen Henkerssippen, denen es seit alters her vorgeschrieben war, nur unter ihresgleichen zu heiraten. Und der Sohn eines Henkers musste den Beruf des Vaters weiterführen, ob er wollte oder nicht.

Seit nahezu vierzig Jahren übte Meister Hans nun schon das Gewerbe des Tötens aus, und es schreckte ihn längst nicht mehr. Da es ihm auch oblag, als Züchtiger die Angeklagten der Folter zu unterziehen, hatte er früh gelernt, dass der Tod längst nicht das Schlimmste war, was einem Menschen widerfahren konnte. Oft genug war er die Erlösung von einer langen, qualvollen Pein.

An jenem Donnerstag, den 5. November im Jahre des Herrn 1509, war Meister Hans eigentlich davon ausgegangen, dass ihm der Delinquent nicht mehr allzu viel Arbeit machen würde. Einer, der sich schon bei der leichten Befragung als so geständig erwiesen hatte wie Heinrich Sahl am Vortag, würde unter der verschärften Folter bestimmt alles bekennen, was der Dominikaner von ihm hören wollte.

Um die Mittagszeit befahl Ottenschläger, der ein großer Bewunderer der spanischen Inquisition war, dem Henker mit knochentrockener Stimme:

»Leg Er ihm jetzt die Spanischen Stiefel an, Angstmann. Dann wird er schon geständig werden.«

Der Henker holte mit gleichgültigem Gesichtsausdruck die schweren Eisenplatten herbei, die der Form des Unterschenkels angepasst waren und legte sie um Heinrich Sahls Schienbeine und Waden. Dann drehte er die Eisenschrauben fest. Obgleich dies erst der Anfang war und die Schrauben sich noch am oberen Teil des Gewindes befanden, gab der Delinquent einen lauten Schmerzensschrei von sich.

Na, das kann ja heiter werden, dachte Meister Hans missmutig. Ihn selber hatte die Arbeit zwar bis zu einem gewissen Grade stumpf werden lassen, was für einen professionellen Peiniger auch unerlässlich war, doch im Grunde genommen mochte er es nicht, wenn seine Kandidaten bluteten und schrien.

Im Gegensatz dazu schien Ottenschläger von Sahls Wehklagen nur noch angestachelt zu werden. »Dreh Er ruhig noch ein bisschen an«, forderte er launig.

Sobald die markerschütternden Schreie in ein gepeinigtes Wimmern übergegangen waren, wandte sich der Inquisitor dem Delinquenten zu.

»Er hat doch so eine hübsche Tochter, Sahl. Hat die ihm nicht bei seinen Missetaten geholfen?«, fragte er lauernd.

In Heinrich Sahls Augen trat blankes Entsetzen. »Nein, niemals!«, stieß er hervor. »Das Kind hat mit ... mit meinen gottlosen Taten nicht das Geringste zu tun!«

»Und das soll ich ihm glauben? Einem wie ihm, der sich mit dem bösen Feind verbündet hat?«

Tückisch fuhr der Inquisitor fort: »Ich hab sie doch gestern selbst gesehen, die Jungfer. Und als ich in ihr hochmütiges Gesicht geblickt habe, wusste ich gleich: Diese Dirne ist eine Buhlin des Teufels!«

»Nein, das stimmt nicht! Sie ist eine fromme und ehrbare Frau. Fragt doch den Herrn Pfarrer. Der wird Euch das Gleiche sagen. Von meinen Freveltaten hat Katharina nichts gewusst! Das schwöre ich bei der Jungfrau Maria!« Heinrich

Sahl hatte sich, soweit es ihm möglich war, aufgerichtet und die Hand zum Schwur erhoben.

»Versündige er sich nicht«, zischte Ottenschläger verächtlich und wies den Henker an, die Beinschrauben noch einmal enger zu drehen. Wieder gab Sahl schrille Schreie von sich, was den Inquisitor noch zu beflügeln schien:

»War es nicht sie, seine so liebreizende Tochter, welche die arglose Jungfer Stockarin auf den Friedhof gelockt hat? Ganz artig hat sie mit ihr geplaudert und sie dabei betört, so, wie der böse Feind es sie gelehrt hat. Hat mit sanfter Stimme auf sie eingeredet wie auf ein Lämmchen, ehe es geschlachtet wird, und ihr dann hinterrücks die Kehle durchgeschnitten. So war es doch! Und dann hat sie das warme Blut der Jungfrau getrunken und mit ihrem Buhlen, dem Satan, abscheuliche Unzucht getrieben.«

Stundenlang ging die schreckliche Prozedur. Immer wieder bezichtigte der Dominikaner die Totengräbertochter der schlimmsten Freveltaten, doch der Gepeinigte wies Ottenschlägers teuflische Beschuldigungen mit geradezu heldenhafter Standhaftigkeit von sich. Er verteidigte sie selbst dann noch, als Meister Hans die Schrauben so eng wie möglich zusammendrehte und dadurch Sahls Beine derart presste und zermalmte, dass an den Schaftenden Blut und Knochenmark hervorquollen. Da war der Totengräber glücklicherweise ohnmächtig geworden, und die Vernehmung musste beendet werden.

»Halte Er sich morgen früh für ein weiteres Verhör bereit«, befahl Ottenschläger dem Henker mit offenkundiger Verärgerung. »Und schaff Er mir diesen Dreck da aus den Augen.« Er wies auf den Geschundenen.

Während der Dominikaner noch über sein Schreibpult gebeugt war und mit kratzender Feder das Verhör protokollierte, trug Meister Hans zusammen mit seinem Schergen den Bewusstlosen in den Kerker. Als sie Sahls leblosen Körper auf das faulige Stroh gebettet hatten, holte der Henker unter seinem Wams eine Branntweinflasche hervor, öffnete sie und trank in tiefen Zügen, ehe er sie an den Schergen weiterreichte.

»Es ist schon abscheulich, was unsereiner diesen armen Schweinen im Auftrag der Herren Inquisitoren alles zufügen muss, nur weil sich die feinen Kuttenträger ihre Hände nicht dreckig machen wollen«, sagte er. »Schlimmer als alles andere sind aber ihre frommen Mönchsgesichter, in denen du genau sehen kannst, wie sehr sie das Entsetzliche genießen. Und dieser Ottenschläger, das ist einer von den Schlimmsten. Mich kann ja so leicht nichts mehr grausen, aber wenn ich in dem seine Fratze gucke und sehe, wie den das anstachelt, könnte ich das Kotzen kriegen.« Verächtlich spuckte er auf den Boden.

»Da ist schon was Wahres dran, Meister. Aber was willste machen?«, erwiderte der Henkersknecht und nahm einen tiefen Schluck aus der Flasche.

»Hör mal, Jerg, kannste mir vielleicht einen Gefallen tun?«, fragte Meister Hans seinen Gehilfen, der ihn erstaunt anblickte. »Bleib heute Nacht bei dem da, und verscheuch mir die Ratten. So, wie der nach Blut stinkt, kommen die Mistviecher doch bald in Scharen angelaufen, und dann ist von ihm bald nix mehr übrig. – Ich lass dir auch den Schnaps da. Da kannst dich ein bisschen stärken.«

»Von mir aus. Wenn ich dabei auch noch e bissche schlafe kann, soll mers recht sein«, entgegnete der Henkersknecht mürrisch und steckte die Branntweinflasche in seine Jackentasche.

»Schlafen kannste schon, aber bleib mir zwischendurch

wachsam, damit von dem morgen früh noch was übrig ist«, sagte Meister Hans grinsend und klopfte dem Büttel kameradschaftlich auf die Schulter. Dann reichte er ihm eine kleine Glasphiole.

»Und das hier gibste dem, wenn er wach wird. Damit der net vor Schmerz die Wänd hochgeht.«

Meister Hans verabschiedete sich. Nach dem langen zermürbenden Tag hatte er es eilig, den Gefängnisturm zu verlassen. Er hastete die steile Wendeltreppe herunter, um sich in einer der nahe gelegenen Schenken rasch einen Rausch anzutrinken.

Als Katharina vor dem Mainzerturm gerade die Hand ausstreckte, um den Türklopfer zu betätigen, kam plötzlich ein Mann im grünroten Wams herausgestürzt. Fast wäre er mit ihr zusammengestoßen. Katharina erschrak, als sie den Henker erkannte, und wich unwillkürlich ein Stück zurück. Denn der Scharfrichter galt als unberührbar, schon der geringste Kontakt mit ihm war verpönt. Hastig murmelte der Henker eine Entschuldigung und wollte schon weitergehen, da nahm Katharina ihren ganzen Mut zusammen und sagte: »Meister Hans, wartet doch bitte einen Moment ...«

Erstaunt drehte er sich um und starrte sie an. Die Totenwäscherin schluckte. Der hünenhaft große Mann mit dem blutroten Samtbarett auf den schulterlangen schneeweißen Haaren war ihr unheimlich. Doch ihre Verzweiflung war größer als ihre Angst, und so hielt sie an sich und fragte mit bebender Stimme: »Kann ich bitte den Herrn Inquisitor sprechen? – Ich bin Katharina Bacher, die Tochter von Heinrich Sahl.«

»Der Inquisitor ist schon nach Hause gegangen«, erwiderte Meister Hans. Er vermochte der jungen Frau, deren

Vater er gerade noch bis aufs Blut gequält hatte, nicht in die Augen zu sehen.

Katharina gab nicht auf. »Wo kann ich ihn denn finden? Es ist wichtig. Ich muss unbedingt mit ihm sprechen. Es geht um meinen Vater«, erläuterte sie mit kummervoller Miene.

»Er logiert im Dominikanerkloster. Aber da braucht Ihr gar nicht erst hinzugehen, Frauen lassen die da sowieso nicht rein.« Der Angstmann zuckte ratlos mit den Schultern. Er konnte der Totengräbertochter nicht helfen. Ihn gelüstete es nach einem kühlen Bier, um sich nach der langen grausamen Folter den Ekel vom Gemüt zu spülen.

Als Katharina daraufhin schwieg, wollte er sich schon mit den Worten »Gott zum Gruße, Bacherin« von ihr verabschieden und davoneilen, doch die Totenwäscherin ließ sich nicht so leicht abschütteln.

Flehentlich bat sie: »Meister Hans, könnt Ihr mich bitte zu meinem Vater bringen! Ich muss mit ihm reden und ... er braucht doch meinen Beistand.«

»Das kann ich nicht machen!«, entgegnete der Scharfrichter entschieden.

»Bitte, so lasst mich doch zu ihm! Ich will ihm nur ein wenig Trost spenden.«

»Jetzt lasst mir endlich meine Ruhe, Bacherin! Ich kann Euch nicht zu ihm lassen. Und reden werdet Ihr auch nicht mit ihm können«, beschied er sie schroff und wandte sich zum Gehen.

Katharina war kreidebleich geworden. »Steht es so schlimm um ihn? – Was hast du ihm angetan, du elender Leuteschinder?«, schrie sie wie außer sich. Sie stürzte zum Eingangsportal des Gefängnisturms und versuchte, es aufzureißen, doch es war verschlossen. Noch ehe sie den schweren gusseisernen Türklopfer betätigen konnte, war der Henker hinter sie getreten und umklammerte mit eisernem Griff ihre Handgelenke. Während die Totenwäscherin verzweifelt versuchte, sich ihm zu entwinden, murmelte er besänftigend:

»Ruhig Blut, junge Frau. Ich bin ja bereit, ein offenes Wort mit Euch zu wechseln, wenn Ihr Euch ruhig verhaltet und mir zuhört.«

Katharina, die spürte, dass er es ehrlich meinte, ließ sogleich jeden Widerstand fahren. Der Henker gab ihre Hände wieder frei und äußerte sein Bedauern, als sich die junge Frau die schmerzenden Gelenke massierte.

»Ich wollte Euch nicht weh tun, Bacherin. Auch wenn mir das keiner glaubt: Ich tue niemandem gerne weh. – Aber lasst uns doch ein Stück an die Seite gehen«, schlug er vor und strebte auf die Stadtmauer zu, wo er, gefolgt von Katharina, in eine Mauernische trat. »Hier ist es zwar stockdunkel, aber wir sind ungestört. Und das ist ja auch in Eurem Sinne, denn schließlich seid Ihr eine rechtschaffene Frau.«

»Meister Hans, bitte, sagt mir jetzt die Wahrheit. Was ist mit meinem Vater?«, flüsterte die Totenwäscherin.

»Ich will ehrlich zu Euch sein, auch wenn es mir strengstens verboten ist, etwas über den Verlauf einer peinlichen Befragung verlautbaren zu lassen. Euer Vater ist nicht mehr zu retten, er wird, vorausgesetzt, er überlebt die weitere Tortur und die Kerkerhaft, mit Sicherheit zum Tode verurteilt werden. Selten habe ich erlebt, dass jemand bei der verschärften Folter so tapfer war wie er. Er muss Euch sehr lieben, denn er hat Euch nicht verraten. Daher empfehle ich Euch dringend, nehmt Abstand davon, den Inquisitor zu sprechen. Er ist der Teufel in Menschengestalt. Ich kann Euch nur raten: Geht nach Hause, schnürt Euer Bündel, und lauft davon, solange Ihr es noch könnt. Denn wenn Ihr diesem Bluthund in die Fänge geratet, seid Ihr verloren. Ich werde tun, was ich kann, um die Marter Eures Vaters zu mildern, das verspreche ich Euch. Auch jetzt ist einer meiner Leute bei ihm und gibt ihm etwas gegen die Schmerzen.«

Katharina schluchzte während seiner Ausführungen verzweifelt. »Aber ich kann ihn doch jetzt nicht einfach im Stich lassen! Er ist unschuldig, will das denn keiner begreifen?«, stammelte sie mit tränenerstickter Stimme.

»So viele dieser armen Teufel sind unschuldig. Und unter der Folter gestehen sie dann jede Gräueltat, die ihnen die verfluchten Mönche eintrichtern.«

»Aber das kann doch nicht sein, dass die Kirche so etwas Schreckliches zulässt! All die Päpste und Kardinäle, das sind doch alles fromme, gottesfürchtige Menschen. Solche Vergehen muss man ihnen melden!«

»Ja, tut ihnen nur den Gefallen. Dann verbrennen sie Euch vor lauter Dankbarkeit auf dem Scheiterhaufen«, entgegnete der Mann des Todes mit abgrundtiefem Zynismus und eilte durch die Dunkelheit davon.

*

Katharina war so in ihrem Kummer befangen, dass sie den strömenden Regen gar nicht bemerkte. Mit gesenktem Kopf und schweren Schritten, als trüge sie eine zentnerschwere Last auf den Schultern, schlurfte sie durch die finsteren Gassen. Als sie vor dem Wohnturm angekommen war, war sie völlig durchnässt und schlotterte vor Kälte. Mühsam nestelte sie in dem Lederbeutel an ihrem Gürtel nach dem Schlüssel.

Da ertönte plötzlich eine Stimme aus der Dunkelheit hinter ihr: »Katharina!«

Sie schreckte zusammen. Als sie sich umdrehte, gewahrte

sie schemenhaft Florian Hillgärtner, der sich ihr rasch näherte.

»Was macht Ihr denn noch draußen bei diesem Wetter? Ihr seht ja aus, als wärt Ihr in den Main gefallen«, sagte er munter und strich sich die feuchten Haare aus der Stirn.

Katharina schwieg und sah ihn nur müde an. Dann senkte sie den Kopf und schob den Schlüssel ins Schloss.

»Was ist passiert?«, fragte er erschrocken. »Ist etwas mit Eurem Vater geschehen?«

»Ja, aber ich will nicht darüber reden«, erwiderte sie leise. »Ich will niemanden mehr sehen und hören.«

»Ich verstehe«, entgegnete er betreten. »Aber falls Ihr doch jemandem Euer Herz ausschütten wollt, bin ich immer für Euch da.«

»Danke«, flüsterte sie und wurde unversehens von heftigen Weinkrämpfen geschüttelt. Florian legte ihr tröstend die Hand auf die Schulter.

»Armes Ding. Was ist ihm denn widerfahren? Kommt, wir gehen zu mir. Da zünde ich uns den Ofen an und mache Euch eine heiße Milch. Ihr seid nicht alleine. Ich halte zu Euch.« Er deutete auf sein Häuschen und wollte sie mit sich ziehen.

»Ich kann doch nicht einfach mit Euch gehen«, widersprach Katharina. »Das gehört sich nicht, ich bin doch eine verheiratete Frau. Was soll nur mein Mann dazu sagen …«

»Und wo ist Euer Mann?«, erwiderte Florian vorwurfsvoll. »Lässt Euch hier allein und zu solch später Stunde im Regen herumirren, während Euer Vater in so großer Gefahr ist …«

»Mein Mann ist im Dienst. Ich habe Euch doch gesagt, dass er Nachtwächter ist.«

»Ach so, natürlich. Aber so könnt Ihr nicht bleiben, Katharina. Ihr seid in einer so schlimmen Verfassung, dass Ihr Hilfe braucht. Wenn ich als Euer Nachbar mich ein wenig um Euch kümmere, kann Euer Mann doch nichts dagegen haben«, bemerkte er entschieden und führte sie zu seinem Häuschen.

Nachdem er den Ofen angeheizt hatte und sie ihre nassen Mäntel abgelegt hatten, legte er Katharina eine Wolldecke über die Schultern und bereitete heiße Milch mit Honig, in die er einen ordentlichen Schluck Branntwein goss. Katharina wärmte ihre klammen Finger an dem heißen Trinkbecher und trank das wohltuende Getränk in kleinen Schlucken. Florians Fürsorglichkeit und seine einfühlsamen Blicke taten ihr gut. Auch das Weinen hatte ihr geholfen. Der schmerzhafte Knoten, den sie die ganze Zeit in ihrer Brust gespürt hatte, löste sich, und sie erzählte Florian, was geschehen war.

»Ich habe solche Angst um meinen Vater. Sie werden ihn hinrichten«, murmelte sie verzagt.

»Ich versteh nicht, warum der Pfarrer und der Inquisitor sich so stur stellen, was diese unheimlichen Reigentänzer anbetrifft. Denen muss doch auch daran gelegen sein, dieser Sache nachzugehen«, sagte Florian nachdenklich.

»Sie glauben ihm das nicht und tun das einfach als Spinnereien ab«, erwiderte Katharina erbittert.

»Vielleicht wollen sie ihm nicht glauben. Weil es ihnen, aus welchen Gründen auch immer, nicht in den Kram passt«, sinnierte Florian mit gerunzelter Stirn. »Ich weiß nicht, irgendwie kommt mir das alles wie ein abgekartetes Spiel vor. Nur weil Euer Vater das Pech hatte, die ermordete Patrizierin im Beinhaus zu entdecken und ihre Brosche auf dem Friedhofsweg gefunden hat, bezichtigt man ihn, die Schreckenstat begangen zu haben. Der Inquisitor will wohl unbedingt in Eurem Vater den Mörder sehen.«

»Das scheint mir auch so. Deswegen bin ich ja so verzweifelt«, seufzte die Totenmagd. »Aber wie soll ich diesen Kirchenmann von der Unschuld meines Vaters überzeugen, ohne mich selbst in Gefahr zu bringen? Und der Pfarrer will sich nicht für den Vater einsetzen, dieser scheinheilige Feigling!«

»Der will halt seinem Amtskollegen nicht in den Rücken fallen. Die stecken doch alle unter einer Decke, diese Kuttenträger«, entgegnete der Maler grimmig und nahm einen Schluck von seinem Getränk. »Aber mir kommt da noch eine andere Idee. Sprecht doch mit den Angehörigen der toten Patrizierin und erzählt ihnen von der nächtlichen Versammlung, die Euer Vater beobachtet hat. Die Stockarns sind mächtige und einflussreiche Leute, denen muss doch auch daran gelegen sein, dass die wahren Schuldigen überführt werden. Vielleicht könnt Ihr auf diese Weise Euren Vater retten.«

Katharina schien von der Überlegung sehr angetan und erklärte gleich darauf entschlossen: »Genau das werde ich machen. Ich gehe morgen zu den Stockarns und versuche, sie zu überzeugen. Die können das ja auch nicht wollen, dass der Falsche für die Gräueltat an ihrer Tochter bestraft wird und die wahren Schuldigen ungeschoren bleiben.« Die Augen der Totenwäscherin leuchteten, sie hatte wieder zu ihrem alten Kampfgeist zurückgefunden.

Auch Florian hatte das bemerkt. »Ihr werdet das schon schaffen«, erwiderte er aufmunternd. »Schließlich passt Mutlosigkeit gar nicht zu Euch.«

Katharina nickte tapfer und lehnte sich auf der Bank zurück. Ziellos ließ sie ihre Blicke durch den Raum schweifen.

»Die Gemälde da drüben an der Wand, sind die von Euch?«, fragte sie leise.

»Ja. Wollt Ihr sie Euch einmal anschauen?«

»Warum nicht? Das bringt mich vielleicht auf andere Gedanken.«

Florian erhob sich und ergriff eine Kerze, die auf der Fensterbank stand. Dann geleitete er Katharina zur gegenüberliegenden Wand des Raums, wo eine Reihe von kleinen Tafelgemälden hing.

Selbst eine ungeübte Betrachterin wie Katharina ahnte die Kunstfertigkeit, mit der diese Bilder geschaffen waren. Auf den Gesichtern der dargestellten Zunfthandwerker war jede Warze zu sehen, jede Falte auf den schlaff gewordenen Wangen.

»Wie schön«, murmelte Katharina. »Aber ich frage mich, was gibt es denn für einen wie Euch noch zu lernen? Ihr könnt doch schon alles.«

»Noch unendlich viel, meine Liebe«, entgegnete Florian bescheiden. »Ein ernsthafter Künstler lernt nie aus. Alles andere wäre Anmaßung.«

Katharina gähnte. »So, ich mache mich jetzt auf den Heimweg«, sagte sie entschieden. »Schließlich habe ich morgen Großes vor. Drückt mir die Daumen, dass ich die Stockarns überzeugen kann.«

»Das mache ich. Ich fange schon jetzt damit an«, erwiderte Florian und ballte die Hände zu Fäusten. »Aber ehe Ihr geht, möchte ich Euch noch was zeigen«, sagte er geheimnisvoll und führte sie zu einer Staffelei am hinteren Stubenfenster.

Im Licht der Kerze sah Katharina ein weiteres Gemälde. Es zeigte ein junges Mädchen mit einer grauen Schmetterlingshaube, und erst auf den zweiten Blick begriff sie, dass es sie selbst zeigte. Sie war so beeindruckt, dass ihr zunächst die Worte fehlten.

»Das bin ja ich … aber, ich bin doch nicht so schön …«, murmelte sie schließlich und lächelte verschämt.

»Im Gegenteil. Ihr seid noch viel schöner!«, erwiderte Florian im Brustton der Überzeugung. »Aber es ist ja auch noch nicht ganz fertig.«

»Wann habt Ihr es denn gemalt?«, fragte Katharina verwundert.

»Gleich, nachdem wir uns an Allerseelen vor der Katharinenkirche begegnet sind, habe ich damit angefangen. Ihr hattet doch diese schöne graue Haube auf. – Wenn es fertig ist, schenke ich es Euch.«

»Ihr glaubt ja gar nicht, wie sehr ich mich darüber freuen würde.« Katharina schien regelrecht gerührt zu sein und verabschiedete sich von Florian, indem sie ihm die Hand reichte. Spontan küsste der Maler ihren Handrücken.

Einen Augenblick lang sahen sie einander wie verzaubert an, dann riss sich Katharina los, indem sie sich abrupt zum Gehen wandte.

König Tod

Als er mich tatsächlich an seine Brust zog in unendlicher Schmerzenspein und ich die Todesqualen zum ersten Mal am eigenen Leibe erfahren musste, da herrschte auch bei mir, wie bei allen Todgeweihten, Heulen und Zähneklappern. Mit jeder Faser meines wild rasenden Herzens und meines von der Pest gemarterten Körpers winselte ich um mein Leben, bettelte und flehte ums Verweilen im Hier und Jetzt, feilschte mit dem Tod um jedes Sandkorn, welches unaufhaltsam durch die schmale Öffnung des Stundenglases nach unten rann.

»Ich fürchte mich ganz entsetzlich vor Euch, Gevatter«, wimmerte ich verzweifelt. »Bitte verschont mich nur dies eine Mal, und ich gelobe, Euch mein Leben zu weihen und für immerdar Euer Knecht zu sein«, flüsterte ich, ehe mich eine große Schwärze umfing und ich das Bewusstsein verlor.

Das war am vierten Tag meiner Erkrankung. Der alte Jäger Puch, der mich während der ganzen Zeit aufopfernd gepflegt hatte, sprach ein kurzes Gebet über mir, denn er glaubte, dass mein Ende nicht mehr fern war. Meine Geschwüre waren aufgebrochen und verströmten ein übelriechendes Sekret, dessen fauliger Gestank die ganze Hütte erfüllte. Für den alten Mann, der schon so viele an der Pest hatte sterben sehen, ein untrügliches Zeichen, dass ich den morgigen Tag nicht mehr erleben würde.

Doch ich blieb am Leben, den fünften Tag, den sechsten Tag, und am siebten Tag nach meiner Erkrankung begannen die Pestbeulen an meinem Körper abzuheilen. Ich war zwar noch arg geschwächt, aber wieder bei klarem Verstand und verlangte nach Wasser und Nahrung. Puch konnte es kaum fassen. Beim Anblick der verheilten Male fiel er auf die Knie und bekreuzigte sich.

»Der Herrgott hat an Euch ein Wunder vollbracht, o Herr, Ihr habt den Schwarzen Tod überlebt!«, rief der alte Jäger aus und weinte vor Ergriffenheit.

Auch ich schluchzte und flüsterte mit tränenerstickter Stimme: »Gevatter, ich danke dir!«

Außer sich vor Freude eilte Puch ins Dorf, läutete die Glocken der verwaisten Kirche und kündete auf dem Dorfanger den zaghaft aus ihren Häusern tretenden Dörflern mit feierlicher Stimme:

»Der Herrgott hat an dem jungen Freiherrn ein Wunder vollbracht. Er hat die Pest überlebt. Kommt mit, und lasset uns ihm huldigen!«

Die Überlebenden der Ortschaft Gückingen folgten ihm zu seiner Hütte und versammelten sich an meinem Krankenlager. Als ich ihnen die verheilten Male zeigte, lobpreisten sie den Herrn, sanken vor mir auf die Knie und ließen sich von mir segnen. Ihre vom Leid verhärteten Herzen öffneten sich, und alle weinten.

»Der Herr hat uns einen Heilsbringer geschickt, Ihr seid ein wahrhaft Berufener«, riefen sie verzückt und benetzten meine Füße mit ihren Tränen.

Ich sprach wie mit Engelszungen, beseelt von einer tiefen, allumfassenden Erhabenheit: »Das Himmelreich auf Erden werde ich Euch bringen. Das ewige Leben wird Euch zuteil werden, wenn Ihr den Tod nicht mehr länger fürchtet, son-

dern ihn als das begreift, was er ist: die ewige Glückseligkeit! Er erfüllt die Leere in Euren Herzen mit einem Frieden, der Euch alle Anfechtungen und Widerwärtigkeiten, Elend und Schande Eures Daseins für immer vergessen lässt.«

Mit meiner Botschaft brachte ich bei meinen Getreuen alle Dämme der Hoffnungslosigkeit zum Einstürzen.

»Danke, o Herr, für das Wunder, an dem du uns teilhaben lässt«, stammelten die Menschen und gerieten immer mehr in Ekstase. Sie nannten mich ihren Erlöser, ihren Heiland, und baten darum, mich berühren zu dürfen. Strichen ehrfürchtig über mein lang wallendes Haar, das in den Tagen, die ich mit dem Tode gerungen, schlohweiß geworden war.

»Ich werde über die Lande ziehen, um den Menschen das Heil zu verkünden«, erklärte ich. »Wollt Ihr mich als meine Gefolgschaft begleiten?«

»Ja«, gelobten die Menschen in der kleinen Jagdhütte in feierlichem Ernst. »Wir wollen allen, die uns unterwegs begegnen, von dem Wunder berichten, dass der Herrgott an Euch vollbracht hat.«

»So sei es«, entgegnete ich huldvoll und schritt ihnen als ein Auserwählter voran.

8

In den frühen Morgenstunden betrat der Henker Heinrich Sahls Kerkerzelle und bedeutete seinem Schergen, er könne nach Hause gehen und sich noch ein Stündchen hinlegen. Die peinliche Befragung sei erst für die achte Stunde angesetzt, da der Herr Inquisitor lieber bei Tageslicht zu Werke gehe. Dann beugte er sich zu dem Totengräber hinunter, der wieder bei Bewusstsein war und entsetzliche Schmerzen litt, und träufelte ihm ein paar Tropfen des Heilmittels auf die Zunge.

»Ich kann Euch nicht so viel geben, wie nötig wäre, um Eure Schmerzen vollständig zu betäuben. Sonst seid Ihr nachher beim Verhör nicht vernehmungsfähig, und das würde den Inquisitor gewaltig ärgern. Aber Ihr müsst mir jetzt genau zuhören«, redete er mit besänftigender Stimme auf den Gefangenen ein. »Ihr seid ein tapferer Mann, Heinrich Sahl, und ich weiß, Ihr habt Euch entschieden, lieber zu sterben, als Eure Tochter ans Messer zu liefern. Nur seid Ihr vom Sterben noch ein ganzes Stück weit entfernt, und davor liegt erst einmal weitere Qual. Um Euch davor zu bewahren, am Ende doch noch Eure Tochter preiszugeben ... O doch, irgendwann gestehen selbst die Tapfersten. Also, um dies zu verhindern, will ich Euch einen Vorschlag unterbreiten.« Der Henker holte unter seinem Wams eine mit Blut gefüllte Schweinsblase hervor.

»Die lege ich Euch jetzt in den Mund«, raunte er mit gedämpfter Stimme. »Haltet sie ruhig auf Eurer Zunge, und lasst Euch nichts anmerken. Später, wenn ich mit der Tortur beginne, zerbeißt Ihr sie und fangt an, mit den Augen zu rollen und wild zu zucken. Ich werde dann dem Dominikaner vorschlagen, die Vernehmung abzubrechen, da Ihr dieselbe mit hoher Wahrscheinlichkeit nicht überleben würdet. Dann habt Ihr wenigstens bis zur Hinrichtung Eure Ruhe.«

Heinrich Sahl küsste ihm vor Dankbarkeit die Hand und weinte. Der Henker, dessen Tränen schon seit langer Zeit unwiederbringlich versiegt waren, tätschelte Sahls knochige Schulter und entfernte sich.

*

»Nun denn, da Er sich ja gestern nicht darauf besinnen konnte, dass seine Tochter bei seinen Schandtaten dabei war, werden wir heute Morgen sein ach so schwaches Erinnerungsvermögen ein wenig anregen. – Züchtiger, bringe Er das ›Einschnüren‹ zur Anwendung!«

Hubertus Ottenschläger war an jenem Morgen besonders guter Dinge. Er hatte hervorragend geschlafen und war bis in die Haarspitzen durchdrungen vom heiligen Eifer, Gott und die Kirche beim Kampf gegen das Böse zu unterstützen.

Heinrich Sahl dagegen schien mehr tot als lebendig zu sein. Aufgrund seiner gemarterten Beine war er nicht in der Lage zu laufen und musste vom Scharfrichter und seinem Gehilfen in die Folterkammer getragen werden. In vollkommener Apathie ließ er es über sich ergehen, dass der Henker ihm ein Seil um den Kopf legte und es so straff anzog, dass ihm das Blut in den Ohren rauschte. Auf die anschließend von dem Dominikaner geäußerten Anschuldigungen reagierte er nicht. Erbost erteilte Ottenschläger daraufhin den Befehl, das Seil noch enger zu schnüren, trat hinter seinem Schreibpult hervor und schrie dem Gefolterten gellend ins Gesicht, er solle nun endlich seine Mittäter preisgeben, sonst lasse er ihm sein jämmerliches Säuferhirn zu den Ohren herauspressen. Der Züchtiger straffte mit Hilfe eines Eibenholzkeils, welcher mit den Strickenden verbunden war, erneut das Seil, doch statt zu gestehen, verfiel der Delinquent in konvulsivische Zuckungen, verdrehte die Augäpfel, bis nur noch das Weiße zu sehen war, und erlitt einen Blutsturz. Der Inquisitor, der fast von dem Blutschwall getroffen worden wäre, sprang angewidert zur Seite und keifte vorwurfsvoll:

»Was ist denn das für eine Schweinerei! Der Drecksack verblutet uns ja noch unter den Händen!«

»Ich habe nur getan, was mir aufgetragen wurde«, entgegnete Meister Hans mit kühler Gelassenheit. »Aber ich stimme Euch zu, wenn wir Pech haben, verreckt uns der noch bei der Tortur.«

»Dann unterbreche Er halt in Gottes Namen! Es geht ja schließlich nicht an, dass dieser Lumpenhund um sein Todesurteil kommt«, schnaubte Ottenschläger. Es war ihm zwar nicht gelungen, dem Totengräber die Namen seiner Komplizen zu entringen, wodurch dem Inquisitor und der heiligen Mutter Kirche Ruhm und Glanz weiterer spektakulärer Schauprozesse mit einer Reihe aufsehenerregender Hinrichtungen vorenthalten blieben. Aber er würde dafür Sorge tragen, dass Sahl sein angemessenes Urteil bekam. Wusste er doch aus langjähriger Berufserfahrung nur allzu gut, dass die Hinrichtung nichts anderes als eine besonders ausgeklügelte Folter war. Diese letzte Tortur auf qualvollste Weise in die Länge zu ziehen war das Einzige, was ihm im Falle Heinrich Sahls noch blieb. Er erinnerte sich an halbverbrannte Ketzer, die noch lebendig aus den Flammen gerissen wurden, um sie stundenlang leiden zu lassen, ehe man sie vollends verbrannte, an zauberische Weiber, die drei Meter über dem Boden aufgehängt und über einem kleinen Feuer langsam zu Tode gebraten wurden, während er zur Feder griff, um für den Hexer Heinrich Sahl eine passende Todesstrafe zu ersinnen.

Nachdem er mehrere Blätter mit seiner gestochen scharfen Handschrift versehen hatte, faltete der Inquisitor die Bögen zusammen, versah sie mit dem Siegel der Heiligen Kurie und ließ das Schriftstück umgehend von einem Boten an den Senat der freien Reichsstadt zu Frankfurt am Main überstellen.

In seiner Empfehlung an den Magistrat hatte er vorgeschlagen, den Übeltäter aufs Rad zu flechten. Ein lodernder Scheiterhaufen wäre ihm für Heinrich Sahl zwar bei weitem lieber gewesen, aber er wusste nur allzu gut, dass so etwas in Frankfurt nicht machbar war. Die Ratsherren in ihrem eitlen Standesdünkel hielten es sich nämlich zugute, dass es in ihrer ach so freigeistigen Stadt bislang keine Scheiterhaufen gegeben hatte, und das sollte auch so bleiben.

Begnügen wir uns also mit dem Rad, dachte er grimmig. *Dann wird dem Schurken wenigstens jeder Knochen im Leibe gebrochen.* Er war sich gewiss, dass er dieses Schauspiel uneingeschränkt genießen würde.

*

Am Montag, dem 9. November 1509, fand sich der Rat der Stadt Frankfurt am Main zur zehnten Stunde im großen Versammlungssaal des Rathauses auf dem Römerberg zu einem Strafgericht zusammen. Auch eine Abordnung des städtischen Klerus unter Vorsitz des Inquisitors Hubertus Ottenschläger war erschienen. Die von Ottenschläger vorgelegten Protokolle betonten, Heinrich Sahls Geständnis sei freiwillig, ohne Folter und außerhalb der Folterkammer – *sine tortura et extra locum torturae* – abgelegt worden.

Einstimmig wurde Sahl zum Tod durch Rädern verurteilt. Am Dienstag der folgenden Woche, einen Tag vor dem Buß- und Bettag, sollte das Urteil um zwölf Uhr mittags auf dem Richtplatz am Galgenfeld vollstreckt werden.

Noch am gleichen Tag ließ der Rat Heinrich Sahls Geständnis und das soeben gefällte Urteil vom Stadtherold auf dem Römerberg verkünden.

Diejenigen, die es hörten, erzählten es weiter, und bald war die Schreckenstat des Totengräbers in der ganzen Stadt bekannt. Flugblatthändler sorgten dafür, dass die Nachricht von dem grausigen Verbrechen zu Frankfurt am Main ins ganze Land getragen wurde.

König Tod

Barfuß, in raues Sackleinen gewandet und Asche auf dem Haupt, unentwegt Gebete murmelnd, zog die von Tag zu Tag immer zahlreicher werdende Büßerprozession vom Westerwald in Richtung Limburg. Männer, Frauen, Kinder mit verfilzten Haaren, die sich manche in heiliger Ekstase sogar büschelweise ausrissen, trugen in den Händen Kerzen oder einfache Holzkreuze, einige um den Hals auch den Henkersstrick. Ihre Kutten waren auf Brust und Rücken zerrissen und blutdurchtränkt von der ohne Unterlass vollzogenen Selbstgeißelung.

Allen voran und nackt bis zum Gürtel marschierte ich als ihr Anführer und wurde nicht müde zu verkünden, dass nur denjenigen Erlösung zuteil werde, die den Tod nicht fürchteten und offenen Herzens bereit seien, das Jammertal des Lebens hinter sich zu lassen wie dereinst Jesus Christus, der sich fügsam seinen Peinigern ergeben hatte. Zur Untermalung peitschte ich mir den nackten Oberkörper mit einer neunschwänzigen Lederpeitsche, deren Enden mit Metallspitzen versehen waren. Auf dem Haupt trug ich, ganz wie der Schmerzensreiche, eine Dornenkrone. Für meine vielleicht zweihundert Anhänger war ich der Erlöser, sie hatten mir untertänigen Gehorsam gelobt.

Um ihren sündigen Leib abzutöten, verbot ich ihnen, sich zu waschen, die Kleider zu wechseln oder ihre Wunden zu versorgen. Sie mussten lernen, ihre Körper und damit auch ihre Triebe zu verachten. Frauen sollten aufhören, der Hoffart zu frönen, sich nicht mehr putzen und frisieren. Die Männer rasierten sich nicht, und allen war untersagt, einen Kamm bei sich zu tragen oder sich die Finger- und Fußnägel zu schneiden. Ihre Nachtlager mussten sie, um den Leib zu züchtigen und abzuhärten, auf steinigem Boden aufschlagen und dabei auf Decken und Kissen, oder was sonst noch der Bequemlichkeit gedient hätte, gänzlich verzichten. Frauen mussten, getrennt von den Männern, am Ende der Bußprozession gehen. Männer und Frauen sollten nicht miteinander sprechen, geschweige denn geschlechtlich miteinander verkehren.

9

Anna Stockarn seufzte, ergriff das kleine, in helles Ziegenleder gebundene Buch, das schon seit Tagen in der Schublade ihres Schreibtischs lag, und drückte es liebevoll an ihre Brust, ehe sie es aufschlug.

»Verzeih mir, Tausendschönchen«, flüsterte sie und strich zärtlich mit den Fingerspitzen über die erste Buchseite.

Seit Tagen rang sie mit sich, ob sie es sich anmaßen durfte, im Tagebuch ihrer Schwester zu lesen. Mechthild hatte das Büchlein früher immer gehegt und vor allen neugierigen Blicken sorgfältig verborgen. Aber auch wenn Mechthilds Mörder inzwischen überführt worden war und seiner gerechten Strafe harrte, erschien Anna der Tod ihrer Schwester noch immer rätselhaft, und sie erhoffte sich von der Lektüre ihres Tagebuchs Aufschlüsse über das, was in dieser Nacht vor Allerheiligen wirklich geschehen war.

Das Seltsame war, dass Mechthild noch in jener Nacht zu Anna ins Zimmer gekommen war. Sie sah ihre Schwester noch vor sich, die großen glasigen Augen in dem bleichen, ausgezehrten Gesicht, in denen sich eine arge Bedrängnis spiegelte.

»Was ist mit dir, Schwesterlein? Geht es dir nicht gut?«, hatte Anna sie gefragt. Mechthild öffnete den Mund und schnappte hektisch nach Luft wie ein Fisch auf dem Trockenen, brachte aber zunächst kein Wort heraus. Anna hatte das deutliche Gefühl, dass die Schwester ihr etwas sagen wollte, was sie nicht über die blassen Lippen brachte.

»Nein, nein«, presste Mechthild schließlich hervor. »Es ist alles in Ordnung ... Ich ... ich wollte dir nur eine gute Nacht wünschen!«

Anna war erstaunt, eine solche Anwandlung hatte sie bei ihrer Schwester schon seit langem nicht mehr erlebt. Was war nur mit ihr los? Sie schien ergebnislos mit sich zu ringen. *Ach, wenn sie sich mir doch nur offenbart hätte, vielleicht hätte ich ihren Tod noch verhindern können ...*

Einer Gefühlsaufwallung folgend, war Anna auf ihre Schwester zugegangen und hatte sie in die Arme geschlossen. *Sie war so klein und abgemagert wie ein krankes Vögelchen.* Anna stiegen die Tränen in die Augen. *Ich hatte fast Angst, sie zu erdrücken.* In ihren Armen hatte sich Mechthild sofort versteift und die Berührung apathisch über sich ergehen lassen, ohne sie zu erwidern. Erst auf der Türschwelle war sie noch einmal stehen geblieben, hatte Anna ihre dünnen Ärmchen entgegengereckt und »Gute Nacht, Anna« geflüstert. Anna hatte daraufhin Mechthilds Hände ergriffen und sie verzweifelt gedrückt. Doch sie hatte die Schwester nicht zurückhalten können.

Und es war ein Abschied. Ein Abschied für immer.

Als sie am nächsten Tag die schreckliche Nachricht vom Tod ihrer Schwester erhielt, war Anna in Mechthilds Zimmer geflüchtet, um der Toten nahe zu sein und sich ihrer Trauer ungestört hingeben zu können. Sie hatte sich auf Mechthilds Bett geworfen und lange Zeit lauthals geweint. Später ging sie durch den Raum, berührte die Gegenstände auf den Regalen und strich über die feinen Gewänder in der Kleidertruhe, die Mechthild schon so lange nicht mehr getragen hatte. Voller Wehmut nahm sie Abschied von der geliebten Schwester, die doch eigentlich so lange schon entschwunden war – seit sie so anders geworden war.

Nachdenklich hatte Anna die kleine Truhe neben dem Bett geöffnet, in der Mechthild ihre geliebtesten Schätze aufbewahrte. Sie entdeckte einen kleinen Bücherstapel, ein paar galante Ritterromane, ein Gebetbuch und ganz zuunterst Mechthilds Stundenbuch, dass Anna ihr vor drei Jahren zu ihrem fünfzehnten Geburtstag geschenkt hatte.

Der erste Eintrag war auch auf diesen Tag datiert. Unter der in großen, schwungvollen Buchstaben geschriebenen Überschrift *Stundenbuch der Mechthild Stockarn* stand der Datumseintrag *Donnerstag, den 12. Februar im Jahre des Herrn 1506*. Während Anna anfing zu lesen, breitete sich ein sanftes Lächeln auf ihren verweinten Gesichtszügen aus. Das war noch ganz die alte Mechthild, die wir alle so geliebt haben, ging es ihr durch den Sinn.

An meinem heutigen Festtag darf ich zum ersten Mal mein neues Gewand aus rubinrotem venezianischen Samt tragen, welches meine lieben Eltern bei den vortrefflichsten Gewandmachern Frankfurts, den Gebrüdern Teipel in der Braubachgasse, für mich anfertigen ließen. Die langen, weiten Ärmel sind oben mit kleinen Teufelsfenstern verziert und über und über mit funkelnden Granaten bestickt …

Auf den folgenden Seiten erging sich Mechthild in der detailgetreuen Schilderung ihrer Garderobe, ihres Schmuckes und ihrer Haartracht, die sie für ihren Ehrentag ausgewählt hatte, was Anna, die sich im Gegensatz zu ihrer jüngeren Schwester schon immer lieber mit Büchern befasst hatte, nur mäßig interessierte. Anschließend folgte eine genaue Auflistung all ihrer Freundinnen, die zu ihrer Geburtstagsfeier erschienen waren, und der verschiedenen Geschenke, die sie von ihnen erhalten hatte:

Ännchen Weiß von Limpurg – eine vergoldete Parfüm-

dose, die man am Gürtel tragen kann, mit kostbarem Rosenöl ... Hertha von Stalburg – eine perlenbestickte Almosentasche aus rosafarbener Seide ... Christine von Holzhausen – ein kunstvoller Kamm aus Elfenbein ...

Anna schmunzelte. Zu jener Zeit war ihre Schwester noch ganz und gar in den vielfältigen gesellschaftlichen Vergnügungen aufgegangen, mit welchen sich junge Leute ihres Standes zu verlustieren pflegten. Sie hatte kaum eine Festivität ausgelassen, hatte eine große Anzahl ausgesuchter Freundinnen, die aus den vornehmsten Häusern Frankfurts stammten, und eine nicht minder große Heerschar an jungen Verehrern. *Wie schön und strahlend sie damals noch war. Was ist nur später aus ihr geworden!* Anna schnürte es vor Schmerz die Kehle zu. Sie las weiter. Es folgten die Namen der jungen Patriziersöhne, die sich an jenem Tag die Ehre gaben, Mechthild mit ihrem Besuch zu beglücken, und sich mit kostspieligen Geschenken an sie nur so übertrafen.

Von Ronaldus Heller – eine kostbare Rubinbrosche, das schönste Geschenk, das ich jemals bekommen habe! Ich habe sie sogleich an mein Kleid gesteckt, Mutter hat mir dabei geholfen. Mir sind vor lauter Freude fast die Tränen gekommen. Ich liebe ihn so sehr, den Wunderbaren! Ob er etwas davon ahnt? Den ganzen Tag über hatte ich Augen nur für ihn, und auch er sah mich immer wieder an. Beim abendlichen Reigentanz fassten wir uns grazil an den Händen und bewegten uns zu den klangvollen Lautenklängen so harmonisch, als wären wir füreinander geschaffen. Bei aller Sittsamkeit unserer Bewegungen waren doch die Blicke, die wir einander zuwarfen, von verzehrender Leidenschaft. Ich habe nur noch den einen Gedanken: Mit Leib und Seele ihm zu gehören ...

Amüsiert erinnerte sich Anna, dass schon drei Monate

später die Verlobungsfeier stattgefunden hatte. Zur großen Freude unserer Eltern, die ja über eine graue Büchermaus wie mich schon genug enttäuscht waren. Die gleichermaßen stolzen wie glücklichen Familienvorstände richteten in unserem Stammhaus ein glanzvolles Fest aus. Anna blätterte weiter und fand schließlich auch den entsprechenden Eintrag, datiert auf den 6. Mai 1506.

Ähnlich wie bei ihrer Geburtstagsfeier schwelgte Mechthild auch hier wieder in der genauen Beschreibung ihres Verlobungsgewandes, der illustren Gäste und der kostbaren Geschenke, mit der man die angehenden Brautleute überhäufte:

Alles, was in Frankfurt Rang und Namen hat, war auf unserer Verlobungsfeier vertreten. Selten habe ich eine glanzvollere Festivität erlebt. »Wie prachtvoll wird erst unsere Hochzeit sein?«, flüsterte ich meinem Liebsten überglücklich zu. »So prachtvoll, wie es sich für meine Märchenprinzessin gebührt«, raunte er mir zärtlich ins Ohr und streifte dabei meinen Hals mit seinen Lippen. Es überlief mich heiß und kalt, ich hätte augenblicklich vergehen mögen vor Wollust. Ich hege nur den einen Wunsch: Ihm endlich ganz nahe zu sein …

Damals hatte Mechthild ihr anvertraut, dass sie und Ronald sich an jenem Tag zum ersten Mal geküsst hatten. In aller Heimlichkeit auf dem nächtlichen Balkon, als sie für wenige Minuten alleine und unbeobachtet waren. Obwohl die Schwestern so gegensätzlich waren und sich zuweilen kabbelten und mit Spitznamen zu necken pflegten – sie nannte ihre Schwester immer ›Tausendschönchen‹, und für Mechthild war sie der ›Bücherwurm‹ –, waren sie sich im Grunde genommen doch sehr zugetan, und Mechthild vertraute ihr, der grauen Maus, die ihr nie eine Konkurrentin hätte sein können, vieles an.

»Diese beiden Turteltauben«, murmelte Anna und musste mit einer gewissen Bitterkeit an die folgenden Monate denken, in der ihr das zweifelhafte Vergnügen zugekommen war, bei den zahlreichen Tête-à-Têtes von Mechthild und Ronaldus als Anstandsdame zu fungieren. Angesichts der zärtlichen Blicke und Liebesbezeugungen war sie sich die meiste Zeit höchst überflüssig und störend vorgekommen. Anna überflog die folgenden Eintragungen, die von nichts anderem handelten als vom überbordenden Glück einer jungen Liebe. Mechthild fieberte der Hochzeit entgegen, die für den 7. Juli des darauffolgenden Jahres angesetzt war.

Doch dazu ist es ja nicht mehr gekommen, dachte Anna traurig, denn dann brach die Pest aus, und alles wurde anders. Den verhängnisvollen Tag hatte Mechthild in ihrem Tagebuch dokumentiert.

Montag, den 3. Juni im Jahre des Herrn 1507

Heute in den frühen Morgenstunden wurde die Sturmglocke der Sankt-Bartholomäus-Pfarrkirche geläutet. Verschlafen stürzten meine Eltern, meine Schwester Anna und ich aus unseren Zimmern und eilten zum Rathausplatz, um die Ankündigung des Rathaustrompeters zu hören, denn das Läuten der Glocke bedeutete, dass große Gefahr drohte.

»Entweder Feuer, Hochwasser, Krieg – oder die Pest«, erläuterte mein Vater mit tonloser Stimme und bekreuzigte sich.

Als wir auf den Römerberg kamen und meine Eltern der schwarzen Fahnen gewahr wurden, die am Rathausturm und auf der Bartholomäuskirche gehisst waren, rauften sie sich die Haare und brachen, wie viele der Stadtbürger um uns, in lautes Wehklagen aus, denn im Gegensatz zu uns jungen Leuten wussten sie, was das bedeutete. Wenig später wurde die Schreckensnachricht verkündet: »Der Schwarze Tod hält Einzug in der Stadt – Gott steh uns allen bei!«

Die Panik und Verzweiflung unter den Menschen auf dem Platz griffen auch auf mich über. Noch niemals in meinem Leben habe ich solche Angst gehabt. Wie alle anderen schrie und weinte ich und war wie von Sinnen. Wie ein kleines Kind klammerte ich mich an meine Eltern und suchte bei ihnen Schutz. Doch auch sie zitterten wie Espenlaub. Es kam mir vor, als wäre das Ende der Welt angebrochen.

Drei Tage später fand sich ein erneuter Tagebucheintrag. Anna fiel auf, dass Mechthilds Schönschrift merklich krakeliger geworden war.

Donnerstag, den 6. Juni im Jahre des Herrn 1507

In den Gassen, auf den Plätzen, überall riecht es nach Tod. Ich mag gar nicht mehr aus dem Haus gehen. Doch selbst hier rieche ich ihn, diesen ekelhaften süßlichen Verwesungsgestank. Mein ganzes Leben besteht nur noch aus Angst. Angst, mich anzustecken und an der abscheulichen Seuche zu erkranken. Ich mag niemanden mehr sehen oder treffen, selbst Ronaldus nicht. Auch er könnte die tödliche Krankheit in unser Haus tragen. Ich kann dieses ganze Elend nicht mehr ertragen.

Anna hatte die schreckliche Zeit, als der Schwarze Tod im ganzen Land wütete, noch deutlich im Gedächtnis. Verzweifelt und erschüttert wie alle Menschen, hatte sie damals Trost und Kraft in den Büchern gesucht und schließlich damit begonnen, eine Pestchronik zu verfassen, was ihr wenigstens zeitweise half, nicht ganz zu verzagen. Ihre Schwester jedoch, die bis dahin immer nur auf Rosen gebettet gewesen war, schien das große Sterben und das abgrundtiefe Leid über die Maßen zu erschüttern. *Und dann hat sie sich in ihrer Verzweiflung den Geißlern angeschlossen.*

Angespannt blätterte Anna weiter in dem Stundenbuch.

Es fand sich nur noch ein einziger Eintrag, der nicht datiert war. Die Seite war schmuddelig und zerknittert und Mechthilds Schrift derart unleserlich, dass Anna das Geschriebene kaum entziffern konnte. Sie brauchte lange, bis sich ihr nach und nach der Inhalt erschloss:

Heute Nacht hat er mich genommen. Das Blut ist mir die Schenkel heruntergelaufen, so heftig ist er in mich eingedrungen, denn ich war ja noch immer jungfräulich. Ich bin glücklich, dass ich mich für ihn aufgespart habe. Ihn, dem ich nun mit Haut und Haaren angehöre, *mit Leib und Seele, mit allem, was ich habe. Ihm allein schenke ich mein Leben. Er ist mein Herr und Meister, jetzt und immerdar.*

Anna brach der kalte Schweiß aus. Entsetzt starrte sie auf die hingekritzelten Worte. *Das muss sie geschrieben haben, als sie bei den Geißlern war,* durchfuhr es sie wie ein Blitzschlag. *Da kann sie nicht mehr recht bei Trost gewesen sein!*

Hektisch blätterte sie weiter, doch es fanden sich nur noch leere, unbeschriftete Seiten in dem Büchlein. Nichts über Mechthilds Aufenthalt bei den Geißlern, nichts über ihre Trennung von Ronaldus, nichts über die Zeit danach! *Sie ist und bleibt für mich ein Buch mit sieben Siegeln. Wer war dieser Mann? – Ihr Herr und Meister immerdar … Ronaldus kann es kaum gewesen sein, von ihm hat sie sich ja getrennt. Ob es am Ende gar der Anführer war?*

Lange Zeit saß Anna einfach nur an ihrem Schreibpult und ließ die mannigfaltigen Erinnerungsbilder an sich vorüberziehen, die sie von ihrer Schwester hatte. Dann richtete sie sich auf. *Ich werde das alles zu Papier bringen,* dachte sie entschlossen, legte sich Schreibpapier zurecht, ergriff die Feder und fing an zu schreiben.

Die Entrückte

Es war ein strahlend schöner Oktobertag mit einem blauen wolkenlosen Himmel. Die Bewohner Frankfurts waren jedoch fern davon, die milde Herbststimmung zu genießen. Überschattet von dem großen Sterben, das im ganzen Lande Einzug gehalten hatte, war unser aller Leben nur noch eine einzige trostlose Finsternis.

Das erste Pestopfer in unserer Familie war mein Bruder Willibald, der Stammhalter unseres Geschlechts, der sich auf einer Handelsreise im fernen Venedig befand. Das laute Klagen meiner verzweifelten Eltern raubte mir fast den Verstand. Ich verkroch mich die meiste Zeit in meiner Studierstube und las im Decamerone *des großen Dichters Giovanni Boccaccio, in welchem er so eindringlich den Ausbruch der Pest im Jahre 1348 in Florenz beschreibt. Plötzlich klopfte es an meiner Tür, und meine Schwester Mechthild trat ein.*

»Ronaldus und ich gehen jetzt zum Rossmarkt, um dort den berühmten Wundermann aus dem Westerwald zu sehen, der die Pest überlebt hat. Er hat riesige Büßerscharen um sich geschart. Es heißt von ihm, er sei ein Heilsbringer. Kommst du mit?«, sprudelte es aus ihr heraus. Ihre Wangen waren vor Eifer gerötet, und ich entdeckte an ihr fast wieder die Begeisterungsfähigkeit, die ihr früher einmal zu eigen gewesen war.

»Ach, ich weiß nicht«, erwiderte ich verdrießlich. »Diese morbide Selbstquälerei finde ich abstoßend, und das laute Jammern, das die Geißler immer von sich geben, geht mir

durch Mark und Bein. – Heulen und Wehklagen habe ich hier genug, da muss ich nicht extra auf den Rossmarkt gehen.«

Mechthild schüttelte ungehalten den Kopf. »Ach, du alte Stubenhockerin, dann gehen wir halt alleine«, verkündete sie und ließ die Tür in die Angeln fallen.

Ein paar Stunden später kehrte sie begeistert zurück.

»Die Predigt des Geißlerführers war das Ergreifendste, was ich je gehört habe«, schwärmte sie in den hellsten Tönen. »Alle Menschen auf dem Rossmarkt haben geweint. Von ihm geht so etwas Erhabenes aus, nicht wahr, Ronaldus?« Ihr Verlobter, der sich schweigend im Hintergrund gehalten hatte, nickte geflissentlich.

Mechthild fuhr fort: »Unzählige Stadtbürger haben alles stehen und liegen lassen und sich in die Büßerprozession eingereiht. Und … Ronaldus und ich haben beschlossen, dass wir ihnen gleichfalls beitreten möchten. Wir … wir wollten Euch nur noch rasch Bescheid geben, dass Ihr Euch keine Sorgen um uns macht.« Bei diesen Worten sah sie unsere Eltern mit ihren großen blauen Augen entwaffnend an, wie sie es immer zu tun pflegte, wenn sie ihren Kopf durchsetzen wollte.

Mein Vater fuhr entrüstet auf. »Das kommt überhaupt nicht in Frage, dass du mit diesen Selbstquälern über die Lande ziehst. Da werden die Hellers gewiss ganz meiner Meinung sein, nicht wahr, Ronaldus?«

Da schubste Mechthild ihren Verlobten an und raunte ihm zu: »Los, sag es schon!«, und der junge Mann erklärte betreten: »Nein, Herr Stockarn, dem ist nicht so. Meine Eltern sind gleichermaßen begeistert von dem Geißlerführer, sie haben ihn für heute Abend sogar in unser Haus eingeladen.«

»Alle reißen sich um diesen wunderbaren Mann, Vater. Sogar der Stadtschultheiß ist vor ihm auf die Knie gegangen und hat seinen Segen erbeten. Bitte, Vater, erlaubt es mir doch! Ronaldus wird mich begleiten. Es ist doch nur für dreiunddreißig Tage und acht Stunden, dann komme ich wieder zurück ...«, flehte Mechthild.

»Das muss ich mir erst noch gut überlegen. Ich werde mich mit Ronaldus' Vater beraten und mir bei dieser Gelegenheit diesen Geißlerführer einmal genauer anschauen«, beschied sie der Vater streng.

Gleich nach dem Abendessen eilten sie dann allesamt zum Hause Heller, um den Wundertäter in Augenschein zu nehmen. Nur ich zog es vor, zu Hause zu bleiben, denn solche religiösen Eiferer und selbsternannten Propheten waren mir suspekt. Es endete damit, dass auch meine Eltern von dem heiligen Mann äußerst angetan waren und es Mechthild erlaubten, ihm in Begleitung ihres Bräutigams am nächsten Tag zu folgen, unter der Bedingung, dass sie nach der festgelegten Bußzeit umgehend nach Hause zurückkehren würde.

Es ergab sich jedoch, dass wir von Mechthild und Ronaldus monatelang nichts mehr hörten. Meine Eltern waren ganz krank vor Sorge, im Stillen gingen wir längst davon aus, dass Mechthild an der Pest gestorben war. Eines Tages, die Seuche war bereits am Abklingen, stand sie dann plötzlich vor der Tür. Wir alle weinten Freudentränen über ihre Rückkehr, doch bald mussten wir feststellen, dass Mechthild alles andere als unversehrt war. Sie war in einem jämmerlichen Zustand, trug eine dreckstarrende, stinkende schwarze Kutte und war bis auf die Knochen abgemagert. Ihr einst so strahlend schönes Gesicht war eingefallen und bleich, sie hatte dunkle Ränder unter den Augen, und ihre einst so lebendigen himmelblauen Augen blickten stumpf.

Sie sprach kaum ein Wort und zeigte nicht die geringste Wiedersehensfreude. Auf Fragen antwortete sie einsilbig oder gar nicht, und auf alle Zuwendung und Fürsorglichkeit reagierte sie mit kalter Teilnahmslosigkeit. Meine Eltern erkundigten sich auch nach Ronaldus.

»Wir haben uns getrennt«, murmelte sie gleichgültig. »Was aus ihm geworden ist, weiß ich nicht, und es interessiert mich auch nicht.«

Meine Eltern und ich verstanden die Welt nicht mehr. Sie hatte Ronaldus doch so geliebt! Mein Vater suchte daraufhin das Stammhaus der Hellers auf, um Genaueres in Erfahrung zu bringen, doch er wurde von dem alten Heller ungewohnt kühl abgespeist mit den Worten, Ronaldus befinde sich auf einer Handelsreise und sei nicht zu sprechen.

Mehr als einmal habe ich mit meiner Schwester unter vier Augen gesprochen, so wie früher. Doch auch mir, die einst ihr volles Vertrauen genossen hatte, begegnete sie nur noch abweisend und verschlossen. Wir schrieben ihre Wesensveränderung zunächst den Schrecken der Pest zu. »Die Pest ließ die Herzen der Menschen gefrieren«, sagt der große Boccaccio in seinem Decamerone, *und wir glaubten, wenn man Mechthild entsprechend aufpäppeln würde, könnten ihre Lebensgeister zurückkehren, und sie wäre wieder die Alte, Frohgemute. – Aber das ist niemals wieder eingetreten.*

Mit tränenverschleierten Augen hielt Anna inne und schluckte ein paarmal. Nach einer Weile wischte sie sich die Tränen aus den Augenwinkeln, tauchte den Federkiel in die Tinte und schrieb weiter:

Obwohl sie so entkräftet und abgemagert war, nahm sie kaum noch etwas zu sich. Die meiste Zeit lag sie im Bett und dämmerte vor sich hin. Nachdem sich dieser bedauernswerte Zustand auch nach über einer Woche nicht gebessert hatte, bat mein Vater den Stadtphysikus Stefenelli, der ja in dem Ruf steht, ein hervorragender Arzt zu sein, nach Mechthild zu schauen.

Doktor Stefenelli nahm sich viel Zeit für seine Untersuchung. Fast zwei Stunden brachte er an Mechthilds Krankenlager zu, wobei er sich ausbedungen hatte, man möge ihn mit der Kranken alleine lassen und nicht stören. Anschließend sprach er mit meinen Eltern und zeigte sich sehr besorgt:

»Eure Tochter leidet an einer tiefgreifenden Melancholia, die wohl auf die Schrecken der Pest zurückzuführen ist«, konstatierte der weltgewandte Arzt mit dem markanten Gesicht ernst. »Bei besonders sensiblen Gemütern ist dies keine Seltenheit. Ich habe mehrere Patienten, die, obschon sie nicht an der Seuche erkrankten, angesichts des großen Sterbens gemütskrank geworden sind. Manche erholen sich nach geraumer Zeit wieder und kehren ins Leben zurück, andere hingegen bleiben für immer gebrochen. Bedauerlicherweise vermag es die ärztliche Kunst selten, diesen armen Geschöpfen zu helfen, und ich muss zugeben, dass ich im Falle Eurer Tochter Ähnliches befürchte. Erscheint mir doch ihre Schwermut wie ein mächtiger Dämon, der von ihrer Seele Besitz ergriffen hat.« Der Doktor bedachte uns alle mit einem mitfühlenden Blick aus seinen schräg stehenden graugrünen Augen, die mich irgendwie an Wolfsaugen erinnerten.

Als meine Eltern daraufhin in Wehklagen ausbrachen, tröstete und beruhigte uns Doktor Stefenelli einfühlsam. »Es gibt keinen Grund zu verzagen«, erklärte er mit seiner sonoren, angenehmen Stimme. »Noch ist sie nicht ganz verloren, und es besteht durchaus Hoffnung.« Er hielt kurz inne, während wir drei ihn mit großen Augen anstarrten.

»Mir ist ein junger Mönch bekannt, der auf die Behand-

lung schwerer Gemütskrankheit spezialisiert ist«, fuhr er in ruhigem Tonfall fort. »Er versteht es trefflich, solcherart Erkrankte durch tröstende Gespräche und aufrichtende Gebete von ihren krankhaften Phantasien abzubringen.«

Ich muss wohl etwas skeptisch dreingeblickt haben, denn Doktor Stefenelli ergänzte mit einem nachsichtigen Lächeln in meine Richtung:

»Ihr müsst wissen, dass es sich bei Gemütskranken nicht um Kranke im klassischen Sinne handelt, die man mit Hilfe der Medizin heilen kann. Melancholiker sind oftmals von bösen Mächten besessen, die ihnen Geist und Seele verdüstern. Daher werden Geisteskranke auch kaum von Ärzten betreut, sondern in die Obhut von Geistlichen gestellt, die als Seelsorger und Krankentröster heilsam auf sie einwirken. Der von mir empfohlene Pater ist ein hervorragender Krankentröster, dem es sogar schon mehrfach gelungen ist, selbst jene unter den Schwermütigen zu kurieren, die sich der versuchten Selbstentleibung schuldig gemacht haben.«

Meine Eltern hingen förmlich an seinen Lippen und hatten vor Hoffnung schon ganz glänzende Augen bekommen. Ich hingegen hatte kürzlich von einem tragischen Ereignis gelesen, welches sich im bayrischen Passau zugetragen hatte: Eine tobsüchtige junge Frau war bei einer Teufelsaustreibung zu Tode gekommen, die ein auf Exorzismus spezialisierter Priester auf geradezu bestialische Weise an ihr vollzogen hatte.

»Handelt es sich hierbei etwa um einen Teufelsaustreiber?«, erkundigte ich mich misstrauisch.

»Wo denkt Ihr hin, mein junges Fräulein!«, entgegnete Doktor Stefenelli mit leichtem Spott, was mich auf der Stelle erröten ließ und mir vorwurfsvolle Blicke meiner Eltern einbrachte. »Davon kann ja überhaupt nicht die Rede sein. Sol-

che Rosskuren, wie sie zuweilen in Fällen schlimmer Tobsucht zur Anwendung gelangen, sind bei Eurer Schwester, die ja nicht von Sinnen ist, vollkommen entbehrlich. Pater Kilian wird ihr eine aufbauende, umfassende Seelsorge spenden, und wenn überhaupt, dann sind seine Exorzismen von ganz sanfter Natur.«

Nachdem der Medicus meinen Eltern gegenüber noch hervorgehoben hatte, dass Pater Kilian nicht nur überaus gelehrt, sondern überdies noch von adeligem Geblüte sei, baten diese eindringlich darum, dass der Vielgepriesene doch baldigst in unserem Hause vorstellig werde. Doktor Stefenelli versprach dies schon für den nächsten Tag, verordnete meiner Schwester ein ordentliches Quantum Theriak, ein opiumhaltiges Allheilmittel, welches ein Hausknecht noch an selbigem Abend in der Apotheke holte, und verabschiedete sich, nachdem ihn mein Vater für seinen ärztlichen Rat fürstlich entlohnt hatte, in aller Höflichkeit.

Am nächsten Vormittag kam der Mönch, ein großer, hagerer junger Mann in einer grauen Tunika mit schwarzem Überwurf und Gürtel, der sich als Pater Kilian vorstellte. Auf mich wirkte er recht kühl und hochmütig, seine kalten grauen Augen gaben mir das Gefühl, er schaue auf mich herab. Aber er hatte ausgezeichnete Umgangsformen, drückte sich sehr gewählt aus und schien zudem noch überaus gelehrt. Auf meine Eltern jedenfalls machte er einen glänzenden Eindruck, und bald wurde er zu einem Dauergast in unserem Hause. Da er häufig bis zum späten Abend bei Mechthild weilte, stellten ihm meine Eltern ein komfortables Gästezimmer zur Verfügung.

Obgleich der Krankentröster viel Zeit mit Mechthild zubrachte und sie in der Tat sehr an ihm zu hängen schien – un-

seren Eltern gegenüber betonte sie immer wieder, wie gut ihr der Pater tue –, veränderte sich ihr Zustand bis zu ihrem schrecklichen Tod nicht mehr wesentlich. Ob sie sich dem Pater gegenüber geöffnet hat, vermag ich nicht zu sagen, aber uns gegenüber zeigte sie sich weiterhin sehr verschlossen und wirkte immer noch so seltsam entrückt. Nach wie vor hatte sie keinen Appetit und aß höchstens mal ein halbes Stückchen Brot oder einen Apfel. Vor Fleisch ekelte es sie, und sie ernährte sich eigentlich in der Hauptsache von Milch, fast wie ein Säugling. Auf ihr Äußeres gab sie kaum noch etwas, wo sie doch früher immer so eitel war. Sie trug die Haare straff zurückgekämmt unter einer schlichten weißen Haube und kleidete sich nur noch in weite schwarze Gewänder wie eine Klosterfrau.

Mechthild, die einmal so lebensfroh war und keine Feier ausließ, war zu einer Frömmlerin und Betschwester geworden und verließ das Haus kaum noch. Von Zeit zu Zeit besuchte sie mit ihrem Krankentröster einen Gebetskreis, das war alles. Einmal sah ich Mechthild und den Pater zufällig in der Stadt mit diesen Leuten. Es waren so merkwürdige dunkelgewandete Gestalten, die verstohlen die Köpfe senkten, als ich mich ihnen näherte.

Ob diese Schwarzkutten meiner Schwester wirklich gutgetan haben, wage ich indessen zu bezweifeln.

Meine geliebte Schwester, obwohl wir Tür an Tür lebten, warst du mir so unendlich fern, entrückt in deine Schattenwelt, zu der ich keinen Zugang fand. In meinem Herzen aber bist du mir immer noch nah. Ich liebe dich und werde dich nie vergessen. Gott gebe, dass es mir eines Tages gelingen möge, dein rätselhaftes Leben besser zu begreifen.

Der Morgen graute bereits, als Anna Stockarn sich mit steifen Beinen und schmerzendem Rücken vom Schreibtisch erhob und zu ihrem Bett wankte, wo sie sogleich in einen tiefen, traumlosen Schlaf fiel.

*

Von der nahezu durchwachten Nacht war Anna so müde, dass ihr am Nachmittag darauf beim Lesen die Augen zufielen und sie sich ganz entgegen ihrer sonstigen Gewohnheit entschloss, einen Mittagschlaf zu halten. Sie musste schon eine ganze Weile tief und fest geschlafen haben, als sie das durchdringende Schellen der Türglocke aus dem Schlaf riss. Sie war noch ganz benommen, doch das laute, aufgeregte Stimmengewirr, welches von unten bis in ihre Studierstube drang, ließ sie aufmerken. Schließlich erhob sie sich, kleidete sich an und eilte die Treppe hinunter, um nach dem Rechten zu sehen.

In der Eingangshalle gewahrte sie eine junge Frau mit einer adretten Flügelhaube und ansprechenden Gesichtszügen, die händeringend auf ihre Eltern einredete.

»So glaubt mir doch bitte, mein Vater hat Eure Tochter nicht umgebracht. Er ist unschuldig! Die Leute in den schwarzen Kutten, die in der Nacht von Allerheiligen auf dem Friedhof ihr Unwesen getrieben haben, die müssen Eure Tochter auf dem Gewissen haben!«, rief die Frau ein ums andere Mal verzweifelt aus.

Anna stockte bei ihren Worten regelrecht der Atem. Nur zu gerne hätte sie der Frau ein paar eindringliche Fragen gestellt, doch ihr Vater hob warnend den Zeigefinger.

»Ich sage es Ihr jetzt zum letzten Mal«, herrschte er die Besucherin mit hochrotem Gesicht an. »Schweig Sie still und verlasse auf der Stelle mein Haus, sonst lasse ich Sie von meinen Knechten hinauswerfen!«

»Aber ich bitte Euch doch nur, mich anzuhören. Euch muss doch auch daran gelegen sein, die Mörder Eurer Tochter überführt zu wissen. Mein Vater war es nicht!«

Anna wollte gerade einen zweiten Versuch unternehmen, das Wort an die Fremde zu richten, als die junge Frau auch schon von zwei kräftigen Hausknechten ergriffen und unsanft vor die Tür gesetzt wurde.

Nachdem das schwere Eichenportal ins Schloss gefallen war, herrschte für geraume Zeit Stille, bis von draußen Klopfgeräusche zu vernehmen waren und die aufgeregte Stimme der Frau, die erneut beteuerte, dass ihr Vater nicht der Mörder von Mechthild sei.

»Vater, bitte ...«, suchte Anna ihren aufgebrachten Vater umzustimmen, doch der gestrenge Familienpatriarch beachtete sie gar nicht.

»Entferne Sie sich von meinem Grundstück, oder ich hetze die Hunde auf Sie«, schrie er erbost. Daraufhin war nichts mehr zu hören.

»Was untersteht sich diese Person, uns zu Hause zu behelligen? Eine Dreistigkeit sondergleichen, dass einem die Tochter dieses Unholds überhaupt unter die Augen tritt«, schimpfte er aufgebracht und schüttelte indigniert den Kopf.

Als Anna bemerkte, dass ihre Mutter wieder einmal kurz vor einer Ohnmacht zu stehen schien und bereits hektisch nach ihrem Riechfläschchen nestelte, runzelte sie resigniert die Stirn und enthielt sich einer weiteren Äußerung. Die Andeutungen der Totengräbertochter hatten sie hellhörig gemacht. Ohne auf das Gezeter des Vaters und das wehleidige Stöhnen der Mutter weiter einzugehen, ergriff sie ihren pelzverbrämten Kapuzenumhang, der in der Diele am Kleiderhaken hing, legte ihn sich um und verabschiedete sich von den Eltern: »Ich geh noch mal zu Klara. Wir haben noch etwas wegen unserer Chronik zu besprechen.«

»Klara, Klara! Wenn ich das nur immer hör«, ereiferte sich daraufhin die Mutter. »Für dich gibt's nichts anderes auf der Welt als deine Bücher und Klara. Wenigstens ist die im Gegensatz zu dir schon unter der Haube. Auch wenn's lange genug gedauert hat, sie hat die zwanzig ja auch schon längst hinter sich.« Hedwig Stockarn war zunehmend verbittert, dass ihre Tochter Anna auf dem besten Weg war, eine alte Jungfer zu bleiben.

»Lass doch Klara mal in Ruh, die ist frisch verheiratet und hat jetzt bestimmt was Besseres zu tun, als mit dir gelehrte Disputationen zu führen«, mischte sich nun auch der Vater ein, der über Annas Blaustrümpfigkeit gleichfalls wenig erbaut war.

Anna ließ sich nicht aus der Ruhe bringen. »Ich bin bald wieder da«, sagte sie knapp und eilte zielstrebig zur Tür.

»Ach Kind, es wird doch schon dunkel. Nehm dir wenigstens einen Hausknecht mit, der dich begleitet, sonst muss ich mir wieder die schlimmsten Sorgen machen. Wo doch das mit unsrer Mechthild passiert ist.« Hedwig Stockarn, noch immer untröstlich über den Verlust ihrer jüngsten Tochter, fing jämmerlich an zu weinen.

»Mutter, zum Steinernen Haus ist es doch nur ein Katzensprung. Da brauchst du dir doch keine Sorgen zu machen«, sagte Anna besänftigend zum Abschied, obgleich ihr das ewige Greinen und Wehklagen der Mutter gehörig auf die Nerven ging.

Draußen sog Anna begierig die kühle Abendluft ein und entschied sich kurzerhand, den Weg in die Schnurgasse mit ihren zahlreichen Läden und Kaufmannskontoren einzuschlagen, in der Hoffnung, die Totengräbertochter dort zu finden. Eigentlich war ihr Unterfangen ziemlich aussichtslos, denn sie wusste weder, wohin sich die junge Frau gewandt hatte, noch, wo sie wohnte. Anna konnte nur hoffen, sie zufällig irgendwo zu erspähen. Hurtig eilte sie voran.

Es war kurz vor der fünften Stunde und dämmerte bereits. Die Zunfthandwerker und Kaufleute, die von Sonnenaufgang bis Sonnenuntergang ihrem Gewerbe nachgingen, hatten schon angefangen, die Waren einzuräumen und ihre Werkstätten und Kontore zu schließen. Immer wieder gingen Anna die eindringlichen Beteuerungen der verzweifelten Frau durch den Sinn, und ohne es zu bemerken, beschleunigte sie ihr Tempo.

In der Nähe des Kornmarkts wurde sie unversehens der Totengräbertochter ansichtig. Eilig trat sie auf die junge Frau zu und sprach sie an.

»Mein Name ist Anna Stockarn, ich bin die ältere Schwester von Mechthild und bin Euch gefolgt, weil ich Euch gerne anhören möchte. Bitte verzeiht die Unhöflichkeit meiner Eltern, aber Mechthilds Tod hat ihnen sehr zugesetzt«, stieß Anna keuchend hervor und blickte die junge Frau offen an.

Die Miene der Totengräbertochter hellte sich sogleich auf. »Ich danke Euch sehr, Jungfer Stockarin, dass Ihr so freundlich seid, mir zu folgen und mich anzuhören. Ihr glaubt gar nicht, wie froh ich darüber bin.« Mit Tränen in den Augen strahlte die junge Frau Anna dankbar an.

Dann überlegte sie einen Moment und sagte schüchtern: »Hier draußen werden wir nicht ungestört reden können. Es wird schon dunkel, und kalt ist es auch. Ich weiß ja nicht, ob ich Euch das anbieten darf, aber ich wohne hier ganz in der Nähe, in dem Wachturm links neben der Galgenpforte.« Sie errötete ein wenig bei diesen Worten.

»Eine hervorragende Idee! Und wenn es bei Euch auch noch einen warmen Ofen gibt, werdet Ihr mich so schnell nicht mehr los«, entgegnete Anna, der die Unsicherheit der Totengräbertochter nicht verborgen geblieben war, munter und schlug gemeinsam mit ihr den Weg in die Galgengasse ein. Wenig später hatten sie den Wohnturm an der westlichen Stadtmauer erreicht.

Mit einem großen Bartschlüssel schloss die junge Frau eine schwere Eichentür auf, die sich knarrend öffnete. Feuchter Modergeruch schlug Anna entgegen. In einer Wandhalterung im Eingangsbereich befand sich eine flackernde Pechfackel, die die unteren Stufen einer schmalen Wendeltreppe beleuchtete.

»Ich gehe voran«, sagte die Totengräbertochter und mahnte: »Haltet Euch dicht hinter mir, und seid vorsichtig, die Stufen sind steil und teilweise auch abgetreten.«

Als Anna hinter ihr die runde Turmkammer betrat, war sie ziemlich außer Atem. Die Totengräbertochter entzündete mit Hilfe einer Fackel, die sie aus der Wandhalterung genommen hatte, mehrere Talglichter, die die Stube in ein anheimelndes Licht tauchten, und bot Anna den Platz auf der Bank am großen Kachelofen an, der eine angenehme Wärme ausstrahlte. Anschließend ergriff sie einen irdenen Krug, der oben auf dem Ofen stand, und schenkte gesüßten Würzwein in zwei Becher. Nachdem sie Anna einen davon gereicht hatte, ließ sie sich auf einem Holzschemel nieder, der unweit des Kachelofens an einem alten, wurmstichigen Tisch stand. Dann nippte sie an ihrem Würzwein und fing zögernd und noch immer leicht befangen an zu sprechen:

»Jungfer Stockarin, mein Name ist Katharina Bacher. Ich bin die hiesige Totenwäscherin, die Ehefrau des Nachtwächters Ruprecht Bacher und, wie Ihr bereits wisst, die Tochter des verurteilten Totengräbers Heinrich Sahl. Ich möchte Euch noch einmal mit allem Nachdruck versichern, dass mein Vater unschuldig ist. Er hat Eure Schwester Mechthild nicht getötet, auch wenn er es gestanden hat. Man hat ihn unter der Folter gezwungen, all die schrecklichen Dinge zu erzählen ...« Die Totengräbertochter konnte nicht mehr weiterreden, barg ihr Gesicht in den Händen und schluchzte heftig. Anna empfand Mitleid mit der Unglücklichen und strich ihr tröstend übers Haar.

Nach geraumer Zeit fasste sich die junge Frau wieder und fuhr mit leiser Stimme fort: »In sieben Tagen soll er hingerichtet werden, für ein Verbrechen, das er nicht begangen hat.«

»Ich verstehe ja Eure Verzweiflung, Bacherin, aber habt Ihr nicht vorhin bei meinen Eltern etwas von Leuten in schwarzen Kutten gesagt, die angeblich den Mord an meiner Schwester begangen hätten? Was hat es damit auf sich? Könnt Ihr mir das einmal genauer darlegen?«, erkundigte sich Anna angespannt.

»Ja, natürlich«, entgegnete die Totenwäscherin und erzählte Anna ausführlich, was sich in der Nacht von Allerheiligen auf dem Friedhof zugetragen und was ihr Vater ihr berichtet hatte.

Anna hörte ihr mit nachdenklichem Gesichtsausdruck zu und sinnierte düster: »Was für ein seltsames Ritual mögen diese Vermummten nur veranstaltet haben?«

»Ein teuflisches!«, erwiderte die Totenmagd im Brustton der Überzeugung. »Das, was der Vater gesehen hat, muss so schauerlich gewesen sein, dass er schnell wieder in seine Behausung geflüchtet ist, wo er Türen und Fenster verriegelt hat. Solche Angst hat er vor den Reigentänzern gehabt! Und am Morgen hat er dann Eure tote Schwester im Beinhaus gefunden, die auch so eine schwarze Kutte anhatte wie die

Kapuzenmänner. Wie ich weiß, hatte sie einen Schnitt am Hals und war vollkommen ausgeblutet. Der Vater war ganz verstört, als er mir davon erzählt hat. Er hat geglaubt, das waren Totengeister, die er da auf dem Friedhof gesehen hat. Ich habe ihm gesagt, dass das Unsinn ist, dass es Menschen aus Fleisch und Blut gewesen sein müssen. Böse Menschen. Ich spüre es tief da drinnen.« Die Totengräbertochter presste sich die Hand auf den Bauch.

»Diese Teufelsanbeter haben Eure Schwester auf dem Gewissen, da bin ich mir ganz sicher. Auch wenn der Pfarrer und der Inquisitor davon nichts hören wollen. Der Inquisitor hat schnell einen Schuldigen gebraucht, und den hat er im Vater gefunden. Erst recht, als der ihm die Gemme übergeben hat, die Eurer Schwester gehört hat. Er wollte sie dem Pfarrer geben, doch dazu ist es dann ja nicht mehr gekommen. Jedenfalls, mein Vater hat die Brosche nicht gestohlen, und er hat auch Eure Schwester nicht ermordet. Diese verdammten Schwarzkutten waren es! Aber wie soll man die denn ausfindig machen? Die laufen ja nicht am helllichten Tag in ihrem Mummenschanz in der Stadt herum. – Je mehr ich darüber nachdenke, desto sicherer bin ich mir, dass es zwischen diesen Reigentänzern und dem Tod Eurer Schwester irgendeinen Zusammenhang geben muss.«

Anna erwiderte mit tonloser Stimme: »Meine Schwester war schwer gemütskrank, müsst Ihr wissen. Sie ist kaum noch aus dem Hause gegangen und hat die meiste Zeit unter der Obhut ihres Krankentrösters in ihrem Zimmer zugebracht. Nur mit ein paar merkwürdigen, dunkel gewandeten Leuten hat sie sich hin und wieder zum Gebet getroffen. An die habe ich auch sofort denken müssen, als Ihr von den Vermummten erzählt habt.«

»Wo sie doch auch selbst eine solche Kutte trug, als mein

Vater sie im Beinhaus gefunden hat. Hier laufen die Fäden zusammen, das habe ich von Anfang an geahnt!«, rief die Totenmagd aus, schlug vor Erregung mit der flachen Hand auf die Tischplatte und blickte Anna eindringlich an. »Das ist jetzt ganz wichtig, Jungfer Stockarin: Kennt Ihr jemand aus diesem seltsamen Gebetskreis?«

»Im Grunde genommen eigentlich nur den Pater, der ihn geleitet hat«, murmelte Anna mit bestürzter Miene. »Ich habe die Gruppe auch nur ein einziges Mal gesehen. Das war letztes Jahr im Winter, da bin ich die Sandgasse entlanggelaufen, und da standen sie vor einem Haus, meine Schwester, Pater Kilian und noch vier andere Leute. Es hatte den Anschein, als wollten sie dort gerade eintreten. Ich könnte allerdings nicht mehr genau sagen, welches Haus das war, die Sandgasse ist ja sehr lang. Und die Häusergiebel berühren sich fast über der Gasse, deswegen ist es dort auch immer so dunkel. Ich konnte nicht viel erkennen von den Leuten, weil sie alle ihre Kapuzen so tief ins Gesicht gezogen hatten und es bereits dämmerte. Meiner Schwester schien es unangenehm zu sein, dass wir aufeinandergetroffen waren, und ich bin dann auch rasch weitergegangen. Aber einer der Schwarzkutten ist mir aufgefallen, weil er so groß war. Der überragte alle anderen, selbst den hochgewachsenen Pater, um ein bis zwei Haupteslängen. Nur sehr schemenhaft habe ich seine untere Gesichtshälfte unter der weiten Kapuze sehen können, es war ein sehr markantes Gesicht mit einer großen, leicht nach unten gebogenen Nase und einem kräftigen rasierten Kinn«, redete Anna nachdenklich wie zu sich selbst. »Der Mann ist mir sogar irgendwie bekannt vorgekommen, aber ich weiß bis heute nicht, um wen es sich handelte.«

»Dann solltet Ihr doch unbedingt einmal den Seelsorger Eurer verstorbenen Schwester fragen«, erklärte Katharina

Bacher entschieden. »Der kann Euch das doch sicherlich sagen, wer alles zu diesem seltsamen Gebetskreis gehörte. Und überhaupt: Mir kommt das komisch vor! Mit diesem Krankentröster könnte auch irgendwas faul sein.«

»Da rennt Ihr bei mir offene Türen ein, Bacherin. Ich muss zugeben, dass ich Pater Kilian von Anfang an nicht gemocht habe. Er hat keinen guten Einfluss auf meine Schwester ausgeübt, und ich kann mich des Gefühls nicht erwehren, dass er etwas mit Mechthilds Tod zu tun hat!«, schnaubte Anna aufgebracht. »Der feine Herr hat sich auch gleich aus dem Staub gemacht, nachdem das mit Mechthild passiert war. Und vorher hat er sich aufgeführt wie ein trauernder Witwer! Er sei untröstlich über Mechthilds Tod, hat er gesagt, er benötige Abgeschiedenheit, um sich seiner tiefen Trauer hingeben zu können. Gleich am nächsten Tag ist er dann zur Burg Hattstein aufgebrochen, den Stammsitz seiner Familie im abgelegenen Taunuswald. Und seitdem hat er sich nicht mehr blicken lassen, der feine Herr Krankentröster!«

Während sie über den Pater sprach, war die ansonsten eher ausgeglichen und beherrscht wirkende Anna immer wütender geworden. »Genau dorthin werde ich mich gleich morgen früh begeben, um dem Pater einige Fragen zu stellen. Dem werde ich heimleuchten, dem scheinheiligen Kerl! Ich schwöre es bei allem, was mir heilig ist: Wenn der wirklich hinter Mechthilds Tod steckt, wird er dafür büßen!«

»Bitte, Jungfer Stockarin, nehmt mich doch mit!«, bat inständig die Totenmagd, die nicht minder aufgeregt schien. »Ihr könntet mich doch als Eure Dienerin ausgeben, und ich würde Euch bei allem beistehen. Darauf könnt Ihr Euch verlassen. Wir wollen doch beide Mechthilds Mörder finden!«

Anna betrachtete ihre neue Verbündete, die auf einmal

aussah wie eine junge Löwin, entschlossen, gegen alle Widrigkeiten zu kämpfen.

»Einverstanden«, sagte sie erfreut.

Das Eis zwischen den beiden so unterschiedlichen Frauen war nun endgültig gebrochen, und sie spürten, dass sie einander vertrauen konnten.

»Ich muss mir noch überlegen, was ich morgen meinen Eltern erzähle«, erklärte Anna. »Aber dafür habe ich ja noch die ganze Nacht Zeit. Ich denke, bei Tagesanbruch sollten wir uns aufmachen. Von Frankfurt bis in den Taunus braucht man zu Pferd schon gut zwei Stunden. Haltet Euch also bereit, wenn der Morgen graut, ich hole Euch dann unten vor dem Turm ab.«

Die Rathausuhr hatte bereits die zehnte Stunde geschlagen, als die Totenmagd die Patriziertochter mit einer Fackel nach Hause geleitete.

Dichte Schneeflocken fielen aus dem Nachthimmel, sie umschmeichelten die erhitzten Gesichter der beiden jungen Frauen. Gemeinsam freuten sie sich über den ersten Schnee. Für einen flüchtigen Augenblick vergaßen sie ihre Sorgen und Nöte und jauchzten wie zwei kleine Kinder über die weiße Pracht, die die Gassen und Plätze der Stadt in eine glitzernde Märchenwelt verwandelte.

Herzlich umarmten sie sich wie Freundinnen, die, obgleich so fern durch ihren Stand, einander jedoch unerwartet ganz nahegekommen waren.

»Euch hat mir der Himmel geschickt«, flüsterte die Totenwäscherin Anna zu. »Ich bin so froh, dass wir uns kennengelernt haben.«

»Das geht mir genauso«, erwiderte Anna dankbar und spürte, wie gut ihr der Beistand der Totenmagd tat.

Aus den Aufzeichnungen eines jungen Mönchs

Mit amüsiertem Lächeln verfolgte der junge Gelehrte an jenem schwülen, regnerischen Septembernachmittag den Auftritt einer Geißlergruppe auf dem Limburger Domplatz und sinnierte zynisch, dass wohl selbst die größte Bußbereitschaft nicht ausreichte, sich gegen den Tod zu wappnen. Da verstummten plötzlich die Klagelieder von der ewigen Verdammnis, die durchsetzt waren vom Weinen und Wehklagen der Selbstquäler, und er vernahm eine durchdringende Männerstimme, die mitten aus dem Geißlerpulk zu kommen schien.

»Der große Gleichmacher fordert zum letzten Tanz, niemand kann ihm widerstehen, alle folgen ihm!«

Die Menge aus Geißlern und Zuschauern öffnete sich und bildete einen Kreis, an dessen Rand auch er sich unversehens befand. Schon wollte er sich unwillig aus dem Gedränge zurückziehen, als sein Blick auf den Mann fiel, der hoch aufgerichtet im Zentrum des Kreises stand. Bei seinem Anblick stockte ihm unwillkürlich der Atem. Mit dem weißgekalkten Gesicht und den mit Kohle geschwärzten Augenhöhlen sah er so unheimlich und furchterregend aus wie der Tod selbst.

»Wer hat Angst vorm Schwarzen Mann? – Keiner! – Und wenn er aber kommt? – Dann laufen wir! – Doch er kriegt sie alle, den Papst, den Kaiser, den Bettler, die Hure und das Kind«, fuhr der Redner in düsterem Singsang fort, während er sein Publikum eindringlich fixierte. »Macht, Ehre, Reichtum und Ruhm sind nichtig in der Stunde des Todes!« Während er langsam den Kreis abschritt, deutete er auf einzelne Zuschauer und rief aus: »Du bist es, du bist der Nächste! – Ihr fürchtet Euch alle so entsetzlich vor ihm, ihr armen Wichte. Aber es ist ein großer Unterschied, ob man den Tod als das Ende sieht oder als den Anfang. – Er ist ein Anfang! Der Anfang des ewigen Lebens. Der Tod ist das Siegel der Ewigkeit, das über all unseren Mühen und Plagen leuchtet, über allem Schmutz, aller Erbärmlichkeit, aller Armut, aller Widerwärtigkeit, allen Abgründen unseres Lebens. – Und plötzlich steht er leibhaftig vor dir, spielt dir auf zum letzten Tanze, und du flehst ihn an, er möge dich doch verschonen. Nur für dieses eine Mal. Doch er hat dich schon längst am Wickel und gibt dich nicht mehr her. – Du musst den Tod lernen. Jeder muss ihn lernen. Nur wer den Tod nicht fürchtet und ihm offenen Herzens entgegentritt, der hat das Himmelreich gefunden und das ewige Leben schon auf Erden. Er hat den inneren Frieden, der da durchdringt alle Anfechtung und Widerwärtigkeit, Elend und Schande des Daseins. Er schenkt die Ruhe, darin man fröhlich sein kann. – Ich bin dem Tod von Angesicht zu Angesicht begegnet, als ich vor ein paar Wochen an der Pest erkrankte, und habe mit ihm geschachert und gerungen.« Der Knochenmann wies auf seine noch frisch vernarbten Wundmale im Achselbereich und am Oberkörper, während im Publikum lautes Aufstöhnen zu vernehmen war. »Dabei ist er mir zu einem guten Freund geworden. Er hat mich verschont, damit ich ihn euch lehre. Ich lehre euch den Tod – folgt mir nach, und eure Herzen werden frei sein von Furcht, ich werde euch von den Fesseln des Leibes befreien und euren Geist obsiegen lassen!«

Wie gebannt lauschten die Menschen, viele schienen tief ergriffen und weinten. Auch dem jungen Mönch rannen Tränen über die Wangen, sosehr hatte ihm der Prediger aus der Seele gesprochen. Der Redner umrundete erneut den Kreis und zeigte auf einzelne Leute. Einem dicken Mann rief er höhnisch zu, dass die Fettesten zuerst verrotteten, einer herausgeputzten Frau raunzte er entgegen, die eitlen Metzen begatte der Schnitter am liebsten, einem vornehm gekleideten Patrizier zischte er ins Gesicht: »Elender, welchen Grund hast du für deinen Stolz?« Dann näherte er sich dem jungen Gelehrten und beschied ihn sarkastisch, dass ihn all sein Bücherwissen auch nicht retten könne.

Seit seinem unrühmlichen Ausscheiden aus der Zisterzienserabtei Marienstatt war der junge Mönch zu einem heimatlosen Gesellen geworden. Er zog über die Lande und verweilte nirgendwo länger. Dem Ausbruch der Pest begegnete er mit dem stoischen Fatalismus eines Menschen, der ohnehin unentwegt mit der Apokalypse befasst war. Es war nur eine Frage der Zeit, bis er an der Pest erkranken und sterben würde.

Der fremde Prediger hatte ihn zutiefst beeindruckt. Stimmten doch seine Worte über den Tod auf verblüffende Weise mit den Lehren der geheimen Offenbarung des Jakobus überein, deren Übersetzung der Gelehrte in einem kunstvoll gefertigten Buchbeutel aus Leder an seinem Gürtel trug.

Er erkannte in dem Mann mit dem verwegenen weißgekalkten Gesicht einen Seelenverwandten. Von dieser wundersamen Erkenntnis war er so ergriffen, dass ihm zunächst die Worte fehlten. Dann trat er auf den Geißlerführer zu und stieß keuchend hervor: »Ich möchte Euer Gefolgsmann werden, Meister. Darf ich mich Euch anschließen?«

»Ihr seid uns willkommen, Bücherwurm! Für 33 Tage und acht Stunden kann sich uns jeder anschließen, der bereit ist, sich dreimal täglich öffentlich zu geißeln und den bösen Leidenschaften abzuschwören«, krächzte der Totenschädel mit inzwischen schon heiserer Stimme.

Als die Geißler in den frühen Abendstunden die Domstadt Limburg an der Lahn hinter sich ließen, hatte der ortsansässige Sattler, der in geschäftstüchtiger Voraussicht rasch einen Verkaufsstand auf dem Domplatz aufgeschlagen hatte, fürwahr ein gutes Geschäft gemacht. Rund dreißig Lederpeitschen und neunschwänzige Katzen hatte er an Leute verkauft, die sich den Flagellanten zugesellen wollten. Eine der Geißeln hatte der junge Mönch erworben. Sein edles Samtbarett und die teure Schaube tauschte er bei einem gleichfalls am Rande des Platzes vertretenen Lumpenkrämer gegen eine unförmige schwarze Kapuze und eine weite, erdfarbene Kutte aus grobem Sackleinen. Wie alle neu Hinzugekommenen marschierte er am Ende des Männerzugs. Neben ihm ging ein halbnackter Mann mit grobschlächtigen Gesichtszügen, der sich in Ermangelung eines Holzkreuzes ein rotes Kreuz auf den muskulösen Oberkörper gepinselt hatte. Der Zug erstreckte sich in Zweierreihen schier endlos vor ihm, so dass er den faszinierenden Anführer, der in Begleitung eines alten Mannes an der Spitze der Prozession schritt, bedauerlicherweise nicht sehen konnte. Zudem behagte es dem vergeistigten jungen Mann wenig, dass einige Reihen hinter ihm der Frauenzug begann. Die Nähe zu den Frauen und Kindern empfand er als Herabwürdigung. Ihn störten die schrillen Schreie und das lautstarke Kreischen und Stöhnen, das aufdringlich ihre Selbstgeißelung begleitete, und er war froh darüber, sie wenigstens nicht vor Augen zu haben. Der Anblick der Weiber vorhin auf dem Domplatz war ihm schon unangenehm genug gewesen. Immer noch sah er ihre geschundenen entblößten Rücken vor sich und die blanken Brüste, die schamlos zur Schau gestellt wurden, wenn während des Auspeitschens der Umhang verrutschte.

In der Dämmerung erreichte die Prozession die kleine Ortschaft Selters und schlug am Emsbach ihr Nachtlager auf. In den Flussauen wurden zwei Lagerfeuer entfacht, eines für die Männer, eines für die Frauen und Kinder, und die Geißler aßen ein karges Nachtmahl aus ein paar Feldfrüchten und einer Handvoll Getreidekörnern, die unterwegs gesammelt worden waren. Der junge Mönch hatte Mühe, überhaupt etwas zu sich zu nehmen, so sehr ekelte ihn der Gestank nach Blut und altem Schweiß, der von den Bußfertigen ausging. Allein sein quälender Durst nötigte ihn, das irdene Trinkgefäß mit Quellwasser zu ergreifen, das in der Runde an ihn weitergereicht wurde. Die dreckstarrenden Gesichter und die verfilzten, zotteligen Haare und Bärte seiner neuen Gefährten riefen in ihm, dem stets auf Reinlichkeit Bedachten, eine kaum überwindbare Abscheu hervor.

Der Mönch fand keine Gelegenheit, mit dem Meister ins Gespräch zu kommen, der weit von ihm entfernt Platz genommen hatte. Im Flackern des Feuers konnte er lediglich das skelettartige Antlitz erkennen, das ihn mit einem tiefen, befriedigenden Grauen erfüllte. Bald darauf klatschte der Anführer in die Hände, und die Geißler legten sich zum Schlafen nieder.

Der Gelehrte war von dem langen Marsch und der drückenden Gewitterstimmung so erschöpft, dass er rasch einschlief. Mitten in der Nacht wurde er von lautem Donnergrollen und angstvollen Schreien aufgeweckt. Über den Nachthimmel zuckten grelle Blitze, denen krachende Donnerschläge folgten. Dicke Tropfen fielen, und wenig später öffnete der Himmel seine Schleusen, es goss wie aus Kübeln. Unter den Menschen herrschte großer Aufruhr, die meisten rannten zum Fluss, um unter den Weiden Schutz zu suchen, Frauen und Kinder weinten vor Angst. Im allgemeinen Wirrwarr war die sonst so strenge Trennung zwischen Männern und Frauen unvermittelt aufgehoben, und beiderlei Geschlechter drängten sich dicht an dicht unter den vor Nässe triefenden Bäumen an der vom Wolkenbruch aufgeweichten Uferböschung. Und so dauerte es nicht lange, bis die ersten Paare anfingen, miteinander zu kopulieren. Immer mehr Männer und Frauen ergaben sich, völlig durchnässt und lehmverschmiert, der Wollust, die durch die erzwungene lange Enthaltsamkeit aufgestauten Sehnsüchte brachen sich bald vollends Bahn und entluden sich tosend wie die Elemente in einer zügellosen Massenorgie.

10

Anna war wie geblendet, als sie am nächsten Morgen aus dem Fenster blickte und die dicke weiße Schneedecke sah. Mit einem versonnenen Lächeln erinnerte sie sich, wie sie mit Katharina über den ersten Schnee gejubelt hatte. Für kurze Zeit hatten beide ihre Trauer und Schwermut vergessen und zusammen gelacht und gejohlt wie Kinder. Anna hatte sich in diesem Augenblick so wundersam befreit und glücklich gefühlt wie selten in ihrem Leben. Plötzlich sah sie wieder Katharinas anmutiges Gesicht vor ihrem inneren Auge und fühlte eine tiefe Zuneigung zu der jungen Totenwäscherin.

Anna war guter Dinge, obgleich sie kaum ein Auge zugetan hatte, und während sie sich ankleidete und reisefertig machte, fiel ihr ein, wie sie ihren Eltern gegenüber die Exkursion in den Taunus rechtfertigen könnte.

Als sie wenig später die behagliche warme Wohnstube betrat, wo ihre Eltern schon am Tisch saßen und mit gramvollen Mienen ihren Grießbrei mit Honig löffelten, begrüßte sie zuerst ihre Mutter und dann den Vater mit einem herzhaften Kuss auf die Wange, um ihnen dadurch schon ein wenig den Wind aus den Segeln zu nehmen.

»Na, du scheinst ja in aufgeräumter Stimmung zu sein«, näselte die Hausfrau vorwurfsvoll und warf ihrer Tochter einen indignierten Blick zu. »Wo bist du denn gestern Abend so lange gewesen? Schließlich haben wir ein Trauerhaus, da schickt es sich nicht, wenn die Tochter des Hauses bis zehn Uhr in der Nacht herumscharwenzelt.«

»Deine Mutter und ich haben uns schon schlimme Sorgen gemacht. Es hat nicht mehr viel gefehlt, und ich hätte einen Hausknecht zum Steinernen Haus geschickt und dich heimholen lassen«, schimpfte nun auch der Vater und musterte seine wie immer schmucklos und schlicht gekleidete Tochter ungnädig.

»Es tut mir leid, dass ihr euch Sorgen gemacht habt. Aber ›herumscharwenzelt‹, liebe Mutter, bin ich nicht. Ich habe mit … mit Klara über meine Schwester gesprochen, weil ich mich mal bei jemandem aussprechen musste. Glaubt nur nicht, dass mir das mit Mechthild nicht nahegeht, nur weil ich nicht den ganzen Tag lang am Heulen bin!«, blaffte Anna zurück und war, was selten genug geschah, unversehens wütend geworden. Die Eltern schwiegen betroffen.

»Wir wissen sehr wohl, dass du um Mechthild trauerst und dass du sie wie wir alle sehr gern hattest«, murmelte der Familienpatriarch betreten und hüstelte nervös, um seine Ergriffenheit zu kaschieren.

Die Mutter presste sich schon wieder ein Tuch an die Augen und schluchzte mit tränenerstickter Stimme: »Anna, du bist das einzige Kind, das uns noch verblieben ist. Es ist doch natürlich, dass wir uns um dich sorgen. Wir möchten dich nicht auch noch verlieren!« Tröstend legte ihr der Gatte die Hand auf die Schulter. Anna, der die gesamte Szenerie schon wieder erheblichen Verdruss bereitete, nahm nun all ihren Mut zusammen und erklärte mit fester Stimme:

»Nehmt es mir bitte nicht übel, aber mir steht momentan der Sinn nach Ruhe und Einsamkeit. Ein jeder hat seine eigene Art, mit Trauer umzugehen. Und deswegen wollte ich Euch um Erlaubnis bitten, ob ich auf unser Jagdschloss nach Falkenstein fahren darf?«

Als die Eltern sie erstaunt anschauten und mit einer Antwort zögerten, fuhr sie fort: »Ich glaube, die verschneiten Taunuswälder würden meiner Seele momentan sehr guttun. Die Marie könnte mitkommen und dort einheizen und für mich kochen, und der Jockel könnte uns begleiten, damit wir einen Beschützer hätten.« Sie sprang von ihrem Stuhl auf, umhalste den Vater und flehte: »Bitte, Papa, erlaub es mir doch! Nur für ein paar Tage, ich bin auch bald wieder zurück.«

»Josef, das ist gar keine schlechte Idee. Die gute Taunusluft würde uns doch allen momentan sehr guttun!«, rief Frau Stockarn, deren Tränen beim Gedanken an eine winterliche Landpartie in den Taunuswald zu versiegen schienen.

Na, du kommst mir grad noch geschlichen!, dachte Anna erbost. Jetzt galt es, kühlen Kopf zu bewahren und sich, ohne die Mutter vor den Kopf zu stoßen, einigermaßen elegant aus der Affäre zu ziehen. Und so entschloss sie sich, wie sie es bei ihrem Lieblingsspiel, dem Schach, so meisterhaft verstand, zu einer Finte.

»Du kommst doch auch mit, Papa?«, fragte sie scheinheilig. Und ihr Plan ging auf.

Bedauernd entgegnete Josef Stockarn: »Nein, mein Kind, das wird mir leider nicht möglich sein. Jetzt, wo Willibald nicht mehr da ist und ich keinen verlässlichen Stellvertreter habe, kann ich die Geschäfte nicht unbeaufsichtigt lassen. Aber du könntest doch mit der Mutter schon mal alleine hochfahren, und ich komme dann am Samstagnachmittag nach.«

Anna hielt die Luft an und sah ihre Mutter an. Würde sie ihrer Rolle als vorbildliche Gattin treu bleiben? Doch die Mutter schien unentschlossen. »Ich weiß nicht recht …«, murmelte sie. Der Vater tätschelte ihre Schulter und ermunterte sie mitzufahren. Er komme die zwei Tage schon alleine zurecht.

Frau Hedwig schnaufte. Dann sagte sie entschieden: »Nein, nein, Josef, das kommt überhaupt nicht in Frage! Was würden denn die Leute denken, wenn ich mich kurz nach dem Tode unseres geliebten Kindes auf unserem Landsitz verlustiere und meinen Mann einfach sich selbst überlasse. Ich bleibe hier. Anna, das verstehst du doch hoffentlich. Dein Vater und ich kommen dann zum Wochenende nach.«

In diesem Moment hätte Anna ihre Mutter am liebsten umarmt. Stattdessen gab sie sich ein wenig enttäuscht und erklärte einsilbig, dass es für sie dann aber höchste Zeit sei aufzubrechen. In Anbetracht der Witterung würde sie Jockel statt der Kutsche den Schlitten anspannen lassen, was die Eltern sehr befürworteten.

»Und zieh dich nur warm an. Im Taunus bläst immer ein rauer Wind«, rief die Mutter ihr noch fürsorglich nach. Zum Glück konnte sie nicht sehen, dass Anna schalkhaft in sich hineingrinste.

*

Als der komfortabel mit Fell ausgepolsterte Pferdeschlitten, gezogen von vier kräftigen Kaltblütern, durch die Mainzerpforte fuhr, brach die Sonne durch die Wolken und wärmte die Gesichter von Anna, Katharina, und der Dienerin Marie, die allesamt mit Pelzdecken bis unters Kinn vor der Kälte geschützt waren. Katharina, die beim Anblick des feudalen Gefährts, das sie vor ihrem Wohnturm abgeholt hatte, vor Begeisterung gejubelt hatte, geriet wieder in düstere Stimmung, sobald sie den Mainzerturm gewahrte und an den Vater denken musste, der dort so jämmerlich in Ketten lag.

»Der Pfarrer hat zwar gesagt, dass der Vater nicht mehr zu

retten ist, aber ich werde dennoch nichts unversucht lassen«, sagte sie entschlossen. »Und ich bin zuversichtlich, dass uns dieser Kilian von Hattstein ein gutes Stück weiterbringen wird. In Frankfurt kann ich nichts für den Vater tun, ich darf ihn ja nicht einmal besuchen. Erst am Abend vor der Hinrichtung lässt man mich zu ihm. Aber ich hoffe von ganzem Herzen, dass wir das verhindern können.«

Anna ergriff unter der Felldecke die Hand der Totenwäscherin. »Das hoffe ich auch!«, bekräftigte sie und nickte zuversichtlich.

Der Pferdeschlitten fuhr am Main entlang in Richtung des kleinen Städtchens Höchst. Rechter Hand lagen die weiten verschneiten Felder der Frankfurter Vororte, auf denen der Schnee in der Sonne wie ein Diamantentuch glitzerte. Katharina, die in ihrem ganzen Leben noch nie über die Frankfurter Stadtgrenzen hinausgelangt war, freute sich an der Landschaft und dem klaren, kalten Himmel und fing trotz allem an, die Fahrt zu genießen.

Hinter Höchst nahmen sie die Landstraße entlang des Flusses Liederbach. Nach etwa einer Stunde Fahrt, vorbei an verschneiten Feldern und einsamen Gehöften, war vor ihnen eine kleine Ansiedlung zu sehen.

»Das muss Kelkheim sein«, bemerkte Anna, die Wangen vor Kälte gerötet. Sie wandte sich an ihre Dienerin: »Was hältst du davon, Marie, wenn wir bei deinen Leuten in der Mühle eine kleine Rast einlegen?«

»Das wäre zu schön, Herrin!«, lispelte die junge Magd beglückt. »Meine Leute würden sich so darüber freuen und uns auch gewiss was Feines auftischen.«

»Und noch mehr freuen werden sie sich, wenn sie hören, dass du ein bisschen bei ihnen bleiben kannst«, entgegnete Anna mit spitzbübischem Lächeln.

»Was? Davon habt Ihr mir ja gar nix gesagt«, erwiderte die Hausmagd überrumpelt. »Aber wer heizt Euch denn dann auf dem Jagdschloss die Stube und kocht das Essen?«

»Darüber musst du dir keine Sorgen machen. Ich habe eigene Pläne, deswegen bleibst du am besten auf der Mühle, und ich hole dich dann am Rückweg wieder ab. Versprich mir nur eines: Du darfst meinen Eltern gegenüber kein Sterbenswörtchen davon sagen. Kann ich mich darauf verlassen?« Anna sah ihre Bedienstete aufmerksam an und hob in gespielter Strenge den Zeigefinger.

Die Augen der Magd weiteten sich angstvoll. »Was habt Ihr denn vor, Herrin? Wenn Euch irgendwas zustößt ... Und wenn die Herrschaften davon erfahren, bekomme ich den größten Ärger!«, entgegnete sie weinerlich.

»Mir passiert schon nichts. Der Jockel ist doch bei mir, und meine Freundin hier auch.« Anna wies auf Katharina.

»Freundin? – Das ist doch die Totenfrau«, murmelte Marie und bekreuzigte sich verstohlen.

»Jetzt hör aber mit diesem abergläubischen Getue auf, Marie! Versprich mir, dass du schweigst, dann darfst du eine Zeit bei deiner Familie verbringen. Gleich sind wir bei der roten Mühle, da wollen wir uns aufwärmen und stärken, und ich will nichts mehr davon hören«, beschied Anna ihre Magd resolut. Diese nickte eingeschüchtert.

Während die kleine Reisegesellschaft in der zur Mühle gehörigen Gaststube heißen Würzwein trank und von Maries Mutter mit herzhaftem Hirschragout bewirtet wurde, weihte Anna den treuen Jockel in ihre Pläne ein und drückte ihm eine Kupfermünze in die schwielige Hand.

»Gut, dass wir nicht nur einspännig sind, sonst würden wir die steile Billtalhöhe hinter Königstein nicht raufkommen«, brummelte der alte Hausknecht. »Und wollt Ihr dann nach Eurem Besuch auf der Burg Hattstein noch weiter nach Falkenstein?«, erkundigte er sich mürrisch.

»Nein, das wird zu spät. Da kommen wir in die Dunkelheit. Aber vielleicht könntest du, während die Bacherin und ich auf der Burg sind, schon mal nach einer geeigneten Unterkunft Ausschau halten?«

Die großzügige Spende seiner jungen Herrin hatte Jockel zwar hilfsbereit gemacht, aber nun schaute er finster drein. »Ich kenn aber nur die Strecke von der Billtalhöhe bis zum Eselseck. Dahinter beginnt ja auch schon der Hohe Taunus.«

Anna lächelte den vierschrötigen Knecht entwaffnend an. »Zum Glück habe ich eine Reisekarte dabei. Schau her.« Sie hatte eine Papierrolle aus ihrer Reisetasche geholt und breitete sie auf dem Tisch aus. »Hier ist das Eselseck, wo die Pferde getränkt werden können«, erläuterte sie mit dem Finger auf der Karte. »Dann müssen wir hinauf bis zum Limesdurchlass, dem sogenannten ›Roten Kreuz‹. Das ist ein sehr steiler Anstieg, aber dann geht es nur noch bergab, durch die Ortschaft Reifenberg bis wir ins Weiltal kommen. Dann fahren wir ein ganzes Stück an der Weil entlang, bis wir rechter Hand eine bewaldete Anhöhe sehen. Da ist die Burg Hattstein, wo wir hinmüssen.«

»Mit dem Finger auf der Landkarte reist es sich leichter als über Stock und Stein, Jungfer Anna«, grummelte Jockel. »Aber im Taunusgebirge gibt es riesige Wälder, wo nie ein Mensch hinkommt. Da möchte ich mich bei dieser Kälte ungern verirren.«

»Schon gut, mein Alter, aber wir wollen ja schließlich nicht die Alpen überqueren. Mit deiner Hilfe werden wir das schon schaffen«, gab Anna zuversichtlich zurück.

Bald darauf brachen sie auf, und Anna, die froh war, endlich frei sprechen zu können, berichtete ihrer Verbündeten, wie sie am Morgen ihre Eltern überlistet hatte. Katharina zollte lachend Anerkennung.

»Und Ihr, Bacherin, was habt Ihr Eurem Mann erzählt, damit er Euch gehen ließ?«, erkundigte sich Anna.

»Ich hab ihm, als er in der Früh nach Hause kam, bloß gesagt, dass ich wegmuss und vielleicht erst in ein paar Tagen zurückkomme«, erklärte Katharina ausweichend.

»Was? Und das hat er einfach so hingenommen?«

»Na ja, er hat schon wissen wollen, was los ist. Und da hab ich ihm von Euch erzählt und dass wir unbedingt im Taunus mit dem Pater sprechen müssen, um dem Vater zu helfen.« Katharina wirkte etwas betreten und vermied es, Anna anzusehen.

»Und das hat er Euch so ohne weiteres erlaubt? Da habt Ihr aber Glück, dass Ihr so einen gutmütigen Ehemann habt. Was ich bisher so mitgekriegt habe, in unserem Freundes- und Verwandtenkreis, da wäre so etwas wohl in kaum einer Ehe möglich. Die meisten Frauen haben bei ihren Ehemännern nicht viel zu lachen. Das ist auch einer der Gründe, warum ich noch immer unverheiratet bin.«

»Darum beneide ich Euch, Jungfer Stockarin«, entgegnete Katharina und blickte Anna nun offen an. »Wisst Ihr, ich bin in meiner Ehe nicht sehr glücklich«, gestand sie zerknirscht. »Das hat sich auch nach fünf Ehejahren nicht geändert. Mein Mann ist zwar die Gutmütigkeit in Person, er schlägt mich nicht und hält immer wieder kleine Geschenke für mich bereit, aber ... na ja, mich graust es einfach vor ihm. Er liebt mich sehr, und ich ... ich hege nun mal keine derartigen Gefühle für ihn.«

»Nun ja, wer liebt denn schon seinen Ehegatten? Ich kann

nur von meinen Kreisen sprechen, und da sind Liebesheiraten eine ausgesprochene Seltenheit. In den meisten Patrizierehen ist eine Heirat häufig nichts anderes als eine sichere Geschäftsverbindung mit kirchlichem Segen«, bemerkte Anna zynisch. »Man arrangiert sich eben, wie es so schön heißt. Das ist bei meinen Eltern so, und meine beste Freundin hat ihren Mann auch nicht aus Liebe geheiratet.«

»Und Ihr, habt Ihr denn schon einen Bräutigam?«, erkundigte sich Katharina neugierig.

»Nein, bislang noch nicht. Sehr zum Verdruss meiner Eltern, denn ich zähle ja inzwischen auch schon zwanzig Lenze und bin auf dem besten Weg, eine alte Jungfer zu werden«, gestand die Patriziertochter mit Selbstironie.

Katharina staunte. »Das kann ich gar nicht verstehen, Ihr seid doch so eine patente, angenehme Person, wenn ich das einmal so sagen darf.«

»Patent schon, aber alles andere als ansehnlich. Das weiß ich sehr wohl«, erklärte Anna lachend, während Katharina betreten den Blick senkte. »Das braucht Euch jetzt nicht peinlich zu sein, Bacherin!« Anna knuffte die Totenfrau kameradschaftlich in die Seite.

»Übrigens bin ich das ewige ›Bacherin‹ und ›Stockarin‹ langsam leid«, sagte sie dann. »Wir sind im gleichen Alter, und verstehen tun wir uns auch, und deswegen denke ich, wir sollten uns beim Vornamen nennen. Ich bin die Anna.« Sie streifte den Pelzhandschuh von der rechten Hand und streckte sie Katharina entgegen, die sie ergriff und kräftig drückte.

»Ich bin die Katharina, und es ist mir eine große Ehre«, murmelte die Totengräbertochter und errötete vor Freude.

»Und seid Ihr ... bist du traurig darüber?«, fragte Katharina weiter.

»Über was? Dass ich keine Schönheit bin oder dass ich noch keinen Mann habe?«

»Jetzt hör aber auf«, empörte sich die Freundin. »Was ist denn schon äußere Schönheit? Eine hübsche Larve, mehr nicht. Deine Schönheit dagegen leuchtet von innen, und das ist es, worauf es ankommt.«

»Katharina, das ist lieb gemeint. Aber ich bin gewissermaßen ein gebranntes Kind. Wegen meiner Größe, meinem wenig grazilen Körperbau und meinen herben Gesichtszügen pflegten mich meine jungen Standesgenossinnen, hinter mehr oder weniger vorgehaltener Hand, als das ›Mannweib‹ zu bezeichnen. Und irgendwie hatten sie auch recht damit. Aus Kleidung und Putz mache ich mir gar nichts, und ...«, Anna zögerte eine Weile, ehe sie weitersprach, »und aus Männern erst recht nicht. Das ist halt nun mal so und wird sich auch sicher nicht mehr ändern. Ich liebe meine Bücher und das Schreiben, und ich liebe meine Freundin Klara.« Sie lächelte verlegen.

»Das ist doch schön! Dafür müsst Ihr ... musst du dich doch nicht schämen. Ich wünschte, ich hätte auch eine Freundin, der ich so zugetan bin«, erklärte die Totenfrau freimütig.

»Dann nimm doch einstweilen mit mir vorlieb«, sagte Anna mit gewinnendem Lächeln und hakte sich bei Katharina unter.

Während ihrer Unterhaltung war die Zeit wie im Flug verstrichen, sie hatten Königstein erreicht und fuhren die steile Billtalhöhe hinauf. Die mächtigen Kaltblüter wurden merklich langsamer und mussten von Jockel mit der Peitsche angetrieben werden, damit sie nicht ganz zum Stillstand kamen. Die noch hoch am Himmel stehende Sonne verschleierte sich zusehends, und bald begann es zu schneien. Je höher sie die schmale Passstraße hinaufgelangten, desto dichter wurden die Schneeflocken. Rechts und links der Straße erstreckten sich endlose Tannenwälder, und Katharina und Anna wurde es angesichts der schroffen, gottverlassenen Gegend ein wenig beklommen zumute. Die beiden jungen Frauen wurden immer stiller.

»Deine Schwester ist übrigens nicht die einzige Frau, die in diesem Jahr ermordet wurde«, unterbrach Katharina plötzlich das Schweigen. »Das habe ich dir noch überhaupt nicht erzählt.«

Anna erstarrte und blickte Katharina betroffen an. »Was sagst du da?«

»Ende Oktober, ein paar Tage, bevor deine Schwester gefunden wurde, hatten mich die städtischen Huren mit der Totenwäsche einer Hübscherin beauftragt, die tot im Stadtgraben gefunden worden war. Beim Waschen habe ich gesehen, dass sie Würgemale am Hals hatte. Ich habe das der Gildemeisterin der Huren gemeldet, und daraufhin wurde ein Untersuchungsrichter mit der Aufklärung des Falles betraut. Was dabei rausgekommen ist, weiß ich nicht so genau. Den Mörder hat man wohl noch nicht gefunden, sonst hätte man bestimmt davon gehört. Und im letzten Frühjahr habe ich bei einer toten Bademagd ebenfalls blaue Male am Hals entdeckt. Damals bin ich gleich zur Polizei gegangen, doch die hat das nicht weiter interessiert, und es hat sich wohl auch keiner um die Sache gekümmert. – Ich weiß ja nicht, ob es da einen Zusammenhang gibt zu dem Mord an deiner Schwester, aber ein ungutes Gefühl habe ich deswegen schon«, bemerkte die Totenmagd nachdenklich.

»Zu Recht«, erwiderte Anna beunruhigt. Düster sinnierte sie: »Das könnte ja bedeuten, dass die Mörder der beiden Frauen und der Mörder meiner Schwester noch auf freiem Fuß sind und jederzeit wieder zuschlagen könnten.«

»Eine schreckliche Vorstellung«, murmelte Katharina und drängte sich schaudernd an ihre Reisegefährtin. Dann sagte sie mit bebender Stimme: »Was meinst du, vielleicht wäre es doch besser, wenn dein Knecht uns auf die Burg begleitet? Er ist bewaffnet und ein kräftiger Bursche. Am Ende können wir seinen Beistand gut gebrauchen.«

»Meinst du etwa, der Pater könnte uns Gewalt antun?«, fragte Anna besorgt.

»Wer weiß? Wenn er wirklich etwas mit dem Mord an deiner Schwester zu tun hat, und es gelingt uns, ihn durch unsere Fragen in die Enge zu treiben, dann sind wir doch eine Bedrohung für ihn. Und dann will er uns vielleicht rasch loswerden«, erläuterte die Totenwäscherin ernst.

*

Als der Pferdeschlitten am Nachmittag den steilen Waldweg erklomm, der zur Burg Hattstein führte, herrschte derart dichtes Schneetreiben, dass die Reisenden kaum noch etwas zu erkennen vermochten. Inmitten von hohen, schneebedeckten Tannenwipfeln zeichneten sich vor ihnen schemenhaft die mächtigen Zinnen der Burg ab.

Die breiten Rücken der Kaltblutpferde waren von der Anstrengung schweißnass, und ihr Atem dampfte. Nachdem Jockel das Fuhrwerk zum Stehen gebracht hatte, holte er unter seinem Kutschbock ein paar Decken hervor, die er den Tieren über den Rücken breitete.

»Hoffentlich dauert es da oben nicht so lange, sonst holen die sich noch eine Kolik«, brummelte er mürrisch. Katharina und Anna gingen nicht weiter darauf ein, viel zu groß war ihre Anspannung. Untergehakt schritten sie, gefolgt von dem Knecht, über die verschneite Zugbrücke, die über eine tiefe

Klamm führte, und betätigten gemeinsam den schweren gusseisernen Türklopfer, der am Burgtor angebracht war. Nach einigen qualvollen Minuten des Wartens näherten sich vom Burghof her Schritte. Ein kleiner Holzladen im Portal wurde geöffnet, und in der Luke erschien das faltige Antlitz eines alten Dieners, der sich knapp nach ihrem Begehr erkundigte.

»Ich bin die Jungfer Stockarin aus Frankfurt am Main, in Begleitung meiner Dienerin und meines Kutschers, und möchte bitte Herrn Kilian von Hattstein sprechen. Er war in unserem Hause als Seelsorger tätig«, erklärte Anna keuchend. Die Schneeflocken nahmen ihr beinahe die Sicht.

»Da muss ich erst den Herrn Grafen fragen, ob er bereit wäre, Euch zu empfangen«, beschied sie der Domestik abweisend, verschloss den Laden und entfernte sich wieder.

Nach einer noch längeren Wartezeit, als sie schon kaum mehr zu hoffen wagten, eine Rückmeldung zu erhalten, wurde von innen geräuschvoll das Schloss entriegelt, und der alte Diener ließ die Wartenden eintreten. Streng erklärte er, die Dienstboten sollten in der Gesindeküche warten, Anna könne ihm nachfolgen. Anna überlegte kurz und entgegnete dann resolut, dass ihre Dienerschaft sie zum Grafen begleiten werde.

»Dann nehmt meinethalben Eure Magd mit. Der Knecht wartet in den Gesinderäumen neben dem Pferdestall«, entschied der Diener säuerlich und wies Jockel den Weg zu den Stallungen.

Nachdem sie eine weitläufige, karg eingerichtete Halle durchschritten hatten, so kalt und dunkel wie eine Gruft, stiegen sie über eine breite knarrende Holztreppe nach oben auf eine langgezogene Galerie, deren massive Steinwände mit den düsteren Konterfeis der früheren Burgherren geschmückt waren.

Vor einer Flügeltür aus Eichenholz blieb der alte Diener stehen und klopfte an. Nachdem eine nasale Stimme »herein« gerufen hatte, öffnete er die beiden Türflügel, verbeugte sich devot und meldete:

»Die Jungfer Stockarin aus Frankfurt nebst Dienerin, Herr Graf.«

»*Entrez!*«, tönte es von drinnen.

»Bitte einzutreten, die Dame, Seine Durchlaucht Graf Kuno von Hattstein sind bereit, Euch zu empfangen!« Der Diener hielt Anna die Tür auf, während er Katharina geflissentlich ignorierte.

Vor einem mächtigen Kamin, in dem ein loderndes Feuer brannte, saß ein kahlköpfiger alter Herr mit abweisenden, blasierten Gesichtszügen und würdigte die Eintretenden kaum eines Blickes.

»Nun, was verschafft mir die Ehre?«, ließ er sich schließlich herab zu fragen, schenkte dabei aber der grauen Dogge zu seinen Füßen weitaus mehr Aufmerksamkeit als den Besucherinnen. Anna, verärgert über seine Unhöflichkeit, blickte den Burgherren an mit einer Arroganz, die der des Aristokraten kaum nachstand, und erklärte mit allem Standesdünkel, zu dem sie als Tochter einer hochstehenden Patrizierfamilie fähig war, es müsse sich um ein Missverständnis handeln. Sie habe dem Diener ausdrücklich mitgeteilt, dass sie Herrn Kilian von Hattstein zu sprechen wünsche.

»Das Missverständnis liegt bei Euch«, entgegnete der Graf unwirsch und warf seinem Hund ein Stück Hirschleber hin.

»Wie darf ich das verstehen?«, erkundigte sich Anna scharf. Da ihr kein Platz angeboten worden war, baute sie sich hocherhobenen Hauptes vor dem kahlköpfigen Aristokraten auf wie eine Amazonenkönigin. Der Hund schien ihre Verärgerung zu wittern und gab ein tiefes Grollen von sich.

»Vorsicht, nicht näher kommen. Er mag keine Walküren!«, bemerkte Graf Kuno boshaft. »Wir übrigens auch nicht.« Dann fuhr er in hochnäsigem Tonfall fort: »Ganz einfach: Einen Kilian von Hattstein gibt es hier nicht!«

Anna war vor unterdrückter Wut über diesen neuerlichen Affront ganz blass geworden und schien um Fassung zu ringen.

»Seit mehr als einem Jahr hat ein gewisser Kilian von Hattstein im Hause meiner Eltern gelebt. Er wurde von meinem Vater, dem ehrenwerten Frankfurter Patrizier und Senatsangehörigen Josef Stockarn fürstlich dafür entlohnt, dass er meine gemütskranke Schwester seelsorgerisch betreute. Nun ist meine Schwester auf bestialische Weise ermordet worden, und ihr werter Herr Seelsorger hat sich gleich am nächsten Tag mit der Bemerkung von dannen gemacht, er werde sich auf den Stammsitz seiner Familie, Burg Hattstein im Taunuswald, zurückziehen. Ich bin keineswegs zum Vergnügen in diese hinterwäldlerische Gegend hier gereist, sondern um Euren Sohn Kilian, denn um selbigen handelt es sich doch wahrscheinlich, zur Rede zu stellen. Ich frage Euch jetzt zum letzten Mal, ehe ich den Vorgang an die Frankfurter Gerichtsbarkeit weitergebe: Wo ist er?«, fuhr Anna den Burgherren in eisigem Ton an.

»Darauf vermögen wir Euch keine Antwort zu geben. Seit nunmehr drei Jahren unterhalten wir keinerlei Kontakt mehr zu unserem Sohn. Wir möchten mit allem Nachdruck darum bitten, uns in besagter Angelegenheit nicht mehr weiter zu behelligen«, gab Graf Kuno entschieden zurück. Damit läutete er nach dem Diener, der auch umgehend erschien.

»Die Damen möchten gehen«, instruierte er befehlsgewohnt, und seufzend wand sich Anna zur Tür. Der Graf sandte der Entschwindenden mit galant geneigtem Kopf ein spöttisches *»Madame!«* hinterher.

»Herr Graf, gestattet mir bitte noch eine letzte Frage.« Katharina, die Anna schon zur Tür gefolgt war, war plötzlich stehen geblieben. Sie drehte sich zu dem Grafen um und knickste artig.

»Dürfen sich in Frankfurt sogar die Domestiken zu Wort melden?«, grummelte er ungehalten. »Was gibt es denn noch?«

»Warum habt Ihr uns überhaupt empfangen, wenn sich doch Euer Sohn, den wir eigentlich zu sprechen wünschten, gar nicht auf der Burg aufhält?«, erkundigte sich die Totenwäscherin couragiert und blickte dem Aristokraten, der sie erstaunt musterte, offen in die Augen.

»Nun, wir wollten halt nicht unhöflich sein«, presste der Burgherr hervor. »Was augenscheinlich ein Fehler war«, fügte er hinzu und warf Anna einen ungnädigen Blick zu.

»Mit Verlaub, aber das glaube ich Euch nicht. Ihr habt uns nicht aus Höflichkeit empfangen, sondern aus Neugier«, entgegnete Katharina direkt.

»Potz Blitz, wie kommt Sie mir denn vor? Du lieber Himmel, auf was sollte ich denn wohl neugierig sein?« Der Burgherr hob verblüfft und amüsiert die Brauen.

»Es hat Euch wohl interessiert, was wir so über Euren Sohn zu berichten haben, an dem Euch sehr viel mehr liegt, als Ihr uns glauben machen wollt. Außerdem wart Ihr nur deswegen so schroff, weil Ihr ein einsamer Mann seid, der kaum noch Besuch bekommt und es verlernt hat, höflich zu sein. – Dürfen wir uns vielleicht noch ein wenig zu Euch ans Feuer setzen?« Katharina war unversehens an den Kamin getreten. Sie beugte sich nach unten, streichelte der Dogge über den mächtigen Schädel und lächelte den alten Mann begütigend an. Verlegen räusperte sich der Graf, dann trug er seinem Diener auf, zwei Stühle an den Kamin zu rücken und den Damen aus den Mänteln zu helfen.

»Zu freundlich, Euer Durchlaucht«, bedankte sich Anna, verblüfft über den plötzlichen Sinneswandel des Grafen, artig und deutete sogar einen Knicks an.

*

»Ich habe meinen Sohn Kilian das letzte Mal gesehen, als er damals, vor genau drei Jahren, in der Zisterzienserabtei Marienstatt in Hachenburg im Westerwald sein Noviziat angetreten hat. Da Familienbesuche im Kloster nicht gerne gesehen sind, haben wir davon Abstand genommen und unsere Kontakte mit Kilian auf Briefe reduziert. In Hachenburg schien sich alles glänzend für ihn zu fügen, nach noch nicht einmal einem Jahr wurde er zum Leiter des Scriptoriums berufen. Die gräfliche Familie war stolz auf ihn, einer vielversprechenden Klosterkarriere unseres nachgeborenen Sohnes schien nun nichts mehr im Wege zu stehen. Dann muss es allerdings zu irgendwelchen Vorfällen gekommen sein, und Kilian wurde des Klosters verwiesen und aus dem Orden ausgeschlossen. Vor etwa zwei Jahren, mitten in den Wirren der Pest, erreichte uns ein Brief des Abtes, worin er uns höflich darüber in Kenntnis setzte. Es war von einer ketzerischen Schrift die Rede, die Kilian unterschlagen und dadurch den Abt schändlich hintergangen habe. Dann folgte alles Schlag auf Schlag. Meine Gemahlin Hedwiga verstarb an der Pest, und bald verschied auch unser ältester Sohn und Stammhalter Rüdiger. Unsere drei Töchter Agathe, Gertrude und Irmingard sind inzwischen verheiratet, und von Kilian habe ich nie wieder etwas gehört. Ich fürchtete schon, die Pest hätte auch ihn hinweggerafft. Doch wie ich jetzt von Euch erfahren habe, erfreut er sich offenbar bester Gesundheit. Und obgleich er die ganze Zeit nur eine halbe Tagesreise entfernt in Frankfurt war, hielt er es nicht für nötig, seine Familie aufzusuchen«, konstatierte der Burgherr bitter. Seine anfängliche Arroganz war einer tiefen Niedergeschlagenheit gewichen.

»Und nach allem, was Ihr mir vorhin berichtet habt, ist Kilian zudem noch ein Scharlatan und Betrüger. Welche Schande für unsere Familie!« Kuno von Hattstein ergriff den Weinkrug und wollte seinen Besucherinnen noch einmal nachschenken, was diese höflich ablehnten. Nachdem der Graf seinen eigenen Becher aufgefüllt und in einem Zug geleert hatte, bemerkte er mit schwerer Zunge, er sei in der Tat ein sehr einsamer Mann.

Mit kläglicher Stimme fuhr er fort: »Wir sind umgeben von Feinden, denn seit der Hattsteiner Fehde von 1435 sind die Reifenberger, dieses verdammte Raubrittergesindel, Mitbesitzer der Burg und unserer Ländereien. Das ist eine stetige Demütigung. – Da kann man schon mal schroff werden. Nichts für ungut, mein Kind«, lispelte er Katharina zu, die augenscheinlich sein Gefallen gefunden hatte.

»Dafür gibt es längst keinen Grund mehr. Im Gegenteil, wir sind Euch ausgesprochen dankbar für Eure Gastfreundlichkeit, Herr Graf, und dass Ihr so freundlich seid, uns auf der Burg ein Obdach für die Nacht zu gewähren«, entgegnete Katharina, die der alte Mann dauerte.

»Wenn Sie will, kann Sie bleiben. Eine so reizende Person könnten wir hier auf der Burg gut gebrauchen«, säuselte er mit anzüglichem Unterton.

Ohne auf seine Avancen weiter einzugehen, erhob sich Katharina. Bei allem Mitgefühl fand sie es nun doch angemessen, sich zurückzuziehen. Gemeinsam mit Anna wünschte sie ihm eine gute Nacht.

Aus den Aufzeichnungen eines jungen Mönchs

In den frühen Morgenstunden mussten wir eine schaurige Entdeckung machen. An der schlammigen Uferböschung lag der nackte reglose Körper einer jungen Frau, deren Körperhaltung mit angezogenen, weit gespreizten Beinen seltsam obszön und grotesk anmutete. Die aufgerissenen leblosen Augen und die Starre ließen keinen Zweifel daran, dass die Frau tot war, und das wahrscheinlich schon seit mehreren Stunden. Aus den bläulich verfärbten Druckstellen an ihrem Hals wurde deutlich, dass sie erwürgt worden war, ihrer Haltung nach zu schließen, sogar noch während des Beischlafs. Das Entsetzen unter den Geißlern war groß.

»Lasst uns ihren Tod als Zeichen sehen. Als eine Warnung davor, jemals wieder der Unzucht zu frönen«, ermahnte uns der Geißlerführer und ordnete an, den Leichnam zu begraben. Wer der Mörder war, fanden wir nicht heraus, und es schien auch niemanden größer zu beschäftigen.

Während wir in langer Prozession über die staubigen Feldwege des Hintertaunus in Richtung Frankfurt zogen und aus Gewissenspein über die nächtlichen Entgleisungen die Selbstgeißelung vehementer vollzogen denn je, gelang es mir zum ersten Mal, ein Stück weit an der Seite des Anführers zu laufen. Ehrfürchtig richtete ich das Wort an ihn. Ich sprach über das geheime Evangelium des Jakobus, welches ich im Boden einer alten Büchertruhe entdeckt hatte, über die Reaktion meiner Mitbrüder und meinen Ausschluss aus dem Orden. Schließlich hatte ich das Interesse des Meisters geweckt. Neugierig geworden, forderte er mich auf, ihm aus der Schrift vorzulesen, ein Wunsch, dem ich mit Freude nachkam. Er ordnete eine kurze Pause an und zog sich mit mir unter einen Baum am Wegrand zurück.

»Und so sprach der Herr zu Jakobus«, begann ich mit gesenkter Stimme, während ich mich an den Baumstamm lehnte. »Ich aber, der ich bin und der die unvergängliche Weisheit ist, durch die du gerettet werden wirst, und all jene, die wahrhaft sind, haben dies in sich erkannt und in sich verborgen. Und auch du sollst es in dir verbergen und darüber schweigen. Dem Erleuchteten aber sollst du es offenbaren. Ich komme aus dem Fleisch heraus zu der Erkenntnis. Ich sterbe des Todes, aber man wird mich lebendig finden. Und sie werden hinabsteigen ins Königreich des Todes, damit der Erlöser sich ihren Körpern nähere. Denn er möchte sich ihnen offenbaren durch dich und deine Kraft. Und sie werden die gute Tür öffnen durch dich, alle, welche hineingehen wollen, und danach streben, auf dem Weg zu wandeln, der zu der Tür führt. Und sie werden dir folgen und hineingehen und hineingeleitet werden, und du wirst jedem Einzelnen den Lohn geben, der ihm zukommt.«

»Das ist ja großartig«, erwiderte der Meister und schien tief beeindruckt. »Das entspricht ja ganz und gar meiner eigenen Lehre. Das Königreich des Todes – einfach famos!«

Ich senkte das Blatt und erwiderte, während meine Stimme vor Ergriffenheit bebte: »Ihr seid ein Erleuchteter, Meister, das habe ich vom ersten Augenblick an erkannt. Ihr allein habt die Kraft, den Menschen den Weg zu zeigen, der zum Königreich des Todes führt. Es wäre mir eine große Ehre, Euer Diener sein zu dürfen. Ihr hattet gestern recht damit, als Ihr mich einen Bücherwurm nanntet und mich wissen ließet, dass mich mein ganzes Bücherwissen auch nicht retten könne. Doch die Weisheit dieser wunderbaren alten Schrift, aus der ich Euch eben vorlas und von der leider nur noch diese kümmerliche Abschrift existiert, kann mich retten. Sie kann uns alle retten, alle, die auserwählt sind, Euch zu folgen. Denn fürwahr: Ihr allein kennt den Weg, der in sein dunkles Reich führt. Er hat Euch zu sich gerufen und Euch damit beauftragt, ihn uns zu lehren. Oh Meister, lehre mich den Tod!« Mit diesen Worten warf ich mich vor dem Geißlerführer auf die Knie. Dieser strich mir mit mildem Lächeln über das stoppelige Haupt, auf dem noch die Ränder der Mönchtonsur zu erkennen waren, und befahl mir, mich wieder zu erheben und mir den sündigen Leib zu geißeln, denn der Weg ins Reich des Todes sei ein dorniger. Während ich mich schon schonungslos bis aufs Blut peitschte, flüsterte mir der Meister zu, es sei sein Wunsch, dieses gesamte Werk, welches ihn in höchstem Maße fasziniere, von mir nahegebracht zu bekommen.

11

Am nächsten Morgen hatten es Anna und Katharina eilig, wieder nach Frankfurt zurückzukehren. Bis zur Hinrichtung von Katharinas Vater waren es nur noch drei Tage. In der Nacht hatten sie beide kaum geschlafen; ihre Gespräche hatten sich überwiegend um Kilian von Hattstein gedreht, der ihnen, inzwischen als Lügner und Betrüger entlarvt, zunehmend auch als Mörder verdächtig erschien. Während der Fahrt schmiedeten sie Pläne, was als Nächstes zu tun war.

»Sobald wir in Frankfurt sind, werde ich zum Dominikanerkloster gehen und den Inquisitor um eine Audienz bitten. Ich denke, die wird er mir als Schwester der Ermordeten nicht versagen. Dann werde ich alles daransetzen, ihn von der Unschuld deines Vaters zu überzeugen. Das verspreche ich dir«, erklärte Anna mit großer Ernsthaftigkeit.

»Wenn dir das gelingt, stehe ich für immer in deiner Schuld. Ich werde für dich beten.«

»Das kann bestimmt nicht verkehrt sein. Aber beten allein wird nicht reichen. Es wird bestimmt nicht leicht werden, ihn zu überzeugen.«

Katharina rang die Hände. »Danach kommst du gleich zu mir und berichtest, was du erreicht hast. O Gott, ich werde wie auf heißen Kohlen sitzen.«

»Und wenn wir diese Hürde genommen haben, gehen wir gemeinsam zum Stadtphysikus Leonhard Stefenelli und stellen ihn wegen Kilian von Hattstein zur Rede«, sagte Anna resolut. »Schließlich war er es, der ihn meiner Familie als Krankentröster empfohlen hat.«

»Ja, das sollten wir machen«, erwiderte die Totenmagd mit bangem Gesichtsausdruck, aber sie senkte bei diesen Worten bekümmert den Blick.

Anna sah die Freundin erstaunt an, Katharinas plötzliches Zögern schien ihr befremdlich.

»Doch, doch«, beeilte sich Katharina zu bestätigen und blickte Anna entschlossen an.

»Abgemacht. Sei zuversichtlich. Wir werden das bestimmt schaffen.« Doch auch Anna spürte in diesem Moment, dass sie selbst nicht ganz überzeugt war. Nachdenklich ließ sie ihre Blicke über den verschneiten Taunuswald schweifen, der an ihnen vorüberzog. Sie waren in verschärftem Tempo unterwegs, denn ab dem Limesdurchlass »Zum roten Kreuz« ging es nur noch bergab. Das Wetter hatte sich über Nacht beruhigt, und es hatte aufgehört zu schneien.

Als der Pferdeschlitten einige Stunden später vor der »Roten Mühle« im Taunusörtchen Kelkheim anhielt, wo die Magd Marie zustieg, redeten Anna und Katharina nur noch über Belanglosigkeiten. Die junge Dienerin warf ihnen dennoch immer wieder argwöhnische Blicke zu.

Um die Mittagszeit erreichten sie Frankfurt, wo sich ihre Wege zunächst trennten. Katharina wurde nahe der Galgenpforte vor ihrem Wohnturm abgesetzt, während Anna zum Dominikanerkloster fuhr.

*

Hubertus Ottenschläger verbrachte die freie Zeit bis zu Heinrich Sahls Hinrichtung bei seinen Frankfurter Ordensbrüdern, überwiegend mit der Lektüre frommer Schriften oder in religiöser Versenkung, denn *accidia,* die Sünde des Müßiggangs, war ihm fremd.

An jenem Freitag war er in das Studium von Protokollen der spanischen Inquisition aus Toledo vertieft, in denen sich ihm eine ganz neue teuflische Art der Folter offenbarte. Die spanischen Patres waren neuerdings dazu übergegangen, Delinquenten tage-, mitunter sogar wochenlang ohne Verhör zu foltern, bis die Angeklagten völlig zusammenbrachen und darum flehten, man möge ihnen doch endlich sagen, was sie gestehen sollten – sie würden alles zugeben. Die Vorgehensweise der Spanier nötigte dem Inquisitor Respekt und Bewunderung ab. *Die verstehen ihr Handwerk,* dachte er bewundernd, während ein diabolisches Lächeln seine Mundwinkel umspielte.

Da klopfte es an seiner Zellentür, und ein junger Frater meldete ihm, eine Jungfer namens Anna Stockarn wünsche ihn zu sprechen. Es sei sehr dringend, sage sie. Sie warte unten vor dem Portal, fügte der Mönch hinzu und blickte den honorigen Kirchenmann fragend an. Ottenschläger überlegte eine Weile und entschied sich dann, unwillig wegen der Störung, der Patrizierin eine Audienz zu gewähren. Immerhin waren die Stockarns ein mächtiges und einflussreiches Patriziergeschlecht und überdies sehr gottesfürchtig, wie zahlreiche großzügige Kirchenspenden belegten. Außerdem – womöglich konnte ihm die Tochter des Hauses noch einen wertvollen Hinweis liefern, was etwaige Komplizen des Totengräbers anbetraf. Um den Ordensregeln Genüge zu tun, die es als höchst unschicklich erachteten, wenn sich ein Geistlicher außerhalb des Beichtstuhls mit einer Frau alleine in einem Raum aufhielt, ordnete er an, umgehend den Abt und den Subprior zu verständigen. Schließlich handelte es sich bei der Jungfer um eine Standesperson, und da gebot es der Anstand, sie ins Refektorium führen zu lassen, weil dies mit Ausnahme seiner eigenen Zelle und derjenigen der Klostervorsteher der einzige beheizte Raum im Kloster war. Allerdings behagte ihm die Aussicht, einer Weibsperson gegenübertreten zu müssen, wenig. Frauen standen auf derselben Stufe wie Tiere, die er ebenso wenig mochte, und hatten gleichermaßen keine Seele.

Beim Anblick der wenig standesgemäß gekleideten jungen Frau mit den ungekämmten braunen Haaren schoss es ihm durch den Kopf: *Die sieht ja aus wie eine Wetterhexe,* was sein Höflichkeitslächeln recht säuerlich geraten ließ. Der tannengrüne Jagdmantel aus grobem Wollstoff und die pelzgefütterten Stiefel waren nicht gerade die angemessene Garderobe für eine Audienz mit der gehobenen Geistlichkeit. *Nun denn, wenigstens scheint sie nicht putzsüchtig zu sein und entfernt sich die Brauen nicht,* dachte er angesichts Annas dichter, geschwungener Augenbrauen.

Da betraten der Prior und der Subprior das Refektorium, und die Dominikaner ließen sich auf der Bank gegenüber der jungen Frau nieder. In öligem Tonfall erkundigte sich der Inquisitor nach ihrem Anliegen. Anna, der der Pater mit den starren, wimpernlosen Reptilienaugen sofort zuwider war, stockte der Atem, und das Herz schlug ihr bis zum Hals. Ihr war sehr wohl bewusst, wie wichtig es war, den mächtigen Kirchenmann für sich einzunehmen. Andererseits sträubte sich alles in ihr, diesem Eisblock mit Wohlwollen zu begegnen. Eine innere Stimme schien ihr unentwegt zuzuflüstern: *Vorsicht! Er ist ein Feind!,* und Heuchelei war nicht unbedingt ihre Stärke.

»Eure Eminenz, ich danke Euch sehr, dass Ihr die Güte habt, mich zu empfangen und mir Gehör zu schenken«, richtete sie mit leicht bebender Stimme das Wort an den Inquisitor. »Wie Ihr Euch womöglich denken könnt, geht es um den Mordfall an meiner Schwester. Gott hab sie selig.«

»Der Herr sei ihrer armen Seele gnädig!«, murmelten die drei Dominikaner wie aus einem Munde und bekreuzigten sich mit einer geradezu unheimlichen Gleichzeitigkeit.

»Es gibt da einen neuen ... Verdacht, den ich Euch gerne schildern möchte«, fuhr sie leicht stockend fort.

»Tut Euch keinen Zwang an, meine Tochter, und sprecht frank und frei. Wir waren uns doch von Anfang an sicher, dass der Totengräber noch Komplizen haben muss.« Ottenschläger hing förmlich an Annas Lippen, doch diese machte seine Hoffnungen jäh zunichte:

»Nein, nein, mit dem Totengräber hat das nichts zu tun. Es gibt da jemand anders, der in meinen Augen hochgradig verdächtig ist. Es handelt sich um den früheren Krankentröster meiner Schwester, einen gewissen Kilian von Hattstein, der vorgab, ein Zisterziensermönch zu sein. Er hat sich gleich nach dem Mord an meiner Schwester davongemacht und meinen Eltern vorgelogen, er fahre auf den Stammsitz seiner Familie, Burg Hattstein im Taunusgebirge. Gestern bin ich dorthin gereist, weil ich von Anfang an Argwohn gegen Pater Kilian hegte, habe ihn aber dort nicht angetroffen. Sein Vater berichtete, er habe seit nunmehr drei Jahren keinen Kontakt mehr zu seinem Sohn. Kilian sei wegen der Unterschlagung ketzerischer Schriften aus dem Orden ausgeschlossen worden ...«

»Genug, genug! In was versteigt Ihr Euch denn da?«, unterbrach sie der Inquisitor entrüstet. »Was interessiert uns denn irgendein entlaufenes, falsches Mönchlein? Der Mörder Eurer Schwester steht zweifelsfrei fest und hat bereits gestanden. Was indessen noch aussteht, ist die Ergreifung seiner Mittäter, die es sicherlich gibt und die bei dergleichen Tätern mit hoher Wahrscheinlichkeit in seinem Familienkreis zu suchen sind. Ich hatte gehofft, Ihr würdet uns diese zur Anzeige bringen. Oder habt Ihr etwa Grund zu der Annahme, dass es sich bei jenem Krankentröster um einen Komplizen des unseligen Heinrich Sahl handelt?« Ottenschläger machte keinen Hehl daraus, dass er Annas Mitteilung in keinster Weise ernst nahm.

Anna rang um Beherrschung. »Nein, der Ansicht bin ich keineswegs«, erwiderte sie kühl. »Im Gegenteil, ich denke eher, Ihr verfolgt womöglich nicht die richtige Spur, wenn Ihr in dem Totengräber den Mörder meiner Schwester seht.«

»Was untersteht Ihr Euch, Jungfer!«, zischte der Inquisitor aufgebracht. »Dieser Schurke hat bereits ein umfangreiches Geständnis über seine Gräueltaten abgelegt. Das sollte Euch eigentlich bekannt sein!«

»Unter der Folter gesteht man alles«, konnte sich Anna nicht verkneifen zu erwidern und wusste im selben Moment, dass damit jede Chance vertan war.

»Ich betrachte die Audienz als beendet«, erklärte Ottenschläger eisig und erhob sich von der Bank. »Der Bruder Subprior wird Euch hinausbegleiten. Ich werde allerdings noch heute Eure Eltern über Euer ungebührliches Verhalten in Kenntnis setzen.« Seine zusammengekniffenen Augen funkelten vor Heimtücke.

*

Katharina, die Anna schon die ganze Zeit mit Spannung erwartet hatte, war erleichtert, als um die vierte Stunde des Nachmittags endlich die durchdringenden Schläge des Türklopfers ins Turmzimmer drangen, und stürzte in freudiger Erwartung die Wendeltreppe herunter. Aufgeregt entriegelte sie das Schloss und riss die Tür auf, blieb aber wie angewurzelt stehen, als sie vor der Schwelle anstelle von Anna lediglich den Hausknecht Jockel gewahrte.

»Ich soll Euch von der jungen Herrin ausrichten, dass das Gespräch mit dem Inquisitor nicht gut verlaufen ist. Der hat sich bei den Herrschaften über sie beschwert, und der gnädige Herr hat sie daheim scharf zurechtgewiesen und ihr strengen Hausarrest erteilt. Sie hat gesagt, dass Ihr deshalb bitte allein zu dem Medicus gehen sollt. Und wenn Ihr irgendwas Neues erfahrt, sollt Ihr mich aufsuchen und es mir sagen, ich richte es dann der Herrin aus«, brummelte Jockel auf seine bärbeißige Art. Eine derart lange Rede bereitete ihm sichtlich Mühe.

Katharina war von der Hiobsbotschaft vollkommen niedergeschmettert und rang um Worte. Den ganzen Tag lang hatte sie zwischen Hausarbeit und Essenkochen ständig an Anna und ihre Audienz bei Ottenschläger denken müssen und ein ums andere Mal inbrünstige Stoßgebete an die Heilige Jungfrau gesendet, und nun waren mit einem Schlag wieder alle Hoffnungen zunichte. Und Anna, ihre einzige Verbündete, stand ihr nicht mehr zur Seite.

»Wie lange hat sie denn Hausarrest?«, fragte Katharina bedrückt.

»Vier volle Tage lang, bis zum kommenden Dienstag, hat der gnädige Herr angeordnet«, murmelte Jockel betreten und senkte den Blick. Obgleich der alte Knecht es aus Anstand und Takt vermieden hatte, das Wort »Hinrichtungstag« offen auszusprechen, so zuckte doch die Totenfrau bei der Erwähnung des verhängnisvollen Wochentags zusammen und erbleichte.

»Danke, dass Ihr mir das ausgerichtet habt«, murmelte sie tonlos und war den Tränen nahe.

»Schon recht«, grummelte Jockel und hüstelte verlegen.

»Mir tut es leid um den Heini. Ich glaub ja auch nicht, dass er das gemacht hat. Ist doch so ne gute Haut, der alte Leichenfledderer. Der konnte doch keiner Fliege was zuleide tun!«

»Danke, mein Alter«, flüsterte Katharina ergriffen und drückte ihm die Hand. »Wo kann ich Euch denn am besten aufsuchen, ohne dass die Stockarns es bemerken?«, erkundigte sie sich dann sachlich, um dem vierschrötigen Alten, dem die Situation augenscheinlich unangenehm war, weitere Gefühlsäußerungen zu ersparen.

»Ich hab meine Kammer hinten bei den Stallungen. Wenn Ihr über den Hof kommt, ist es gleich die erste Tür rechts neben dem Pferdestall. Klopft dreimal, dann weiß ich Bescheid. Abends bin ich meistens da«, erläuterte Jockel und empfahl sich.

»Bestellt Anna liebe Grüße«, rief ihm die Totenmagd nach, schloss hinter ihm die Tür ab und ließ sich, den Kopf in die Hände gestützt, auf die Treppe sinken.

Schon seit dem Morgen war ihr ganz beklommen zumute bei der Vorstellung, am Nachmittag Doktor Stefenelli aufsuchen zu müssen. Sie hatte sich Anna gegenüber nichts anmerken lassen, aber sie hegte aus unerklärlichen Gründen eine sonderbare Scheu vor ihm und das, obgleich er immer sehr freundlich zu ihr gewesen war. Sie erinnerte sich noch an ihre erste Begegnung vor etwa einem Jahr. Der Doktor war damals noch nicht lange in der Stadt und hatte sie ins Heiliggeistspital bestellen lassen, um zwei Tote zu waschen und in Leinentücher einzunähen. Als sie den Krankensaal betreten und sich bei einer Siechenmagd nach den Verstorbenen erkundigt hatte, war sie ihm unversehens über den Weg gelaufen. Er hatte sich ihr höflich vorgestellt und ein paar nette Worte mit ihr gewechselt, ehe er sich wieder seinen Patienten zuwandte. Doch beim Blick in seine graugrünen

Augen war ihr heiß und kalt geworden, und sie fühlte eine seltsame Beklemmung in sich aufsteigen.

Von Zeit zu Zeit erhielt sie von ihm Aufträge zur Totenwäsche. Gelegentlich traf sie ihn auch noch an einem Sterbebett an, und er verhielt sich ihr, der Geringeren, gegenüber stets so liebenswürdig und höflich, wie ihr das noch niemals seitens einer Standesperson widerfahren war.

Ihr war bekannt, dass Doktor Stefenelli in dem Ruf stand, ein begnadeter Heiler zu sein, dem es mit Hilfe seiner Ausstrahlung gelang, die Kranken in seinen Bann zu ziehen. Obwohl der Stadtphysikus bereits auf die dreißig zuging, war er noch immer unverheiratet, und es war ein offenes Geheimnis, dass nicht wenige gutsituierte Bürgerstöchter oder junge Witwen viel darum gegeben hätten, von dem begehrten Junggesellen zur Herzensdame erkoren zu werden. Doch keine schien ihm genehm zu sein.

Allenthalben wurde gemunkelt, dass der stattliche Mann mit dem markanten Gesicht, welches wegen kleinerer Narben auf Stirn und Wangen eher verwegen als schön anmutete, keineswegs ein Kostverächter sei. Von den höheren Töchtern im Weißfrauenstift über die sittsamen Handwerksjungfern in den Spinnstuben bis hin zu den Bade- und Frauenhäusern wurde über den Doktor verschämt getuschelt und gekichert. Man dichtete ihm zahllose Liebesaffären an, was ihn umso begehrenswerter machte, erst recht, da keine der Aspirantinnen mit Fug und Recht von sich behaupten konnte, zu den Auserwählten zu gehören.

Katharina indessen, der die vielfältigen Gerüchte um den Stadtmedicus gleichfalls zu Ohren gekommen waren, konnte die Schwärmerei ihrer Geschlechtsgenossinnen für den weltgewandten jungen Arzt nicht ganz verstehen. Gewiss war er ein interessanter Mann und sah gut aus, aber irgendetwas

Wesentliches fehlte ihm. Mehr noch: Aus Gründen, die sie nicht genau benennen konnte, hätte sie sich sogar davor gefürchtet, in seinen Armen zu liegen. Sie schrieb dies in der Hauptsache dem Standesunterschied zu, denn ein so vornehmer Mann wie Leonhard Stefenelli und eine einfache Totengräbertochter – das passte einfach nicht zusammen.

Katharina schalt sich eine Törin und ermahnte sich jetzt mit aller Strenge, ihren Mut zusammenzunehmen und den Doktor aufzusuchen, um ihn, wie geplant, wegen Kilian von Hattstein zu befragen. Sie erhob sich entschlossen und hastete die Treppe hinauf, um sich ausgehfertig zu machen. Während sie sich sorgfältig die langen rotbraunen Haare kämmte, zu einem Knoten wand und hochsteckte, um das üppige Haar unter einer gestärkten Flügelhaube zu verbergen, ertappte sie sich jedoch dabei, wie ihr die Hände zitterten. Als sie ihr rehbraunes Sonntagsgewand aus der Kleidertruhe nahm und es anzog, konnte sich ihr Gatte, der inzwischen aufgestanden war und am Tisch seine Kohlsuppe löffelte, eines Kommentares nicht enthalten und bemerkte spöttisch: »Na, du machst dich ja fein wie zum Kirchgang. Was hast du denn heute noch Großes vor?«

»Ich hab mit dem Medicus etwas zu besprechen. Es ist wegen dem Vadder«, entgegnete Katharina knapp.

»Ach, Käthchen, was willst du denn noch alles machen? Es ist doch sowieso alles für die Katz. In drei Tagen ist doch schon die Hinrichtung. Du glaubst doch nicht im Ernst, dass diese Laffen ihn begnadigen? Das wär ja das reinste Wunder. Glaub mir, Käthchen, mir tut es in der Seele weh, wenn ich sehe, wie du dich abmühst. Und das für nix und wieder nix! Find dich damit ab, so schwer es auch fällt. Mir tut es doch auch leid um den Heini. Verdammt leid sogar. Aber wenn die einen am Hängarsch haben, dann gibt's kein Erbarmen. Erst recht nicht bei so armen Teufeln wie uns. Da braucht man schon einen mächtigen Fürsprecher, und den hat unsereiner nun mal nicht«, konstatierte der Nachtwächter bitter und musterte seine Frau mit besorgter Miene.

Katharina zog ein trotziges Gesicht. »Ich kann deine ewigen Litaneien nicht mehr hören! Und wenn ich zehnmal keine Chance habe, den Vater zu retten: Ich kämpfe bis zum Umfallen!«, fauchte sie erbost.

»Ist ja gut, mein Engel. Glück und Segen wünsch ich dir, und gib gut auf dich acht. Die Leute sind garstig geworden, seit das Geständnis von deinem Vater verlesen worden ist.«

»Sei's drum. Dem hinterfotzigen Gesindel leucht ich schon heim!«, erwiderte die Totenwäscherin aufgebracht und wandte sich zum Gehen.

Hocherhobenen Hauptes schritt sie durch die Mainzergasse und ignorierte die bösen Blicke einiger Stadtbürger mit stoischer Gelassenheit. In den letzten Tagen war es ihr mehrfach widerfahren, dass Leute demonstrativ die Gassenseite wechselten, wenn sie Katharina gewahrten. Zuweilen wurde auch mit Fingern auf sie gezeigt, und sie vernahm gehässige Bemerkungen wie »Mördertochter« oder »Teufelsbalg«. Es war der reinste Spießrutenlauf. Außerdem erhielt sie kaum noch Aufträge zur Totenwäsche. Doch Katharina hatte sich fest vorgenommen, sich von dem gemeinen Pöbel nicht den Schneid abkaufen zu lassen, und parierte die Verunglimpfungen mit abgrundtiefer Verachtung und undurchdringlichem Gleichmut.

Es war ein langer Weg bis zum Heiliggeistspital, wo sie Doktor Stefenelli vermutete, der dort an den Nachmittagen Krankenbesuche abzuhalten pflegte. Der Schnee knirschte unter ihren Filzstiefeln, während sie die Stadtmauer entlanglief. Just als sie die Fahrgasse überqueren wollte, um linker Hand in die Friedbergergasse einzubiegen, wo sich das Spital befand, traf sie auf Florian.

»Seid gegrüßt«, begrüßte sie ihn reserviert. Wenngleich sie sich sonst immer freute, den jungen Maler zu sehen, heute stand ihr nicht der Sinn nach einem freundschaftlichen Plausch. Seine Augen indessen strahlten vor Freude.

»Schön, Euch zu sehen, Katharina. Wie geht es Euch denn so?«, erkundigte er sich mitfühlend.

»Geht schon«, erwiderte Katharina knapp.

»Und wie war es bei den Stockarns? Ich habe Euch schon tagelang nicht mehr gesehen ... Fesch seht Ihr übrigens aus. Die feine Haube und das hübsche Kleid stehen Euch gut«, sprudelte es aus ihm heraus.

»Dank Euch, aber ich bin in Eile«, entgegnete Katharina ausweichend. »Gehabt Euch wohl.«

Aber Florian hielt sich weiterhin an ihrer Seite.

»Wo müsst Ihr denn hin? Vielleicht können wir ja ein Stück zusammen gehen. Ich muss in die Friedbergergasse, zur Badestube am Knäbleinsborn. Da hat die Malerzunft jeden zweiten Freitag im Monat ihren Innungsbadetag ...«

Just in diesem Moment wurde aus einem Hausfenster direkt über ihnen ein Kübel mit stinkenden Fäkalien auf die Gasse geschüttet. Wären sie nicht gerade noch zur Seite gesprungen, hätte sie der Unrat von Kopf bis Fuß besudelt. Verärgert blickten Katharina und Florian nach oben und bemerkten eine korpulente Matrone im Fensterrahmen, die heimtückisch auf sie hinabschaute.

»Kannst du nicht achtgeben, du alte Vettel! Hier unten gehen Leute vorbei«, rief ihr Florian erbost zu.

»Verbrennen sollten sie dich, du rothaarige Hexe!«, keifte die Alte hasserfüllt. »Eine Schande, dass man euch Leichenfrevler nicht schon längst alle eingesperrt hat.« Nun wurden auch aus anderen Fenstern stinkende Abfälle nach Katharina geworfen.

»Verfluchtes Dreckspack«, schrie sie gellend. »Mein Vater ist unschuldig!«

Im nächsten Augenblick prallte etwas gegen ihren Hinterkopf, sie spürte einen heftigen Schmerz und sank bewusstlos zu Boden.

Besorgt beugte sich der junge Maler über sie und hob fürsorglich ihren Kopf an. Unversehens waren seine Hände voller Blut.

»Ach Gott, du Arme!«, stammelte er entsetzt. »Stirb mir bloß nicht ...« Entschlossen ging er in die Knie und hievte Katharina hoch. Als er die grazile Frau in den Armen hielt, flüsterte er ihr liebevoll zu:

»Du brauchst keine Angst zu haben, meine Liebste, ich werde dir helfen.« Er warf noch einen kurzen Blick auf die Häuserfronten, deren Fenster nun alle geschlossen waren. Die Bewohner hatten sich verstohlen zurückgezogen.

»Feiges Mörderpack!«, rief er erbost und wandte sich mit der Ohnmächtigen auf seinen Armen zum nahe gelegenen Heiliggeistspital.

Aus den Aufzeichnungen eines jungen Mönchs

Während unserer öffentlichen Selbstgeißelung auf dem Rossmarkt begannen die Glocken sämtlicher Frankfurter Kirchen zu läuten. Danach warfen wir uns mit entblößtem Oberkörper auf das Straßenpflaster, und der Meister schritt über den Ersten von uns hinweg, berührte ihn mit der Geißel und sprach über ihm die Worte »Bruder des Todes«. Dann erhob sich der solcherart Gesegnete und ging mit dem Meister über den Zweiten, der ihnen nachfolgte. Das wiederholte sich so lange, bis alle Geißler aufrecht standen. Anschließend hielt der Geißlerführer seine Ansprache. Des Meisters Botschaft vom Tod bewegte und erschütterte die Menschen. Später erzählte man sich, die Leute, die sie vernommen, seien davon so beeindruckt gewesen, dass langjährig Zerstrittene miteinander Frieden geschlossen, Diebe Gestohlenes zurückgebracht hätten und vermeintlich unfruchtbare Frauen endlich guter Hoffnung geworden seien.

Es gab indessen einen unschönen Zwischenfall, der den Meister über die Maßen zu erbittern schien.

Bei einem unserer Umzüge richtete der Erhabene das Wort an eine junge Frau, doch obgleich sie nur eine einfache Frau aus dem Volke war, schritt sie hoffärtig an uns vorbei. Ihre kecke Vermessenheit lag wohl darin begründet, dass sie sehr anmutig war. Der Meister, der allen Menschen auf den Grund ihrer Seelen blicken konnte, durchschaute auch ihre Anmaßung sogleich.

»Deine Schönheit wird dir nichts nützen, Schwester, vor dem großen Schnitter sind alle gleich!«, rief er ihr zu.

»Und deine Hässlichkeit dir auch nicht, du Popanz«, erwiderte das freche Weibsbild und ging einfach weiter.

Der Meister gab nicht auf. »Gehe in dich, Metze, und gib dein eitles Streben auf! Lerne den Tod, und dein Herz wird frei sein von Furcht, und du wirst den inneren Frieden finden!«

»Lern du erst mal das Leben, du aufgeblasener Scharlatan, und lass mich mit deinem Gefasel in Ruhe!«, blaffte ihm die Verblendete entgegen, was unter unserem Gefolge für große Empörung sorgte. Auch mich machte die hochtrabende Verstocktheit der Frau sehr wütend.

»Greift sie euch, die Hexe, und brennt ihr das Satanszeichen auf die Stirn!«, schrie ich gellend, und schon stürzten einige von uns auf das unverschämte Weib zu. Die Magd erkannte die Gefahr und rannte um ihr Leben. Bedauerlicherweise gelang es uns nicht, ihrer habhaft zu werden. Der Meister schäumte vor Wut und schwor, an dem Weibsstück Rache zu nehmen, wenn sie ihm jemals wieder begegnen sollte.

Ansonsten jedoch begegneten die Frankfurter Stadtbürger dem Auserwählten Gottes mit großer Ehrfurcht, war ihm doch die Nachricht von seiner wundersamen Heilung vorausgeeilt. Wohlhabende Bürger luden ihn in ihre Häuser ein, allerorts erbat man seinen Segen. Kranke ließen sich von ihm die Hand auflegen, Tücher mit dem Blut seiner Wunden trugen seine Anhänger bei sich wie heilige Reliquien, die sie vor der Pest und bösen Kräften schützen sollten.

Auch in Frankfurt schlossen sich zahlreiche Menschen den Flagellanten an, Angehörige der unterschiedlichsten Stände folgten der endlos langen Büßerprozession durch das Mainzertor hinaus. Vor allem Frauen erlagen dem Charisma des Geißlerführers, Hübscherinnen und Bademägde marschierten neben Nonnen und Stiftsdamen, Patrizierinnen gingen an der Seite von Gesindemägden und Wäscherinnen. Unter den Männern, die sich in die Prozession einreihten, waren wohlhabende Kaufleute ebenso wie Zunfthandwerker, Gassenkehrer und Gaukler. Sogar ein Ritter folgte uns, und Meister Hans, der berüchtigte Frankfurter Henker, trat ebenfalls der Gefolgschaft bei.

Im benachbarten Höchst vollzog sich Ähnliches, und als der Geißlerzug nach einigen Tagen die Bischofsstadt Mainz erreichte, zählte er bereits über fünfhundert Häupter.

Inzwischen hatte ich dem Meister die gesamte Apokalypse des Jakobus eröffnet und war sein engster Vertrauter und Berater geworden. Der Anführer, der es verstand, Menschen in seinen Bann zu ziehen, und ich, der in sich gekehrte ehemalige Mönch, ergänzten uns trefflich, waren wir doch besessen von einer großen gemeinsamen Mission. Mit klar verteilten Rollen: Der Meister war der Heilsbringer und ich sein Wegbereiter.

Je mächtiger seine Gefolgschaft wurde, desto kühner wurde unser Anführer. In Mainz ließ er ein prachtvolles tiefschwarzes Samtbanner anfertigen, auf welches mit goldenem Garn ein Totenschädel und die Aufschrift »Brüder des Todes« gestickt waren.

Seine Jünger verehrten ihn wie einen zweiten Messias, und er verstand es glänzend, den Wahnsinn der Verzweiflung unter den Geißlern noch weiter anzuheizen. Einige Frauen waren ihm vollständig verfallen.

In Mainz trug es sich sogar zu, dass Menschen den Meister aufsuchten, um ihm ihre Sünden zu beichten. Da er sich aufgrund seiner Berufung über jeden Zweifel erhaben fühlte, kam er diesem Ansinnen nach und legte den Sündern mitunter harte Bußen auf. Doch als sich ein junger Geistlicher, dem er die Beichte abgenommen hatte, daraufhin erhängte, kam es zu einem Eklat.

Kurz nachdem die Selbsttötung ruchbar geworden war, suchte ein Priester den Meister im Hause seiner wohlhabenden Gastgeber auf und bezichtigte ihn der Amtsanmaßung.

»Was untersteht Er sich, der Wicht! Ich maße mir nichts an, im Gegenteil, es wird an mich herangetragen«, empörte sich der Erhabene und war nahe daran, den Widersacher für seine Unverfrorenheit zu ohrfeigen. Doch das erwies sich als unnötig, denn bereits wenige Minuten später zerrten wir den Priester vom Hofe des Anwesens, schleiften ihn vor die Stadttore aufs freie Feld und steinigten den Hilflosen unter schrillen Schreien wie »Papistenknecht« und »Antichrist« zu Tode. Einige Mainzer Bürger, die der Schreckenstat Einhalt gebieten wollten, wurden von uns ergriffen und bekamen das Satanszeichen auf die Stirn gebrannt.

Danach hatten wir es eilig, aus Mainz zu verschwinden, und zogen den Rhein entlang in Richtung Worms. Als wir uns in den Abendstunden an den Rheinauen nahe dem Marktflecken Guntersblum niederließen, kam es nach gegenseitigen Auspeitschungen erneut zu einer Massenorgie, die erst im Morgengrauen abzuebben begann. Auch dieses Mal wurde danach eine tote Frau aufgefunden, die eindeutig erwürgt worden war. Der Geißlerführer machte keinen Versuch, den Mörder zu ermitteln, er äußerte nur lapidar, sie sei ein Opfer ihrer Fleischeslust geworden, ließ die Tote notdürftig bestatten und drängte zum Aufbruch.

Als einer der wenigen unter den Geißlern war ich während der allgemeinen Ausschweifung enthaltsam geblieben, hegte ich doch eine an Abneigung grenzende Scheu vor dem weiblichen Geschlecht. Den ganzen Morgen grübelte ich, denn immer wieder sah ich den Meister vor mir, wie er inmitten des Gelages mit zahllosen Frauen verkehrt hatte.

Schließlich richtete ich in gedämpftem Ton das Wort an ihn: »Meister, darf ich mir erlauben, Euch eine Frage zu stellen?« Auf sein Nicken hin presste ich nach einigem Zögern hervor: »Wieso frönt Ihr der Unkeuschheit, wo Ihr doch, wie ich weiß, über dergleichen Anfechtungen längst erhaben seid?«

Der Angesprochene zuckte bei der Frage ganz leicht zusammen. Dann flüsterte er mir, seinem Intimus, zu: »Weil ich nur so den läufigen Metzen ihre Geilheit austreiben kann!«

Doch bei diesen Worten hatte sich sein Atem deutlich beschleunigt, und was ich in diesem Moment in seinen Augen erblickte, ließ mir beinahe das Herz stocken. Ich wurde von einer grauenhaften Ahnung erfasst, die mir im Laufe der Zeit immer mehr zur Gewissheit werden sollte.

12

»Euer dichter Haarknoten hat Euch das Leben gerettet«, bemerkte Doktor Stefenelli, während er Katharina, nachdem er die Verletzung begutachtet und mit Heilsalbe bestrichen hatte, einen Kopfverband anlegte. »Er hat die Wucht des Wurfgeschosses abgefedert. So habt Ihr lediglich eine Wunde am Kopf, aber zum Glück keinen Schädelbruch. Aber auch damit ist nicht zu spaßen, nachdem Ihr ohnmächtig wart und jetzt über Übelkeit und Kopfschmerzen klagt. Wir werden Euch noch den morgigen Tag hierbehalten, und dann sehen wir weiter.«

»Was für ein Tag ist denn heute, und wie bin ich hierhergekommen?«, erkundigte sich die Totenwäscherin mit schwacher Stimme und versuchte, sich in ihrem Spitalbett aufzurichten. Doch ein jäher, stechender Kopfschmerz mit heftigem Schwindel ließen sie auf ihr Lager zurücksinken.

»Heute ist Samstag, und es hat vorhin zur siebten Stunde geschlagen. Ein junger Bursche aus Eurer Nachbarschaft, der wohl zufällig in der Nähe war, hat Euch hergebracht. Ich habe die Wunde gereinigt und die Kopfhaut mit ein paar Stichen zusammengenäht. Leider musste ich Euch um die Stelle das Haar abschneiden, ich hoffe, Ihr verzeiht mir das. Da ist natürlich eine ganz schöne Schwellung an Eurem Hinterkopf. Ein paar Tage müsst Ihr in jedem Fall noch Bettruhe halten.«

»Aber das kann ich nicht!«, stammelte Katharina verzweifelt, und Tränen liefen ihr über die Wangen. »Am Dienstag soll doch mein Vater hingerichtet werden. Er ist unschuldig und hat die Stockarin nicht ermordet. Ich muss alles tun, um die Obrigkeit von seiner Unschuld zu überzeugen.«

»Das mit Eurem Vater ist eine schlimme Sache, aber Kopfverletzungen darf man nicht auf die leichte Schulter nehmen«, beschied sie der Medicus streng. »Ihr dürft das Bett noch nicht verlassen.«

»Aber ich kann hier nicht bleiben«, entgegnete Katharina mit erregter Stimme und versuchte erneut, sich vom Krankenlager zu erheben. »Mein Vater ist unschuldig. Dieser vermaledeite Pater Kilian und die Schwarzkutten vom Friedhof haben die Jungfer auf dem Gewissen! Bitte, Herr Doktor, was wisst Ihr über den Krankentröster der Stockarin? Er ist spurlos verschwunden! Wisst Ihr vielleicht, wo er ist? Ihr habt ihn doch empfohlen ...«

Doktor Stefenelli ließ sich nicht aus der Ruhe bringen. Mit sanftem, aber entschiedenem Händedruck schob er seine renitente Patientin zurück auf ihr Lager und sagte beschwichtigend: »Bevor wir weiterreden, lasse ich Euch von der Siechenmagd einen heißen Kamillensud bringen, den Ihr in kleinen Schlucken trinkt. Das wird Euch guttun.«

Eingeschüchtert nickte Katharina, und als er wenig später seinen kraftvollen Arm um sie legte, um ihr behutsam den dampfenden Pflanzensud einzugeben, in den er zuvor einige Tropfen eines Heilmittels geträufelt hatte, spürte sie ein derart wohliges Entzücken, dass ihr erneut die Sinne zu schwinden drohten. Unwillkürlich entrang sich ihr ein Seufzer.

»Seht Ihr, wie schwach Ihr noch seid?«, bemerkte der Arzt. »Eigentlich solltet Ihr noch gar nicht so viel sprechen, sondern besser schlafen. Aber ich verspreche Euch, demnächst im Kreise meiner Patienten Erkundigungen über Kilian von Hattstein einzuziehen. Und nun schlaft wohl, dann geht es Euch morgen gewiss schon besser.«

Doktor Stefenelli breitete fürsorglich die Decke über Katharina, strich der Einschlummernden über die Wange, löschte die Talgkerze neben ihrem Bett und entfernte sich mit zufriedener Miene aus dem Krankensaal.

*

Als Ruprecht Bacher am Sonntagnachmittag im Heiliggeistspital vorstellig wurde, um nach seiner Frau zu sehen, schlief Katharina immer noch tief und fest. Er mochte sie nicht aufwecken, küsste zärtlich ihre Hand und übergab der Siechenmagd das mitgebrachte Gebäck und die eigens für die Kranke zubereitete Hühnerbrühe. Diese bemerkte die kummervolle Miene des Nachtwächters und sagte wohlwollend, er brauche sich nicht zu bekümmern, seine Frau schlafe sich gesund und sei bei Doktor Stefenelli in den besten Händen.

Das Gleiche sagte sie ihm auch am Montag, als Katharina immer noch schlief. Bacher gewahrte Katharinas rosige Wangen und ihren friedvollen Gesichtsausdruck und dachte bei sich, dass es wohl das Beste wäre, wenn sie auch am morgigen Tag noch schliefe und ihr dadurch die Hinrichtung ihres Vaters erspart bliebe.

Anna Stockarn indessen, die zu Hause in ihrer Studierstube gleichsam auf heißen Kohlen saß und immer noch gespannt auf die längst überfällige Nachricht von Katharina wartete, konnte sich schon seit geraumer Zeit nicht einmal auf ihre Lieblingslektüre konzentrieren. Kurzerhand schickte sie den alten Hausknecht erneut zur Galgenpforte, um den Stand der Dinge zu erfragen. Doch auch dieses Mal kehrte Jockel ohne Neuigkeiten zurück, er hatte niemanden angetroffen.

Aus den Aufzeichnungen eines jungen Mönchs

Angestachelt von dem unglückseligen Ereignis in Mainz, begannen sich Obrigkeit und Kirche gegen die »Brüder des Todes« und ihren Anführer zu stellen. Zunächst wurde angeordnet, die Stadttore zu schließen, wenn wir im Anmarsch waren. Doch in den Amtsstuben von Senat und Kurie wurden bereits härtere Repressalien gegen uns ersonnen. Um dem Spuk ein Ende zu bereiten, sollte die öffentliche Selbstgeißelung zukünftig mit der Todesstrafe geahndet werden. Auf höchster Ebene wurde geplant, den Meister als einen Verbreiter von Irrlehren gefangen zu nehmen und ihn in einem spektakulären Prozess zum Tod am Galgen zu verurteilen.

Bei aller Selbstsicherheit war es dem Meister nicht verborgen geblieben, dass er und seine Bewegung den Herrschenden ein Dorn im Auge geworden waren. Die verschlossenen Pforten der Rheinstädte Nierstein und Oppenheim sprachen eine deutliche Sprache. Dennoch war er fern davon, sich dadurch irremachen zu lassen, er wusste, so viele Menschen konnte man nicht einfach aussperren. In der Pfaffenhochburg Worms würden wir uns notfalls mit Gewalt Zutritt verschaffen, und dann würden die Brüder des Todes alle wichtigen Stellen besetzen und die Stadtregentschaft an sich reißen.

Als wir einen Tagesmarsch von Worms entfernt am Rhein unser Nachtlager errichteten, versammelte der Meister mich, den alten Jäger und einen kleinen Kreis vertrauter Anhänger um sich und beriet sich mit uns.

Warnend sagte ich: »Ich habe kein gutes Gefühl. Auch wenn wir keinen ›Himmelsbrief‹ verlesen, sondern uns auf eine wesentlich ältere, ungleich erhabenere Offenbarung stützen, so stellen wir doch in den Augen von Kirche und Obrigkeit den alten Glauben grundsätzlich in Frage. Mir ist ein Fall aus Thüringen bekannt, wo man den Anführer einer Geißlergruppe, der öffentlich die Bluttaufe anstelle der Wassertaufe forderte, als Ketzer auf dem Scheiterhaufen verbrannte. Ihr solltet Euch vorsehen, Meister, dass Euch nicht das Gleiche widerfährt«, gab ich mit ernster Miene zu bedenken.

»Und da braut sich mit Sicherheit schon was zusammen«, stimmte mir der alte Jäger zu. »Seit wir in Mainz diesem Kuttenträger den Garaus bereitet haben, haben uns die Papisten auf dem Kieker.«

»So kenne ich dich gar nicht, mein Alter. Du gehst doch sonst keinem Kampf aus dem Wege«, wandte sich der Meister mit leichtem Spott an ihn. »Nun denn, ich für meinen Teil habe jedenfalls nicht vor, vor diesen Papistenknechten den Schwanz einzuziehen. Wir sind mehr als fünfhundert Leute, und wenn man die mit ausreichenden Wurfgeschossen bestückt, könnte man denjenigen, die gegen uns zu Felde ziehen, schon einen netten Empfang bereiten.« Der Meister blickte sich trotzig in der Runde um. »Gibt es denn keinen hier, der meiner Ansicht ist?«, fragte er ungehalten.

»Doch, Meister, mit mir könnt Ihr rechnen!«, erwiderte der Frankfurter Henker mit fester Stimme. »Was auch immer Ihr plant, ich bin dabei. Und glaubt mir, ich verstehe mich aufs Töten!«

»Auch ich bin für den Kampf, Meister«, äußerte ein stattlicher junger Mann, der in Frankfurt als Pestknecht gearbeitet hatte, leidenschaftlich. »Ich bin bereit, für Euch und für die Brüder des Todes mein Leben zu geben!« Erfreut klopfte ihm unser Anführer auf die Schulter.

»Herr, Ihr tut mir unrecht«, meldete sich der alte Jäger erneut zu Wort. »Es ist nicht so, dass ich das Kämpfen verlernt habe. Ich würde jederzeit mein Letztes für Euch geben, das wisst Ihr. Aber ich sorge mich um Euer Leben, das ungleich wertvoller ist als das meine.«

Auch ich mischte mich wieder in die Debatte, die immer erregter wurde. Während wir uns noch lautstark die Köpfe heißredeten, wurden wir jäh unterbrochen durch die Ankunft eines Reiters, der, mit einem Seil am Sattel seines Reitpferdes befestigt, ein zweites Pferd mit sich führte. Er begehrte eindringlich, den Anführer zu sprechen. Während wir uns schon drohend erhoben, gab sich der Meister zu erkennen und fragte den Fremden nach seinem Begehr. Der Mann war ein Bote jenes Arztes und Senatsangehörigen, bei dem unser Anführer während seines Aufenthaltes in Mainz logiert hatte.

»Mein Herr schickt mich, weil Euer Leben in Gefahr ist. Ich soll Euch dieses Schreiben hier aushändigen, in dem alles ausführlich erläutert ist, und Euch sodann zu einem geheimen Ort bringen, an dem Ihr sicher seid«, erklärte der Herold und überreichte dem Meister ein versiegeltes Schriftstück. Dieser erbrach das Siegel und begann mit angespannter Miene zu lesen. Nach einer Weile ließ er den Brief sinken und murmelte mit belegter Stimme, dass man in Worms ein Komplott gegen ihn plane. Nach kurzer Beratung mit uns, seinen Getreuen, die ihm einstimmig dazu rieten, dem Anerbieten des Mainzer Verbündeten Folge zu leisten, verabschiedete sich der Geißlerführer vom engsten Kreise seiner Anhänger, indem er jeden Einzelnen von uns fast zärtlich mit seiner Geißel berührte.

Alle, selbst ich, waren fassungslos vor Schmerz, so plötzlich von dem geliebten Meister Abschied nehmen zu müssen, und wir weinten hemmungslos. Während der Auserwählte, der selbst sehr bewegt schien, das samtene Banner der Brüder des

Todes küsste und es mir zur Aufbewahrung übergab, sprach er uns Mut zu und tröstete uns mit dem Versprechen, weiterhin mit uns in Verbindung zu bleiben. Wir sollten schweigen und uns keinem Unberufenen anvertrauen, in unseren Herzen aber Brüder des Todes bleiben. Dereinst würden wir uns wiedersehen, dann werde er uns mit einer geheimen Offenbarung beglücken, die uns die ewige Seligkeit schenke.

13

»Was den Raben gehört, ertrinket nicht.«
Mittelalterliches Sprichwort

Am Montagmorgen vollzog sich um den springenden Brunnen auf dem Frankfurter Römerberg ein feierliches Schauspiel. Obgleich es schon seit Stunden wie aus Kübeln regnete, schritt Stadtschultheiß Reichmann, auf der Brust die goldene Amtskette, in Begleitung aller Ratsherren dreimal gravitätisch um den Brunnen. Angeführt wurde der Zug vom Stadtherold, der die Prunkfahne mit dem Frankfurter Adler trug, dicht gefolgt von einer großen Schar Stadtpfeifer und -trommler, gewandet in den Stadtfarben Schwarz, Weiß und Rot. Dicht hinter den Honoratioren marschierten die Frankfurter Zünfte, an der Spitze die Meister, auch sie in prunkvoller Festtagskleidung. Durch die Frankfurter Altstadt zogen sie dann in Richtung Galgenpforte. Die Menschen auf den Gassen und Plätzen bildeten ein Spalier und bestaunten sie ehrfürchtig. Bald hatte der Umzug die Stadt verlassen und gelangte ins Galgenviertel.

Hier draußen vor der Stadtmauer, auf den westlich der Stadt vorgelagerten Feldern, lag das Quartier der Ausgestoßenen, mit Schenken, Bettlerherbergen, schäbigen Hütten und einem schmucken Steinhaus, in welchem der Henker mit seiner Familie lebte. In seiner direkten Nachbarschaft befand sich der »Rabenstein«, die Hinrichtungsstätte mit dem mächtigen, weithin sichtbaren Galgen, der wie ein steter dunkler Schatten auf dem ganzen Viertel lastete.

Den verdrießlichen Gesichtern der Standespersonen und ehrbaren Zunfthandwerker war anzumerken, dass ihnen der Aufenthalt in dieser übel beleumundeten Gegend wenig Behagen bereitete. Die Blicke der zerlumpten Anwohner mit ihrer Vielzahl greinender Kinder waren eher feindselig und aufsässig denn bewundernd. Man mochte sie hier draußen nicht, die hochmütigen, selbstgerechten Stadtoberen und die feisten, behäbigen Zunftangehörigen. Umgekehrt fluchten nicht wenige der wohlanständigen Bürger im Stillen über das »Lumpengesindel« und »Galgengelichter« am Wegesrand.

»Nun lasset uns also zur Tat schreiten und mit der Ehrlichmachung beginnen«, verkündete der Bürgermeister feierlich, als der Zug die Hinrichtungsstätte erreicht hatte.

Kein Handwerker hätte sich zur Arbeit an einer solch befleckten Stätte bereit erklärt, ohne zuvor diese aufwendige Prozedur erfahren zu haben. Dies hätte nämlich seine Unehrlichkeit zur Folge gehabt, und er wäre fortan des rechtschaffenen Handwerks nicht mehr fähig gewesen. Schon das Umkreisen des Römerbrunnens hatte eine Art Reinigungsakt dargestellt, dem nun noch weitere folgen mussten.

Der Bürgermeister ergriff eine Zimmermannsaxt und schlug damit dreimal auf einen der Holzstämme, die neben dem Rabenstein aufgeschichtet waren. Beim ersten Schlag rief er: »Du bist frei!«, beim zweiten: »Du bist redlich!« und beim dritten: »Du bist tüchtig!« Nach dem vierten Schlag ließ er die Axt im Holze stecken, worauf die Zimmermannsmeister, Gesellen und Lehrlinge das Gleiche taten. Ähnlich verfuhren nun auch die anderen Zünfte, die Schmiede, Tischler und Radmacher, indem zunächst der Stadtschultheiß und nach ihm die Innungsmeister und -gesellen mit ihren jeweiligen Werkzeugen auf das Baumaterial schlugen oder hämmerten.

Nachdem solcherart die Fertigstellung des schimpflichen Hochgerichts und der Folterwerkzeuge von aller Schändlichkeit gereinigt war, konnten die Handwerker mit ihrer Arbeit beginnen. Den ganzen Tag über hackten und sägten, klopften und hämmerten sie pausenlos, bis am Abend das von vier massiven, drei Meter hohen Holzpfosten getragene Hinrichtungspodest schließlich fertig war. Einer Bühne gleich, war das Schafott, auf dem am nächsten Tag Heinrich Sahls Hinrichtung stattfinden sollte, mit soliden vernagelten Holzbrettern bedeckt. Exakt in der Mitte, erhaben auf acht ellenlangen Holzkeilen liegend und somit für das Hinrichtungspublikum von allen Seiten gut erkennbar, befand sich ein eisenbeschlagenes, hölzernes Richtrad von zwei Metern Durchmesser, welches mit dreizehn Speichen versehen war. Zur zusätzlichen Stabilisierung lag die Radnabe auf einem dicken Holzpfosten, der gewährleistete, dass das Foltergerät selbst roher Gewalt standhalten würde.

Als die letzten Schläge getan waren, sammelten die jüngsten Lehrburschen die gebrauchten Handwerkszeuge ein und warfen sie sich mit dem Ausruf »Mit Bösem muss man Böses vertreiben!« über die linke Schulter auf den Boden, wo sie die Henkersschergen an sich nahmen. Dann sammelten sich die Zunfthandwerker hinter ihren Meistern und marschierten geschlossen zur Stadt zurück.

Die Henkersbüttel indessen waren vom Senat angewiesen worden, das vollständige Schafott und das Richtrad mit Schweineblut zu streichen, um der abgrundtiefen Verachtung über das frevelhafte Verbrechen Rechnung zu tragen, was die Fronknechte in Anbetracht des Dauerregens für vollkommen unsinnig erachteten und bis in die Nacht hinein mit rauen Flüchen begleiteten.

*

Katharina wurde am Vormittag unsanft von einer Siechenmagd geweckt, die ihr immer wieder mit der flachen Hand auf die Wangen schlug. Von den klatschenden Schlägen erwachte sie schließlich, auch wenn es ihr sehr schwerfiel, sich aus dem wohligen Schlummer zu lösen. Aus müden Augenschlitzen nahm sie sehr verschwommen die groben Gesichtszüge der Krankenmagd wahr, die ungnädig auf sie herabschaute, und hörte im Hintergrund männliche Stimmen poltern:

»Katharina Bacherin, Tochter des Totengräbers Heinrich Sahl, erhebe Sie sich auf der Stelle und folge Sie uns! Wir sind vom Magistrat angewiesen worden, Sie zur Hinrichtung ihres Vaters zu begleiten, die in Bälde stattfinden wird. Also auf, spute Sie sich gefälligst!«

Dann vernahm Katharina die beschwichtigende Stimme ihres Mannes: »Ich helfe ihr, sich anzukleiden, und dann folgen wir euch. Unterwegs stütze ich sie, dann wird es schon gehen.« Die Stangenknechte erklärten sich schließlich einverstanden.

Als Katharina wenig später, flankiert von zwei stämmigen Stangenknechten, an Ruprechts Arm das Hospital zum Heiligen Geist verließ, kam sie sich vor wie eine Scheintote, der es nicht gelang, vollends in die Realität zurückzukehren. Jede Bewegung fiel ihr schwer, sie fühlte sich wie gerädert, und ihr Kopf schmerzte höllisch, während das pulsierende Blut laut in ihren Ohren rauschte. Sie konnte sich nur noch daran erinnern, wie sie vor unbestimmter Zeit in Doktor Stefenellis Armen in diesen unsagbar tiefen, wohltuenden Schlaf gefallen war. Und dann gab es noch diese anheimelnde, samtene Schwärze, in der sie sich unendlich geborgen fühlte und die sie mit tiefster, ungeahnter Glückseligkeit erfüllte. Nichts von alledem, was sich in den vergangenen Tagen um sie herum ereignet hatte, war zu ihr durchgedrungen.

Wie eine Schlafwandlerin nahm Katharina die riesige Menschenmenge wahr, die sich auf dem Galgenfeld versammelt hatte. Die Gesichter des Pöbels erschienen ihr wie hässliche Fratzen und Grimassen aus einer fernen, fremden Welt, die für sie keinerlei Bedeutung hatte. Die wüsten Schmähungen und Verunglimpfungen, die von allen Seiten gegen sie ausgestoßen wurden, prallten an ihr ab wie Kieselsteine an einer Felswand.

Besorgt blickte Ruprecht Bacher in das Gesicht seiner Frau und legte schützend seinen Arm um sie, doch auf ihren Zügen spiegelte sich nur Teilnahmslosigkeit. Ihm selbst indessen schlotterten angesichts dieser Feindseligkeit die Knie, denn es gab kaum noch ein Durchkommen in dem dichten Gedränge. Zu seiner Erleichterung gewahrte er in dem Menschenpulk eine Vielzahl geharnischter Stangenknechte, die die Stadt zur Sicherung der Ordnung ins Galgenviertel entsandt hatte. Auf einen Wink des Stadtbüttels hin drängten sie die Meute ein Stück weit zur Seite, so dass sie endlich passieren konnten.

Aus den Augenwinkeln nahm Ruprecht wahr, dass in dem Gewimmel sämtliche Stände vertreten waren: Einfache Bauern aus dem Umland, Tagelöhner, Bettler und eine Vielzahl von Hübscherinnen bis hin zum Stadtpatriziat und dem ortsansässigen Adel. Wie bei einem Volksfest waren Verkaufsstände jeglicher Art aufgebaut, es roch nach Gesottenem und Gebratenem, nach gebrannten Mandeln und Maronen, nach heißem Würzwein mit Zimt und Honig und nach Branntwein und Bier. Wie Ruprecht sehen konnte, wurde allgemein dem Trunke schon gut zugesprochen. Wer es sich leisten konnte, trank gewürzten Wein, ärmere Leute hingegen hielten sich an Bier und Branntwein. Zuweilen war aus dem Getümmel das Gegröle von Betrunkenen zu vernehmen, durchsetzt von Sackpfeifen, Trommeln und dem lauten Anpreisen der Marktschreier.

Herzloses Pack, dachte Ruprecht angewidert. *Dem Heini geht's ans Leder, und für die ist das nix anderes als eine Riesengaudi.* Mit schlechtem Gewissen musste er zugeben, dass es ihn selber nach einem ordentlichen Schnaps gelüstete. Die Wirkung des Branntweins, den er heute Morgen zu sich genommen hatte, um die Hinrichtung seines Schwiegervaters und besten Freundes halbwegs ertragen zu können, verflüchtigte sich bereits, und er fühlte sich hundeelend. *Wie miserabel muss sich erst der arme Heini fühlen*, ermahnte er sich streng und murmelte zum wiederholten Mal ein inbrünstiges »Gott steh ihm bei!«

Als kurz vor der zwölften Stunde allmählich der Bürgermeister und die Ratsherren eintrafen, hatten sie große Mühe, durch den dichten Menschenpulk zur eigens zu ihrer Bequemlichkeit errichteten Ehrentribüne zu gelangen. Kurze Zeit später erschien auch der Inquisitor, gefolgt von einer Abordnung des Frankfurter Klerus, und bahnte sich seinen Weg durch das Gedränge. Das wurde ihm freilich um einiges erleichtert, weil die Menschen in großer Scheu versuchten, dem hageren Mönch mit den harten, asketischen Gesichtszügen und dem kalten, stechenden Blick auszuweichen, wie sie nur konnten – was nicht ohne Stoßen und Schlagen abging.

Als Ottenschläger mit unbeweglicher Miene seinen Ehrenplatz am oberen Ende der Sitztribüne einnahm, von wo aus man den besten Überblick auf das blutrote Schafott hatte, hatte es unter dem Hinrichtungspublikum schon die ersten Handgemenge und Rangeleien gegeben.

*

Den ganzen Morgen über hatte Anna hin und her überlegt, wie sie es vermeiden konnte, ihre Eltern zur Hinrichtung zu begleiten. Alles in ihr sträubte sich dagegen, das grausige Ereignis mit ansehen zu müssen. Sie hatte sich schließlich ins Bett gelegt und sich trotzig die Decke über die Ohren gezogen. Als es kurz nach der elften Stunde an ihre Tür klopfte und sie die Stimme des Vaters daran gemahnte, dass sie gleich aufbrechen müssten, erwiderte sie mit belegter Stimme: »Ich kann nicht mit, ich bin krank!«

Empört riss der Vater die Tür auf. »Nichts da. Du stehst jetzt auf, ziehst deine Trauerkleidung an und kommst mit uns. Das bist du deiner armen Schwester schuldig«, befahl er ihr streng und bedachte sie mit einem unduldsamen Blick.

»Was soll das heißen?« Anna richtete sich wütend auf. »Dafür zu sorgen, dass Mechthilds *wahrer* Mörder gefunden wird, das wäre ich ihr schuldig gewesen! Und ihr im Übrigen auch! So, und jetzt lass mich gefälligst in Ruh. Ich habe Halsschmerzen und Fieber und möchte heute im Bett bleiben.«

»Anna, ich will von deinen Hirngespinsten nichts mehr hören!«, schrie der Familienpatriarch erzürnt. »Du nimmst dich jetzt gefälligst zusammen und stehst auf. Was sollen denn die Leute denken? – Der Schurke, der unsere Mechthild auf dem Gewissen hat, wird hingerichtet, und wir, als die Angehörigen des Opfers, halten es noch nicht mal für nötig, dabei anwesend zu sein. Die Hinrichtung dieses Scheusals ist eine Genugtuung für unsere Familie …«

»Das stimmt nicht! Es ist eine Schande für uns, weil es der Falsche ist, der dafür büßen muss!«

»Bitte, Anna, tu mir das nicht an, und komm mit«, mischte sich nun händeringend ihre Mutter ein. »Haben wir denn nicht schon genug gelitten? Müssen wir nun auch noch deine Launen ertragen?«

Anna seufzte und gab nach. »Ist ja gut, Schmerzensmutter«, murmelte sie höhnisch und erhob sich aus dem Bett. »Ich muss mich bloß noch ein wenig herrichten. Aber wie du weißt, liebe Mutter, geht das bei mir ja schnell.« Wie lästige Besucher komplimentierte sie die Eltern aus ihrer Stube hinaus.

Als Anna wenig später auf den Hof hinaustrat, fragte sie sich verblüfft, wo denn der ganze Schnee geblieben war. Während der vier Tage ihres Hausarrestes hatte der Regen auch noch das letzte Fleckchen Weiß weggewaschen. Grau in Grau offenbarte sich wieder trübselig der November. Anna warf einen Blick in den wolkenverhangenen Himmel und fühlte sich einfach hundsmiserabel. Wenn es ihr jetzt schon so zum Heulen zumute war, wie würde es ihr dann erst bei der Hinrichtung ergehen? Aber sie ermahnte sich, Haltung zu bewahren, obwohl ihr das Herz blutete, wenn sie an den armen Heinrich Sahl und an Katharina dachte. Wie verzweifelt mochte sie wohl sein, ging es ihr einmal mehr durch den Sinn, und sie wünschte sich sehnlichst, bei ihr sein zu können und sie tröstend in die Arme zu schließen.

Anna spürte einen dicken Kloß im Hals und zog sich die weite Kapuze ihres Trauermantels aus schwarzer Seide tief ins Gesicht, während sie wie in Trance in die schwarze Sänfte stieg und, ohne auch nur ein einziges Wort an ihre Eltern zu richten, mit brüsker Bewegung den schwarzen Vorhang zuzog. Obwohl sie es normalerweise vorzog, zu reiten oder zu Fuß zu gehen, kam ihr das feudale Transportmittel heute doch sehr gelegen. In der von Domestiken getragenen Sänfte war sie unbehelligt und vor neugierigen wie zudringlichen Blicken geschützt.

Einige Minuten, nachdem die Sänfte sich in Bewegung gesetzt hatte, schob Anna den Vorhang einen Spaltbreit zur Seite und lugte hinaus. Sie gewahrte den weiten Platz des Rossmarkts, der wie leer gefegt war. Alle sind sie zum Rabenstein geeilt, um nur ja nichts von dem grausamen Schauspiel zu verpassen, diese Barbaren, dachte sie grimmig.

Unmut und Abscheu waren auch ihre vorherrschenden Gefühle, als sie wenig später auf dem Richtplatz angelangt waren. In den Gesichtern der Zuschauer, ob auf dem Platz oder bei den vornehmen Damen und Herren auf der Sitztribüne, spiegelte sich unverhohlene Sensationsgier. In den Mienen ihrer Eltern indessen stand vor allem selbstgerechte Genugtuung, was Anna gleichermaßen mit Groll erfüllte.

Suchend spähte Anna ins Hinrichtungspublikum, aber sie konnte Katharina nirgendwo erblicken. Plötzlich entstand Unruhe in der Menge, sie hörte Schmährufe und unflätige Bemerkungen, und dann entdeckte sie unterhalb des Schafotts Katharina, gegen die sich die Hasstiraden der Menge richteten. Gestützt von einem korpulenten Kahlkopf, in welchem Anna den Ehemann der Totengräbertochter vermutete, und bewacht von zwei stämmigen Stangenknechten, war die Freundin nur noch wie ein blasses Abbild ihrer selbst. Anna stiegen bei ihrem jämmerlichen Anblick Tränen des Mitleids in die Augen. So bleich und ausgezehrt, die sonst so strahlenden, lebendigen Augen nur noch leer und apathisch, kam ihr Katharina vor wie ein Geist aus dem Totenreich. Sie sah, dass die Totenmagd einen Kopfverband trug, und hätte vor Empörung beinahe laut aufgeschrien. »Diese Schurken haben sie misshandelt!«, murmelte sie zornig, was ihr einen tadelnden Blick der Mutter eintrug.

Im nächsten Moment war lautes Trommelgewirbel zu vernehmen, ein Zeichen, dass die Hinrichtung in Kürze beginnen würde. Schon näherte sich der Schinderkarren mit dem Delinquenten, von den Henkersbütteln gezogen, dem Blutgerüst. Ihm voran schritt eine schlanke, hünenhafte Gestalt in blutroten Beinlingen und grünen Schnabelschuhen, auf den schulterlangen schneeweißen Haaren ein rotes Samtbarett. In panischer Furcht wichen die Menschen vor dem Henker zurück. Auch Anna stockte vor Entsetzen regelrecht das Blut in den Adern.

Als Katharina das geschundene Häuflein Elend in blutdurchtränkten Lumpen auf dem Schinderkarren erblickte, hätte keine Betäubung der Welt mehr ausgereicht, ihren unbändigen Schmerz zu mildern. Sie schrie in gellender Verzweiflung auf und hörte nicht mehr auf zu schreien. Dann wollte sie auf den Schinderkarren zustürzen, um zum Vater zu gelangen, und es bedurfte der ganzen Kraft von Ruprecht Bacher sowie drei stattlichen Stangenknechten, die grazile Frau in Schach zu halten.

»Vater, Vater!«, wimmerte sie, während sie sich in Ruprechts starken Armen aufbäumte wie eine Irrsinnige. »Was hat man dir nur angetan?«

Auch dem Nachtwächter strömten beim jämmerlichen Anblick seines einzigen Freundes die Tränen über die stoppeligen Wangen. »Heini«, schluchzte er mit tränenerstickter Stimme, »es tut mir so leid …«

Doch Heinrich Sahl schien bewusstlos zu sein und von alledem nichts mitzubekommen. Nur röchelnde Atemzüge drangen aus seinem weit geöffneten Mund.

Während der Henker an ihnen vorüberschritt, hielt er kurz

inne, beugte sich zu Katharina herunter und flüsterte ihr etwas zu. Die Totengräbertochter schrie auf wie ein waidwundes Tier, barg ihr Gesicht in den Händen und wurde von heftigen Weinkrämpfen geschüttelt.

*

Der Angstmann hatte dem Verurteilten am Abend vor seiner Hinrichtung die traurige Nachricht überbracht, sein letzter Wunsch, noch einmal seine Tochter zu sehen, ließe sich nicht erfüllen, weil Katharina verletzt im Hospital liege. Um den lauthals schluchzenden Mann ein wenig zu trösten, fragte ihn der Züchtiger, ob er denn außerdem noch einen Wunsch habe. Heinrich Sahl hatte nur tieftraurig den Kopf geschüttelt.

Erst als der Henker schon die Zellentür geöffnet hatte und mit resignierter Miene den Kerker verlassen wollte, gab der Gefangene ein unverständliches Stammeln von sich. Meister Hans schloss die Tür, ging ein paar Schritte auf den Unglückseligen zu und erkundigte sich mit sanfter Stimme: »Was habt Ihr soeben gesagt?«

Der ausgemergelte Totengräber nahm all seine Kräfte zusammen, doch es gelang ihm auch dieses Mal nur ein schwaches, kehliges Flüstern. Der Angstmann beugte sich zu ihm und forderte ihn auf, in sein Ohr zu sprechen. Erst jetzt vernahm er, was Sahls letzter Wunsch war:

»Einen großen Krug Branntwein. Ich will mich besaufen.«

»Den sollst du bekommen, mein Alter. Und nicht bloß einen«, hatte der Henker erwidert und zielstrebig die Zelle verlassen.

Kurze Zeit später war er mit zwei Krügen Branntwein und zwei Bechern zurückgekehrt und hatte sich gemeinsam mit dem Gefangenen bis in die Nacht hinein haltlos betrunken, ohne dass zwischen ihnen mehr als ein Dutzend Worte gewechselt wurde.

»Ich ... ich danke Euch«, wisperte Sahl, solange er noch halbwegs bei Sinnen war. Dann räusperte er sich, winkte den Henker noch einmal zu sich und flüsterte ihm zu:

»Könnt Ihr meiner Tochter bitte ausrichten, dass ich sie liebe und ... sie soll nicht verzagen.«

»Darauf könnt Ihr Euch verlassen, mein Alter, ich werde es ihr sagen«, versprach der Henker ernst.

Kurz vor Mitternacht war der Scharfrichter dann sturzbetrunken nach Hause gewankt und hatte seinen Rausch ausgeschlafen. Am frühen Morgen hatte er dann gleich wieder einen Becher Branntwein gekippt, um seine zitternden Hände zu beruhigen, und im Laufe des Vormittags noch etliche mehr.

Unmittelbar vor der Hinrichtung hatte er Heinrich Sahl noch einmal aufgesucht und ihm eine ausreichende Dosis einer starken, betäubenden Medizin eingegeben, damit die höllische Pein bei der anstehenden Tortur des Radbrechens ein wenig abgemildert werde. Sahl befand sich bereits im Zustand der Agonie und war so schwach und entkräftet, dass er womöglich schon nach den ersten Schlägen das Zeitliche segnen würde. Der Henker wünschte ihm das im Stillen sogar, auch wenn dies für Unmut beim Hinrichtungspublikum sorgen würde, das dadurch um ein langes, qualvolles Tötungsspektakel gebracht wurde.

Der Angstmann erklomm nun die Stufen zum Blutgerüst, verbeugte sich kurz in Richtung der Ehrentribüne, wo sein oberster Dienstherr, der Stadtschultheiß Reichmann, saß, und zog sich unter dem tosenden Beifall und Gejohle der Menge blütenweiße Glacéhandschuhe über die geschmeidigen, feingliedrigen Hände. Um seinem Ruf als Fürst vom Rabenstein gerecht zu werden, pflegte er diese bei Hinrichtungen zu tragen. Dann stülpte er sich mit gravitätischer Geste die schwarze Lederkapuze mit den Sehschlitzen über den Kopf. Sie verbarg sein Gesicht, damit der Mann des Todes gegen den Fluch des Todgeweihten geschützt war. Breitbeinig und martialisch verharrte der Hüne eine Weile unbeweglich auf dem Podest, um mit seiner furchterregenden Erscheinung das Publikum erwartungsgemäß in Angst und Schrecken zu versetzen. Das furchtsame Raunen des Pöbels, das sich wie ein mächtiger Insektenschwarm rings um ihn auszubreiten begann, verriet ihm, dass dieser Pflicht Genüge getan war.

Sodann erteilte er seinen Bütteln mit einer knappen, herrischen Geste die Anweisung, den Delinquenten aufs Schafott zu schaffen. Aufgrund seiner durch die Folter zermalmten Beine konnte er die Bühne nicht mehr aus eigener Kraft erklimmen. Dort legten ihn die Schergen auf das große, von derben Holzkeilen gestützte Rad und banden seine abgespreizten Arme und Beine mit Lederriemen an den eisenbeschlagenen Speichen fest.

Heinrich Sahl ließ alles vollkommen widerstandslos über sich ergehen. Sein eingefallenes, bleiches Gesicht sah aus wie eine Totenmaske, und er schien nicht mehr in dieser Welt zu weilen.

»Fang er an, Jerg«, befahl der Henker seinem Gehilfen.

Sein Schwiegersohn, der junge, kräftige Jerg Kalbfleisch, assistierte ihm seit geraumer Zeit bei den Hinrichtungen und würde in Ermangelung eines Stammhalters dereinst die Scharfrichterei von ihm übernehmen. Er war angewiesen, mit dem Zertrümmern der Beine zu beginnen und sich langsam bis zu den Armen vorzuarbeiten. Nun ergriff der breitschultrige Mann die neben dem Rad bereitliegende Barré, eine eigens von der Schmiedeinnung für die Hinrichtung gefertigte Eisenstange, und schlug damit krachend auf Heinrich Sahls Schienbeine.

Der Totengräber gab ein durchdringendes Jaulen und Wimmern von sich, das kaum noch menschlich anmutete und einfach nicht mehr enden wollte. Angesichts seiner Schmerzensschreie gerieten die Schaulustigen immer mehr in Aufregung. Sie johlten lauthals vor Vergnügen, feuerten den Peiniger an, noch fester zuzuschlagen, und übertrumpften in ihrer zügellosen Grausamkeit jeden Folterknecht.

Unter der blutgierigen Meute gab es nur eine Handvoll Menschen, die das bestialische Spektakel kaum ertragen konnten.

»Nein!«, schrie Anna Stockarn und erhob sich entsetzt von ihrem Sitz.

Daraufhin packte sie ihr Vater mit eisernem Griff am Handgelenk und fauchte sie an: »Benimm dich gefälligst!«

Anna spürte, wie ihr der kalte Schweiß ausbrach und ihr Magen zu rebellieren begann. Sie konnte nicht mehr länger an sich halten und erbrach sich in heftigen Schüben neben den Tribünenplatz.

»Was für eine Schande«, zischte ihre Mutter angewidert und holte ihr Riechfläschchen hervor.

Florian, der mitten unter dem Pöbel stand und die ganze Zeit nach Katharina Ausschau gehalten hatte, biss sich vor Entsetzen auf die Lippen und spürte, wie ihm die Knie weich wurden. Einzig aus Verbundenheit zu Katharina und dem Wunsche, ihr an diesem schrecklichen Tag beizustehen, war er zum Galgenfeld geeilt.

Sein Unmut gegen die aufgestachelten Zuschauer um ihn herum wurde immer größer. *Das sind keine Menschen mehr, das sind Bestien,* ging es ihm angesichts ihrer gefühllosen Jubelschreie durch den Sinn. *Und nach der Hinrichtung sind sie dann alle wieder die braven Hausfrauen, harmlosen Schneidergesellen und treusorgenden Familienväter. Warum sind sie nur so grausam und erbarmungslos? Haben sie denn kein Herz im Leib?*

Da vernahm er plötzlich einen gellenden Entsetzensschrei und blickte zum Richtplatz hin. Und dann sah er Katharina. Sie lag direkt vor dem Hinrichtungspodest, und ihr Gesicht war blutüberströmt. Für den jungen Maler gab es kein Halten mehr, mit aller Vehemenz bahnte er sich einen Weg durch die Menge, während oben auf dem Blutgerüst das unsägliche Schauspiel weiterging.

Mit gezielten Schlägen zertrümmerte Kalbfleisch die Kniegelenke des Totengräbers und ließ die Eisenstange anschließend mit aller Wucht auf Sahls Oberschenkel krachen. In diesem Moment spürte der erfahrene Henkersknecht, dass etwas nicht stimmte.

Heinrich Sahl hatte aufgehört zu schreien.

Das Publikum begann augenblicklich zu murren. Vereinzelt waren Pfiffe zu hören und wüste Beschimpfungen.

»Pennt ihr da oben, oder was?«, schrie eine adrett gewandete Bürgersfrau.

»Schlag ihn zu Brei, du fauler Sack, oder haste keine Eier in der Hose?«, brüllte ein junger Bäckergeselle, was mit zustimmendem Gegröle quittiert wurde.

Den Zuschauern standen Missmut und Enttäuschung in den geröteten Gesichtern, schon flogen erste Steine gegen das Schafott. Der Henkersgehilfe schien die schwelende Gefahr zu wittern.

»Der hat's gehabt, Meister. Was soll ich denn jetzt machen?«, flüsterte Jerg dem an seiner Seite stehenden Henker zu und blickte ihn angstvoll an. Dieser zischte ihm zu:

»Dresch weiter drauf, Jerg, sonst springt uns das Pack noch an die Gurgel!«

Aus langen Dienstjahren wusste der Henker nur allzu genau, dass mit einem Hinrichtungspublikum, das sich um seine Erwartungen geprellt fühlte, nicht zu spaßen war. Nicht selten kam es vor, dass der aufgebrachte und enttäuschte Pöbel in solch einem Fall über den Henker herfiel und ihn niedermetzelte.

Während Jerg erneut die Eisenstange durch die Luft sausen ließ, hielt Meister Hans den Atem an und verfolgte aus den Augenwinkeln heraus das Gebaren des Hinrichtungspublikums. Dies war erst der achte Schlag, dreizehn, als Unglückszahl und Zahl des Teufels, waren insgesamt vorgeschrieben. Das unangenehm knirschende Geräusch zertrümmerter Knochen war zu vernehmen, und das enttäuschte Murren des Publikums steigerte sich von Schlag zu Schlag.

Als schließlich die sterblichen Überreste des Delinquenten auf ein wesentlich kleineres Rad geflochten wurden, was durch die gebrochenen Glieder nun möglich war, und dieses mitsamt dem Toten an einem Pfahl aufgerichtet wurde, kamen aus der Menge wieder derbe Flüche und laute Pfiffe. Für den zweiten Durchlauf des Radbrechens war die Hinrichtung des Gemarterten vorgesehen, die alleine dem Henker oblag. Die Exekutionsregeln schrieben vor, dass die Tötung durch einen gezielten Stich ins Herz oder durch die Enthauptung erfolgen sollte.

Meister Hans, der genau spürte, dass er dem blutrünstigen Publikum nun endlich etwas bieten musste, zückte mit majestätischer Geste sein Henkersschwert und schlug mit einem einzigen gekonnten Hieb dem bereits toten Heinrich Sahl den Kopf ab. Anschließend spießte er das abgetrennte Haupt auf sein Richtschwert und präsentierte es mit hochgestrecktem

Arm der Menge, die das grausige Schauspiel mit frenetischem Beifall und lauten Jubelrufen quittierte. Seine Rechnung war gottlob aufgegangen.

*

Als Katharina die verzweifelten Todesschreie des Vaters hörte, quoll ihr in dichten Schüben das Blut aus der Nase, und sie brach ohnmächtig auf dem Richtplatz zusammen. Ihn so entsetzlich leiden zu sehen und nichts dagegen unternehmen zu können war mehr gewesen, als sie verkraften konnte.

Ruprecht Bacher hatte ihren Kopf auf seine Knie gebettet und versuchte vergeblich, mit einem Stofffetzen, den er sich aus dem Hemd gerissen hatte, die starke Blutung zu stillen. Keiner der Umstehenden machte Anstalten, ihm behilflich zu sein, im Gegenteil, eine sonntäglich herausgeputzte Matrone in ihrer Nähe keifte mit vor Rage gerötetem Gesicht: »Recht so. Verrecke nur, du Mörderbalg!«, und spie hasserfüllt auf die Hilflose. Weitere unflätige Beschimpfungen waren zu vernehmen, und Bacher wurde angesichts der wachsenden Wut um ihn herum von blanker Furcht gepackt.

»Bitte helft mir doch, sie wegzubringen. Sie verblutet mir noch unter den Händen!«, wandte er sich flehend an einen der Stangenknechte, der unweit von ihnen stand und mit völlig ungerührter Miene das Geschehen auf dem Schafott verfolgte.

»Nichts da, die bleibt hier, bis die da oben mit dem fertig sind! So lautet meine Anweisung, und jetzt lasst mir gefälligst meine Ruh«, beschied er den Nachtwächter barsch, während er das Blutgerüst keinen Moment aus den Augen ließ.

Als Bacher sich wieder über seine Frau beugte, der das Blut

weiterhin wie ein sprudelnder roter Quell aus der Nase strömte, und sich gerade einen weiteren Fetzen aus seinem Hemd reißen wollte, erkundigte sich neben ihm jemand, ob er helfen könne. Erstaunt blickte Bacher auf und gewahrte vor sich einen hochaufgeschossenen, jungen Mann mit rotblonden gelockten Haaren, die ihm bis auf die Schultern fielen, und einem schwarzen abgewetzten Samtbarett auf dem Kopf.

»Mein Name ist Florian Hillgärtner. Ich bin Kunstmaler und wohne in dem kleinen Häuschen an der Stadtmauer direkt neben Euch. Ich kenne Eure Frau, ich habe sie am Freitag auch ins Spital gebracht«, erläuterte der junge Mann betreten und ließ sich neben Bacher auf dem Boden nieder.

»Ach, Ihr wart das! Euch schickt der Himmel«, erwiderte der Nachtwächter erleichtert und ergriff dankbar die Hand des Mannes, der ihn mit seinem feingeschnittenen, bartlosen Gesicht und den sanften hellgrünen Augen an einen der Erzengel auf dem Altargemälde in der Katharinenkirche erinnerte. Dann ließ er den jungen Mann gewähren, der ein Stück Leinwand aus der Tasche zog, das er behutsam an Katharinas Nase presste. Erstaunt bemerkte der Nachtwächter, wie dem jungen Maler die Tränen über die Wangen liefen, und er war ein wenig befremdet über das große Mitgefühl des Fremden.

Er deutete auf die Stangenknechte. »Eigentlich müsste man sie an einen ruhigen Ort schaffen und ihr kalte Kompressen auf die Stirn und den Nacken legen, aber diese Schurken erlauben nicht, dass ich sie wegbringe«, sagte er.

»Dann müssen wir versuchen, sie hier so gut es geht zu versorgen«, entgegnete der Maler. »Später, wenn das ganze Spektakel vorbei ist, bringen wir sie wieder ins Spital.« In großer Sorge betrachtete er Katharinas bleiches Antlitz. »Hoffentlich hält sie noch so lange durch«, stammelte er bekümmert, strich ihr mit liebevoller Geste eine Haarsträhne aus der Stirn und wischte sich hastig die Tränen aus den Augenwinkeln.

»Woher kennt Ihr eigentlich meine Frau?«, erkundigte sich Bacher nun doch mit einem Anflug von Argwohn.

»Ich habe sie manchmal auf der Gasse getroffen, und da sind wir halt das eine oder andere Mal ins Gespräch gekommen«, antwortete Hillgärtner leicht verlegen und vermied es, den Nachtwächter anzublicken. »Sie ist eine so freundliche Dame und hat so ein ... ein schönes Lächeln«, fügte er hinzu. Errötend gewahrte er Bachers entrüsteten Gesichtsausdruck.

»Na ja, da hat der junge Herr Kunstmaler wohl Gefallen an meiner Frau gefunden«, grummelte der Nachtwächter. »Aber über eines müsst Ihr Euch im Klaren sein, mein lieber Herr Nachbar: Eure Angebetete ist bereits vergeben.«

»Ich hege keinerlei unlautere Absichten«, beeilte sich der Maler zu versichern.

Da befahl plötzlich eine Stimme über ihren Köpfen: »Tretet zur Seite, und lasst mich nach der Kranken sehen!«

Der vornehm gewandete Mann im knielangen, pelzgefütterten Mantel, mit einer feinen Kappe aus Biberhaaren auf dem Haupt, stellte sich als Stadtphysikus Leonhard Stefenelli vor und nahm sich sogleich der Ohnmächtigen an. Mit festem Griff unter die Achseln richtete er Katharinas Oberkörper auf, während er ihren baumelnden Kopf mit der flachen Hand behutsam nach vorne drückte.

»Das muss sein, damit das Blut herauslaufen kann und sie daran nicht erstickt«, erläuterte er fachmännisch. Dann wies er die beiden Männer an, die Bewusstlose vorsichtig anzuheben und sie unter das Schafott zu tragen, den einzigen Platz in der ganzen Umgebung, wo es nicht vor Menschen wimmelte, damit er sie dort ungestört behandeln könne. Als sich ihnen die Stangenknechte breitbeinig in den Weg stellten, herrschte sie der Stadtarzt an, sie sollten sich augenblicklich trollen und ihn seine Arbeit machen lassen, sonst werde er sich beim Bürgermeister höchstpersönlich über sie beschweren. Sie fügten sich widerwillig.

So ergab es sich, dass just in dem Moment, als Heinrich Sahl oben auf dem Schafott endgültig aus dem Leben schied, sich direkt unter ihm der Doktor darum mühte, Katharina dem Leben wieder zuzuführen.

»Wir müssen sie unbedingt so bald wie möglich hier wegbringen«, murmelte der Arzt ernst. »Sie muss richtig versorgt werden.«

»Dann tragen wir sie am besten zum Spital«, schlug Florian vor und wollte schon zugreifen, doch Doktor Stefenelli hielt ihn zurück:

»Halt. Warten wir doch noch, bis sich der Pöbel zerstreut hat, dann bleiben wir unbehelligt.«

»Da kann ich Euch nur zustimmen, Herr Medicus«, mischte sich Bacher ein, dem es nicht gefiel, dass Florian sich so in den Vordergrund drängte.

Der Stadtphysikus träufelte der Ohnmächtigen, deren Kopf er fürsorglich auf seinen Schoß gebettet hatte, behutsam einige Tropfen einer Tinktur in die Nasenlöcher. Ruprecht und Florian standen schweigend dabei und blickten besorgt auf Katharina.

Nachdem die Menge noch kurz zuvor besonders laut gegrölt und gejohlt hatte, war es inzwischen merklich ruhiger geworden, und das dichte Gedränge auf dem Galgenfeld schien sich allmählich zu lichten.

Ruprecht spähte über den Richtplatz. »Ich denke, wir können uns jetzt aufmachen. Ich werde meine Frau auf den Armen tragen, das wird schon gehen. Sie ist ja leicht wie eine

Feder«, erklärte er, hob Katharina vom Boden auf und bettete sie auf seine Arme, während Florian und Doktor Stefenelli sich an seiner Seite hielten.

»Ich kann Euch nachher gerne ablösen, wenn Ihr wollt. Es ist ja ein weiter Weg bis zum Heiliggeistspital«, wandte sich Florian an Katharinas Ehemann.

»Danke für Euer Angebot, aber das wird nicht nötig sein. Das schaffe ich schon alleine – zumal ich der Kräftigere von uns beiden bin«, erwiderte Ruprecht abweisend und streifte den schlanken Meisterschüler mit einem spöttischen Blick.

»Gestattet Ihr trotzdem, dass ich Euch noch ein Stück weit begleite?«

»Von mir aus«, brummelte Ruprecht bärbeißig.

Während sie über das Galgenfeld schritten, näherte sich ihnen ein seltsam gewandeter Mann. Er trug einen langen dunkelgrauen Mantel und einen spitz zulaufenden roten Hut, und die Männer erkannten in ihm den städtischen Abdecker und Hundshäuter Edu Dunckel und blickten ihn verwundert an.

»Ihr könnt meinen Leiterwagen haben, dann braucht Ihr sie net zu tragen«, bot er an. »Ich kannte den Heini, das war ein guter Kerl, und wenn ich Euch irgendwie helfen kann, mach ich das gern.«

»Ich weiß nicht recht …«, murmelte Ruprecht mit unsicherer Miene und schaute den Arzt fragend an. »Meine Frau auf den Abdeckerkarren legen? Ob ich ihr das zumuten soll?«

»Ich denke, Ihr solltet das Angebot ruhig annehmen. Auf dem Wagen liegt sie doch besser, als wenn Ihr sie schleppen müsst. Und wenn der Kopf noch abgepolstert wird, ist dagegen nichts einzuwenden«, empfahl Doktor Stefenelli pragmatisch, worauf sich der Abdecker auch sogleich zu seiner nahe gelegenen Wohnstatt begab, um den Karren zu holen.

Nachdem Katharina wenig später von dem Arzt sorgsam auf den Leiterwagen gebettet worden war, ließ es sich Ruprecht selbstverständlich nicht nehmen, den Wagen alleine zu ziehen.

Als sie schweigend die Galgenpforte passierten, schlug der Doktor vor, den Weg in die Sandgasse einzuschlagen.

»Dort befindet sich mein Wohnhaus, wo ich über einen Behandlungsraum verfüge. Dann müssen wir nicht den weiten Weg zum Hospital auf uns nehmen.«, erläuterte er dem Nachtwächter.

»Soll mir recht sein«, erwiderte Ruprecht und hielt sich mit dem Wagen in Richtung Rossmarkt. Als Florian wie selbstverständlich mit ihnen weitergehen wollte, blieb der Nachtwächter stehen und beschied ihn unwirsch:

»Ihr könnt jetzt heimgehen, Kunstmaler. Wir brauchen Euch nicht mehr.«

Florians Augen blitzten zornig auf, er hielt jedoch an sich und murmelte nur mit besorgtem Blick auf die ohnmächtige Katharina: »Gottes Segen für Eure Frau, Herr Nachbar.« Unwillig blieb er in der Galgengasse zurück.

*

Nach der rüden Abfuhr durch Katharinas Ehemann war Florian missmutig in die Werkstatt seines Meisters in der Kanngießergasse zurückgekehrt. Dort mischte er, düster vor sich hin brütend, bis zum Einbruch der Dämmerung Farben und grundierte das Tuch für das Altarbild. Auf dem Nachhauseweg beschloss er, in der Sandgasse vorbeizuschauen, um sich nach Katharinas Wohlergehen zu erkundigen und ihr womöglich sogar einen kleinen Besuch abzustatten.

Nachdem er dem Diener an der Tür erklärt hatte, er wünsche den Arzt zu sprechen, ließ dieser ihn in der Halle warten. Nach einer Weile erschien Doktor Stefenelli und fragte in kühlem Tonfall nach seinem Begehr.

»Ich wollte nur fragen, wie es der Bacherin geht«, antwortete Florian höflich.

»Es geht ihr gut. Sie schläft und braucht absolute Ruhe«, erklärte der Arzt kurz angebunden und bedachte den jungen Maler mit einem hochmütigen Blick.

Als Florian daraufhin keinerlei Anstalten traf, sich wieder zu entfernen, sondern ein wenig verlegen von sich gab: »Ich ... ich möchte sie so gerne sehen. Kann ich vielleicht zu ihr?«

»Ich wüsste nicht, warum«, erwiderte Stefenelli abweisend. »Ihr seid ja schließlich nicht ihr Ehemann.« Dann ging er entschlossen zur Tür und öffnete sie.

»Fort mit dir, Schmierfink, und stehl mir nicht mehr länger meine Zeit«, zischte er bösartig.

»Was ist denn in Euch gefahren? Seid Ihr nicht mehr ganz bei Trost?«, murmelte der junge Maler entgeistert, dem angesichts der unverblümten Feindseligkeit regelrecht der Atem stockte.

Am liebsten hätte er Stefenelli am Kragen gepackt und ihm eine schallende Ohrfeige verpasst, doch da traf ihn ein heftiger Fußtritt am Steißbein und schleuderte ihn unsanft hinaus aufs harte Straßenpflaster.

*

Katharina blinzelte, nieste und schlug die Augen auf, in deren Winkeln sich, wie nach einem bleiern tiefen Schlaf, kleine Tränentropfen gesammelt hatten. Sie blickte sich erstaunt um und gewahrte Doktor Stefenelli, der auf einem Stuhl neben ihrem Bett saß.

»Wo bin ich?«, hauchte sie schwach und bemerkte, dass ihre Nase verstopft war.

Stefenelli lächelte seine Patientin freundlich an. »Ihr befindet Euch im Haus ›Zum Greif‹ in der Sandgasse, meinem Wohnhaus, in dem ich auch einen Behandlungsraum habe.«

»Was ist passiert?«

»Ihr seid während der Hinrichtung Eures Vaters zusammengebrochen und hattet einen schweren Blutsturz, was in Anbetracht der Umstände wohl nicht verwunderlich ist. Ich hatte im Spital gehört, dass man Euch genötigt hat, bei der Hinrichtung anwesend zu sein. Da ich schon ahnte, dass Ihr für Derartiges noch zu schwach seid, bin ich mit meinem Felleisen, in dem sich stets die wichtigsten Notfallmedikamente befinden, hinaus aufs Galgenfeld geeilt. Und gerade noch rechtzeitig – ihr hattet viel Blut verloren und wart ohne Bewusstsein. Daher habe ich Euch hierherschaffen lassen.« Der Arzt tätschelte ihr die Schulter. »Eure Wunde am Hinterkopf ist übrigens schon gut verheilt, ich habe Euch noch einmal einen neuen, feschen Verband angelegt, den Ihr schon in ein paar Tagen abnehmen könnt. Von Eurem Ehemann soll ich Euch herzliche Grüße bestellen, er war nur schwer zu bewegen, von Eurer Seite zu weichen und Euch hier zurückzulassen, und Euren Nachbarn, diesen jungen Kunstmaler, der bei Eurem Transport geholfen hat, musste ich sogar regelrecht hinauskomplimentieren.«

Spöttisch mokierte sich der Arzt: »Ich glaube fast, dieser Schöngeist hat sich bis über beide Ohren in Euch verliebt!« Dann erklärte er: »Morgen früh, wenn sein Nachtwächterdienst zu Ende ist, wird Euch Euer Mann bei mir abholen und Euch nach Hause begleiten. Heute Nacht schlaft Ihr hier und seid versichert: Ihr seid bei mir in den besten Händen.«

Katharina fühlte sich unsagbar kraftlos und hatte Mühe,

dem Arzt überhaupt zu folgen. Alles war ihr gleichgültig, es war, als wäre sie völlig ausgebrannt.

»Was ist mit meiner Nase?«, fragte sie mit gesenkter Stimme.

»Die solltet Ihr tunlichst in den nächsten Tagen schonen. Heftiges Niesen oder Schnäuzen könnte wieder zu Blutungen führen. Habt Ihr Hunger? Darf ich Euch etwas zu essen bringen lassen?«

»Nein danke, ich möchte nichts essen. Aber wenn Ihr vielleicht einen Becher Wasser für mich habt?«

Der Arzt läutete umgehend nach einer Hausmagd und ließ Katharina einen Krug Wasser bringen. Sie trank gierig. Dann wandte sie dem Arzt den Kopf zu und blickte ihn zum ersten Mal eindringlich an, wenn auch mit stumpfen und glanzlosen Augen.

»Ich danke Euch«, flüsterte sie, ergriff unvermittelt die Hand des Arztes und küsste sie. Sie wusste selbst nicht so recht, was über sie gekommen war, aber bei all ihrem Leid und der dumpfen inneren Leere verspürte sie plötzlich eine fast schon schmerzhafte Sehnsucht nach seiner Berührung.

»Nicht doch! Das ist doch selbstverständlich«, erwiderte Stefenelli, aber Katharina hielt seine Hand fest umklammert und begann, lauthals zu schluchzen.

Der Arzt strich ihr beruhigend übers Haar. »Weint ruhig. Weint Euch nur richtig aus. Tränen sind das Salz der Seele, sie schwemmen den ganzen Dreck, den Ihr habt schlucken müssen, aus Euch heraus, und das wird Euch guttun.«

Erst nach über einer Stunde ließen Katharinas Tränen nach, sie lehnte sich erschöpft zurück und trocknete sich Augen und Wangen.

»Geht es Euch jetzt ein wenig besser?«, fragte der Arzt mitfühlend.

»Wie soll es mir denn bessergehen, jetzt, wo mein Vater tot ist«, murmelte die Totenmagd mutlos und starrte mit leerem Blick an die Decke. »Ich werde mir nie verzeihen können, dass es mir nicht gelungen ist, seine Unschuld zu beweisen.«

»Seid doch nachsichtig mit Euch selbst«, tröstete der Arzt. »Was hättet Ihr denn schon bewirken können? Gegen die Mühlen der Justiz sind wir doch alle machtlos.«

»Ja, das haben alle zu mir gesagt, doch ich wollte und konnte mich einfach nicht damit abfinden. Ich war des Glaubens, ich könnte Berge versetzen. Doch letztendlich habe ich nichts bewirkt, gar nichts! Mir ist es ja noch nicht einmal gelungen, den Schuldigen zu finden«, sagte sie bitter.

»Wer könnte es denn Eurer Meinung nach sein?«, erkundigte sich Doktor Stefenelli beiläufig, während er zum Wandbord ging und unter den zahllosen Fläschchen und Tiegeln, die dort standen, eine Glasphiole auswählte.

»Ich weiß es selbst nicht so genau, entweder die Kuttenträger auf dem Friedhof oder dieser sonderbare Krankentröster, der seit Mechthilds Ermordung unauffindbar ist.«

Auf Stefenellis skeptischen Blick hin berichtete sie ihm, was sich in der Nacht zu Allerseelen auf dem Peterskirchhof zugetragen hatte. Sie erzählte von dem seltsamen Gebetskreis, dem die Verstorbene angehört, und über den unguten Einfluss, den Kilian von Hattstein auf die Ermordete ausgeübt hatte. Stefenelli hörte ihr aufmerksam zu, aber schließlich meinte er bloß:

»Mit Verlaub, meine Liebe, das alles erscheint mir doch reichlich konfus. Wenn Ihr meinen Rat hören wollt: Lasst die Dinge besser ruhen. So, und jetzt gebe ich Euch eine Medizin, damit Ihr schön schlafen könnt, und morgen sehen wir weiter.«

Der Doktor träufelte einige Tropfen aus dem braunen

Glasfläschchen in Katharinas Trinkbecher, füllte diesen mit Wasser auf und reichte ihn ihr. Die Totenwäscherin, der das Leben momentan wie ein einziges großes Jammertal erschien, nahm den Becher dankbar entgegen und leerte ihn in einem Zug. Sie hoffte darauf, bald in tiefen Schlaf zu fallen und dadurch wenigstens für kurze Zeit dem nagenden Schmerz und der abgrundtiefen Hoffnungslosigkeit zu entkommen.

Und da war sie wieder, die Süße, Gnadenreiche, umfing sie mit ihren mächtigen schwarzen Schwingen und trug sie mit sich fort an den einzigen Ort, so unendlich fern aller Unbill des Lebens, der ihr Frieden und Glückseligkeit spendete.

II. Teil
Eine mörderische Liebe

»An meinem Seil ich scheuche
Viel Narren, Affen, Esel, Gäuche,
Die ich verführ, betrüg und täusche!«

Sebastian Brant, »Das Narrenschiff«,
1494, Allegorie: »Frau Venus –
Einen am Narrenseil der Liebe führen«

14

Annas Herz machte einen Sprung, als an jenem Mittwoch um die elfte Stunde endlich Schritte aus dem Innern des Turmes zu vernehmen waren. Bereits mehrfach hatte sie vergeblich den eisernen Türklopfer an Katharinas Haustür betätigt, und sie hatte die Hoffnung schon fast aufgegeben.

Als ihr wenig später Katharina in der Türöffnung gegenüberstand, konnte sie nicht mehr an sich halten und schloss die Freundin herzlich in die Arme.

»Endlich«, murmelte sie erleichtert. »Ich habe mir schon solche Sorgen um dich gemacht. Den ganzen Abend habe ich an dich denken müssen und mich gefragt, wie es dir nach diesem schrecklichen Ereignis wohl gehen mag. Es tut mir so unsagbar leid um deinen armen Vater – und um dich.«

Wieder drückte sie Katharina an sich. Doch diese blieb ungewohnt steif und erwiderte die Umarmung kaum. Anna ließ sich nicht beirren und sprach weiter:

»Ich habe gesehen, wie du bei der Hinrichtung zusammengebrochen bist. Ich hätte dir so gerne geholfen, doch meine Eltern haben mich festgehalten und es mir verboten. Zu meiner großen Erleichterung habe ich dann gesehen, dass Doktor Stefenelli sich um dich gekümmert hat. Geht es dir denn jetzt besser?«

»Danke, es geht schon«, war Katharinas knappe und ein wenig unterkühlte Antwort. Sie blickte Anna mit trüben, eigentümlich glasigen Augen an und schien gar nicht zu bemerken, wie aufgeregt die Patriziertochter war.

Jetzt konnte Anna nicht mehr an sich halten. »Hör zu, da ist eine Sache, über die ich unbedingt mit dir sprechen muss. Aber sag erst, was ist eigentlich bei deinem Gespräch mit Doktor Stefenelli herausgekommen? Wir haben uns ja seit Freitag nicht mehr gesehen, wegen meines unglückseligen Hausarrests. Aber das hat dir der Jockel ja sicherlich ausgerichtet.«

»Ja, hat er«, entgegnete die Totengräbertochter einsilbig. Sie schien mit den Gedanken ganz woanders zu sein, was Anna fast als Affront empfand.

»Was war denn jetzt bei Stefenelli?«, insistierte sie nachdrücklich. »Du hast mich ja überhaupt nicht auf dem Laufenden gehalten, und als Jockel hier war, um sich nach dem Stand der Dinge zu erkundigen, stand er vor verschlossenen Türen.«

»Ich war im Spital.« Katharina wies auf ihren Kopfverband.

»Vor der Hinrichtung? Was ist denn eigentlich passiert? Jetzt erzähl doch mal, und lass dir nicht alles aus der Nase ziehen!«

»Es gibt nichts zu erzählen«, murmelte Katharina unwirsch. »Da hat einer was nach mir geworfen, als ich unterwegs war, um mit Stefenelli zu sprechen. Und auf einmal war alles zappenduster. An mehr kann ich mich nicht erinnern.«

»Ach, du Arme! Was für ein bösartiges Gesindel«, rief Anna empört und strich behutsam über Katharinas Kopfverband. »Tut es noch sehr weh?«

»Nein, es heilt schon.«

»Können wir vielleicht hinaufgehen in den Turm? Ich würde gerne in Ruhe mit dir reden«, bat Anna eindringlich.

»Das ist momentan nicht so günstig, mein Mann schläft noch. Was gibt es denn?«, erkundigte sich die Totenwäscherin mit leichter Ungeduld.

Anna kam sich plötzlich unerwünscht vor und war darüber so gekränkt, dass ihr unwillkürlich die Tränen in die Augen stiegen. Mit bebender Stimme schlug sie vor: »Vielleicht können wir uns ja auf die Treppe setzen.«

»Von mir aus«, murmelte Katharina und ließ sich neben Anna nieder.

»Was ist denn mit dir? Du bist so ... so anders als sonst!«, brach es aus Anna heraus, während sie die Freundin befremdet musterte.

»Was soll schon sein? Mir ist halt alles ziemlich egal geworden, jetzt, wo mein Vater tot ist«, entgegnete Katharina müde und senkte den Blick.

Anna schwieg betroffen und spürte einen Kloß in der Kehle.

»Also, es gibt da etwas Wichtiges, über das ich mit dir sprechen wollte«, hub sie nach einer Weile an. »Stell dir vor, ich weiß jetzt, wer der Kapuzenmann ist, den ich damals in der Gebetsgruppe meiner Schwester gesehen habe.«

»Was denn für ein Mann?«

»Na, ich habe dir doch erzählt, dass ich meine Schwester und diese dunkel gewandeten Leute einmal vor einem Haus in der Sandgasse gesehen habe und ein hünenhaft großer Mann bei ihnen war, dessen Gesicht mir bekannt vorkam«, erläuterte die Patriziertochter ungeduldig.

»Ja, und?«

»Gestern bei der Hinrichtung, als ich das Gesicht des Henkers gesehen habe, da wusste ich auf einmal, dass er es gewesen ist. Und wir haben dadurch einen ganz neuen Anhaltspunkt. Verstehst du?«

»Anhaltspunkt für was?«

»Na, wer meine Schwester tatsächlich auf dem Gewissen hat. Denn dein Vater war ja doch unschuldig.«

»Unschuldig schon, aber tot«, entgegnete Katharina bitter. »Warum sollten wir denn jetzt noch weitersuchen?«

»Ich versteh ja deinen Schmerz, aber mit Verlaub, meine Liebe: Du bist nicht mehr wiederzuerkennen!«, platzte es aus Anna heraus. »Gerade *weil* dein Vater zu Unrecht diesen grauenhaften Tod sterben musste, müsste dir doch daran gelegen sein, die wahrhaft Schuldigen ausfindig zu machen und dadurch seine Unschuld zu beweisen. Meinst du nicht auch, dass du das deinem armen Vater schuldig bist?«

Zum ersten Mal seit ihrer Begegnung zeigte sich so etwas wie Bedauern in Katharinas gleichgültiger Miene, und die befremdliche Leidenschaftslosigkeit verflüchtigte sich für einen Augenblick. Anna ergriff Katharinas kalte, wie leblos anmutende Hand, drückte sie und schlug voller Begeisterung vor: »Komm, lass uns doch gemeinsam dieser neuen Spur nachgehen!«

Doch anstatt ihr zuzustimmen, entzog ihr die Totengräbertochter ihre Hand und bemerkte reserviert: »Ich glaube dennoch nicht, dass ich in der Sache noch etwas unternehmen will.«

Anna traf die kalte Abfuhr wie ein Keulenschlag. Sie erhob sich hastig von den steinernen Treppenstufen, zitternd vor Kälte und innerer Erregung.

»Bitte entschuldigt, dass ich Euch belästigt habe, Bacherin«, erwiderte sie gepresst. »Gott sei mit Euch!«

Draußen strömten ihr vor Enttäuschung die Tränen übers Gesicht, und sie beschloss erbittert, Katharina nicht mehr zu behelligen.

*

Gleich nachdem Ruprecht Bacher am Abend zu seinem Dienst aufgebrochen war, machte sich Katharina mit großer Sorgfalt zurecht. Sie zog ihr bestes Winterkleid aus dunkelblauem Tuch an und setzte eine frischgestärkte blütenweiße Haube auf. Dann streifte sie sich anstelle der in der kalten Jahreszeit üblichen Filzstiefel die feinen wildledernen Kuhmaulschuhe, die sie sich von dem Silberdukaten der Hurenkönigin gekauft hatte, über die zierlichen Füße und machte sich mit wild pochendem Herzen auf den Weg.

In Gedanken versunken drückte sie die knarzende Holztür auf und trat aus dem steinernen Turm nach draußen. Der Eisregen stob ihr unangenehm ins Gesicht. Sie zog ihr braunes Tuch enger um sich und wandte sich in Richtung Galgengasse. Heftige Windböen zerrten an ihrem Gewand. Mit einer Hand hielt sie ihre Kopfbedeckung fest und mit der anderen ihren wollenen Schulterumhang, während sie mit gesenktem Kopf durch die Gasse hastete.

Als sie sich Florians Häuschen an der Stadtmauer näherte, gewahrte sie Licht hinter den Butzenglasfenstern und beschleunigte ihren Schritt. Ausgerechnet heute wollte sie ihm auf keinen Fall begegnen! Doch just in dem Moment, als sie sich an seinem Haus vorbeidrücken wollte, trat Florian aus der Tür und kam ihr mit energischen Schritten entgegen. Katharina runzelte die Stirn.

»Katharina, was freue ich mich, Euch zu sehen!« Seine Augen leuchteten, obwohl der Eisregen sein Haar benetzte und er ohne Mantel der Kälte schutzlos ausgesetzt war. »Den ganzen Tag schon habe ich an Euch denken müssen. Ich habe nur nicht gewagt, Euch zu Hause zu behelligen, das hätte Euer Mann gewiss nicht gerne gesehen«, fügte er hinzu.

»Darin habt Ihr auch recht getan«, entgegnete Katharina kühl.

»Wo wollt Ihr denn so spät noch hin?«, fragte Florian. »Darf ich Euch vielleicht ein Stück begleiten?« Er lächelte, und trotz des wenigen Lichtes, das in der düsteren Gasse auf sein Gesicht fiel, war die Röte deutlich zu bemerken, die für einen Moment seine Wangen färbte. »Ihr seid noch blass, vielleicht solltet Ihr besser noch das Bett hüten, als bei diesem unwirtlichen Wetter vor die Tür zu gehen«, äußerte er besorgt.

»Danke, mir geht es gut, und Ihr braucht mich auch nicht zu begleiten«, stieß Katharina hervor. »Ich bin in Eile, Florian. Gehabt Euch wohl.« Sie wollte sich abwenden, doch Florian hielt sie am Ärmel fest.

»Katharina, so wartet doch.«

»Was gibt es denn noch?« Unwirsch schüttelte sie seine Hand ab und bereute mit einem Mal fast, dass sie sich auf einen vertraulichen Umgang mit dem jungen Kunstmaler eingelassen hatte.

»Ich wollte Euch warnen«, murmelte Florian ernst.

»Warnen?«, fragte sie erstaunt. »Was kann mir denn noch Schlimmes widerfahren? Ich bin doch fertig mit der Welt.«

»Aber die Welt ist noch nicht fertig mit Euch. Zumindest ich bin es nicht«, erwiderte der Meisterschüler sanft und nachdrücklich zugleich. »Hört mich an, um unserer Freundschaft willen.«

»In Gottes Namen, aber macht es kurz.« Sie zog sich das Tuch noch etwas enger um die Schultern. Wind und Regen waren stärker geworden, und in der Gasse war es zugig.

Florians Gesicht war ernst. Er wollte ihre Hand ergreifen, doch sie wich zurück, bevor er sie berühren konnte. »Ich wollte Euch vor diesem Arzt warnen, diesem Doktor Stefenelli. Die ganze Nacht habe ich kein Auge zugetan, weil ich Euch in den Klauen dieses ... dieses Irren wusste. Gott sei

Dank seid Ihr ihm unbeschadet entronnen. Der Mann ist gemeingefährlich ...«

»Ihr seid wohl nicht recht gescheit!«, unterbrach ihn Katharina empört. »Doktor Stefenelli hat mir das Leben gerettet, und das nicht zum ersten Mal. Außerdem ist er voller Sanftmut und Güte.« Sie schüttelte energisch den Kopf. »Wie könnt Ihr nur so etwas Abscheuliches von ihm behaupten?« Katharina wandte sich abrupt von ihm ab und ging mit schnellen Schritten die Gasse entlang, ohne einen Blick zurückzuwerfen.

»Er ist böse und gefährlich!«, rief Florian verzweifelt. »Glaubt mir doch! Der Mann ist nicht ganz bei Trost ...«

Die Worte verhallten in der Gasse, dann bog Katharina in die Galgengasse ein, und Florian blieb in der Dunkelheit alleine zurück. Mutlos schüttelte er den Kopf und ging mit schweren Schritten ins Haus.

15

Zehn Tage später

Am frühen Montagmorgen näherte sich dem Blutgericht auf dem Galgenfeld ein klappriger, von einem Esel gezogener Leiterwagen, auf dem ein dunkelgrau gewandeter Mann mit einem spitzen roten Hut hockte. Sein aufgedunsenes, gerötetes Gesicht mit dem eingesunkenen Kiefer war von unzähligen Pockennarben entstellt, und er brabbelte unverständlich vor sich hin. Der städtische Abdecker Edu Dunckel, von allen nur der »Schundmummel« genannt, fluchte wieder einmal über Gott und die Welt. Die Stadt hatte ihm den Auftrag erteilt, das, was von dem Geräderten noch übrig war, vom Richtplatz zu entfernen.

An der Richtstätte stritten sich große Schwärme von Raben und Krähen lautstark um das Aas. Der Abdecker näherte sich dem Schafott mit lautem Händeklatschen und schimpfte wüst auf die erbost davonflatternden Vögel: »Hättet ihr den net ganz auffressen können, ihr blöden Viecher, dann hätt ich jetzt wenigstens keine Arbeit mehr mit dem! Aber mir ham heut Mittag schon widder neue Kundschaft, und deswegen muss der jetzt Platz machen«, lispelte er zynisch, während er sich mit einem Stock in den Händen abmühte, Heinrich Sahls sterbliche Überreste vom Rad herunterzuschieben. »Es tut mir leid, Heini, dass ich so grob werden muss, aber dafür kommst du auch in einen schönen, neuen Leichensack.« Der Schundmummel gluckste, während er den Schädel und die angenagten Knochen vom Boden des Schafotts klaubte und in einen grobleinenen Sack warf. Dann legte er das sperrige Behältnis auf den Karren, kauerte sich wieder vorne auf den Wagen und trieb den Esel mit mehreren kräftigen Stockschlägen an.

Sein Ziel war der Friedhof der Ehrlosen, welcher sich unten am Mainufer, unweit des Gutleuthofes, dem Aussätzigenspital, befand. Dort wurden die Leichen von Selbstmördern, unehelichen Kindern, Verfemten und Geächteten sowie der zum Tode Verurteilten in ungeweihter Erde verscharrt. Eingefasst von einer Mauer aus lose übereinandergeschichteten Feldsteinen, standen auf dem Schindanger weder Holzkreuze noch Grabsteine. Das einzige Gebäude war ein alter, baufälliger Holzschuppen, in dem der Abdecker Hacken, Schaufeln und andere Arbeitsgeräte aufbewahrte und mitunter auch die Leichensäcke lagerte, wenn im Winter der hartgefrorene Boden das Graben unmöglich machte. Auch die Gebeine des Totengräbers wollte der Abdecker in Anbetracht des strengen Frostes vorläufig dort unterbringen.

Die Sonne war gerade über dem Fischerfeld an der östlichen Stadtmauer aufgegangen und tauchte den Schindanger in goldenes Licht, als der Abdecker den Esel mit einem lauten »Hoh« vor dem Holzschuppen zum Stehen brachte. »Mistsonne«, murmelte er mit zusammengekniffenen Augen, während er sich den Leichensack über die Schulter wuchtete und damit zum Schuppen schlurfte. »Ist ja eiskalt, der Kamerad«, murrte er schlotternd über die gefrorene Last auf seinem Rücken und fügte grinsend hinzu: »Na, hat auch sein Gutes! Wenn die Brüder gefroren sind, dann stinken sie wenigstens nicht so.«

Gerade wollte er mit dem Ellenbogen die Türklinke hinunterdrücken, da huschte etwas rechts am Schuppen vorbei. Es war eine Schar Ratten, die, von seinem Hantieren aufgescheucht, aufgeregt das Weite suchte.

»Mistviecher, wühlen mir den ganzen Boden auf und verteilen die Toten überall, und ich darf den ganzen Kram dann wieder einsammeln!«, keifte er aufgebracht, entledigte sich im Schuppen rasch des Leichensacks und griff ergrimmt nach einem Spaten, um draußen auf Rattenjagd zu gehen. Doch als er zu der Stelle kam, wo er die Nager entdeckt hatte, blieb er plötzlich wie angewurzelt stehen und stammelte bestürzt: »Sapperlot Marie, was ist denn das für eine Sauerei!«

Vor ihm lag in einer riesigen Lache gefrorenen Blutes, das in der Morgensonne glitzerte wie rubinrotes Muranoglas, die kreidebleiche Leiche eines jungen Mannes. Die Gestalt war in eine schwarze Kutte gehüllt, und aus der weiten Kapuze ragte ein eingefallenes Antlitz, welches mit der abgefressenen Nasenspitze fürwahr schauerlich anmutete. Entsetzt starrte der Schundmummel auf den Leichnam, seine Atemzüge wurden pfeifend, er stützte sich auf den Spaten wie auf eine Krücke und presste keuchend hervor: »Ach, du großer Gott, des is ja de staubische Tobi! Da muss ich Meldung mache.«

*

»Der Tote weist eine Schnittwunde an der Halsschlagader auf und ist vollständig ausgeblutet. Außerdem trägt er einen schwarzen Trauermantel. Nach dem Bekunden des Abdeckers, der ihn am Morgen auf dem Friedhof der Schandbaren neben dem Geräteschuppen gefunden hat, handelt es sich um den Gassenkehrer und Grabenfeger Tobias Borndörfer, der im Galgenviertel seine Wohnstatt hat«, rapportierte Untersuchungsrichter Lederer, den der Frankfurter Magistrat mit der Visitation der Leiche betraut hatte, ohne seinen Redefluss auch nur einmal durch Atemholen zu unterbrechen. Neben ihm standen die Ratsherren Fichard und Neuhaus, die als Einzige an dem stets sehr arbeitsreichen ersten Wochentag im Römerrathaus abkömmlich gewesen waren.

»Ach, der staubische Tobi ist das! Ja, der kehrt doch in Frankfurt die Gassen, seit er ein Bub ist. Der säubert auch den Gänsegraben. Ein Mann für den niederen Dienst, aber fleißig und sich auch für nix zu schade. Bei der letzten Pest hat der sich als Pestknecht verdingt. Na ja. War halt ein armer Teufel«, knarzte Neuhaus mit nachsichtigem Lächeln.

»Wieso denn arm? Wie meint Ihr das?«, erkundigte sich Lederer schwerfällig. »Bei so einem hält sich mein Mitleid in Grenzen. Ein Lumpenhund aus dem Galgenviertel, wo Mord und Totschlag an der Tagesordnung sind!«

»Ei, Lederer, jetzt mach aber mal halblang!«, rief ihn Neuhaus zur Räson. »Jeder weiß doch, dass der nicht ganz dicht da oben war.« Der Ratsherr tippte sich mit spöttischem Grinsen an die Stirn.

»Ach so, Ihr meint, der war nicht mehr ganz gescheit«, entgegnete der Untersuchungsrichter, der nicht gerade für seine schnelle Auffassungsgabe bekannt war, und blinzelte verständnisssinnig.

»Schön, dass Ihr wenigstens das versteht, Lederer«, erwiderte Neuhaus mit unverhohlenem Hohn und fuhr dann bar jeder Leutseligkeit in kühlem, amtlichen Tonfall fort: »Es war allgemein bekannt, dass der Mann gemütskrank und schwermütig war. Von daher muss mit hoher Wahrscheinlichkeit davon ausgegangen werden, dass er selber Hand an sich gelegt hat und nicht, wie Ihr es uns vorhin weismachen wolltet, umgebracht worden ist.«

»Was soll das heißen?«, empörte sich Lederer. »Der hat halt einen Schnitt am Hals, und weit und breit war kein Messer zu sehen, geschweige denn, dass er eines in der Hand gehalten hätte, was ja ein sicherer Hinweis für eine Selbsttötung gewesen wäre. Und dann die schwarze Kutte, die der anhatte. Das kam mir schon ein bisschen komisch vor. Hatte nicht die Tote aus dem Beinhaus auch so einen Trauermantel an? Und ausgeblutet war die ja auch. Bei der ist man auch nicht von einem Freitod ausgegangen. Deswegen …«

»Deswegen hat ja auch ihren Mörder längst seine gerechte Strafe ereilt«, unterbrach ihn nun der Senatsangehörige Fichard barsch. »Lederer, bevor Ihr hier weiterhin falsche Schlüsse zieht, solltet Ihr Euch eines klarmachen: Das sind zwei völlig unterschiedliche Fälle, die man schwerlich miteinander vergleichen kann. Nur eines haben sie gemeinsam: Die Sachverhalte liegen klar auf der Hand. Im Falle der Jungfer Stockarin konnte der Mörder recht bald überführt und für sein abscheuliches Verbrechen angemessen bestraft werden, im Falle des gemütskranken Gassenkehrers muss hingegen, wie bei dergleichen Unsinnigen weit verbreitet, von einem Freitod ausgegangen werden. Das heißt für Euch, dass Ihr Euch fürderhin in der Angelegenheit keine Arbeit mehr zu machen braucht. Weißt den Schundmummel an, die Leiche alsbald auf dem Schindanger unter die Erde zu bringen«, beschied der studierte Jurist den Untergebenen in einem Tonfall, der keinen Widerspruch duldete. Er warf seinem Senatskollegen, mit dem er die unliebsame Angelegenheit zuvor im Beisein des Bürgermeisters in aller Weitsicht beraten hatte, einen verstohlenen Blick zu. Als der Untersuchungsrichter daraufhin nur sein übliches Schafsgesicht aufsetzte und verärgert vor sich hin murmelte, setzte er in scharfem Ton nach:

»Ich würde mich an Eurer Stelle jeglicher Impertinenz enthalten! In Anbetracht Eurer mannigfaltigen Versäumnisse, die Eurem Rufe als Untersuchungsrichter in Frankfurt voraneilen, solltet Ihr froh sein, dass wir Euch überhaupt noch im Amte halten. Ich rate Euch dringend, Lederer, vermeidet es tunlichst, auch nur den Hauch eines Zweifels auszustreuen, was den Freitod des Gassenkehrers anbetrifft, sonst könnt Ihr bald selber die Gräben fegen! – Haben wir uns verstanden?«

»Ja, Herr Senatsvorsitzender! Es war eindeutig Freitod und damit fertig. Darauf können sich die Herren verlassen, das gelobe ich, bei meiner Ehre!« Lederer hörte nicht mehr auf, vor den hohen Herren zu katzbuckeln und seine Loyalität zu bekunden, bis sie ihn schließlich mit einem verächtlichen »Schon recht!« aus dem Römerrathaus entließen.

16

Es regnete in Strömen, und der hagere Lohgerber Andreas Borndörfer schlotterte vor Kälte, als er an diesem Mittwoch Anfang Dezember um die achte Stunde in die langgezogene Fahrgasse einbog und sich bei einem der Fuhrknechte nach dem Hause Stockarn erkundigte. Es erwies sich, dass er nur noch einen Steinwurf davon entfernt war. Der imposante Wohnpalast glich mit seinen hohen Mauern und Zinnen einer Trutzburg und schien einen einfachen Mann wie ihn allein schon durch seinen Anblick abzuweisen. Mit zitternden, klammen Fingern griff er nach der Schelle am mächtigen Eingangsportal und läutete zaghaft. Ein Hausdiener öffnete und beäugte ihn misstrauisch, umso mehr, als er bat, mit der Jungfer Anna Stockarn sprechen zu dürfen. Dann ließ ihn der Bedienstete eine halbe Ewigkeit draußen im Regen warten, ehe er Borndörfer erneut auftat. Die junge Herrin geruhe, ihn zu empfangen, sagte er mürrisch.

Anna bat den völlig durchnässten Fremden in die Wohnstube und bot ihm höflich an, sich am Kamin zu wärmen. Zum Glück schlief ihre Mutter noch, und der Vater war bereits zu seinem Kontor auf dem Römerberg aufgebrochen. Der verhärmte frierende Mann dauerte sie. *Er hat bestimmt schon viel einstecken müssen,* ging es ihr bei seinem Anblick durch den Sinn.

»Was genau habt Ihr mit mir zu besprechen?«, erkundigte sie sich freundlich.

»Es ist so ... weil doch mein Bruder Tobias vergangenen Montag genau so aufgefunden worden ist wie weiland Eure Schwester, die Jungfer Stockarin«, stammelte der ärmlich gekleidete Mann und senkte befangen den Blick vor der jungen Frau, die ihn mit ihren herben Gesichtszügen und dem schlichten schwarzen Gewand an eine Stiftsdame erinnerte.

»Wie meint Ihr das?«

»Am Tag nach dem Totensonntag hat ihn der Frankfurter Abdecker draußen auf dem Friedhof der Ehrlosen tot aufgefunden. Seine Halsschlagader war aufgeschnitten, und er war vollkommen ausgeblutet, genauso wie damals Eure Schwester. Und er hatte auch eine schwarze Trauerkutte an«, berichtete der Lohgerber und verlor langsam seine Scheu. »Ich weiß, für die Schreckenstat an Eurer Schwester war der Totengräber verantwortlich, und der ist ja jetzt tot. Aber trotzdem gibt mir das alles schwer zu denken, bei so vielen Übereinstimmungen ...«

Anna, die voller Anspannung zugehört hatte, stimmte ihm zu. »Das ist in der Tat alles sehr seltsam. Was sagt denn der Magistrat dazu? Ist jemand mit der Aufklärung des Todesfalles betraut worden?«

»Der Untersuchungsrichter Lederer macht das, das hat mir der Schundmummel gesagt. Auf Weisung der Obrigkeit hat er meinen Bruder auch schon unter die Erde gebracht. Und da bin ich gestern zu dem Lederer hin, weil ... ja, weil mir das alles nicht geheuer vorgekommen ist. Doch der hat mich nur angeschnauzt und gesagt, es gäbe keine Untersuchung mehr, weil der Tobi ja gemütskrank war und sich deswegen auch selber umgebracht hätte. Dann hat er mich rausgeschmissen«, erklärte Borndörfer zerknirscht.

»Stimmt es, dass er gemütskrank war?«, wollte Anna wissen. Beklommen dachte sie, dass dies noch eine weitere Übereinstimmung zu ihrer verstorbenen Schwester war.

»Ja, er war schwermütig und wunderlich, die letzten Jahre jedenfalls. Früher war er ganz anders. Hatte Weibergeschichten und Saufkumpane wie andere junge Mannsbilder auch, die noch keinen Stall Kinder zu versorgen haben, so wie unsereiner«, erwiderte der Lohgerber mit nachsichtigem Lächeln. »Aber mit der letzten Pest ist er komisch geworden. Damals hat er sich den Geißlern angeschlossen, und als er nach ein paar Monaten zurückgekommen ist, war er wie umgewandelt. Wollte mit niemandem mehr was zu schaffen haben, wo er doch früher so ein geselliger Kerl war. Kam auch nicht mehr zu uns, obwohl er die Kinder immer so gerne hatte, und ist auch nicht mehr ins Wirtshaus gegangen. Ein richtiger Frömmler ist er geworden, das hätte ich bei ihm nie für möglich gehalten. Ein Mannsbild wie der Tobi, der nie was hat anbrennen lassen. – Ach, Verzeihung. Es geziemt sich nicht, so mit einer Dame zu sprechen«, bemerkte er errötend und hüstelte verlegen.

»Nein, nein, ziert Euch nicht! Fahrt bitte fort«, ermunterte ihn Anna.

»Mit einem Schlag wollte er nichts mehr von mir wissen. Wenn ich mit ihm reden oder ihm was Gutes tun wollte, hat er das Maul nicht mehr aufgekriegt. Er hat nur noch durch einen hindurchgeguckt, als wär man Luft für ihn. Am Anfang hat mich das richtig wütend gemacht, weil ich so eine Verstocktheit gar nicht bei ihm kannte. Nur mit so einer komischen Betschwester hat er sich ab und zu getroffen. Die sah aus wie aus dem Grab gestiegen, so rappeldürr und bleich, wie die war, und immer in schwarzer Trauerkleidung, richtig unheimlich. Ein paarmal hab ich sie bei ihm zu Hause gesehen, wenn ich ihn besuchen wollte, aber dann ist die Frau immer gleich gegangen. Irgendetwas hatten die zu verbergen, aber ich weiß bis heute nicht, was. Und dass der Tobi was mit der hatte, kann ich mir beim besten Willen nicht vorstellen. Die war doch das reinste Gerippe. Er tät mit ihr zusammen beten, mehr war aus dem nicht rauszukriegen. Und da waren auch noch andere Schwarzkutten. Einmal war ich beim Tobi, und da wollte er mich gar nicht reinlassen, er hätte Besuch. ›Ist deine Betschwester wieder da?‹, hab ich gesagt und mich einfach an ihm vorbeigedrängt, weil mich das geärgert hat. Und dann saßen da ein paar düstere Gestalten am Tisch, auf dem nur eine armselige Funzel geflackert hat. Die Fensterläden waren zu, und in ihren schwarzen Kapuzenmänteln und mit den bleichen, eingefallenen Gesichtern haben sie so unheimlich ausgesehen, dass ich mich vor Schreck bekreuzigt hab und schnell wieder raus bin. Einer von denen, der hatte sogar eine blutrote Kutte an, wie sie die Brüder des Mitleids damals während der Pest immer getragen haben.«

Der Lohgerber unterbrach sich und sah Anna erschrocken an. »Was ist denn mit Euch? Ihr seht ja aus, als hättet Ihr einen Geist gesehen. Ist Euch nicht wohl?«, erkundigte er sich besorgt. Während seines Berichts war Anna ganz fahl im Gesicht geworden, jetzt sprang sie auf und eilte zum Wandbord. Neben einer Anzahl feingearbeiteter Zinnbecher stand dort auch eine kleine Flasche aus braunem Glas. Anna ergriff die Phiole, entkorkte sie hastig und nahm einen kräftigen Schluck.

»Das Theriak meiner Mutter. Es wirkt beruhigend. Das habe ich jetzt bitter nötig«, seufzte sie und schenkte Borndörfer ein tapferes Lächeln. »So, es geht mir schon wieder etwas besser.«

Dann fragte sie in nachdenklichem Tonfall: »Diese Betschwester, wie Ihr sie nennt – könnt Ihr Euch an die Frau noch erinnern? Ich meine, würdet Ihr sie wiedererkennen?«

Der Lohgerber zögerte und erwiderte unsicher: »Na ja, ich

weiß nicht so recht ... Andererseits, dieses spitze Gesichtchen mit den dunklen Augenhöhlen, so sieht ja nicht jede aus. Aber ich habe sie schon länger nicht mehr gesehen, diese Frau.«

»Folgt mir bitte«, forderte Anna ihn auf und schritt hinaus in die Eingangshalle. Die hohen, holzgetäfelten Wände wurden von einer langen Ahnengalerie geziert. Am Ende der Reihe befand sich ein Gemälde, das mit einem schwarzen Tuch verhängt war. Anna trat an das Bild heran und riss mit einem kräftigen Ruck den Stoff herunter.

»Anna, was unterstehst du dich!«, war plötzlich aus dem Hintergrund die vorwurfsvolle Stimme ihrer Mutter zu vernehmen, die gerade die Treppe herunterkam. »Wie pietätlos von dir! Erst wenn das Trauerjahr vorbei ist ...«

»Mutter, bitte lass mich! Ich weiß sehr wohl, was ich tue«, entgegnete Anna entschieden. Das Porträt ihrer verstorbenen Schwester Mechthild, das von einem prunkvollen Goldrahmen umgeben war, hatte der Vater bei Mechthilds Rückkehr nach den Wirren der Pest anfertigen lassen, aus Freude und Dankbarkeit. Auch wenn der Künstler sich bemüht hatte, das Konterfei der Patriziertochter vorteilhaft zu gestalten, indem er ihr ein anmutiges Lächeln um die blassen Lippen gezaubert und den glanzlosen, dunkel umflorten Augen ein intensives Blau verliehen hatte, so haftete dem Gemälde dennoch eine eigentümliche Morbidität an. So, als ob jemand versucht hätte, einer Todkranken durch Puder und Schminke den Liebreiz der Jugend zurückzugeben.

»Ist das die Frau? Schaut sie Euch bitte genau an«, wandte sich Anna eindringlich an den Färber, der unschlüssig auf das Bildnis starrte.

»Anna, was geht hier eigentlich vor sich? Und wer, bitte, ist dieser Mann?« Frau Stockarn hatte sich in gestrenger Pose vor Anna aufgebaut, ohne den ärmlich gekleideten Besucher eines weiteren Blickes zu würdigen. Ihre angeekelte Miene sagte genug.

»Später, Mutter, das erkläre ich dir gleich«, erwiderte Anna und wartete gespannt auf Andreas Borndörfer, der unbeweglich vor dem Porträt stand.

»Doch, ich glaube, das ist sie. Das bleiche, eingefallene Gesicht ... und auch sonst. Ja, ich glaube, das war die Frau«, erklärte der Mann mit gesenkter Stimme. »Ist sie das? – Ich meine, ist das Eure ... Eure verstorbene Schwester?« Er warf einen Seitenblick auf die empörte Miene der Hausfrau und strich sich mit fahriger Geste die feuchten Haare aus der Stirn.

»Ja, das ist ... das war meine Schwester Mechthild«, antwortete Anna tonlos, ging mit unsicheren Schritten auf einen der gepolsterten Stühle zu, die an der Wand standen, und ließ sich darauf niedersinken. »Gut, dass Ihr gekommen seid«, sagte sie mit schwacher Stimme zu dem Lohgerber, der verloren in der Halle stand.

»Anna, was hat das alles zu bedeuten? Ich will auf der Stelle von dir wissen, was hier los ist!«, herrschte Hedwig Stockarn ihre Tochter an. Anna überlegte kurz, ehe sie zu einer Erläuterung ansetzte.

Dann wies sie mit der Hand auf den Besucher. »Das ist Herr Andreas Borndörfer aus Höchst«, um dem Gast anschließend ihre Mutter vorzustellen. Frau Hedwig verzichtete mit eisiger Miene auf einen höflichen Handschlag, sie konnte sich lediglich zu einem angedeuteten Kopfnicken überwinden, während sich der Lohgerber tief vor der Patrizierin verbeugte.

»Wie es sich erwiesen hat, kannte Mechthild Herrn Borndörfers Bruder Tobias und hat sich gelegentlich mit ihm getroffen«, begann Anna dann. »Und der Bruder von Herrn Borndörfer ist … Aber vielleicht sollten wir wieder in die Stube gehen, hier draußen in der Halle ist es so zugig.« Anna hatte bemerkt, dass Andreas Borndörfer vor Kälte schlotterte, und blickte auffordernd in das abweisende Gesicht ihrer Mutter.

»Von mir aus gerne«, erwiderte diese. »Aber Herr Borndörfer«, sie warf dem Lohgerber einen vernichtenden Blick zu, »wird sich jetzt gefälligst verabschieden.« Auf Annas entrüsteten Protest hin fügte sie gönnerhaft hinzu: »Er möge sich in Gottes Namen in der Küche eine heiße Suppe reichen lassen und uns dann nicht mehr weiter behelligen.«

»Mutter, ich bitte dich!«, rief Anna empört. »Herr Borndörfer hat eigens den weiten Weg von Höchst auf sich genommen, um …«

»Um bei uns die Hand aufzuhalten«, unterbrach die Mutter sie ungnädig.

»Nein, nein, so ist das nicht«, begehrte der Lohgerber auf, doch die Hausherrin fuhr ihn an: »Genug! Verlasse Er auf der Stelle mein Haus. Derlei Bittstellern stehen wir momentan nicht zur Verfügung. Wir sind schließlich ein Trauerhaus!«

»Gut, dann werde ich Herrn Borndörfer jetzt in die Küche begleiten. Im Gegensatz zu dir weiß ich nämlich, was sich geziemt.« Anna hatte sich erhoben und funkelte ihre Mutter wütend an. Dann berührte sie den bestürzten Mann sachte am Arm und forderte ihn auf, ihr zu folgen.

»Untersteh dich, Anna!«, zischte Frau Stockarn aufgebracht.

Da richtete sich Borndörfer plötzlich auf und sagte mit einer Verachtung, die der hochwohlgeborenen Dame in nichts nachstand: »Keine Sorge, von jemandem wie Euch würde ich sowieso kein Stück Brot annehmen. Gott vergelt's!« Eilig strebte er der Tür zu.

»Was erlaubt Er sich!«, war alles, was die außer sich geratene Hausfrau noch herausbrachte, ehe sie unversehens allein in der Halle zurückblieb. Denn Anna hatte sich hastig ihren Umhang vom Kleiderhaken gegriffen und war dem Entschwindenden nach draußen gefolgt.

»Anna, du bleibst gefälligst hier!«, schrie Hedwig Stockarn mit sich überschlagender Stimme. »Ich befehle es dir!«

Doch Anna war bereits durchs Hoftor auf die Straße hinausgeeilt, wo der Lohgerber auf sie gewartet hatte. Seine Verärgerung war ihm noch deutlich anzumerken.

»Ich möchte mich für die schlimmen Kränkungen, die Euch meine Mutter zugefügt hat, in aller Form entschuldigen«, erklärte sie entschuldigend. »Aber sie ist eben eine verwöhnte Patrizierin, die nichts vom wirklichen Leben weiß.«

»Ihr könnt ja nichts dafür. Ihr habt Euch ja mir gegenüber auch anständig verhalten. Aber so etwas erbost mich«, entgegnete der Lohgerber bitter. »Nur weil ich arm und schäbig gekleidet bin, bin ich noch lange kein Bettelbruder. Ich verdiene mein Brot mit harter Arbeit, rackere tagaus, tagein und bin nicht auf Almosen angewiesen. Ich habe ein braves Weib, das gut haushalten kann, und liebe, tapfere Kinder, die nicht murren, wenn's nur wenig zu essen gibt. – Nichts für ungut, aber das musste ich einfach loswerden«, fügte er hinzu. »Und jetzt sollten wir an einen Ort gehen, wo wir in Ruhe sprechen können. Ich muss nämlich heute Mittag wieder schaffen, einen ganzen Tag ausfallen zu lassen, kann ich mir nicht leisten. Aber das mit meinem Bruder liegt mir doch sehr am Herzen ...«

»Dann gehen wir doch am besten in eine der Schenken unten am Fahrtor«, schlug Anna vor. »Dort ist es warm, und wir können uns stärken. – Und bitte, tut mir den Gefallen, und betrachtet Euch als meinen Gast.«

»Das kommt ja überhaupt nicht in Frage, dass ich mich von einer Dame freihalten lasse«, widersprach der Lohgerber. »Für eine heiße Brühe wird's schon noch reichen.«

Anna fügte sich, und sie betraten eine einfache Schenke an der Mainbrücke, die hauptsächlich von Fuhrleuten und Torwächtern frequentiert wurde. An einem kleinen Tisch unweit des Kachelofens, wo sie ungestört waren, ließen sie sich vom Wirt eine heiße Wurstsuppe mit Grieben und zwei dicke Scheiben Roggenbrot servieren und aßen hungrig.

Anna erzählte von ihrer Schwester, dass sie sich damals mit ihrem Bräutigam ebenfalls den Geißlern angeschlossen hatte und wie sich ihr Wesen nach der Rückkehr verändert hatte. Sie erwähnte auch Pater Kilian, den Krankentröster ihrer Schwester, der inzwischen unauffindbar sei, und die seltsamen Ereignisse auf dem Peterskirchhof in der Nacht von Allerheiligen.

»Für mich besteht kein Zweifel daran, dass meine Schwester und Euer Bruder Tobias Opfer von Ritualmorden wurden. Und die Geißler sowie diese ominöse Gebetsgruppe haben etwas damit zu tun. Auch zwischen Pater Kilians Verschwinden und den beiden Morden muss es einen Zusammenhang geben«, resümierte sie nachdenklich.

»Und der ehemalige Bräutigam Eurer Schwester, der mit ihr bei den Geißlern war – könnt Ihr den nicht mal fragen? Das könnte uns doch vielleicht weiterhelfen«, warf der Färber ein, dessen hageres Gesicht vor Anspannung gerötet war.

»Daran habe ich auch schon gedacht. Doch seit der Trennung von Mechthild befindet er sich die meiste Zeit auf Handelsreisen in fernen Ländern und kommt nur noch zu den Messen nach Frankfurt.« Anna zuckte bedauernd mit den Schultern. »Die nächste Messe ist erst nächstes Jahr im Frühjahr. Aber es gibt da noch eine sehr interessante Spur, der wir unbedingt nachgehen sollten. Das habe ich Euch noch gar nicht erzählt.« Anna blickte den Lohgerber, der wie gebannt an ihren Lippen hing, aufgeregt an. »Inzwischen bin ich mir nämlich sicher, in der Gebetsgruppe meiner Schwester den Henker erkannt zu haben. Ich habe mich bislang noch nicht getraut, ihn allein aufzusuchen. Doch wenn Ihr mich zu ihm begleiten würdet?«

Der Lohgerber war bei der Erwähnung des Henkers zusammengezuckt.

»Der Angstmann?«, stammelte er verängstigt. Mit einem Mal schien ihm jeglicher Mut abhandengekommen, nervös nagte er an seinen Fingernägeln.

»Ja, genau der«, erwiderte Anna sachlich. »Ich kann Euch verstehen, alle fürchten sich vor dem Mann des Todes. Aber wenn wir Licht in die Angelegenheit bringen wollen, werden wir wohl oder übel mit ihm sprechen müssen.«

Der Lohgerber war ganz blass geworden, Schweißtropfen glitzerten auf seiner faltigen, wettergegerbten Stirn, und der Ausdruck seiner unsteten Augen kündete von arger Bedrängnis. »Alles, nur das nicht!« Er bekreuzigte sich hastig. »Wenn's sein muss, geh ich mit Euch in den Gutleuthof zu den Aussätzigen oder in den Narrenturm zu den Unsinnigen. Aber zum Angstmann kriegen mich keine zehn Pferde«, stammelte er voller Panik. »Wer mit dem Henker Umgang pflegt, der ist des ehrbaren Handwerks nicht mehr fähig! Wenn das ruchbar würde, täten die mich gleich aus der Gerberinnung ausschließen, und dann müssten wir betteln gehen.«

Als er Annas enttäuschte Miene wahrnahm, leistete er mit belegter Stimme Abbitte: »Nehmt mir das nicht übel, bitte. Wenn ich ledig und kinderlos wäre, würde ich es riskieren. Aber am Bettelstab zu hängen, das kann ich meiner Frau und den Kindern nicht antun.«

17

Am Abend desselben Tages, eine gute Stunde, nachdem ihr Ehemann Ruprecht Bacher seinen Dienst angetreten hatte, erhob sich Katharina schwerfällig von ihrem Strohsack, um sich ausgehfertig zu machen. Sie schleppte sich zur Waschschüssel, wusch sich notdürftig Gesicht und Hände und fuhr sich beiläufig mit den Fingern durch die glanzlosen, strähnigen Haare. Dann griff sie nach der zerknitterten Haube, die neben ihrer Schlafstatt lag, stülpte sie sich über und stopfte die hellbraunen Haare lieblos hinein. Das blaue Wollkleid, das sie vom Boden aufklaubte, war schmuddelig und roch nach Schweiß. *Egal,* beschloss sie gleichgültig und schlüpfte hinein, *ich werde es ja sowieso bald wieder ausziehen …* Sie bemerkte, dass es ihr viel zu weit geworden war und an ihrem abgemagerten Körper schlackerte wie ein Sack. Auch der alte schwarze Wollmantel hing über ihren knochigen Schultern wie an einer Vogelscheuche. Seit der Hinrichtung ihres Vaters, die nun schon fast drei Wochen zurücklag, war sie deutlich abgemagert. In letzter Zeit erbrach sie sich häufig, nachdem sie gegessen hatte, und oft machte sie sich gar nicht mehr die Mühe, noch etwas zu sich zu nehmen. Vielleicht fühlte sie sich deshalb so kraftlos. Fast alles war ihr zu anstrengend geworden, vor allem die Arbeit im Haushalt. Die Dinge blieben einfach liegen. Es war ihr mit der Zeit egal geworden.

Zuweilen hatte sie versucht, sich gegen diese stumpfe

Gleichgültigkeit zu wehren, hatte sich, einer Ertrinkenden gleich, bemüht, strampelnd an die Oberfläche zu gelangen und die bleierne Lethargie zu durchbrechen. Doch das Meer der Trägheit war einfach zu tief.

Früher hatte sie sich über jeden Sonnenstrahl gefreut, inzwischen mochte sie das Tageslicht nicht mehr und verkroch sich den ganzen Tag in ihren Strohsack. Die Dunkelheit kam ihr gelegen, denn nach Einbruch der Dämmerung waren kaum noch Leute unterwegs. Zumindest keine unbescholtenen. Wie von einem dichten unsichtbaren Kokon umgeben, bewegte sich Katharina durch die Gassen, fast in Trance, aber dennoch zielstrebig. Nur ein paar zwielichtige Gestalten drückten sich in dunklen Winkeln herum, auf der Suche nach einer Bleibe und einem Quantum Branntwein, das ihnen Wärme und Vergessen schenkte. Hier und da sah sie eine wohlfeile Frau, die auf den öffentlichen Plätzen des nächtlichen Frankfurt auf Kundenfang ging. Für ehrbare Frauen galt es als verpönt, sich nachts noch in den Gassen herumzutreiben. Doch das tangierte Katharina nicht. Sie war zu einer Getriebenen geworden, die alles auf sich genommen hätte, um zu ihm zu gelangen. Zu ihm und ... dem schweren roten Wein, den er ihr immer zu trinken gab und von dem es ihr so unsagbar wohl zumute wurde. *Nun weiß ich, wie das Glück schmeckt. Es schmeckt leicht bitter und betäubt die Zunge, und es schmeckt nach mehr!*

Sie beschleunigte ihre Schritte, weil sie es kaum noch erwarten konnte, erneut in die schwarze Glückseligkeit einzutauchen. In einen süßen, lustvollen Traum, der sie wunschlos glücklich machte. Dann würde sie wieder den ganzen Tag über schlafen oder wohlig vor sich hin dösen, ganz berauscht von den zauberhaften Nächten mit ihm und dem wundersamen Trank. Längst vermochte sie nicht mehr zu unterscheiden, ob es Traum oder Wirklichkeit war, was ihr in jenen Stunden widerfuhr.

Endlich stand sie vor dem Haus »Zum Greif« in der Sandgasse. Kaum dass sie das zwischen ihnen vereinbarte Klopfzeichen gegeben hatte, öffnete er ihr die Tür, und sie sanken einander in die Arme. Sie verzehrten sich in wilden Küssen, verschmolzen in einzigartiger Harmonie, die tief aus ihrem Innern zu kommen schien und sie mit reinem Entzücken erfüllte.

Bei jedem Treffen öffnete ihm die Totenwäscherin ihr Herz ein wenig mehr. Niemals zuvor hatte sie jemandem so sehr vertraut. Und ihm schien es genauso zu gehen.

»Schon immer habe ich mir gewünscht, Arzt zu werden«, gestand er ihr, während sie in seinen Armen lag. »Doch als Sohn eines Landjunkers, der das väterliche Gut übernehmen sollte, blieb mir dieser Wunschtraum leider verwehrt.«

Erstaunt sah ihn Katharina an: »Aber wieso denn? Du bist doch Arzt geworden.«

»Über Umwege, meine Liebe, über Umwege«, erwiderte er versonnen. In den langen Nächten berichtete er ihr von seinen ersten schicksalhaften Begegnungen mit dem Tod, damals, als er bei Verwandten in Frankfurt weilte, wo genau wie im ganzen Land die Pest ausgebrochen war.

Wie im Halbschlaf lauschte sie seinen düsteren Geschichten, trunken vor Glück und trunken vom Wein, und im Nachhinein erschien es ihr zuweilen, als hätte sie alles nur geträumt. Ab und zu fragte sie sich, was es eigentlich für ein Wein sein mochte, der diese seltsamen, dunklen Träume in ihr hervorrief. Der Wein, den sie zu Hause trank, hatte ihr nie solche eigentümlichen Visionen beschert. Aber die Lust mit ihm brachte solcherart Gedanken und Zweifel zum Schweigen und vertrieb auch den Hauch von Furcht, der sie manchmal überkam, wenn sie in seine grünen Augen blickte und darin einen Glanz gewahrte, der wie ein fernes Wetterleuchten aus den Tiefen seiner Seele zu kommen schien. Ein unheimliches, animalisches Glitzern, das sie an Raubtieraugen gemahnte. *Er ist böse und gefährlich! Der Mann ist nicht mehr ganz bei Trost!* hallte in diesen Augenblicken Florians Warnung in ihren Ohren. Doch einmal mehr tat sie diese Worte ab als eifersüchtige Verunglimpfung eines überspannten Künstlers.

»Ich bin unsagbar glücklich«, flüsterte sie ihm, ermattet vom Liebesspiel, zärtlich ins Ohr. »Wenn ich bei dir bin, fühle ich, wie schön das Leben sein kann, und alles ist wie verzaubert. Wie lange habe ich mich danach gesehnt!«

»Ich kenne eben deine wahre Sehnsucht«, erwiderte er mit sanfter Stimme und streichelte ihr liebevoll über die bleiche Wange. »Und ich werde sie erfüllen, meine schöne Totenmagd.« Dann füllte er aus einer Kristallkaraffe einen hohen Trinkpokal mit jenem samtigen roten Wein und reichte ihn ihr an. Dankbar nahm sie ihn mit bebenden Händen entgegen und trank den dunklen Rebensaft mit gierigen Schlucken. Sogleich durchdrang sie eine angenehme Mattigkeit, der sie sich seufzend ergab.

»Was ist das nur immer für ein berauschender Wein, den du mir zu trinken gibst? Er stellt ganz Eigenartiges mit mir an«, murmelte sie schlaftrunken.

»Es ist der Saft der Totenblume«, flüsterte er kichernd und hatte wieder dieses eigentümliche Flackern in den Augen. Unwillkürlich überkam sie eine Gänsehaut, die auch dann noch anhielt, als er sie wenig später erneut mit seinen zärtlichen Händen zu betören suchte.

In dieser Nacht träumte sie von einem unheimlichen Gefährten, der sie an der Hand an Bergen von Pestleichen vorbeiführte. Aus dem vielstimmigen Wehklagen der Pestkranken, das ihr überall entgegenschlug, drang das verzweifelte Schluchzen eines Mannes.

*

Ruprecht Bacher war zwar ein eher vierschrötiger, wenig feinsinniger Mensch, doch die unheilvolle Wandlung seiner Frau war ihm nicht verborgen geblieben.

Es war Donnerstagnachmittag, und ein muffiger Geruch hing in der Turmstube. Katharina lag im Bett und schlief offenbar noch. Ruprecht räumte missmutig das benutzte Essgeschirr zusammen, das sich seit Tagen auf Tisch und Kochherd türmte, bereitete sich im Kessel heißes Wasser und reinigte nach und nach die verkrusteten Töpfe und Teller. Dann sammelte er die unordentlich über den ganzen Wohnraum verteilten schmutzigen Kleidungsstücke ein und stopfte sie in den Wäschekorb.

Katharina, die er seit der grausamen Hinrichtung ihres Vaters für krank und hinfällig erachtete, mochte er damit nicht belasten. Zudem lag es ihm fern, ihr deshalb Vorwürfe zu machen.

Als er mit den nötigsten Hausarbeiten fertig war, schnitt er sich auf dem Holzbrett ein paar Scheiben Brot und Käse ab, setzte sich an den Tisch und fing mit mürrischem Gesichtsausdruck zu essen an. Immer noch kauend, besann er sich nach einer Weile und rief, um einen munteren Tonfall bemüht: »Aufstehen, du Schlafhaube. Jetzt wird was gegessen!«

Doch Katharina gab keinen Muckser von sich.

Das Einzige, weswegen er gelegentlich mit ihr haderte, war ihre fortwährende Appetitlosigkeit, die ihm große Sorgen bereitete. Einsam und bekümmert wie er war, trank er noch mehr als früher, doch es gelang ihm nicht, seine Niedergeschlagenheit im Branntwein zu ersäufen. Bitter entbehrte er seinen alten Freund Heini, der ihm auf seine wortkarge Art doch stets ein Beistand gewesen war.

Während er noch ratlos am Tisch saß und überlegte, was er nun tun sollte, spürte er mit einem Mal eine ungeheure Wut in sich aufsteigen. Er konnte das alles nicht mehr länger ertragen! Er sprang auf, stürzte zu Katharinas Strohsack hin, packte die Schlafende an den Schultern und rüttelte sie wach.

»Katharina, so geht es nicht mehr weiter. Es muss endlich was passieren!«, stieß er mit zitternder Stimme hervor. »Ich guck mir das jedenfalls nicht mehr länger an, wie du vor die Hunde gehst!«

Schlaftrunken öffnete Katharina die Augen und verzog ärgerlich das Gesicht. »Was ist denn los? Warum kannst du mich denn nicht schlafen lassen?«, murrte sie ungehalten.

»Weil mit dir was nicht stimmt. Weil du krank bist und behandelt werden musst ... Du isst nichts mehr, liegst den ganzen Tag nur noch im Bett – das ist doch kein Leben! Ich geh jetzt auf der Stelle zu Stefenelli, dass der mal nach dir sieht.« Mit entschlossener Miene ging Ruprecht zum Kleiderhaken und legte seinen Umhang um.

»Nein, das wirst du nicht machen!«, rief Katharina entrüstet, sprang von ihrem Bett auf und eilte zu ihm. »Mir fehlt nichts, ich bin nur ein bisschen müde, das ist alles ... Und Hunger habe ich auch«, suchte sie Ruprecht zu beschwichtigen. Hektisch griff sie nach einem Stück Brot und schob es sich in den Mund. »Siehst du, es ist alles in Ordnung mit mir. Du brauchst dir keine Sorgen zu machen.«

Ruprecht stand mit hängenden Schultern an der Tür und wusste nicht so recht, was er davon halten sollte.

»Komm, zieh deinen Mantel aus, und setz dich wieder hin. Ich mach uns jetzt eine heiße Milchsuppe mit Brot«, beschwor ihn Katharina und stellte sich an den Herd, um die Suppe zuzubereiten. Der Nachtwächter gab einen tiefen Seufzer von sich, legte schließlich seinen Umhang ab und schlurfte zum Tisch. Er hatte wieder einmal klein beigegeben. Aber was konnte er schon ausrichten? Niedergeschlagen und mutlos stierte er vor sich hin. Auch als sie wenig später gemeinsam am Tisch saßen und die Suppe löffelten, herrschte zwischen den Eheleuten ein angespanntes Schweigen.

Bald darauf brach Ruprecht mit missmutigem Gesicht zu seinem Dienst auf. Als er auf die Gasse hinaustrat, traf er auf den jungen Kunstmaler Florian Hillgärtner.

»Guten Abend, Herr Nachbar«, grüßte ihn der junge Mann höflich und druckste ein wenig herum, ehe er sich nach Katharinas Wohlbefinden erkundigte.

»Geht so«, grummelte Bacher und wollte schon mit einem knappen Gruß seiner Wege ziehen, doch der Kunstmaler, der den kummervollen Gesichtsausdruck des Nachtwächters bemerkt hatte, hielt ihn zurück:

»Darf ich Euch vielleicht zu einem Schoppen Bier einladen, Herr Nachbar? Nehmt es mir nicht übel, aber Ihr seht so aus, als ob er Euch guttun könnte.«

»Frech seid Ihr gar nicht, Malergesell!«, brummte Bacher und musste unwillkürlich grinsen. »Aber Ihr habt recht: Einen Krug Bier könnt ich jetzt fürwahr gebrauchen. Ich hab allerdings nicht viel Zeit, ich muss bald zum Dienst.«

»Gut, dann gehen wir doch grad zum Galgenwirt nebenan«, schlug Florian vor und betrat mit Bacher die Schenke »Zur Galgenwarte«, in der hauptsächlich Torwärter und einfache Leute aus der Nachbarschaft verkehrten.

Die beiden Männer ließen sich an einem Ecktisch nieder, und Florian bestellte beim Wirt zwei Krüge Bier. Die Nachbarn stießen miteinander an, doch das Gespräch zwischen den beiden kam nur schwer in Gang.

»Ihr wollt doch was«, knurrte Ruprecht nach einer Weile, während er den jungen Mann mit dem einnehmenden Gesicht argwöhnisch musterte. »Ich meine, Ihr habt mich doch nicht einfach so mir nichts dir nichts zu einem Schoppen eingeladen.«

Florian errötete und fühlte sich ertappt. »Ja, es gibt einen Grund«, gab er zu. »Weil ich halt mal mit Euch reden wollte.«

»Also los, rückt schon raus damit«, ermunterte ihn Bacher und bestellte noch zwei weitere Krüge Bier, die, wie er betonte, nun auf seine Rechnung gingen. »Und es hat doch bestimmt was mit meiner Frau zu tun?«, knarzte er spöttisch.

Florian nickte ernst. »Ja«, sagte er. »Eure Frau ist seit der schlimmen Geschichte mit ihrem Vater einfach nicht mehr wiederzuerkennen. Den ganzen Tag sieht man sie nicht, und nachts, wenn es dunkel geworden ist, schleicht sie durch die Gassen wie ein Geist. Ich sehe sie immer, wenn sie an meinem Fenster vorbeigeht ...«

»Was sagt Ihr da?«, unterbrach ihn der Nachtwächter alarmiert. »Sie läuft nachts noch in der Gegend herum? Das kann nicht sein, da müsst Ihr Euch verguckt haben. Die liegt doch immer schon auf ihrem Strohsack und schläft, wenn ich zum Nachtdienst gehe. So, wie sie es den ganzen Tag über tut.«

»Das mag ja sein, aber jeden Abend verlässt sie kurz nach Euch den Turm und geht Richtung Galgengasse. Von meinem Arbeitspult am Fenster sehe ich sie immer. Und jedes Mal erschrecke ich darüber, wie ausgezehrt und krank sie aussieht. Wo sie doch früher einmal eine so blühende Frau war.« Der Maler räusperte sich. »Ich will ehrlich zu Euch sein: Sie bedeutet mir viel«, gestand er leise. »Obwohl ich mich niemals unterstehen würde, einer verheirateten Frau Avancen zu machen, das dürft Ihr mir glauben. Nein, ich habe mir diesbezüglich nichts vorzuwerfen. Unser Umgang ist ein rein freundschaftlicher, wir sind ja fast im gleichen Alter.« Der junge Maler schien sehr bewegt, und Bacher spürte sehr wohl, dass der Mann mit den rotblonden schulterlangen Haaren Gefühle für Katharina hegte, die weit über das Freundschaftliche hinausgingen. Doch er hielt an sich und murmelte stattdessen nur: »Das ehrt Euch, Rotschopf!«

Florian blickte betreten und erzählte dann weiter: »Ein paarmal bin ich rausgegangen, wenn sie draußen vorbeikam, und habe sie angesprochen. Einfach, weil sie mich so unendlich gedauert hat, sie ist ja nur noch ein Schatten ihrer selbst. Doch sie lässt überhaupt nicht mit sich reden. Ich habe das Gefühl, sie lebt in einer ganz anderen Welt. Irgendetwas Ungutes geht mit ihr vor ... und man muss sie davor bewahren.« Florian wirkte sehr aufgewühlt. Er blickte den Nachtwächter eindringlich an, der seinerseits düster vor sich hin brütete.

»Habt Ihr gesehen, wo sie hingeht?«, erkundigte er sich nachdenklich.

»Nein, es wäre mir nicht wohl dabei gewesen, ihr heimlich zu folgen. So etwas Hinterhältiges ist nicht meine Art. Aber ich habe sie einmal gefragt, ob ich sie ein Stück begleiten darf, und das hat sie nachdrücklich abgelehnt. Sie gehe noch zu einer Freundin, hat sie gesagt. Offengestanden habe ich ihr das nicht geglaubt. Zumal sie wohl immer erst im Morgengrauen zurückkehrt. Auch das habe ich mehrere Male von meinem Stubenfenster aus beobachtet«, erläuterte Florian und senkte verlegen den Blick. »Jedenfalls steht für mich fest: Wo immer sie zu so später Stunde auch hingehen mag, dort liegt der

Quell all ihres Unglücks. Das spüre ich hier drin.« Der Maler presste sich die Hand ans Herz.

»Ich auch«, entgegnete der Nachtwächter nach einer Weile dumpfen Brütens. »Und ich werde herausfinden, was es ist!«, setzte er entschlossen hinzu, rief den Wirt, beglich seine Rechnung und erhob sich. »Dank Euch, Kunstmaler! Ihr seid ein ehrenwerter Gesell.«

»Gott mit Euch, Nachtwächter!«, rief Florian dem Entschwindenden hinterher und bestellte sich noch ein Bier, um seine Traurigkeit zu betäuben.

*

Als Bacher aus der Schenke trat, hatte es bereits angefangen zu dämmern. Die Torwächter hatten gerade das Galgentor verriegelt und traten ihren Heimweg an. Eigentlich wäre es für ihn höchste Zeit gewesen, zum Rathaus zu eilen, um mit dem Nachtansingen zu beginnen.

Als wollte sie ihn an seine säumige Pflicht gemahnen, fing in diesem Augenblick die große Räderuhr an der Römerfassade an, die fünfte Stunde anzuschlagen. Zum ersten Mal seit über dreißig Dienstjahren hatte er sich mit dem Nachtansingen verspätet.

»Drauf geschissen«, brummelte er schließlich vor sich hin. »Es gibt Wichtigeres zu tun.«

Mit zerknirschter Miene blickte er auf den Hund herunter, der ihn mit seinen alterstrüben braunen Augen treu anblickte. Bei dem, was er vorhatte, war ihm das Tier nur hinderlich.

»Morro, weißt du was? Du hast heute Ausgang.« Während er die Lederleine vom Halsband des Tieres löste, forderte er ihn immer wieder mit den Worten auf: »Auf, Morro, lauf!« Doch der schwerfällige Rüde, der schon im zwölften Lebensjahr stand, machte keinerlei Anstalten, sich von seinem Herrn zu entfernen, sondern leckte ihm stattdessen schwanzwedelnd die Hand.

»Ist schon recht, mein Guter. Bist halt eine treue Seele«, grummelte der Nachtwächter gutmütig und streichelte dem Hund über das schwarzweiße Fell. »Aber heut kann ich dich gar nicht gebrauchen. Was mach ich denn nur mit dir?« Er musste den Hund, der sehr an Katharina hing, unbedingt loswerden, denn wenn er ihr später folgen würde, hätte das Tier durch sein freudiges Bellen nur ihre Aufmerksamkeit erregt.

»Gut, dann bring ich dich jetzt zum Herrn Kunstmaler«, entschied Ruprecht spontan und hastete wieder zum Galgenwirt zurück, in der Hoffnung, Florian noch anzutreffen. Als er gerade die Schenke betreten wollte, bog Katharina um die Ecke. Hastig schlüpfte der Nachtwächter hinein und bahnte sich durch die inzwischen voller gewordene Gaststube seinen Weg zu dem Ecktisch, an dem Florian noch immer saß und mit trübseliger Miene in seinen Bierkrug stierte.

»Schnell, Ihr müsst den Hund nehmen, sie ist eben rausgekommen ... Ich hole ihn später bei Euch ab«, stammelte Bacher hektisch, übergab dem verdutzten Florian den Hund und stürzte wieder nach draußen.

Zum Glück herrschte heute Neumond, und es war bereits entsprechend finster auf den Gassen. Ruprecht hatte zunächst Mühe, Katharina in der Dunkelheit auszumachen, erst nach einer Weile konnte er ihre Gestalt schemenhaft am Ende der Galgengasse erkennen. Sie hielt sich dicht an den Hauswänden, und zuweilen hatte es den Anschein, als schwanke sie. Ruprecht beschleunigte seinen Gang. Am unteren Rossmarkt vorbei ging sie rechts in Richtung Hirschgraben, den sie überquerte, um dann rechts in die Sandgasse einzubiegen. Dort lief sie ein ganzes Stück geradeaus, blieb dann unvermittelt stehen und klopfte an eine Tür. Ruprecht hielt inne und keuchte vor Aufregung, während Katharina bereits durch die Tür schlüpfte. *Ist das nicht das Haus des Doktors?*, ging es ihm durch den Sinn. *Vielleicht hat sie sich ja doch dazu überwunden, endlich zum Arzt zu gehen.*

Unschlüssig blieb er vor dem Haus »Zum Greif« stehen und blickte hinauf zu den erleuchteten Fenstern im Obergeschoss. Hinter einem der Fenster gewahrte er eine Gestalt, in der er Doktor Stefenelli zu erkennen vermeinte, aber sie verschwand rasch wieder. Einen Augenblick später zeichneten sich erneut Konturen ab, die nun fast den ganzen Fensterrahmen ausfüllten. Eine wellenartige Bewegung war auszumachen, und den Nachtwächter überkam die siedend heiße Gewissheit, dass es sich dabei um ein sich umarmendes Paar handelte.

Von wegen Arztbesuch – die treibt es mit dem, durchzuckte ihn die schmerzliche Erkenntnis, und er spürte eine unbändige Wut in sich aufsteigen. *Zumal sie wohl immer erst im Morgengrauen zurückkehrt,* echoten Florians Worte durch seinen Schädel, und auf einmal gab es für ihn kein Halten mehr. Wie ein wild gewordener Stier stürzte Ruprecht Bacher zur Haustür und schlug heftig mit der Lanze dagegen.

»Aufmachen! Los, aufmachen!«, rief er laut und hätte am liebsten die Tür eingetreten. Sogleich waren aus dem Inneren des Hauses Schritte zu hören, die eine Holztreppe herunterpolterten. Im nächsten Augenblick wurde die Tür aufgerissen, und Ruprecht sah sich Auge in Auge mit seinem Nebenbuhler.

»Was untersteht Ihr Euch, zu nachtschlafender Zeit hier so einen Lärm zu machen!«, zischte ihm Doktor Stefenelli aufgebracht entgegen. Er hatte sich nur einen scharlachroten Seidenumhang übergeworfen, unter dem seine männliche Pracht nicht verborgen blieb.

»Wo ist meine Frau?«, schrie der Nachtwächter gellend und wollte sich an Stefenelli vorbeidrängen, doch der stellte sich ihm drohend in den Weg.

»Wagt es nicht!«, fuhr er den Nachtwächter an.

Blind vor Wut wollte Bacher den Arzt beiseiteschieben, da spürte er unversehens einen stechenden Schmerz in der Brust. Er hob die Hände und sank mit einem Seufzer auf den Dielenboden.

Katharina, die das Geschehen vom oberen Treppenabsatz verfolgt hatte, kam entsetzt herbeigestürzt und beugte sich über ihren Mann. Aus dem Leib des Nachtwächters ragte der Griff eines Dolches, mit gebrochenen Augen blickte er zu Katharina auf. Ruprecht Bacher war tot.

Wie versteinert starrte Katharina auf den Leichnam, bis sie ein leichter Schwindel erfasste. Beinahe wäre sie zu Boden gesunken, da griff Stefenelli an ihr vorbei und riss dem Toten mit gezieltem Griff den Dolch aus der Brust.

Auf einmal begriff Katharina, was geschehen war.

Sie fuhr herum. »Warum hast du das getan? Ihn gleich abzustechen wie ein Schwein!«, schrie sie mit sich überschlagender Stimme.

»Hätte ich vielleicht erst warten sollen, bis er mich auf seine Lanze spießt?«, entgegnete Stefenelli zynisch, während er die blutige Klinge sorgfältig abwischte. »Und dir kann ich nur raten, dich zu mäßigen und nicht gleich so hysterisch zu werden.« Er bedachte Katharina mit einem eisigen Blick, wie sie ihn noch nie bei ihm wahrgenommen hatte. Die unbarmherzige Kälte ließ ihr förmlich das Blut in den Adern gefrieren. *Er ist böse und gefährlich*, ging ihr Florians Warnung durch den Sinn.

»Wer bist du? Ein Unmensch ... eine eiskalte Bestie«, flüsterte sie keuchend. Panische Angst hatte sie erfasst. »Wie konnte ich nur so blind sein?«

Blitzschnell richtete sie sich auf und stürzte Hals über Kopf zur Tür, obwohl sie nur ein leinenes Unterkleid trug. Sie wollte nur noch fort, fort von den eisigen, gnadenlosen Augen ihres Geliebten. Aufschluchzend fasste sie die Klinke, doch ehe sie die Tür aufreißen konnte, traf sie ein heftiger Handkantenschlag im Nacken, von der Art, wie ein Bauer seine Hasen zu töten pflegt. Ihr schwanden die Sinne.

18

Den ganzen Morgen über hatte Florian vergeblich versucht, im Turm an der Galgenpforte jemanden anzutreffen, um sich endlich des Hundes zu entledigen. Das Tier war die ganze Nacht verloren durch die Stube geirrt und hatte leise vor sich hin gewinselt, und jetzt war Florian ziemlich in Eile. Bestimmt wartete Meister Caldenbach schon ungeduldig auf ihn.

Zu allem Überfluss bog nun auch noch seine Vermieterin, die Witwe Braunfels, um die Ecke. Als sie ihn mit dem beleibten Morro sah, schlug sie die Hände überm Kopf zusammen und konnte sich vor Empörung kaum mehr einkriegen:

»Also das geht zu weit. Dass Ihr mir jetzt auch noch einen Hund ins Haus schleppt! Wo es doch bei Euch ohnehin schon eng und dreckig genug ist. Der hat doch bestimmt Flöhe, der Köter. Und am Ende seicht der noch auf den Boden! Nein, das kann ich nicht dulden. Weg mit dem Vieh, oder ich kündige Euch ...«

Die alte Dame gemahnte an ein aufgeplustertes Federvieh und ging Florian in diesem unglückseligen Moment derart auf die Nerven, dass er seine gute Erziehung vergaß und sie rüde unterbrach. »Ach, haltet doch den Mund! Dann kündigt mir halt das Häuschen. Ihr werdet schon so schnell keinen Dummen finden, der in diese Bruchbude zieht und Euch einen überteuerten Mietzins zahlt!«, fuhr er die verdatterte Matrone an, eilte ins Haus und knallte ihr die Tür vor der Nase zu.

Als Florian wenig später die Werkstatt betrat, schien der Meister tatsächlich ziemlich ungehalten über seine Verspätung zu sein. Aufgebracht schimpfte er: »Wo bleibst du denn, verdammt noch mal! Jetzt musste ich schon selber anfangen, die Farben zu mischen. Herr im Himmel! Wie soll ich das nur alles schaffen, mit so einem Luftikus als Schüler.«

»Es tut mir ja leid, Meister«, entschuldigte sich Florian kleinlaut. »Aber die Farben sind doch erst gestern geliefert worden.«

»Das ist doch beileibe schon schlimm genug, das Altarbild muss bis Ostern fertig sein! Wir haben inzwischen Dezember, noch kein Pinselstrich ist daran getan worden, und dann lässt du mich auch noch sitzen.« Meister Caldenbach raufte sich kummervoll die Haare.

Das Tafelbild »Das Martyrium des heiligen Jakob«, welches der reiche Patrizier und Kunstmäzen Jakob Heller für die Frankfurter Predigerkirche bei ihm in Auftrag gegeben hatte, raubte ihm fast den Verstand. Für die kostbaren Farbpigmente, die aus aller Herren Länder bestellt worden waren, hatte er in Vorlage treten müssen, was seine Liquidität deutlich überstieg. Damit hatten sich seine ohnehin beträchtlichen Schulden bei den verschiedenen Frankfurter Pfeffersäcken erhöht, und das trug nicht gerade dazu bei, seine Laune zu heben. Zumal es nicht verwunderlich wäre, wenn sich der überaus wohlhabende Heller auch dieses Mal mit der Begleichung des Malerhonorars ausgiebig Zeit ließe.

Florian wollte gerade zu einer ausführlicheren Entschuldigung ansetzen, aber sein erboster Meister war noch nicht fertig: »Kommt ganze zwei Stunden zu spät, der Langschläfer, und tut dann auch noch so, als wenn nix wär! So ein fauler Bärenhäuter! Die Malerei ist kein Wolkenkuckucksheim, merk dir das. Wenn du das nicht bald kapierst, wird nie etwas

Gescheites aus dir werden! Sie ist harte Arbeit und erfordert eine eiserne Disziplin.«

Florian, der das cholerische Temperament seines Meisters kannte, ließ das Gewitter schicksalsergeben über sich ergehen, bevor er tief Luft holte, um noch einen weiteren Vorstoß zu wagen: »Bitte entschuldigt meine Verspätung, Meister. Aber mein Nachbar, der Nachtwächter, hat mir gestern Abend seinen Hund aufs Auge gedrückt und hat ihn nicht mehr abgeholt, obwohl er es mir zugesagt hat. Und dann bin ich ...«

»Was sagst du da, der *Nachtwächter*?«, fiel ihm der Meister ins Wort. »Aber den haben sie doch heute Morgen tot im Brunnen gefunden, auf dem Liebfrauenberg. Ist erstochen worden, der arme Teufel. Das hat vorhin unsere Scheuermagd erzählt, denn die wohnt am Liebfrauenberg und hat mitgekriegt, wie die Stadtbüttel den da rausgefischt haben. Muss wohl kein schöner Anblick gewesen sein.«

Florian war blass geworden. »Großer Gott, das gibt's doch nicht!«, stammelte er entsetzt. »Erstochen hat man ihn? Wie schrecklich! Ich habe ihn doch gestern Abend noch gesehen, wir haben in der Schenke ein Bier zusammen getrunken. Und jetzt ist er tot. Ich kann es gar nicht fassen.« Fahrig fuhr er sich durch das widerspenstige Haar, dass er heute Morgen in der Eile zu kämmen vergessen hatte.

Meister Caldenbach sagte: »Der ist bestimmt von diesen staubigen Brüdern erstochen worden. Auf dem Liebfrauenberg treibt sich ja immer viel übles Gelichter herum. Da wird ein Wort das andere gegeben haben, und da hat ihm so ein Strolch halt kurzerhand das Messer in die Rippen gerammt. Mein Gott, was ist nur aus unserem schönen Frankfurt geworden?«

Mit dem Pathos eines Flugblatthändlers breitete er die Arme aus. »Man mag gar nicht mehr aus dem Haus gehen, überall trifft man auf dieses Lumpenpack. – Und wenn man denen nichts geben will, werden die auch noch renitent und fluchen, dass es einem angst und bange wird«, näselte er ungnädig und traf Vorbereitungen, mit einem Quirl den Eischnee für die Tempera zu schlagen. »So, du kannst jetzt mal hier weitermachen, ich grundiere derweil noch mal die Tafel. Und mindestens dreimal durch ein Tuch seihen, eh du es unter die Farben mischst.«

Doch Florian tat nicht, wie ihm geheißen. Er stand nur wie versteinert da und starrte wie abwesend vor sich hin. »Nein, das waren keine Bettler, die den auf dem Gewissen haben, das war jemand ganz anderes …«, murmelte er tonlos. »Ich muss noch mal weg. Ich muss zur Bürgerpolizei, eine Aussage machen. Entschuldigt, Meister, aber das ist wichtig.« Und ohne weitere Erklärung stürzte er aus der Werkstatt.

*

»Wir sind eigentlich davon ausgegangen, dass Bacher von lichtscheuem Gesindel, auf welches er bei seinen nächtlichen Rundgängen gestoßen ist, erstochen wurde. Aber nach dem, was Ihr uns gerade erzählt habt, könnte ja der Nachtwächter auch von einem Nebenbuhler ermordet worden sein«, sagte der Untersuchungsrichter Lederer nachdenklich. Dann wandte er sich an den Stangenknecht, der Florian in sein Kontor geführt hatte: »Wo steckt eigentlich dieses Frauenzimmer? Hat man ihr die Todesnachricht schon hinterbracht?«

»Nein, ich glaube nicht«, brummelte der kahlköpfige Mann.

»Dann wird's aber Zeit!«, blaffte sein Vorgesetzter. »Macht euch sofort auf zum Turm an der Galgenwarte, wo der Bacher seine Dienstwohnung hat, und holt mir das Weibsstück her, das werd ich mir gleich mal vorknöpfen. Bestimmt kann die mehr dazu sagen.«

»Vorhin war niemand zu Hause«, bemerkte Florian betreten. Ihm schwante, dass er mit seiner Aussage womöglich eine unheilvolle Lawine in Gang gesetzt hatte, die Katharina schaden konnte.

»Das werden wir ja sehen«, knarzte Lederer trocken. »Meister Hillgärtner, ist Euch im Zusammenhang mit der Bacherin sonst noch etwas Verdächtiges aufgefallen, das für uns von Belang sein könnte?«

»Meisterschüler, ich bin noch kein Meister«, verbesserte ihn Florian. »Nein, sonst ist mir nichts aufgefallen«, erklärte er unbehaglich. »Ich glaube auch nicht, dass die Bacherin etwas mit dem Mord an ihrem Mann zu tun hat. Sie ist eine sehr redliche Frau.«

»So redlich, dass sie Nacht für Nacht zu ihrem Liebhaber rennt, kaum dass ihr Mann aus dem Haus ist!«, konterte Lederer höhnisch. »Oder meint Ihr, die hat da die ganze Nacht den Rosenkranz gebetet?«

Angesichts von Florians betroffener Miene setzte er in jovialem Tonfall nach. »Nichts für ungut, Hillgärtner, Ihr habt uns mit Eurer Aussage möglicherweise einen wertvollen Hinweis geliefert. Gott zum Gruße. – Ach, das brauche ich noch fürs Protokoll: Genaue Angaben zu Eurer Person, Alter, Anschrift, Name und Beruf des Vaters, Name und Anschrift Eures Meisters. Eine reine Formalie.« Lederer hatte eine Feder gezückt und blickte den jungen Maler mit dem schwarzen Samtbarett abwartend an.

Florian leierte missmutig seine Angaben herunter, während der Gänsekiel in Lederers Händen über das Papier kratzte. Nachdem er den Bogen mit seiner kleinen, akkuraten Schrift bis an den unteren Rand beschrieben hatte, setzte er mit schwungvoller Bewegung seine Unterschrift darunter und bat Florian, seinerseits mit seinem Namen zu unterschreiben.

Dann erkundigte sich Florian mit hängenden Schultern: »Und was mache ich jetzt mit dem Hund?«

»Da soll sich die Bacherin drum kümmern«, beschied ihn der Untersuchungsrichter. »Und wenn wir das Weibsbild nicht ausfindig machen können, weil es Dreck am Stecken hat, dann schicke ich Euch den Hundshäuter, damit der ihn bei Euch abholt.«

»Hundshäuter?«, entgegnete Florian beklommen. »Der tötet ihn doch …«

»Und macht schöne weiche Handschuhe aus ihm«, gluckste Lederer hämisch und schien über den eigenen Scherz sehr belustigt zu sein.

»Nein, nein, dann behalte ich ihn lieber«, äußerte Florian entschieden und hatte es eilig, aus der stickigen Amtsstube nach draußen zu gelangen.

*

In der Nacht nach Ruprechts Tod träumte sie wieder vom großen Sterben. Sie sah König Tod, der durch die Länder galoppierte wie ein fliegender Reiter und überall reiche Ernte hielt. Er entvölkerte die Städte, löschte ganze Dörfer aus und zog auch mit denen, die vor ihm flüchteten. Und triumphierte am Ende immer.

Sie vernahm das Flehen eines Mannes, der mit dem Tode rang, ein leises Wimmern, das immer mehr zu einem verzweifelten Wehklagen anschwoll: *Bitte, verschont mich nur dies eine Mal, und ich gelobe, Euch mein Leben zu weihen und für immerdar Euer Knecht zu sein!*

Und der Gevatter schonte ihn. Einem Wunder gleich, überlebte der Mann die Pest und wurde sein Statthalter. Zog über die Lande, um den Menschen das Heil zu bringen. Seine Gefolgschaft wurde immer größer, und er sprach zu ihnen vom Himmelreich auf Erden und dem ewigen Leben, welches denen zuteil wird, die den Tod nicht fürchten. *Kommt mit, ich lehre euch den Tod …*

Katharina erwachte. Ihr Herz raste, und sie war schweißgebadet. Um sie herum herrschte tiefste Dunkelheit. Eine ausufernde Panik ergriff von ihr Besitz und schnürte ihr die Kehle zu. *Bin ich denn schon tot?*, fragte sie sich und schluchzte verzweifelt.

Tote weinen nicht, rief eine innere Stimme sie zur Räson. *Du bist wach und lebendig. Versuche, dich zu beruhigen.* Sie tastete um sich und versuchte, ihre Umgebung zu erkunden. Unter sich fühlte sie einen Strohsack, der auf einem kalten Steinboden lag. Vorsichtig streckte sie die Arme aus. Rechts nahm sie nichts als Leere wahr, doch an der linken Seite berührten ihre Finger eine feuchte, felsartige Wand. Sie stützte sich vom Boden ab, stand auf und stolperte unsicher, die Arme weit von sich gestreckt, durch die undurchdringliche Finsternis. Feuchter Modergeruch stieg ihr in die Nase. *Fast wie in einer Gruft,* dachte sie mit Unbehagen, und auf einmal fiel ihr alles wieder ein.

»Du bist es! Du bist der Knochenmann!«, schrie Katharina gellend.

Sie erinnerte sich an alles: An den kaltblütigen Mord an Ruprecht, den Leonhard Stefenelli mit einem gezielten Stich ins Herz getötet hatte, und an ihre plötzliche, glasklare Erkenntnis, dass sich hinter der betörenden Maske von Leonhard Stefenelli ein gewissenloser Mörder verbarg. Mehr noch: ein Wahnsinniger.

Und sie sah in verblüffender Deutlichkeit den Geißlerzug wieder vor sich, damals auf dem Rossmarkt, während der schwarze Tod in Frankfurt wütete. Erspähte darin einen unheimlichen Mann mit einem eingefallenen, weißgekalkten Gesicht, der auf sie zukam und sie ansprach. Blickte atemlos in seine kohlegeschwärzten Augen, in denen das Böse lauerte.

Es waren Leonhards Augen! Mit genau diesem Blick hatte er sie angesehen, als er Ruprecht ermordet hatte. Kalte Grausamkeit hatte sie darin entdeckt und die grenzenlose Lust am Töten. Er war der aberwitzige Anführer des Geißlerzugs gewesen.

Ich muss sehen, wie ich hier rauskomme, durchfuhr es sie blitzartig. Von irgendwoher kam ein Lufthauch, sie konnte ihn auf ihrem Gesicht spüren, und dann vernahm sie aus der Ferne ein knarrendes Geräusch. Sie bewegte sich in die Richtung, aus der es zu kommen schien. Der Luftzug wurde stärker und mit ihm das Knarren. Es endete mit einem dumpfen Schlag, als sei eine Tür oder Luke aufgerissen worden, und Schritte waren zu hören. Katharina hätte am liebsten um Hilfe gerufen, doch ihr Instinkt ermahnte sie zu schweigen.

Mit angehaltenem Atem blieb sie stehen und spürte, wie sich über ihren ganzen Körper eine Gänsehaut ausbreitete. *Leonhard!*, dachte sie entsetzt und fühlte erneut eine Panik in sich aufsteigen. Sie wich unwillkürlich zurück, als die Schritte immer lauter wurden, sich ihr näherten. In der Dunkelheit war auf einmal ein flackerndes Licht zu erkennen. Katharina fühlte sich wehrlos und ausgeliefert wie ein in die Enge getriebenes Tier.

Er wird mir schon nichts tun, sonst hätte er mich doch schon längst umgebracht, versuchte sie, sich zu beruhigen. Doch sie kam nicht an gegen die Furcht, die sie mit eisigem Griff umklammert hielt und sie am ganzen Körper zittern ließ. Unwillkürlich entrang sich ihr ein Wimmern, als die hagere Gestalt das Schloss aufsperrte und den Raum betrat.

Erleichtert stellte sie fest, dass es sich bei dem Eintretenden nicht um Leonhard Stefenelli handelte. Unter der weiten grauen Kapuze sah sie ein vogelartiges Gesicht, eine lange, spitze Nase und glasharte graue Augen, die sie mit stechendem Blick fixierten. Von dem Mann ging eine kalte Feindseligkeit aus. Er hielt eine Fackel in den Händen, die er nun in eine Wandhalterung steckte.

In dem flackernden Licht konnte Katharina sehen, dass sie sich in einem gewölbeartigen Raum befand, dessen Mauerwerk aus massiven Felssteinen bestand. An der Stirnseite, wo auch die Eingangstür war, waren dicke Eisenstäbe in Boden und Decke eingelassen.

»Das ist ja ein Kerker«, entfuhr es ihr bange.

»Ja, es handelt sich hierbei tatsächlich um ein altes, nicht mehr genutztes Verlies. Mitnichten aber seid Ihr eine Gefangene«, erwiderte der Fremde und bemühte sich um ein begütigendes Lächeln. »Mein Name ist Kilian von Hattstein, Ihr befindet Euch im Hause des Henkers am sogenannten Rabenstein, das unserer Bruderschaft als Versammlungsort dient. In diesem Raum hier, den Meister Hans auch als Arbeitsraum nutzt, halten wir unsere Zusammenkünfte ab oder beherbergen, wie in Eurem Falle, unsere Gäste.«

Der Graureiher!, begriff Katharina. Genau so hatte ihr Anna den ehemaligen Seelsorger ihrer Schwester beschrieben. Sie fühlte eine starke Aversion gegen den hageren Mann im grauen Ordensgewand in sich aufsteigen. Von ihm ging eine Gefühlskälte aus, die sie erschauern ließ. Seinen eisgrauen Augen mit den kleinen stechenden Pupillen schien nichts zu entgehen.

»Der Bruderschaft ist daran gelegen, dass Ihr behaglich

untergebracht seid und es Euch an nichts mangelt«, erklärte er salbungsvoll. »Ich werde Euch jetzt frische Kleidung, eine warme Decke sowie Speis und Trank bringen. Und wenn ich zurück bin, werde ich Euch mehr von unserer Bruderschaft erzählen, der Ihr die Ehre habt, künftig anzugehören.« Kilian von Hattstein verbeugte sich höflich, ergriff eine Öllampe, die auf dem Wandbord stand, entzündete sie an der Fackel und entschwand durch die Kerkertür, die er hinter sich ins Schloss fallen ließ.

Katharina ließ ihre Blicke durch das Gewölbe schweifen. Vor der Wand stand ein langer Tisch, über den eine schwarze, mit goldglitzerndem Garn bestickte Samtdecke gebreitet war. Im Lichtschein erkannte sie darauf einen überlebensgroßen Totenschädel mit einer juwelenbesetzten Krone, der sie hämisch angrinste. Über ihm war ein goldener Schriftzug angebracht, den sie nicht zu entziffern vermochte. Der Stoff fühlte sich weich und geschmeidig an und wirkte sehr kostbar.

Auf der Mitte des Tisches lag ein Buch. Es war in schwarzes Leder gebunden, auf dem gleichfalls der gekrönte Totenschädel prangte. Rings um den Tisch standen sieben schwarze Stühle.

An den Steinwänden des fensterlosen Raumes waren Holzregale aufgestellt, auf denen verschiedene Gefäße standen. Sie näherte sich dem Wandbord, um die Gegenstände genauer in Augenschein nehmen zu können. Es waren Mörser und Stößel in unterschiedlichen Größen, aus Steingut, Holz oder Ton. Daneben entdeckte sie eine lange Reihe von Tiegeln und Gläsern, die mit einer klaren Flüssigkeit gefüllt waren. Katharina nahm ein zylinderförmiges Glas herunter, das mit einem Deckel versehen war, und hielt es ins Licht. Mit Entsetzen erblickte sie in der wässrigen Lösung ein menschliches Herz, und vor Schreck wäre ihr das Gefäß fast entglitten. Mit zittrigen Händen stellte sie es wieder ins Regal zurück. Katharina hatte als Totenwäscherin schon mehreren Einbalsamierungen beigewohnt und kannte die Beschaffenheit der menschlichen Organe. Dennoch konnte sie sich einer Beklommenheit nicht erwehren, als sie beim Betrachten der anderen Glasgefäße feststellte, dass sie gleichermaßen menschliche Innereien und Knochenteile enthielten.

»Davor braucht Ihr Euch nicht zu fürchten«, erklang plötzlich die Stimme des Grauen aus dem Hintergrund. Katharina schreckte zusammen. Sie hatte seine Rückkehr gar nicht bemerkt. Widerwillig wandte sie sich zu ihm um.

»Das dient keinen bösen Zwecken, im Gegenteil«, erklärte er besänftigend, als habe er ihre Gedanken gelesen. »Meister Hans verwendet diese ... Teile für seine Medizin. Auf Genehmigung des Rates ist es dem Henker nämlich erlaubt, die Körper von Hingerichteten zu öffnen, um zu nehmen, was ihm als Arznei dienlich erscheint. Denn Meister Hans ist nicht nur der Mann des Todes, sondern auch ein begnadeter Heiler. Gerade von den ärmeren Leuten werden seine Dienste gerne in Anspruch genommen. Er verfügt über sehr gute Kenntnisse des menschlichen Körpers und ein fundiertes Kräuterwissen. Sicherlich kennt auch Ihr die berühmten Henkerstropfen, die er nach einem alten gehüteten Familienrezept herstellt ...«

»Und die angeblich gegen Pest, Veitstanz, Hundswut und Unfruchtbarkeit wirken«, fiel ihm Katharina ins Wort. »Ich weiß. Seine Frau verkauft sie immer auf den Messen.«

»Warum hat man mich hierhergebracht?«, wollte sie dann in schärferem Tonfall wissen.

»Der Meister hat entschieden, dass Ihr die Weihen der Bruderschaft erfahren sollt«, erwiderte der Graue gravitätisch. »Da Ihr durch Euren Beruf und Eure Herkunft dem Königreich des Todes nahesteht, hat er Euch dessen für würdig erachtet.«

»Was für eine Ehre«, bemerkte Katharina bissig und warf dem Mann in der Mönchskutte einen feindseligen Blick zu. »Darf ich raten, Herr Krankentröster? Euer *Meister* heißt Leonhard Stefenelli«, zischte sie hämisch. »Und eines sage ich Euch gleich: Er und Eure saubere Bruderschaft können mir gestohlen bleiben!«

»Warum denn so unduldsam, meine Liebe? Ihr solltet froh sein, dass der Meister Euch am Leben gelassen hat.«

Dann deutete der Graue auf einen Holzbottich, den er hereingetragen hatte. »Säubert Euch erst Mal, und zieht saubere Sachen an, Ihr stinkt ja wie ein Brunnenputzer. Hinterher könnt Ihr Euch ein wenig stärken. Ich bringe Euch auch Euren Lieblingstrank«, sagte er mit kaltem Spott und entfernte sich erneut.

Bei der Erwähnung des Weins fing Katharinas Seele an, lichterloh zu brennen. Eine unbändige Gier loderte in ihr auf, und ihre gepeinigten Nerven lechzten förmlich nach dem Trank. Sie konnte es kaum noch erwarten, in der samtigen schwarzen Leere zu versinken. Bebend kauerte sie sich auf ihren Strohsack, schlang die Arme um ihre zitternden Knie und wartete sehnsüchtig auf die Rückkehr des Mannes im Mönchsgewand.

Fehlt bloß noch, dass dir der Geifer aus dem Maul läuft, meldete sich plötzlich eine Stimme in ihr zu Wort, die sie schon lange nicht mehr gehört hatte und gerne zum Schweigen gebracht hätte. Hektisch wischte sie sich über die schweißnasse Stirn, als könne sie dadurch auch unliebsame Gedanken wegfegen. Doch mit einer unbarmherzigen Klarheit, die aus den Tiefen ihrer Seele zu kommen schien, wurde sie sich auf einmal ihrer ganzen Jämmerlichkeit bewusst. Mit scharfem Blick erkannte sie, in welch irrsinnige Knechtschaft sie sich verstrickt hatte, und stammelte keuchend: »Ich muss entsagen!«

*

Kilian von Hattstein trat an den Tisch und schlug mit liebevoller Geste das schwarze Buch auf.

»Ehe ich Euch von unserer Bruderschaft erzähle, möchte ich Euch zunächst ein paar Zeilen aus diesem wunderbaren Buch vorlesen, in denen eigentlich alles enthalten ist, was unsere Gemeinschaft auszeichnet«, richtete er feierlich das Wort an Katharina, die, in einen schwarzen Trauermantel gewandet, auf dem Strohsack saß und ihn mit offenkundiger Ablehnung ansah. Die Speisen und den Wein, die neben ihr auf dem Boden standen, hatte sie bis jetzt nicht angerührt, auch wenn es ihr beinahe die Eingeweide zerriss, dem Wein und seinem wohligen Rausche zu entsagen. In immer wilder werdenden Strudeln kreisten ihre Gedanken nur um eines: den Becher mit dem bitteren Trank. Der Drang, danach zu greifen und den Inhalt in grenzenloser Gier herunterzustürzen, wurde umso mächtiger, je peinigender der Schmerz wurde. Dieses unsägliche Stechen und Brennen in den Gliedern und am ganzen Leib war, als riss ihr eine Horde blutrünstiger Nager das letzte bisschen Fleisch von den Knochen. *Noch nie habe ich mich so krank und so elend gefühlt. Nur dies eine Mal noch ... bitte, bitte, bitte! Was schadet es schon? Ich bin doch sowieso verloren!*

Doch die klare Stimme in ihr gab nicht auf: *Du bist erst dann verloren, wenn du dich selber aufgibst. Dieser Teufelstrank ist schuld daran, dass du in die Klauen dieser Wahnsinnigen geraten bist*, führte sie sich immer wieder vor Augen, wenn sie drohte, schwach zu werden. Und so gelang es

Katharina, zumindest für den Augenblick, standhaft zu bleiben.

»Welcher Tag ist heute?«, unterbrach sie den Mann in der Mönchskutte barsch.

»Wir haben heute Samstag, den 4. Dezember«, entgegnete der ehemalige Mönch mit leichtem Unmut. »Hättet Ihr vielleicht jetzt die Güte, mir zuzuhören?« Obwohl Katharina ihm die Antwort schuldig blieb, begann er vorzulesen:

»Sucht also den Tod wie die Toten, die das Leben suchen. Denn solchen wird sich zeigen, was sie suchen. Wenn Ihr nach dem Tode sucht, wird er euch zeigen, dass Ihr auserwählt seid. Denn ich sage euch, dass niemand erlöst werden wird von denen, die sich vor dem Tod fürchten.«

Kilian von Hattstein hielt inne und räusperte sich ergriffen. »Ich erinnere mich noch ganz genau daran, wie ich diese Worte zum ersten Mal las. Das war Anno 1507 in der Zisterzienserabtei Marienstatt zu Hachenburg im Westerwald. Ich hatte das Dokument zufällig im Boden einer morschen alten Büchertruhe entdeckt. Schon als ich es sah, fühlte ich, welche Kraft von ihm ausging.« Mit fast zärtlicher Geste strich der ehemalige Mönch über die mit feinem Goldschnitt versehenen Seiten. »In jeder freien Minute studierte ich die alte Schrift: Die Apokalypse des heiligen Jakobus. Später sollte sie das Fundament unserer Bruderschaft werden. Wir nennen uns *fratres mortis,* Brüder des Todes«, erläuterte der Mann in der grauen Mönchskutte und wies stolz auf das Totenkopfemblem auf der Samtdecke. »Die Brüder des Todes sind ein kleiner Kreis von Auserwählten, denen die Weisheit dieses geheimen Evangeliums zuteil wurde: den Tod als eine Befreiung, eine Erlösung, mehr noch, als die ewige Glückseligkeit anzusehen.«

Kilian von Hattstein schien von seinen eigenen Worten

berauscht. Er hielt inne und sah Katharina, die ihm mit skeptischer Miene zugehört hatte, eindringlich an.

»Erlösung aber kann nicht von außen kommen. Sie muss aus dem Innern des Menschen erwachsen, wie ein zarter Trieb, der sich im Laufe der Zeit zu einem mächtigen verzweigten Baum entfaltet«, fuhr er im Tonfall eines Kanzelredners fort. »Erlösung ist ein Prozess, der sich von Mensch zu Mensch fortsetzt, bis er im Laufe vieler Jahrtausende die ganze Menschheit ergriffen hat. Der Erlöser gibt seine Weisheit an diejenigen weiter, die zur Erlösung bereit sind und ihrerseits den Weg der Erlösung gehen. Es heißt aber auch: Das, was du erfahren hast, sollst du in dir verbergen und darüber schweigen. Nur dem Berufenen sollst du es offenbaren …«

»Ich fühle mich aber nicht berufen«, unterbrach ihn Katharina gereizt. »Und ich frage mich, warum man mich hier gefangen hält und ich mir Eure Litaneien anhören muss.«

Kilian bedachte sie mit einem nachsichtigen Lächeln. »Wir sehen es als unsere Aufgabe an, um die Seelen derjenigen zu kämpfen, die vom Geist der Wahrheit erst schwach berührt wurden. Diesen Brüdern und Schwestern wollen wir den Weg weisen, wie sie die Fesseln der Vergänglichkeit endgültig abstreifen können. Aller Stolz und alle Überheblichkeit der Welt sind im natürlichen Körper des Menschen wirksam – er ist ein Sohn des Satans«, deklamierte er weiter. »Und den unseren sündigen Leib müssen wir überwinden, um frei zu sein für das Königreich des Todes.«

»Was für ein Humbug!«, begehrte Katharina auf. »Unser Leib ist eine Gottesgabe, und er trägt uns durch das Leben, das gleichfalls ein Geschenk des Himmels ist.«

»Euch wird, wie allen Brüdern und Schwestern des Todes, dereinst die Ehre zuteil werden, im Königreich des Todes Einzug zu halten. Und zwar *aus freien Stücken*! Bei Euch indessen scheint dies noch ein langer, beschwerlicher Weg zu sein«, konstatierte er mit amüsiertem Kopfschütteln und ging langsam auf Katharina zu. Er nahm den noch immer vollen Trinkbecher und hielt ihn ihr an den Mund.

»Trinkt jetzt!«, befahl er mit schriller Stimme. »Das wird Euch helfen, die Wahrheit zu erahnen.«

Katharina presste die Lippen zusammen und wandte ruckartig den Kopf zur Seite. »Lasst mich, ich will dieses Teufelszeug nicht mehr!«, schrie sie aufgebracht und schlug ihm den Becher aus den Händen. Der Inhalt ergoss sich über seine Hände und besudelte die weiten Ärmel seiner grauen Mönchskutte. Mit eisiger Ruhe erhob sich der Mönch, wischte sich an den Falten seines Gewandes die Hände ab und streifte Katharina mit einem sarkastischen Blick.

»Bei Euch, meine Liebe, müssen wir wohl härtere Bandagen anlegen«, bemerkte er mit keuchenden Atemzügen, ehe er hastig den Raum verließ.

Wenig später kehrte Kilian mit dem Henker im Gefolge zurück. In den Händen hielt er ein kleines Kantholz und eine braune Glasphiole, die er öffnete. Dann trat er an Katharinas Lager.

Katharina gab einen gellenden Schrei von sich. »Bitte, nein …!«, flehte sie verzweifelt, als der Henker ihre Arme packte und sie ihr mit einem heftigen schmerzhaften Ruck auf den Rücken drehte. Dann drückte er sie auf den Strohsack, fixierte ihren Oberkörper mit dem Knie und druckte ihr mit der einen Hand das Kinn nach unten. Mit der anderen ergriff er ihren Haarschopf und zog ihr den Kopf ruckartig in den Nacken, bis die Kiefer auseinanderklafften. Sie fühlte sich unsagbar hilflos und ausgeliefert.

Mit einer blitzartigen Bewegung klemmte ihr Kilian das Holz zwischen die Zähne und träufelte ihr etwa ein Viertel des Flascheninhalts in den Rachen. Obgleich sie immer wieder heftig würgen musste und zu ersticken glaubte, konnte sie es doch nicht verhindern, dass ihr die bittere Flüssigkeit in die Kehle lief. Erst, nachdem sie einige Male krampfartig geschluckt hatte und sich eine wohlige Wärme in ihrem Magen auszubreiten begann, zog Kilian den Keil aus ihrem Mund.

Der ehemalige Mönch nahm die Fackel aus der Halterung und ließ, gefolgt vom Henker, die beinahe Bewusstlose in der Finsternis des Kerkers zurück.

19

Anna hatte zwar in Erwägung gezogen, den Henker draußen vor den Toren der Stadt im Galgenviertel aufzusuchen, doch bei aller Beherztheit hatte sie sich doch zu sehr davor gefürchtet, allein in diese verrufene Gegend zu gehen. Daher entschloss sie sich an jenem tristen Dezembernachmittag, noch einmal einen Vorstoß zu wagen und Katharina um Hilfe zu bitten.

»Ich gehe kurz zu Klara rüber«, erklärte sie ihrer Mutter beiläufig und mühte sich um einen unbeteiligten Gesichtsausdruck, als diese ihr entrüstet vorhielt:

»Wir haben doch heute Sankt Nikolaus, und da richtet die Stubengesellschaft auf dem Hause Limpurg ein Festessen für die Stubengesellen und ihre Ehefrauen aus, zu dem Herthe Weiß und seine Gattin gewiss auch hingehen werden.«

»Das mag ja sein. Aber sicher erst am Abend, und jetzt hat es gerade erst zur vierten Stunde geschlagen«, entgegnete Anna und strebte der Halle zu.

»Das Essen ist für die sechste Stunde anberaumt, in genau zwei Stunden also. Dein Vater und ich sind nämlich gleichfalls eingeladen. Doch wir gehen nicht hin, weil wir Trauer haben. – Meinst du nicht, das wird ein bisschen knapp?«, wandte Frau Hedwig ein.

»Wieso denn? Für einen Plausch wird's schon noch reichen«, konterte Anna und schlüpfte in ihren Umhang. »Adieu, Mutter!«

Angespannt lief Anna durch die Gassen. Seit über drei Wochen hatte sie Katharina nicht mehr gesehen, doch sie hatte häufig an sie denken müssen. Denn obwohl sie die Totengräbertochter noch nicht lange kannte, hatte diese schon nach kurzer Zeit ihr Herz erobert. Anna sehnte sich danach, in Katharinas strahlende Augen zu blicken, ihre Stimme zu hören und ihre Warmherzigkeit zu erleben. Inständig hoffte sie darauf, wieder die alte energiesprühende Katharina vorzufinden und nicht dieses bleiche, teilnahmslose Geschöpf, das sie bei ihrem letzten Besuch so bitter enttäuscht hatte. *Sie ist ja fast so entrückt wie Mechthild,* hatte sie bei sich gedacht, und die schlimmen Ahnungen waren in den vergangenen Tagen nicht schwächer geworden. Dennoch beschwor sie sich unterwegs immer wieder, guten Mutes zu sein. Bestimmt war Katharina mittlerweile wieder gesundet.

Anna fühlte sich seit Mechthilds Tod häufig einsam. Dann verschanzte sie sich in ihrer Studierstube, las bis spät in die Nacht hinein oder schrieb in ihr Stundenbuch. Die schreckliche Mordtat an ihrer Schwester lastete ihr noch immer schwer auf der Seele, und zuweilen brachte sie die Vorstellung, dass der Unhold, der Mechthild getötet, und die schlechten Menschen, die sie in den Tod getrieben hatten, noch immer frei ihrer Wege gingen, schier um den Verstand. Und dann beschäftigten sie diese merkwürdigen Übereinstimmungen zu dem toten Gassenkehrer. Ihr war es alles andere als wohl dabei, dass sie seit dem aufschlussreichen Gespräch mit Andreas Borndörfer vor fünf Tagen nichts mehr unternommen hatte. Zwar konnte sie die Scheu des Lohgerbers, gemeinsam mit ihr den Henker aufzusuchen, verstehen, doch sie war der Ansicht, dass der Zweck die Mittel heilige. Sie selbst hätte es durchaus in Kauf genommen, durch die Begegnung mit dem Angstmann ihrem Ruf zu schaden.

Wer mochte nur die Schlüsselfigur sein, die hinter allem steckte? Ob sich ihr das jemals offenbaren würde?

Es begann bereits zu dämmern, als Anna zum Turm an der Stadtmauer kam, in dem Katharina wohnte. Aber sie war absichtlich so spät gekommen, denn dann war Katharinas Mann, der Nachtwächter, schon aus dem Haus, und sie konnten ungestört reden.

Als Anna die Hand nach dem eisernen Türklopfer ausstreckte, bemerkte sie, dass sie leicht zitterte und Herzklopfen hatte. Das dumpfe Poltern hallte durch die Gasse. Mit angehaltenem Atem stand sie vor der Tür und blickte nach oben. Aus dem Turm war kein Laut zu vernehmen, nichts rührte sich. Anna klopfte noch einmal und versuchte verstohlen, die Türklinke zu drücken, doch die Tür war verschlossen. Sie spürte, wie sich ihr vor Enttäuschung der Hals zuschnürte. Verloren und entmutigt stand sie da und war unschlüssig, was sie als Nächstes tun sollte. Nach Hause mochte sie nicht gehen, weil sie genau wusste, dass sie dann nur wieder mit schwerem Herzen in der Stube sitzen und düster vor sich hin brüten würde. Anna hätte am liebsten geweint.

Da ertönte plötzlich hinter ihr eine Männerstimme: »Da ist niemand. Schon seit Tagen nicht.« Anna drehte sich erschrocken um. Vor sich sah sie einen schlanken, hochaufgeschossenen jungen Mann in schwarzen Beinlingen und einer fadenscheinigen schiefergrauen Schaube. An den Füßen trug er längst aus der Mode gekommene rostfarbene Schnabelschuhe. Sein gutgeschnittenes Gesicht mit den hellgrünen Augen, die sie offen anblickten, hätte ihr durchaus gefallen können, wäre sie dem männlichen Geschlecht mehr zugeneigt gewesen. Alles in allem war ihr der Fremde nicht unsympathisch.

»Das ist ja sonderbar«, entgegnete sie mit belegter Stimme.

»Ich wollte zu Katharina Bacher. Sie ist eine Freundin von mir. Seltsam, dass sie seit Tagen nicht zu Hause ist. Wo mag sie nur sein?«

»Das würde ich auch gerne wissen«, erwiderte der junge Mann mit einer Ernsthaftigkeit, die Anna erstaunte. Verwundert blickte sie zu ihm auf.

»Mein Name ist Florian Hillgärtner, ich wohne gleich da drüben in dem Häuschen an der Stadtmauer und bin ebenfalls mit Katharina befreundet«, erklärte er.

»Sehr erfreut, Eure Bekanntschaft zu machen«, erwiderte Anna. »Ich bin Anna Stockarn.«

»Die Schwester von Mechthild Stockarn, der ermordeten Patrizierin? Katharina hat mir von Euch erzählt.« Florian war offensichtlich froh darüber, Anna getroffen zu haben.

»Ich hoffe, nur Gutes«, bemerkte sie.

»Nur das Allerbeste. Nach Katharinas Bekundungen müsst Ihr die Klugheit und Warmherzigkeit in Person sein«, flachste Florian Hillgärtner mit einem spitzbübischen Lächeln. »Nein, im Ernst, Katharina hat große Stücke auf Euch gehalten.«

Anna freute sich. »Danke schön, das ehrt mich«, entgegnete sie und lächelte geschmeichelt. »Katharina hat Euch schon einmal erwähnt, Ihr seid der Maler, nicht wahr?«

Florian nickte. »Ich möchte Euch ja nicht kompromittieren, aber darf ich Euch vielleicht in mein Haus einladen? Dort könnten wir ungestört miteinander reden. Ich habe Euch nämlich einiges zu berichten.«

»Euer Angebot nehme ich gerne an«, entgegnete Anna mit fester Stimme und folgte dem Maler zu seinem kleinen Häuschen neben dem Wohnturm des Nachtwächters.

Ehe sie eintraten, blieb Florian verlegen stehen und sagte: »Bitte entschuldigt, ich bin heute noch nicht dazu gekommen, aufzuräumen. Meine Wohnstatt dient mir gleichzeitig auch als Atelier.«

Anna lachte. »Geniert Euch nicht. Auch meine Studierstube ist immer mit Büchern und Papieren übersät.«

»Katharina hat mir bereits gesagt, dass Ihr eine hochgebildete Dame seid.« Bei diesen Worten fixierte Florian Anna mit zusammengekniffenen Augen, als würde er eine Skizze von ihr anfertigen. Beim Anblick ihrer irritierten Miene erklärte er lachend: »Verzeiht mir. Aber das ist gewissermaßen eine Berufskrankheit von mir. Immer wenn mir ein Gesicht gefällt, möchte ich am liebsten gleich zum Skizzenblock greifen.«

Anna, die von Komplimenten nicht gerade verwöhnt war, lächelte erfreut. Von dem jungen Maler ging etwas Erfrischendes, Unverkrampftes aus, was ihr gerade jetzt sehr guttat.

Als Florian die Tür aufsperrte, kam ihnen der beleibte Morro wedelnd entgegengeeilt und sprang freudig an ihnen hoch.

»Das ist doch der Hund des Nachtwächters!«, rief Anna erstaunt aus. »Wieso ist er denn bei Euch?«

»Das ist eine schlimme Geschichte. Setzt Euch erst mal.« Florian fegte rasch einige Kleidungsstücke von einem Holzstuhl und bot Anna an, Platz zu nehmen. Mit ernster Miene setzte er sich zu ihr an den kleinen Tisch am Fenster, auf dem sich ein Durcheinander aus Zeichnungen, Kohle-, Rötel- und Kreidestiften sowie eine Korbflasche mit Wein und diverse Lebensmittel befanden. Florian stellte mehrere benutzte Trinkbecher und ein Holzbrett mit einem Brotkanten und einem angebissenen Stück Hartwurst auf die Fensterbank. Dann seufzte er geräuschvoll und stieß schließlich hervor:

»Ruprecht Bacher ist tot. Er wurde erstochen. Man hat seine Leiche vergangenen Freitag im Brunnen auf dem Liebfrauenberg gefunden.«

»Was sagt Ihr da? Bacher wurde ermordet? Das kann doch nicht wahr sein!« Anna war von ihrem Stuhl aufgesprungen und blickte Florian entsetzt an.

»Doch, und womöglich bin ich sogar schuld daran, dass es dazu gekommen ist – weil ich ihm davon erzählt habe.« Er stützte bekümmert den Kopf auf die Hände.

Anna musterte ihn verständnislos. »Das verstehe ich nicht. Wieso seid Ihr schuld daran, und was habt Ihr ihm erzählt?«

»Na, am Donnerstagabend habe ich ihm gesagt, dass Katharina jeden Abend, wenn er seinen Dienst angetreten hat, aus dem Haus geschlichen ist. Und dann hat er mir den Hund gegeben, damit er ihn nicht verrät, und ist ihr heimlich gefolgt. Das wurde ihm wohl zum Verhängnis, am nächsten Morgen hat man ihn gefunden. Und Katharina ist seitdem spurlos verschwunden. Es ist zum Verrücktwerden!« Florian hatte sich ebenfalls erhoben und lief rastlos in der engen Stube auf und ab.

»Überall habe ich nach ihr gesucht«, fuhr er fort. »Es gibt kaum einen Platz oder eine Gasse, die ich nicht durchstreift habe. Inzwischen ist es schon so weit, dass ich ständig glaube, sie irgendwo zu sehen, sie in jeder Frau erkenne, die mir in der Gasse entgegenkommt. Es raubt mir langsam den Verstand. Ich kann und will es einfach nicht glauben, dass sie ... dass sie tot ist«, stammelte Florian mit tränenerstickter Stimme und barg schluchzend sein Gesicht in den Händen.

»Nein, das darf nicht sein«, flüsterte Anna und sank wieder auf ihren Stuhl. Und dann sackte sie ohnmächtig in sich zusammen.

*

Anna nippte an dem Wein, den ihr Florian eingeschenkt hatte, und spürte, wie ihre Lebensgeister langsam wieder zurückkehrten. Florian hatte in der Zwischenzeit den Ofen angeheizt, und in dem kleinen Raum war es behaglich warm geworden. Sie erinnerte sich nur noch daran, dass es ihr plötzlich schwarz vor Augen geworden war, und dann war nichts als Leere.

»Wie lange war ich denn ohne Bewusstsein?«, erkundigte sie sich verstört.

»Nicht lange, vielleicht eine halbe Stunde«, erwiderte Florian, der an ihrer Seite saß. »Ich war anfangs ziemlich beunruhigt und wusste nicht so recht, was ich machen sollte. Ich habe erst einmal eine Decke über Euch gebreitet und eingeschürt, und dann ist mir die Idee mit dem Ammoniak gekommen. Ihr müsst wissen, meine Meisterin wird auch manchmal ohnmächtig, weil sie so bleich und blutarm ist. Dann holt der Meister immer die Ammoniakflasche und hält sie ihr unter die Nase. Von dem scharfen, beißenden Geruch kommt sie dann wieder zu sich. Wir verwenden Ammoniak in der Werkstatt zum Mischen der Tempera, und zum Glück hatte ich mir letztens etwas davon abgefüllt.« Er wies auf ein kleines Fläschchen, das auf dem Tisch stand. »Und es hat ja auch gewirkt«, setzte er lächelnd hinzu.

»Ich danke Euch«, murmelte Anna mit schwacher Stimme. Sie war befangen.

»Trinkt von dem Wein, das wird Euch guttun«, forderte er sie auf und schenkte sich selbst etwas aus der Korbflasche ein. Anna nahm einen kräftigen Schluck aus dem irdenen Becher.

»Ein edler Tropfen«, bekundete sie angetan.

»Das will ich wohl meinen«, bemerkte Florian mit einigem Stolz. »Das ist ein roter Frankenwein, mein Meister hat mir gestern eine Flasche davon mitgegeben. Er hat von seinem Schwager Albrecht Dürer aus Nürnberg eine ganze Kiste zum Geburtstag geschickt bekommen.«

»Albrecht Dürer ist der Schwager Eures Meisters?«

»Ja, Meister Caldenbach war einer seiner Meisterschüler.«

»Dann habt Ihr ja einen vorzüglichen Lehrmeister«, konstatierte Anna bewundernd. Sie ließ ihre Blicke über die Zeichnungen und Gemälde schweifen, die einen Großteil der Wände bedeckten. Plötzlich richtete sie sich in ihrem Stuhl auf und wies auf mehrere, teilweise gerahmte Stücke. »Das ist ja Katharina!«, rief sie erstaunt.

»Ja, das ist sie.« Der junge Maler nickte wie ertappt. Die Patriziertochter war aufgestanden und begutachtete die Porträts.

»Wunderbar!«, äußerte sie begeistert. »Das ist Katharina, wie sie leibt und lebt. – Sie hat mir gar nicht erzählt, dass sie Euch Modell gestanden hat.«

»Das hat sie auch nicht. Ich habe sie sozusagen aus dem Gedächtnis gemalt«, entgegnete Florian.

»Exzellent! Ihr seid ein wahrer Meister Eures Faches. – Sagt, darf ich Euch eines davon abkaufen? Eines, das Ihr bereit seid, zu veräußern? Ich zahle jeden Preis, den Ihr verlangt.«

»Die Bilder sind unverkäuflich, ich habe sie eigentlich nur für mich selbst angefertigt. Und für Katharina, der ich eines davon schenken wollte«, wehrte Florian ab. Er war neben Anna getreten und betrachtete Katharinas Konterfeis mit ebenso zärtlichen wie wehmütigen Blicken.

Dann sah er Anna nachdenklich an und verkündete: »Wisst Ihr was? Ich verkaufe sie zwar nicht, aber ich möchte Euch eines schenken. Sucht Euch ein Bild aus.«

»Das kann ich doch nicht annehmen«, erwiderte Anna beschämt.

»Doch, Ihr könnt. Entweder Ihr lasst Euch eins schenken, oder Ihr kriegt gar nichts. Verkaufen tue ich jedenfalls keines davon!«, erklärte Florian trotzig.

Anna musterte ihn von der Seite, die feingewölbte Stirn, die kräftige, wohlgeformte Nase, das ebenmäßige und doch energische Kinn des jungen Künstlers. Ein Profil, das von Sensibilität, gleichermaßen aber auch von Eigensinn und Entschlossenheit kündete, dachte sie. Wie gut würde er doch zu Katharina passen!

»Ihr liebt sie«, murmelte sie versonnen.

»Ja, ich liebe sie«, gestand Florian heiser. »Vom ersten Augenblick an, als ich sie gesehen habe. Aber sie weiß nichts davon, ich habe nie mit ihr darüber gesprochen. Schließlich ist ... war sie eine verheiratete Frau.« Er schaute Anna offen an. »Und Ihr? Ich glaube, Ihr liebt sie auch«, sagte er unumwunden.

»Ja«, entgegnete Anna schlicht, während ihre Augen feucht wurden. »Aber auch ich habe nie mit ihr darüber gesprochen. Als Frau eine Frau zu lieben ist an sich schon ... ein Unding. Und überdies war mir von Anfang an klar, dass sie meine Gefühle nicht teilen würde. Weil ... weil sie anders empfindet«, erwiderte Anna niedergeschlagen und vermochte ihre Tränen nicht mehr zurückzuhalten.

»Ihr seid der erste Mensch, mit dem ich darüber spreche«, flüsterte sie.

»Mir ergeht es ebenso.« Florian trat an den Tisch und nahm einen tiefen Schluck aus seinem Trinkbecher. Dann sah er Anna sinnend an.

Sie erwiderte seinen Blick, und sie fühlten einander wundersam verbunden. Lange saßen sie noch beisammen, leerten gemeinsam die Flasche Frankenwein und sprachen über Katharina.

*

Katharina war am Ende ihrer Kräfte. Stundenlang irrte sie nun schon durch tief verschneite Wälder. Es begann bereits zu dämmern, sie konnte kaum noch etwas erkennen. Sie stolperte über Wurzeln und verfing sich mit den Haaren im Geäst der Bäume. Als sie versuchte, sich zu befreien, schien sie sich immer mehr darin zu verstricken. Die Zweige gaben sie nicht mehr frei, umschlossen sie mit eisernem Griff. Verzweiflung und Panik überkamen sie. Sie war verloren. Bald würden ihre Häscher sie finden und sie töten. Aus der Ferne vernahm sie schon die knirschenden Schritte, hörte ihre Schreie. Sie kamen immer näher. Und dann spürte sie plötzlich seinen Atem auf ihrem Gesicht. Der Mann mit dem Totenschädel bleckte die Zähne, um sie zu küssen. Sie blickte in seine leeren schwarzen Augenhöhlen, und ihr war, als würde sie in einen Sog geraten, der sie immer tiefer nach unten zog. Sie bekam keine Luft mehr und hatte das Gefühl zu ertrinken. Ölige Bitternis rann ihr in Strömen durch die Kehle, und obgleich sie drauf und dran war, in dem schwarzen Mahlstrom zu versinken, umfing sie eine lähmende Gleichgültigkeit. Sie ergab sich der Schwärze und wehrte sich nicht mehr. So ist es also, wenn man stirbt, war ihr letzter Gedanke, ehe sie in die große Leere glitt.

Wundersam erquickt und frei von jeglicher Furcht erhob sie sich und flog mit ausgebreiteten Schwingen davon. Schwebte über den hohen verschneiten Tannenwipfeln, während dicke Schneeflocken sie sanft umschmeichelten wie Daunenfedern. Nun war alles ins milde silbrige Licht des Mondes getaucht. Unten sah sie den Schnee glitzern wie ein weißes Diamantentuch, und über ihr funkelten die Sterne. Sie flog in die Ewigkeit. Endlich war sie frei.

Als Katharina erwachte, wusste sie nicht, wie lange sie geschlafen hatte. Es mochten viele Stunden, wenn nicht gar Tage gewesen sein. Einen so tiefen, traumlosen Schlaf hatte sie noch nie zuvor erlebt. Sie war ganz ruhig und entspannt, und ihr Verstand arbeitete glasklar.

Mich kriegst du nicht!, flüsterte sie in der Dunkelheit ihres Kerkers und fühlte sich zum ersten Mal seit langem wieder ganz wie sie selbst. Für unbestimmte Zeit lag sie einfach nur da und hing ihren Gedanken nach.

Plötzlich waren Schritte zu vernehmen, und ihr Kerker wurde von flackerndem Licht erhellt. Der Graue betrat das Verlies. In der Hand hielt er einen Korb.

Katharina stellte sich eilig schlafend. Der Mann in der Mönchskutte beugte sich über sie und rüttelte an ihren Schultern. »Aufwachen«, hallte seine schrille Stimme in ihren Ohren. Sie blinzelte und seufzte: »Ich bin so müde, bitte lasst mich schlafen.«

»Ihr habt mehr als zwei Tage durchgeschlafen. Das dürfte fürs Erste genügen, Schwester. Kommt, stärkt und erfrischt Euch ein wenig. Ich habe Euch Brot und Wasser mitgebracht. Ein Stück Käse und ein Apfel sind auch dabei, denn Ihr sollt Euch ja nicht vorkommen wie eine Gefangene«, scherzte er.

»Ich möchte gerne weiterschlafen«, murmelte Katharina in erschöpftem Tonfall. Kilian verzog die schmalen Lippen zu einem spöttischen Lächeln.

»Alles zu seiner Zeit, Schwester. Nachher haben wir ein Treffen der Bruderschaft. Der Meister wird da sein. Ihr werdet in die Geheimnisse der *fratres mortis* eingeführt und sollt die anderen Mitglieder kennenlernen. Beeilt Euch. In einer Stunde fangen wir an.« Kilian entzündete die restlichen Fackeln, die in den Wandhalterungen steckten, so dass das gesamte Kellergewölbe in gespenstisches Licht getaucht war, und entfernte sich wieder.

Nachdem Katharina vorsichtig an dem Wasser gerochen und davon gekostet hatte und es nicht jenen bitteren Geschmack und eigentümlichen Geruch aufwies, der dem präparierten Wein stets anhaftete, trank sie in gierigen Schlucken. Dann füllte sie ihren Trinkbecher noch einmal bis zum Rand, goss sich den Rest des Wassers über die Hände und wusch sich das Gesicht. Mit den noch feuchten Händen strählte sie ihr langes Haar, wand es im Nacken zu einem Knoten zusammen und steckte es hoch. Die mehr als karge Körperpflege trug wenigstens dazu bei, dass sie sich ein Stück weit wohler fühlte.

Dann aß sie etwas von den Speisen, denn nachdem sie tagelang nichts gegessen hatte, verspürte sie einen Anflug von Hunger. Zwar konnte sie nur ein paar kleine Bissen zu sich nehmen, aber es stärkte sie ein wenig. Gegen die aufkommende Übelkeit trank sie kleine Schlucke Wasser und atmete tief durch. So gelang es ihr, das Erbrechen der Nahrung zu verhindern, was bitter nötig war, wie sie an ihren bis auf die Knochen abgemagerten Armen und Beinen und den spitz hervorstehenden Rippen sehen konnte. Ihr Entschluss war unumstößlich: Sie wollte ins Leben zurückkehren, koste es, was es wolle!

Dazu aber bedurfte es aller Klugheit und Umsicht, zu der sie fähig war. Einzig mit List und Tücke konnte sie überleben, dessen war sie sich bewusst. Sie würde diesen Kanaillen etwas vorspielen, sich nach außen hin brav und fügsam geben, um den Anschein zu erwecken, einsichtig geworden zu sein. Widerstandslos und ohne Murren würde sie den präparierten Wein schlucken – und ihn bei nächster Gelegenheit, wenn sie wieder in ihrem Kerker allein war, wieder von sich geben.

Dadurch würden sie sich in Sicherheit wiegen und in ihrer Bewachung vielleicht etwas nachlässiger werden.

*

»Wo mag sie nur nachts immer hingegangen sein?«, überlegte Anna und trank noch einen Schluck Wein.

»Vermutlich zu ihrem Geliebten«, entgegnete Florian bitter. »Der mit hoher Wahrscheinlichkeit Bacher erstochen und womöglich auch sie getötet hat.«

»Sie ist immer in Richtung Galgengasse gegangen, sagtet Ihr?«

»Ja, und mehr weiß ich auch nicht. Ich könnte mich totärgern, dass ich ihr nicht selbst gefolgt bin. Dann wüssten wir jetzt mehr, und ich hätte vielleicht das Schlimmste verhindern können.«

»Oder man hätte auch Euch tot in einem Brunnen aufgefunden. Wahrscheinlich war es richtig, dass Ihr es nicht getan habt. Dieser ominöse Liebhaber scheint ja ein sehr gefährlicher Mensch zu sein.«

»Hat Katharina Euch gegenüber niemals Andeutungen über einen Mann gemacht, der ihr am Herzen liegt? Gute Freundinnen offenbaren einander doch ihre Gefühle.« Florian sah Anna fragend an.

Sie schüttelte den Kopf. »Nein, das hat sie nicht. Sie hat mir nur erzählt, dass sie in ihrer Ehe mit dem Nachtwächter nicht glücklich ist und sich sehr nach einer erfüllten Liebe sehnt. – Aber tun wir das nicht alle?«

»Wohl wahr«, murmelte Florian und nickte resigniert. »Das Tragische dabei ist nur, dass man nicht immer auf Gegenliebe trifft, wie man an uns beiden sehen kann.«

Anna seufzte. »In meinem Fall mag das zutreffen. Aber

was Euch angeht, bin ich mir da keineswegs sicher. Habt Geduld. Ich kann mich des Gefühls nicht erwehren, dass Katharina, auf welche Weise auch immer, unter schlechten Einfluss geraten ist. Der grausame Foltertod des Vaters, dem sie beiwohnen musste, hat ihr wohl das Herz gebrochen. Und wenn ein skrupelloser Mann das ausgenutzt hat ...«

»Dieser verdammte Schurke, wenn ich den nur in die Finger bekommen würde! Ich könnte ihn kaltmachen«, schnaubte Florian und schlug wütend mit der Faust auf den Tisch, dass die Becher schepperten.

»Seltsam, wie sehr sich Katharina verändert hat«, sinnierte Anna traurig. »Anfangs war sie trotz der Verhaftung des Vaters so unverdrossen und mutig, und dann hat sie plötzlich völlig aufgegeben. Als ich sie das letzte Mal sah, war sie nicht nur verzweifelt, sondern geradezu willenlos.«

»Das ist mir auch ein Rätsel. Katharina war alles andere als schwächlich, ich habe sie immer als Kämpferin gekannt, eine, die immer wieder aufgestanden und weitergegangen ist.« Florians Mienenspiel verdüsterte sich.

»Dieser verdammte Stefenelli«, murmelte er zornig. »Seit der sie unter seine Fittiche genommen hat, ist es mit Katharina bergab gegangen.«

Anna blickte alarmiert auf. »Meint Ihr Leonhard Stefenelli, den Stadtphysikus? Er ist auch der Arzt unserer Familie. Hegt Ihr etwa einen Verdacht gegen ihn? Habt Ihr ihm etwas vorzuwerfen?«

»Na ja, er hat sich um Katharina gekümmert, damals, als ihr jemand einen Stein an den Kopf geworfen hatte, und auch, als sie bei der Hinrichtung zusammengebrochen war«, erwiderte Florian unwillig. »Aber ich bin mit diesem Kerl einmal ganz schön aneinandergeraten. Das war nach der Hinrichtung, da haben der Nachtwächter und ich Katharina in sein Haus gebracht, damit er sie versorgt. Ich weiß nicht genau, warum, aber ich hatte einfach kein gutes Gefühl, auch wenn er sich bis dato immer so verhalten hatte, wie man es von einem Arzt erwarten kann. Jedenfalls bin ich an jenem Abend dorthin gegangen, um nach Katharina zu sehen, und ... der Mistkerl hat mich nicht nur nicht zu ihr gelassen, sondern mich noch aufs Übelste beschimpft und vor die Tür gesetzt. Dabei wollte ich doch nur wissen, wie es Katharina geht. In seinen Augen war ein solcher Hass, er war vollkommen außer sich ... Dieser Mann ist böse und gefährlich! Ich habe Katharina kürzlich noch vor Doktor Stefenelli gewarnt. Doch sie wollte davon nichts hören, wurde wütend und hat mich einfach stehen gelassen.« Florian senkte betrübt den Kopf. »Da habe ich für kurze Zeit gedacht: Lass sie doch ziehen! Doch so schnell gebe ich nicht auf, nicht bei Katharina.«

Anna, die Florian aufmerksam und nachdenklich zugehört hatte, sah ihn jetzt entschlossen an.

»Dieser Doktor Stefenelli ist auch mir nicht ganz geheuer. Schließlich hat er uns einen Krankentröster für meine Schwester Mechthild empfohlen, der sich inzwischen als Betrüger erwiesen hat und seit dem Mord an ihr unauffindbar ist. Wenn ich es recht überlege, weiß eigentlich niemand, woher Doktor Stefenelli stammt und wo seine Familie lebt. Vielleicht sollte ich mich im Rathaus nach Stefenelli erkundigen? Als Tochter eines Patriziers weiß ich, wer mir Auskünfte über ihn erteilen kann. Mir ist nur bekannt, dass Stefenelli bald, nachdem er in der Stadt aufgetaucht ist, zum Stadtphysikus berufen wurde, wofür andere sich erst viele Jahre bewähren müssen. Das riecht irgendwie nach Mauschelei. Ich halte Euch selbstverständlich über alles, was ich herausfinde, auf dem Laufenden. Was haltet Ihr davon?«, fragte sie den Maler.

»Das ist eine gute Idee. Vielleicht ist tatsächlich nicht alles in Ordnung mit ihm. Unterdessen werde ich ihn noch einmal aufsuchen und ihm wegen Katharina ein paar Fragen stellen. Und wenn er nicht mit der Wahrheit rausrückt, werde ich ihn mal ordentlich schütteln«, schnaubte Florian wütend.

»Ich kann Euch ja verstehen. Aber wenn er wirklich etwas zu verbergen hat, wird er dadurch nur argwöhnisch. Wir können ihm ja jetzt nichts beweisen. Da ist es besser, erst einmal behutsam vorzugehen. Und wenn es tatsächlich Ungereimtheiten gibt, übergeben wir die Angelegenheit der Obrigkeit. Dann muss er Farbe bekennen.«

Anna klang so überzeugend, dass Florian sich schließlich geschlagen gab.

Die beiden einigten sich darauf, sich in zwei Tagen wiederzusehen. Anna hatte Florian kurzerhand zum Abendessen eingeladen, auch wenn sie noch nicht genau wusste, wie sie das ihren Eltern erklären sollte. Anschließend würden sie sich in ihre Studierstube zurückziehen, wo sie sich in Ruhe besprechen konnten.

Vor dem Aufbruch drängte Florian Anna, sich ein Porträt von Katharina auszusuchen. Sie entschied sich für ein kleines Tafelgemälde, welches Katharina mit einer hellgrauen Flügelhaube zeigte. Die Totengräbertochter wirkte darauf so anmutig und stolz wie eine junge Adelsdame. Anna war überglücklich über das Geschenk und bedankte sich mehrfach bei dem Maler.

Mit dem in Leinwand eingeschlagenen Tafelbild unter dem Arm begleitete Florian seine Besucherin nach Hause.

Obgleich es schon auf Mitternacht zuging, brannten im Hause Stockarn noch sämtliche Lichter. Als sich Anna von Florian verabschieden wollte, wurde plötzlich die Haustür aufgerissen, und Frau Hedwig, die bereits in Nachtgewand und Hausmantel war, setzte dazu an, ihre Tochter wegen ihrer späten Heimkehr zu rügen. Doch als sie des Begleiters ansichtig wurde, blieben ihr vor Verblüffung die Worte im Halse stecken. Noch nie war ihre Tochter in männlicher Begleitung nach Hause gekommen! Im ersten Moment wusste sie nicht so recht, ob sie darüber verärgert oder erfreut sein sollte, doch als sich der gutaussehende junge Mann in aller Form als der Maler Florian Hillgärtner vorstellte und sie mit einem gewinnenden Lächeln anblickte, entschied sie sich für Letzteres und bedachte ihn mit einem huldvollen »Sehr erfreut!«

20

Als der Meister in einem Umhang aus scharlachroter Seide das ehemalige Verlies betrat, gefolgt von den schwarzgewandeten Brüdern des Todes, fand er eine hohlwangige, bleiche Katharina vor, die ihn aus glasigen, dunkelumflorten Augen anstarrte.

»Willkommen bei den Brüdern des Todes, Schwester«, begrüßte Leonhard Stefenelli sie, während er sich an der Stirnseite des Tisches niederließ und Katharina aufforderte, sich an seine rechte Seite zu setzen. Zu seiner Linken saß Kilian von Hattstein, der zu diesem Anlass seine graue Mönchskutte abgelegt hatte und wie die anderen Brüder in eine tiefschwarze Kutte gekleidet war.

Neben Katharina hatten der Henker und seine füllige Frau Ilse Platz genommen, die vernehmlich schnaufte, so dass ihr gewaltiger Busen beständig auf und ab wogte. Katharina kannte die Henkersfrau vom Sehen, sie hatte den Ruf, eine üble Klatschbase zu sein. Während der Messe betrieb sie einen Verkaufsstand, wo sie die kuriosesten Dinge feilbot: merkwürdig gekrümmte Wurzeln, die sogenannten »Galgenmännchen«, die unter dem Galgen ausgegraben wurden und denen man magische Kräfte zuschrieb, Stücke vom Galgenstrick, der als gefragter Talisman galt, die bewährten Henkerstropfen, die als Pestelixier, Allheilmittel oder Aphrodisiakum verwendet wurden, und die unter Heilerinnen und Zauberern sehr gefragten Hautstücke von Hingerichteten, das »Armesünderfett«.

Katharina glaubte nicht an solche Wundermittel, sie hielt solche abscheulichen Arzneien für faulen Zauber, die törichten Menschen nur das Geld aus der Tasche ziehen sollten. Die überaus geschäftstüchtige Henkersgattin schien damit aber sehr gute Umsätze zu machen. Es war hinlänglich bekannt, dass Ilse, genauso wie ihr Mann, dem Trunke ergeben war. Da sie aufgrund ihrer Fettleibigkeit leicht ins Schwitzen geriet, war sie immer von einer Branntweinwolke umgeben. Auch Meister Hans, der direkt neben Katharina saß, hatte eine starke Schnapsfahne, und Katharina wandte unwillkürlich den Kopf zur Seite. Neben dem Graureiher befand sich der alte Leibdiener des Arztes, den er schlichtweg »Puch« zu nennen pflegte. Der knorrige alte Mann hatte bei ihren Besuchen gelegentlich die Tür geöffnet, er schien seinem Herrn sehr ergeben zu sein. Der wuchtige, feiste Mann mit den groben Gesichtszügen, der an seiner Seite saß, kam ihr bekannt vor, aber wegen der schwarzen Kutte und der weiten Kapuze, die seine Stirn bedeckte, erkannte sie erst nach einer Weile Gottfried Faulstich, den Schellenknecht des Gutleuthofes, der für die Aussätzigen in Frankfurt die Almosen einsammelte. Wie es ihre Christenpflicht war, hatte ihm Katharina schon häufig etwas gegeben, wenn er mit seiner Schelle auf der Gasse unterwegs war. Doch sie mochte den vierschrötigen Kerl nicht sonderlich. Er hatte so etwas Verschlagenes und galt ebenfalls als Trunkenbold.

Na, das ist mir ja eine feine Gesellschaft, mokierte sie sich im Stillen und kaschierte ihr spontanes Grinsen durch Gähnen.

In diesem Augenblick ergriff Leonhard Stefenelli das Wort: »Das, meine lieben Brüder und Schwestern des Todes, ist die Totenmagd Katharina Bacher. Da sie durch Beruf und Herkunft dem Königreich des Todes nahesteht, soll sie die

Weihen der Bruderschaft empfangen. Lasst sie uns willkommen heißen: *In morte sumus!*«, rief er so laut, dass es durch das ganze Gewölbe hallte.

»*Sumus in morte!*«, dröhnte es gravitätisch aus fünf Kehlen zurück.

»Im Tode *sind* wir. – Erst wenn wir die Fesseln der Vergänglichkeit abgelegt haben, kommt der wahre Mensch zum Vorschein. Dir, liebe Schwester, die dem Tode zwar nahe, aber von der großen Erleuchtung noch nicht durchdrungen ist, will ich die Geheimnisse seines Königreiches nahebringen. Denn König Tod hat mich damals, als ich an der Pest erkrankte, überleben lassen, damit ich euch lehren kann. Nur deswegen trage ich noch mein irdisches Gewand, ich bin nichts anderes als sein ergebener Diener. – Lasset uns nun derer gedenken, denen die große Ehre zuteil wurde, von der Knechtschaft des Lebens für immer erlöst zu sein. Sie werden auf der anderen Seite auf uns warten und uns alle dereinst in die ewige Glückseligkeit geleiten«, skandierte der Meister feierlich und legte eine kurze, besinnliche Pause ein, ehe er weitersprach: »Unser Bruder Anselmus Stefenelli, mein Ziehvater, treuer Verbündeter und Mentor, du warst der Erste der Bruderschaft, der mit wachem Geiste die Last alles Irdischen hinter sich ließ. *In morte sumus!*«

»*Sumus in morte!*«, echoten die Brüder des Todes.

»Unsere Schwester Mechthild Stockarn, die dem Tode schon im Leben so nahe war. Deine Sehnsucht wurde erfüllt. *In morte sumus!*«

»*Sumus in morte!*«

»Unser Bruder Tobias Borndörfer, ein einfacher Mann schlichten Gemütes, der aber erleuchtet wurde von der Weisheit des großen Erlösers. *In morte sumus!*«

»*Sumus in morte!*«, ertönte es im Chor.

»Ihr alle, die ihr freiwillig und offenen Herzens in sein düsteres Königreich eingegangen seid, steht uns bei! Steht uns bei in dem letzten Augenblick, der uns alle noch von der Ewigkeit trennt! Und stärkt den Geist desjenigen, der auserkoren wurde, als Nächster durch die Pforte zu schreiten.«

Aller Augen richteten sich sogleich auf Kilian von Hattstein, der sich erhob und sich ehrfürchtig vor dem Meister verneigte, um anschließend das schwarze Samtbanner auf dem Tisch zu küssen. Der Meister und die restlichen Mitglieder der Bruderschaft taten es ihm gleich, und alle verharrten minutenlang in dieser Position. Katharina neigte ebenfalls ihren Kopf auf die schwarze Samtdecke, obgleich ihr angesichts des krankhaften Wahns und der hoffnungslosen Verblendung, denen Meister wie Gefolgschaft gleichermaßen erlegen waren, regelrecht die Haare zu Berge standen. Doch sie würde schon Mittel und Wege finden, den Wahnsinnigen zu entkommen …

»Bruder Kilian, das Los hat dich auserkoren, das Diesseits als Nächster für immer zu verlassen«, durchbrach Stefenelli die andächtige Stille.

»So sei es, Meister«, erwiderte dieser mit leiser Stimme. Er war kreidebleich geworden.

»Du warst mir immer ein treuer Mitstreiter, Bruder Kilian. Dir verdankt unsere Bruderschaft ihr geistiges Fundament, indem du uns alle mit dem geheimen Evangelium des Jakobus vertraut gemacht hast. Darum will ich dir auch dein Straucheln verzeihen, mit dem du uns alle sehr enttäuscht hast, und hoffe, dass du unserer Gemeinschaft nun wieder mit ganzem Herzen angehörst.«

Stefenelli bedachte Kilian von Hattstein mit einem prüfenden Blick, der nicht frei von Tadel war. Auch die anderen Anwesenden betrachteten den ehemaligen Mönch mit abschätzigen Mienen. Katharina war angesichts dieser Eröffnung mehr als hellhörig geworden. *Der brave Graurock soll gestrauchelt sein?*, dachte sie entgeistert.

Kilian räusperte sich und erklärte mit bebender Stimme: »Ich bin ein treuer Diener von König Tod und stehe voll und ganz zu meiner Bestimmung.«

»Recht so, Bruder«, sagte Stefenelli einlenkend. »Dir ward ja der Auftrag zuteil, unsere neue Schwester in die Geheimnisse der Bruderschaft einzuführen. Ich hoffe nur, dass dich diese Aufgabe nicht von deiner inneren Einkehr ablenkt?« Unterwürfig erwiderte Kilian: »Keineswegs, Meister. Es ist mir eine Ehre, das Licht an unsere Schwester weiterzugeben.«

»Wer weiß? Vielleicht ist es tatsächlich schon unsere neue Schwester, die der große Schnitter auffordert, ihn zum Ball der Toten zu begleiten.« Leonhard Stefenelli streifte Katharina mit einem tückischen Blick, die bei seinen Worten schlucken musste. Die Ahnung, dass es sich bei der hanebüchenen Versammlung im Kellergewölbe um jene Reigentänzer handelte, die ihr Vater auf dem Friedhof beobachtet hatte, war ihr längst zur Gewissheit geworden.

Nun wandte sich Doktor Stefenelli mit einem merkwürdigen Lächeln an sie: »Liebe Schwester, ich hege nicht den geringsten Zweifel, dass du dank Bruder Kilians tatkräftiger Unterstützung schon bald zu einer Ähre heranreifen wirst, die des Schnitters Herz erfreuen wird. Aber ich glaube, ich muss da noch selbst ein wenig nachhelfen. – Wer bist du?«, herrschte er sie an. Katharina war in Anbetracht des scharfen Tons, den er plötzlich anschlug, zusammengezuckt.

»Ich verstehe nicht …«, stammelte sie verwirrt. »Ihr wisst doch, wer ich bin.«

»Wer bist du?«, richtete er übergangslos die Frage an den neben ihr sitzenden Henker.

»Ich bin ein Nichts und ein Niemand und nur ein Bruder des Todes«, entgegnete dieser devot.

»Wer bist du?«, fragte er anschließend die Henkersfrau.

»Ich bin ein Nichts und ein Niemand und nur eine Schwester des Todes«, murmelte die dicke Frau keuchend und wagte nicht, den Blick zu erheben.

Das Prozedere machte die Runde, bis Katharina wieder an der Reihe war.

»Wer bist du?«, fragte sie Leonhard erneut und schien mehr und mehr in Rage zu geraten. Auch Katharina fühlte plötzlich eine Wut in sich aufsteigen, die sie unvorsichtig werden ließ.

»Was ist denn das für ein albernes Kinderspiel? Auf so etwas Dämliches habe ich keine Lust. Das könnt Ihr allein spielen. Ihr und diese Jenseitsbrüder!«, platzte es aus ihr heraus. In nächster Minute traf sie eine derart schallende Ohrfeige, dass sie das Gefühl hatte, der Kopf werde ihr von den Schultern gerissen.

»Lasst mich mit ihr alleine«, zischte Leonhard Stefenelli, und seine Augen glitzerten gefährlich. »Ich werde ihr die richtige Antwort schon beibringen.«

*

Die Tortur war vorüber, und Katharina hatte das Gefühl, dass nur ihr Hass sie noch am Leben hielt. Unzählige Male hatte er sie auf brutalste Weise genommen und auf jede erdenkliche Art gedemütigt und misshandelt. *Du kannst mich nicht brechen,* hatte sie immer wieder gedacht, sich an dem Gedanken festgeklammert wie eine Ertrinkende, und das Hassgefühl in ihr war immer stärker geworden. Sie hatte genau gespürt, dass die mannigfaltigen Peinigungen, die er ihr zugefügt hatte, ihn zwar erregten, aber nicht wirklich befriedigten. Dazu bedurfte es mehr, und Katharina ahnte, was ihm fehlte: Es war das Töten.

Er hätte sie vorhin am liebsten umgebracht, das hatte sie in seinen Augen gesehen. Warum hatte er sie verschont? *Da steckt doch mehr dahinter als das Gerede, dass ich von Berufs wegen dem Tod so nahestünde ...*

Katharina erkannte, wie aussichtslos ihre Situation war. Aber sie mochte sich von dieser Erkenntnis nicht entmutigen lassen. Irgendeinen Ausweg musste es doch geben ...

Dieser kranke Schurke will meinen Willen brechen. Das muss wohl so sein, sonst würde man diesen haarsträubenden Todesphantasien nicht nacheifern bis zur Selbstaufgabe. – Was es wohl mit Kilians Straucheln auf sich hat? Er wirkt doch so unanfechtbar ... Aber vielleicht gerade deswegen, weil er in seinem Innern Zweifel hegt. Ich muss es herausfinden.

Während Katharina ihren Gedanken nachhing, hatte sie ihr braunes Schultertuch umgelegt, sich auf ihrem Strohsack zusammengerollt und sich die Wolldecke bis über die Ohren gezogen, denn die feuchte Kälte des Kellergewölbes drang ihr bis auf die Knochen und ließ sie schlottern. Irgendwann, nach unbestimmter Zeit, ergab sie sich ihrer Müdigkeit und schlief ein.

In jener Nacht träumte sie zum ersten Mal von Florian. Er war ihr ganz nahe, sie konnte deutlich sein Gesicht erkennen. Sie tauchte ein in das glitzernde Grün seiner Augen, in denen sich nichts anderes spiegelte als Liebe, die sich wie ein heilsamer Balsam über ihre Wunden legte.

*

Am folgenden Tag wurde Anna von ihrer Mutter mit allerlei neugierigen Fragen bestürmt, die sämtlich um den gutaussehenden jungen Meisterschüler kreisten, und sie tat alles, um Frau Hedwigs Interesse noch weiter anzustacheln. Als sie sich schließlich ein wenig verschämt erkundigte, ob es denn nicht möglich sei, den jungen Herrn Hillgärtner demnächst einmal einzuladen – vielleicht zu einem kleinen, privaten Abendessen im Beisein der Eltern –, zeigte sich Hedwig Stockarn durchaus nicht abgeneigt und versprach, mit ihrem Mann zu reden.

Als Florian am Abend des 8. Dezember, einem Mittwoch, im Hause Stockarn erschien, wurde er zu seinem freudigen Erstaunen mit einem geschmackvollen Hirschbraten mit Lebkuchensoße bewirtet. Auch der gehaltvolle Burgunderwein war köstlich, ganz offensichtlich war dem Ehepaar Stockarn daran gelegen, Annas vermeintlichem Verehrer mit freundlichem Entgegenkommen zu begegnen.

Selbst die Tatsache, dass der junge Meisterschüler keine ganz standesgemäße Partie für eine Patriziertochter war, wurde von den Stockarns in stillem Einvernehmen vom Tisch gefegt, indem man sich vor Augen führte, dass längst nicht alle Kunstmaler am Hungertuch nagten. So kreiste auch die von Frau Stockarn gekonnt gelenkte Konversation um berühmte Künstler wie Holbein, Dürer und Ratgeb, die es durchaus zu Ruhm und Wohlstand gebracht hatten. Als Florian schließlich bemerkte, dass sein Meister der Schwager Albrecht Dürers sei und er den berühmten Künstler schon persönlich kennengelernt habe, war die Dame des Hauses hellauf begeistert.

Nach dem Essen erlaubte sie den jungen Leuten sogar, sich in Begleitung der Magd Marie in Annas Studierstube zurückzuziehen. Dass Marie kurz darauf den Raum verließ, um sich heimlich mit einem Verehrer zu treffen, von dem nur Anna wusste, bemerkten die sonst so wachsamen Eltern nicht.

*

Kilian von Hattstein wirkte leicht betreten, als er Katharina am nächsten Morgen aufsuchte und ihr übel malträtiertes Gesicht wahrnahm.

»Stärke dich ein wenig, Schwester. Der Haferbrei wird dir guttun«, ermunterte er sie und stellte eine Schale mit Brei und einen frischen Krug Wasser auf den Boden neben Katharinas Strohsack. Vor Schmerzen stöhnend richtete sich Katharina auf, und für einen flüchtigen Moment trat so etwas wie Mitgefühl in seine grauen Augen. Sein Blick fiel auf das von Blut und Samen besudelte Laken, und angewidert erklärte er: »Ich bringe dir nachher ein frisches Leinentuch. Das hier sieht ja geradezu ekelerregend aus.«

Während Katharina ihren Brei löffelte, fuhr er in tröstendem Tonfall fort: »Das mit der Lektion gestern musste leider sein, Schwester. Denn wir, die Brüder des Todes, sehen es als unser oberstes Gebot an, nicht nur den sündigen Leib zu knechten, sondern auch unseren Geist von jeglichem Stolz und anmaßender Überheblichkeit zu befreien. Wir müssen uns leer machen von allen schädlichen Begierden und Trieben, die den natürlichen Menschen ausmachen. Leer und gleichmütig sollen unsere Herzen sein, wie der große Gleichmacher selbst, damit wir ihn in Würde empfangen können. Denn einzig im Tode liegt die Wahrheit alles Seins.«

»Aber …«, setzte Katharina verhalten an, schüttelte dann aber den Kopf.

»Nur raus damit Schwester, du must dich nicht genieren.

Offenbare ruhig deine Zweifel. Ich liebe den Disput«, forderte sie der Graue auf.

Katharina besann sich kurz, ehe sie vorsichtig äußerte: »Ich frage mich, warum Ihr den Tod als so etwas Besonderes erachtet? Er ist doch etwas ganz Gewöhnliches, denn sterben muss ja jeder.«

»Das ist wahr, Schwester, alles Vergängliche in der Natur ist dem Tod unterworfen. Und das allein belegt schon seine Allmacht. Der große Gleichmacher führt uns vor Augen, dass all unser Streben, alle Leidenschaften und hochfahrenden Pläne vollkommen überflüssig und unnütz sind. Sie verketten den Menschen nur noch mehr mit der natürlichen Welt, die seinen wahren Geist wie einen Kerker umschließt. Unser Leben ist nichts als eitler Schein und ohnehin dem Tode unterworfen.«

»Nur weil wir sterblich sind, soll unser Leben nichts wert sein? Wird es nicht gerade dadurch, weil es so begrenzt ist, zu einem besonders wertvollen Geschenk? Die Geburt eines Kindes, der Zauber einer Sommernacht, die Liebe zwischen zwei Menschen – das alles kann doch nicht wertlos sein! Schon wenn früher der Pfarrer von der Kanzel gepredigt hat, das Leben sei nur eine leidvolle Durchgangsstation auf dem Weg zum Himmelreich, habe ich mich gewundert. Wo doch alles um uns herum, die Natur, der wir ja auch angehören, so unendlich schön sein kann.« Katharina sah den ehemaligen Mönch offen an.

Doch der wich ihrem Blick aus. »In unseren Zeiten ist es mehr und mehr zu einer Unsitte geworden, der Natur eine verstärkte Aufmerksamkeit entgegenzubringen. Ein völlig überflüssiges Unterfangen. Gerade die vergängliche Natur ist schuld an unserer überheblichen Blindheit und Selbstherrlichkeit und trennt uns vom ursprünglichen Geist und dem wahren Wesen, welches wir einzig im Tode erfahren können.«

»Und dass der Tod die einzige Erfüllung und Glückseligkeit sein soll – ist das nicht am Ende auch nur eine trügerische Sehnsucht?«, warf Katharina in ruhigem Tonfall ein und beobachtete Kilian dabei genau.

Dieser schüttelte nur empört den Kopf und erwiderte heftig: »Nein! Einzig im Tode liegt die Wahrheit!«

Wenn er Zweifel hat, so lässt er sie sich jedenfalls nicht anmerken, ging es Katharina durch den Sinn. Noch nicht ...

»Wer kann das schon sicher wissen?«, entgegnete die Totenwäscherin versonnen. »Es ist doch noch niemand von den Toten zurückgekehrt und hat davon berichten können.«

»Das stimmt nicht! Du vergisst die Auferstehung Christi! Auch unser Meister ist vom Ringen mit dem Tod ins Leben zurückgekehrt, damit er ihn uns lehren kann.«

»Kann man den Tod lehren? Muss ihn denn nicht jeder ganz für sich alleine erfahren? Man kann in Würde sterben, sicher, aber das gelingt nur den wenigsten unter uns. Alte Leute spüren manchmal, dass ihre Zeit gekommen ist, und nehmen ruhig und friedvoll Abschied. Die meisten aber fürchten sich vor dem Sterben. Und bei einem Freitod steckt immer eine schlimme Not dahinter. Dass man schon im Leben lernen kann, sich dem Tod ohne Bangigkeit im Herzen zu ergeben, das kann ich mir nur sehr schwer vorstellen.«

Katharina sah den Grauen skeptisch an und hatte für kurze Zeit tatsächlich das Gefühl, dass sich hinter seiner verknöcherten Fassade, in welche die morbiden Lehren der Bruderschaft wie in Stein gemeißelt schienen, etwas zu regen schien. Möglicherweise war ihm das selbst nicht ganz verborgen geblieben, denn er machte eine kurze, ruckartige Bewegung, als ob er etwas von sich abschütteln wollte, und entgegnete gleich darauf mit großer Ernsthaftigkeit: »Du kannst es dir vielleicht nicht vorstellen, Schwester, weil dein Geist noch umnachtet ist, aber wenn du dein Herz endlich dem großen Gleichmacher öffnest, wird es frei von jeglicher Furcht sein.«

»Die zwei Brüder und die Schwester, von denen der Meister bei der Versammlung gesprochen hat, sind also alle freiwillig und ohne Angst aus dem Leben geschieden?«, fragte Katharina zweifelnd und ließ den Graureiher keinen Moment lang aus den Augen.

»So ist es«, erwiderte dieser schnell.

»Und wie haben sie das getan? Ich meine, auf welche Art und Weise haben sie ihrem Leben ein Ende bereitet? Hat sich die Jungfer Stockarin, die mein Vater im Beinhaus gefunden hat, denn selbst den Hals aufgeschnitten?«, fragte die Totenwäscherin sachlich. Der ehemalige Mönch konnte ihrem forschenden Blick auch dieses Mal nicht lange standhalten.

»Unsere Brüder und Schwestern, die das Los auserkoren hat, bereiten sich lange und sorgfältig auf ihren Tod vor. In einem letzten großen Ritual ritzt ihnen der Meister mit einer goldenen Sichel die Halsschlagader auf. Während sie eingehen in die ewige Glückseligkeit und der Tod ihre unsterblichen Seelen in Empfang nimmt, lobpreisen wir den allmächtigen Herrscher. Es ist ein erhabener Anblick, wenn ein Sterblicher in die Ewigkeit hinübergleitet. Du wirst es vielleicht selbst erleben, Schwester, wenn ich heimkehren darf in das Königreich des Todes«, erklärte Kilian mit feierlichem Ernst, und Katharina vermeinte, ein leichtes Beben in seiner Stimme zu vernehmen.

»Und Ihr, fürchtet Ihr Euch nicht vor dem Tod, der Euch schon so bald ereilen wird? Macht Euch das nicht Bange?«

»Im Gegenteil, Schwester. Ich bin froh und glücklich darüber, endlich das Jammertal des Lebens verlassen zu dürfen.

Ich fühle schon jetzt einen tiefen inneren Frieden in mir«, erwiderte Kilian fast trotzig.

»Aber Ihr seid doch noch so ein junger Mann und habt das ganze Leben noch vor Euch!«

Ein eigentümlicher Glanz war in Kilians Augen getreten. »Das wahre Leben gibt es nur im Tod!«, verkündete er.

Was für ein verknöchertes Mönchlein, ging es Katharina durch den Sinn, und sie empfand einen Anflug von Mitleid für den Verblendeten.

»Wie alt seid Ihr eigentlich, Bruder Kilian?«, entrang sich ihr.

»Ist das denn wichtig?«

»Ihr habt doch Euer Leben noch gar nicht richtig gelebt ...«

»Darauf kann ich gerne verzichten«, schnitt ihr Kilian das Wort ab. »Es geht hier auch nicht um mich. Habt Ihr unseren Lehrsatz schon wieder vergessen?« Er lächelte höhnisch. »Ich bin ein Nichts und ein Niemand und nur ein Bruder des Todes. Das haben wir aus der Apokalypse des Jakobus, die das geheime Wissen der Brüder des Todes ist ...«

Katharina fiel ihm ins Wort: »Aber wie ist denn dieses geheime Wissen zu den Brüdern des Todes gekommen? Das interessiert mich wirklich. Ihr habt die Schrift damals im Kloster gefunden ... und wie ging es denn dann weiter?« Die Totenmagd sah ihn erwartungsvoll an, was den ehemaligen Mönch schließlich dazu bewog, ihr mit nachsichtigem Lächeln zu erzählen, wie er den Jakobus-Text gefunden hatte und dafür aus dem Orden ausgeschlossen worden war.

»Nur diese Übersetzung des Originals konnte ich retten«, sagte er und deutete auf den Tisch, wo das Buch aufgeschlagen lag. »Und dann begegnete ich an jenem drückend schwülen Sommertag im Jahre 1507 dem Meister ...«

Kilian berichtete, wie Reinfried von Gückingen die Pest

überstanden hatte, zu einem Erleuchteten geworden war und schließlich die »Brüder des Todes« gegründet hatte.

»Wieso sprecht Ihr eigentlich immer von einem Reinfried von Gückingen? Ich denke, unser Meister heißt Leonhard Stefenelli?«, fragte ihn Katharina erstaunt.

»Der ursprüngliche Name des Meisters ist Reinfried von Gückingen. Seinen zweiten Namen nahm er erst an, als man ihm nach dem Leben trachtete.«

Als er Katharinas alarmierten Blick gewahrte, erläuterte Kilian: »Unsere Bewegung wurde so mächtig, dass uns Kirche und Obrigkeit als Bedrohung empfanden. Man wollte den Meister gefangen nehmen und ihn wegen der Verbreitung von Irrlehren zum Tode verurteilen. Dank unseres Bruders Anselmus Stefenelli aus Mainz, einem berühmten und sehr wohlhabenden Medicus, konnte er in letzter Minute gerettet werden. Er nahm den Meister bei sich auf und bildete ihn zum Arzt aus. Und da sein leiblicher und etwa gleichaltriger Sohn Leonhard an der Pest gestorben war, gab er Reinfried fortan als seinen Sohn aus. Anselmus war der Erste der Bruderschaft, den das Los auserkoren hatte, über die Schwelle zu treten, und nach seinem Tod zog der Meister, der dessen Besitztümer geerbt hatte, in das Frankfurter Stadtpalais in der Sandgasse und wurde, weil ihn sein Mentor vor seinem Hinübergehen empfohlen hatte, zum Stadtphysikus berufen.«

Katharina hatte ihm angespannt zugehört. »In der Tat eine sehr wundersame Geschichte«, bemerkte sie beeindruckt. »Was aber hat es mit dem Los auf sich?«

»Deine Wissbegier gefällt mir, offenbart sie mir doch, dass dein Geist reger ist, als ich zunächst vermutet hatte«, bemerkte Kilian mit gönnerhaftem Lächeln »Das war die Idee des Meisters. Du kennst doch bestimmt das Kinderspiel mit dem brennenden Kienspan, der so lange im Kreis herumgereicht wird, bis er in der Hand eines Teilnehmers erlischt. Da das Erlöschen des Feuers das Sterben symbolisiert – eine Kerze erlischt, wenn eine Seele in die Ewigkeit einkehrt –, lassen wir den Kienspan kreisen, wenn es darum geht, wer über die Schwelle treten darf. So ist es kein Mensch, nicht einmal der Meister selbst, sondern allein der große Gleichmacher, der den Tod beschließt«, erwiderte Kilian mit verklärtem Gesichtsausdruck. Katharina, die das unheimliche Schauspiel der Reigentänzer auf dem nächtlichen Peterskirchhof vor sich sah, bekam unwillkürlich eine Gänsehaut.

Ihr gingen die Worte des Vaters durch den Sinn: *In der Mitte des Kreises stand eine Gestalt, die mit dem blanken Totenschädel und der weiten blutroten Kutte aussah wie der leibhaftige Tod. In den Händen hielt der Knochenmann einen brennenden Kienspan, den er nun einem der Geister übergab. Die unheimlichen Reigentänzer reichten das glimmende Holzstück im Kreis herum, bis es schließlich in den Händen eines der Vermummten erlosch. Dieser stieß einen gellenden Schrei aus und warf sich vor dem Gevatter auf den Boden.*

»Und den Meister?«, murmelte sie mit belegter Stimme, obgleich sie die Antwort bereits ahnte. »Kann auch ihn das Los treffen?«

Kilian zögerte kurz, bevor er antwortete: »Nein, denn der Gevatter hat ihn ja bereits erwählt. Als seine lebende Verkörperung steht er uns allen voran.«

»Also sterben immer nur die anderen, und der Meister bleibt verschont«, stellte Katharina trocken fest.

Kilian schwieg einen Augenblick. »Nein, nein, so darfst du das nicht sehen«, erwiderte er schließlich ungehalten und zog die Stirn in Falten. »Für die Brüder des Todes ist es ein großes Glück und eine große Ehre, von König Tod erwählt zu werden.«

So groß, dass sie vor lauter Glückseligkeit verzweifelt aufschreien, wenn sie das Los trifft, dachte Katharina grimmig.

»Und Mechthild Stockarn, war sie auch glücklich darüber, dass sie sterben sollte? Ihr wart doch lange Zeit ihr Seelsorger und kanntet sie gut.«

Der Graue zuckte unmerklich zusammen und räusperte sich mehrfach, ehe er zögernd sagte: »Ja, das war sie wohl. Sie war ja sehr hinfällig geworden ... und hing nicht mehr so am Leben.«

»Man hat sie ausbluten lassen wie ein abgeschlachtetes Huhn. War das wirklich so ein *erhabener* Anblick?«, insistierte Katharina weiter und ließ Kilian, der ganz fahl im Gesicht geworden war, nicht aus den Augen.

»Schweig still!«, schrie er plötzlich gellend, und Katharina gewahrte, dass Tränen aus seinen Augen liefen. *Hab ich dich endlich,* dachte sie bei sich und erkannte vollends, dass sich hinter Kilians Fassade aus Wahnwitz und Vermessenheit tatsächlich ein Mensch verbarg. Ein Mensch, der sehr verzweifelt und unglücklich war.

21

Kaum waren Anna und Florian in der Studierstube allein, da begann Anna zu erzählen, was sie im Rathaus herausgefunden hatte. »Also, Stefenelli hat beim Magistrat der Stadt Frankfurt eine Abschlussurkunde der Universität Mainz hinterlegt. Unterzeichnet wurde sie vom Dekan der Medizinischen Fakultät, Professor Anselmus Stefenelli. Das ist wohl sein Vater – schon ein wenig seltsam, oder? Nun ja, dadurch sind jedenfalls die Voraussetzungen erfüllt, dass er als Arzt praktizieren darf.«

Sie schenkte Florian und sich selbst heißen Honigwein ein und fuhr fort: »Alle Prüfungen des Medizinstudiums hat er durchgehend mit summa cum laude bestanden. Ein echter Vorzeigestudiosus, wenn's denn stimmt. Und er hat sein gesamtes Studium in nur zehn Jahren absolviert. Das schaffen nur die wenigsten.«

»Wie lange dauert denn so ein Medizinstudium gewöhnlich?«, wollte Florian wissen.

»Mindestens fünf Jahre, wenn man bereits den Magister artium hat. Der besteht aus Trivium und Quadrivium, und das allein dauert fünf bis zehn Jahre.«

»Du kennst dich ja gut aus«, stellte Florian anerkennend fest.

Anna erläuterte wehmütig: »Weißt du, ich hätte nämlich für mein Leben gerne studiert. Aber Frauen ist das leider nicht erlaubt.«

»Schade, bei dir hätte ich mir das auch gut vorstellen können. Was hättest du denn gerne studiert?«

»Philosophie, denn das ist die Grundlage aller Wissenschaften.«

Florian war aufgestanden und an das Bücherregal getreten, welches die ganze Längsseite des weitläufigen Raumes einnahm.

»Platon, Aristoteles, Seneca, Ovid, Epikur, Heraklit, Sokrates – die ganzen Klassiker und noch viel mehr«, murmelte er bewundernd. »Hast du denn die Bücher alle gelesen?«

»Ja«, erwiderte Anna nicht ohne Stolz. »Und viele davon lese ich immer wieder.«

»Dann hast du die Philosophie doch längst studiert!«

»Schon. Es wird nur leider nicht als offizielles Studium anerkannt, und ich kann keinen Doktorhut erwerben. Dabei geht es mir weniger um die Titel als um die gelehrten Disputationen in den Kollegien und Fakultäten, auf die ich als Privatgelehrte bedauerlicherweise verzichten muss«, entgegnete Anna. »Aber immerhin ist es mir möglich, mit einigen Gelehrten einen ausgedehnten Schriftverkehr zu unterhalten. So ist mein Name in der akademischen Welt nicht ganz unbekannt.« Das sagte sie in aller Bescheidenheit, dabei waren doch einige ihrer gelehrten Abhandlungen in hohen Druckauflagen im gesamten Abendland erhältlich und ihr Name in Gelehrtenkreisen längst ein Begriff.

»Ich würde Doktor Stefenellis akademische Reputation gern überprüfen. Daher wollte ich morgen früh mit dem Marktschiff nach Mainz fahren, um an der dortigen Alma Mater einen alten Bekannten aufzusuchen. Und bei dieser Gelegenheit werde ich auch an der Medizinischen Fakultät Erkundigungen über Doktor Stefenelli einziehen. Was hältst du davon?«

»Eine treffliche Idee. Ich würde ja gern mitkommen, aber wegen der Arbeit an dem vermaledeiten Altarbild ist das nicht möglich.«

»Das macht nichts, ich fahre mit Jockel, unserem alten Hausknecht. Übermorgen bin ich wieder da, und am Freitagabend komme ich dann zu dir. So lange hältst du hier die Stellung.«

»Hoffentlich findest du was heraus, denn es muss endlich etwas passieren. Katharina ist jetzt schon seit sieben Tagen verschwunden«, sagte Florian mit bekümmertem Gesicht.

Anna bemerkte: »Übrigens habe ich über Stefenelli schon einige andere interessante Dinge herausgefunden, die uns vielleicht weiterhelfen werden.«

Florians Miene hellte sich auf. »Tatsächlich? Erzähl!«

»Vor knapp über einem Jahr wurde er vom Rat der Stadt Frankfurt als Stadtphysikus eingestellt, auf schriftliche Empfehlung seines Vaters hin, des ehrwürdigen Herrn Professor Anselmus Stefenelli. Dieser war übrigens einen Monat zuvor verschieden. Als Patriziertochter weiß ich, dass solche Empfehlungen immer auch mit einer Geldspende verbunden sind – die oft nicht verbucht wird, wie auch in diesem Falle. Aber sie dienen immer einem ›guten Zweck‹ und landen für gewöhnlich im Stadtsäckel, den der Magistrat ganz in seinem Sinne verwaltet. Anselmus Stefenelli muss ein sehr wohlhabender Mann gewesen sein, der in Mainz etliche Häuser besaß. Das Palais in der Sandgasse, in dem heute sein Sohn lebt, gehörte ihm auch. Es könnte also durchaus sein, dass Stefenellis Vater seinem Sohn das Amt als Stadtphysikus gekauft hat. Man wird es nicht beweisen können, und überdies ist dies bei der Vergabe städtischer Ämter leider eine durchaus gängige Praxis. Man muss die nötigen Beziehungen haben – und das nötige Kleingeld.« Anna seufzte und trank einen Schluck Honigwein.

Dann fuhr sie fort: »Aber es gibt da noch etwas: In Leonhard Stefenellis sonst so makelloser Dienstakte findet sich nämlich noch ein kleiner Schönheitsfehler.« Anna lächelte triumphierend.

»Was denn für einer?«, fragte Florian mit vor Spannung geweiteten Augen.

Just in diesem Moment klopfte es an die Stubentür, und die Stimme von Annas Mutter war zu vernehmen.

»Entschuldigt bitte die Störung, aber darf ich einmal kurz reinkommen?«

Anna und Florian waren zusammengezuckt.

»Auch das noch!«, schnaubte Anna leise. Dann rief sie in gemäßigterem Tonfall vernehmlich: »Du störst überhaupt nicht, komm doch rein!«

Hedwig Stockarn schien an diesem Abend zum ersten Mal seit langer Zeit in aufgeräumter Stimmung zu sein. Ihre veilchenblauen Augen strahlten, und ihre feingeschwungenen Lippen verzogen sich beim Anblick der vermeintlichen jungen Liebesleute zu einem neckischen Lächeln. »Pardon, pardon!«, säuselte sie und erhob schäkernd den Zeigefinger, so als hätte sie Anna und Florian beim Turteln ertappt, dabei saßen sie in geziemender Distanz auf ihren Stühlen.

»Was gibt es denn, Mutter?«, fragte Anna unwillig und blickte ihre Mutter fragend an.

Annas Mutter legte eine Kunstpause ein, ehe sie, an Florian gewandt, flötete: »Werter Herr Hillgärtner, mein Gatte und ich möchten Euch mit einem Auftrag betrauen – freilich nur, wenn es Eure Zeit erlaubt.«

»Sehr gerne, gnädige Frau. Es wäre mir eine Ehre«, erwiderte Florian und lächelte erfreut. »Um was handelt es sich denn?«

»Nun«, Hedwig Stockarn schmunzelte geheimnisvoll, »wir haben dabei an ein Porträt von unserer Anna gedacht.«

»Nichts lieber als das!«, erwiderte der Meisterschüler begeistert. »Anna wäre bestimmt ein phantastisches Modell! Mit ihren wachen, klugen Augen, den herben, fast ein wenig strengen Gesichtszügen und ihrer ungekünstelten Schlichtheit gemahnt sie mich an eine gelehrte Klosterfrau …« Florian, der munter drauflos geplappert hatte, hielt plötzlich inne, als er die reservierte Miene von Annas Mutter bemerkte.

»Ja, also … sehr gerne«, äußerte er förmlich und schaute verwundert auf Anna, die unversehens angefangen hatte, lauthals loszulachen.

»Wann soll es denn fertig sein?«, erkundigte er sich leicht irritiert.

»Nun, vielleicht bis zum 12. März. Wir möchten es ihr zum Geburtstag schenken«, erwiderte Frau Hedwig angesichts von Annas Lachsalve merklich kühler und empfahl sich wieder.

»Habe ich etwas Falsches gesagt?«, erkundigte sich Florian bei Anna, als sie wieder allein waren.

»Im Gegenteil«, lachte sie. »Du hast genau ins Schwarze getroffen! Mit der Klosterfrau, meine ich. Genau das wirft sie mir doch immer vor, dass ich so wenig auf mein Äußeres gebe und wie ein Blaustrumpf daherkomme. So, aber nun wieder zu unserem Freund Stefenelli und seiner Dienstakte – die hiesige Apothekerinnung hat eine Beschwerde gegen ihn eingereicht, weil er zum wiederholten Mal seine Arzneien selbst hergestellt hat. Der Fall ist ruchbar geworden, weil Stefenelli einer jungen Frau, die bei der Geburt viel Blut verloren hatte, eine Tinktur aus Mutterkorn verabreichte. Das ist ein Getreidepilz, der zwar sehr wohl blutstillende Eigenschaften hat, aber auch, wie man erst seit jüngster Zeit weiß, Halluzinationen hervorrufen kann und oft tödlich ist.«

»Ich weiß, es verursacht das ›Antoniusfeuer‹«, sagte Florian. »Der berühmte flandrische Meister Hieronymus Bosch soll damit experimentiert haben, bei der Arbeit an seinem Gemälde ›Die Versuchungen des heiligen Antonius‹. Kennst du es?«

»Gewiss kenne ich das Gemälde. Ein großartiges Werk«, antwortete Anna. »Es zeigt den Heiligen mit dem Kreuz in der Hand, wie er angstvoll und drohend zugleich vor drei schamlosen Weibern steht, die ihn mit ihren Reizen in den Bann ziehen wollen. Die Gruppe ist umgeben von düsteren Höllengestalten, die sich gegenseitig alle erdenklichen Qualen zufügen.«

»Genau. Und solche Höllengestalten sind Bosch angeblich erschienen, als er das besagte Mutterkorn eingenommen hat. – Und so etwas hat Stefenelli der armen Frau gegeben?«

»Es scheint so. In der Eingabe der Apothekerinnung wurde erwähnt, dass die Frau schlimme Wahnvorstellungen davongetragen habe und ein Zeh brandig geworden sei. Symptome, wie sie auch bei Leuten beobachtet wurden, die mit Mutterkorn verseuchtes Brot gegessen haben. Sie hat sich wohl rasch davon erholt, aber das Ganze muss doch für einigen Wirbel gesorgt haben. Stefenelli wurde nicht weiter belangt, sondern lediglich scharf ermahnt, Medikamente und Tinkturen künftig nicht mehr selbst herzustellen. Was ihm gemäß der Städtischen Medizinalordnung ohnehin verboten ist.«

Florian zog ein finsteres Gesicht. »Dieser Kurpfuscher!«, schimpfte er verächtlich. »Wer weiß, was er Katharina alles eingegeben hat, damals, als er sie nach der Hinrichtung unter seine Fittiche genommen hat. Sie war jedenfalls noch tagelang wie in Trance.«

»Ja, das ist mir auch aufgefallen. Ich habe sie doch einen Tag nach der Hinrichtung besucht, und da war sie stumpf und apathisch, wie ich das nicht bei ihr kannte. Damals habe ich es auf den Kummer wegen ihres Vaters geschoben. Aber, jetzt wo du das erwähnst, halte ich es durchaus für möglich, dass sie auch unter dem Einfluss irgendwelcher Medikamente stand.« Jetzt war es Anna, die nachdenklich vor sich hin schaute.

Florian unterbrach das Schweigen. »Sag mal, wie bist du denn eigentlich an Stefenellis Dienstakte gekommen?«, wollte er wissen.

»Ganz einfach: Ich habe die richtigen Leute geschmiert!« Anna musste unwillkürlich grinsen und schenkte sich und Florian noch einmal Honigwein nach.

*

Als Florian am Donnerstagabend um die fünfte Stunde die Werkstatt seines Meisters in der Kanngießergasse verließ, schwebten bauschige Schneeflocken durch die Gassen, und es war klirrend kalt. Auf den Butzenglasscheiben der Fachwerkhäuser glitzerten Eisblumen, und an den spitz zulaufenden Giebeln und den vielen kleinen Erkern hingen lange Eiszapfen. Ein paar dick eingemummelte Kinder mit vor Kälte geröteten Wangen tollten ausgelassen durch den Schnee. Auch die Erwachsenen, die auf dem Heimweg waren, schienen guter Dinge zu sein. Junge Leute lachten und scherzten miteinander, Handwerksgesellen, die gerade Feierabend gemacht hatten, zogen gemeinsam in die Schenken, um noch einen Schoppen zu trinken, Ehepaare hatten einander untergehakt und freuten sich auf die warme Stube.

Auf den jungen Meisterschüler indessen schien die allgemeine Fröhlichkeit nicht abzufärben. Die frohgemuten Menschen gemahnten ihn nur an seine eigene trostlose Stimmung, die grau war wie der abendliche Winterhimmel. Seitdem Katharina verschwunden war, wurde Florian seines Lebens nicht mehr froh. In der Werkstatt bei der Arbeit war er noch einigermaßen abgelenkt, aber an den langen, einsamen Abenden zu Hause übermannte ihn stets die Schwermut.

Daher hatte er für den heutigen Abend beschlossen, gar nicht erst heimzugehen, sondern stattdessen das Frauenhaus »Zum Rosengarten« in der Alten Mainzergasse aufzusuchen, um an dem Porträt der Hurenkönigin weiterzuarbeiten. Am 6. Januar, dem Dreikönigstag, hatte die Gildemeisterin Geburtstag, und bis dahin musste es fertig sein.

Als er wenig später an die Tür der Wohnstube klopfte, wo sich die Hurenkönigin und die Hübscherinnen aufzuhalten pflegten, wenn sie keine Kundschaft hatten, wurde er von den anwesenden Huren freudig begrüßt. Sie mochten den jungen Maler. Er behandelte sie stets höflich und freundlich, ohne die übliche Herablassung, die ihnen sonst allenthalben entgegenschlug. Außerdem war er gut gebaut und hatte ein einnehmendes Gesicht, was man längst nicht von jedem behaupten konnte, der hier ein und aus ging. Nicht wenige der Huren hatten ihm ihre Dienste auch schon unentgeltlich angeboten – worauf er allerdings nur einmal eingegangen war. Der dunkelhaarigen Marie, die ihn mit ihren Reizen umgarnte, hatte er einfach nicht widerstehen können. Aber dann hatte er Katharina kennengelernt, und alle anderen Frauen hatten ihre Anziehungskraft für ihn verloren.

Auch die Zimmerin begrüßte Florian herzlich und lud ihn ein, sich an den Tisch zu setzen, um mit ihnen zu vespern. In einer großen gusseisernen Pfanne, die mitten auf dem Tisch stand, befanden sich gebratene Eier mit ausgelassenen Speckscheiben, und auf einem Holzbrett daneben lag ein kastenförmiges Roggenbrot. Die Hurenkönigin schnitt Florian eine dicke Scheibe ab, schaufelte eine ordentliche Portion Speck und Eier auf einen Holzteller, füllte einen Zinnbecher mit Wein und stellte alles vor den jungen Mann auf den Tisch.

»Stärk dich erst mal, mein Junge. Du hast doch heute bestimmt noch nichts Gescheites zu essen gekriegt, so mager, wie du bist«, äußerte sie mütterlich, während sie sich wieder an ihren Platz an der Stirnseite des Tisches begab, an dem acht gelbgewandete Hübscherinnen saßen. Die Hurenkönigin bekreuzigte sich und sprach ein kurzes Tischgebet, was ihr die restlichen Huren gleichtaten:

»Komm, Herr Jesus, sei unser Gast ...«

Als Florian der herzhaften Mahlzeit nur mit mäßigem Appetit zusprach und auch sonst ein bekümmertes Gesicht machte, erkundigte sich die Hurenkönigin auf ihre direkte Art, was für eine Laus ihm denn über die Leber gelaufen sei.

»Ach, nichts«, entgegnete er ausweichend und stocherte weiterhin betreten in seinem Essen herum. Schließlich platzte er heraus: »Ich mache mir halt so schlimme Sorgen um die Katharina Bacherin. Das ist meine Nachbarin, und wir haben uns ein bisschen angefreundet. Ihr Mann, der Nachtwächter, ist doch letzte Woche am Freitagmorgen erstochen in einem Brunnen gefunden worden, und seitdem ist sie spurlos verschwunden.«

»Was du nicht sagst«, erwiderte die Zimmerin ernst. »Das tut mir aber leid um das nette Mädel. Sie war damals so anständig zu uns. Wenn sie nicht gewesen wäre, hätten wir nie erfahren, dass unsere Gildeschwester Hildegard erwürgt worden ist. – Auch wenn ihr Mörder bis heute noch nicht gefasst wurde, weil sich niemand von der Stadt darum gekümmert hat!« Beim Gedanken daran packte sie der Zorn. »Ich hab dem Untersuchungsrichter Lederer damals gleich die Liste aller Stammfreier von Hildegard gegeben und dem faulen Sack immer wieder Dampf gemacht. Aber das hat alles nichts genützt. Und als dann ein paar Tage später die tote Patriziertochter auf dem Friedhof gefunden wurde, war die Müh ohnehin vergeblich, denn so eine ist ja viel wichtiger als eine von uns. Da sind die hohen Herren gleich panisch geworden, und die Hildegard war vergessen. Ich grüble heut noch darüber nach, welcher Schuft das Mädchen auf dem Gewissen hat. Es muss jemand sein, der in roter Seide daherkommt«, erzählte sie, an Florian gewandt. »Die Totenfrau hat doch in Hildegards Hand einen Fetzen roter Seide gefunden und mir ins Frauenhaus gebracht. Und ausgerechnet die Totenwäscherin ist jetzt verschwunden ... das ist eine schlimme Geschichte. Vielleicht ist sie ja auch umgebracht worden ...«

Als die Zimmerin bemerkte, wie sehr ihre Bemerkung Florian zuzusetzen schien, sagte sie betroffen: »Tut mir leid, mein Junge. Sie liegt dir wohl sehr am Herzen, die Bacherin. Ist ja auch so eine Schöne.« Die Hurenkönigin und auch die Hübscherinnen blickten den jungen Maler mitfühlend an, der offensichtlich Mühe hatte, nicht vollends die Fassung zu verlieren und vor aller Augen in Tränen auszubrechen.

Für geraume Zeit herrschte in der heimeligen Stube bedrücktes Schweigen. Nur das leise Knistern des Feuers aus dem Kachelofen war zu vernehmen.

»Ich habe sie gesehen«, durchbrach plötzlich die kehlige Stimme einer jungen Hübscherin die Stille. Als ihr sogleich die ungeteilte Aufmerksamkeit der Tischgesellschaft zuteil wurde, errötete sie tief und senkte erschrocken den Blick.

Florian war vor Aufregung aufgesprungen. »Wann war das?«, drang er in sie.

»Das muss so vor acht Tagen gewesen sein. Vielleicht auch

schon etwas länger her. Ich weiß nicht so genau«, murmelte die Hure unsicher. Sie schien ihre Äußerung schon beinahe zu bereuen.

Die Zimmerin bedachte die junge Frau mit einem strengen Blick. »Klara, du sagst uns jetzt auf der Stelle alles, was du weißt. Bist du dir auch sicher, dass das die Totenfrau war, die du gesehen hast?«

»Ja, ganz gewiss. Ich hab sie ja auch nicht nur einmal gesehen, sondern öfter. Abend für Abend ist die zu dem hin, das Miststück!«, erwiderte Klara erbittert.

Als sie die entgeisterten Mienen der Zuhörerschaft gewahrte, fuhr sie fort: »Na ja, der hat mich halt von einem Tag auf den anderen abserviert, der Schuft. Mehr als zwei Wochen lang bin ich jeden Abend zu ihm hin, weil er nicht genug von mir kriegen konnte. Und dann will mich auf einmal sein Diener an der Tür einfach abwimmeln wie so eine Hausiererin. Dem hab ich auch ganz schön was gehustet. Ich hab ihm gesagt, dass ich sofort den Leonhard sprechen will ...«

»Geht es hier womöglich um den Stadtphysikus Leonhard Stefenelli?«, unterbrach sie Florian hitzig. Er lief vor Aufregung im Zimmer hin und her.

»Genau um den. Jedenfalls kam der feine Herr Doktor dann runter zu mir und hat nur gemeint, ich soll mich davonmachen, er benötige meine Dienste nicht mehr. Und dabei hat er mich angeguckt, als wär ich der letzte Dreck. – Unsereiner ist ja weiß Gott nicht zimperlich, aber das hat gesessen wie eine Ohrfeige. Ich hab sogar geheult, glaube ich.« Klaras mandelförmige Augen waren auch jetzt tränenverschleiert.

»Na ja, unsereiner hat doch auch seinen Stolz, oder? Da liegst du jeden Abend mit einem zusammen, und dann zeigt er dir auf einmal die kalte Schulter und tut so, als ob nichts gewesen wär. Wo ich den doch so gern hatte«, stammelte

Klara heiser. »Als er gesehen hat, dass ich am Heulen war, wollte er mir ein Geldstück zustecken. Doch ich hab es ihm nur aus der Hand gehauen und bin davongelaufen. Wie ein kopfloses Huhn bin ich durch die Sandgasse gerannt, so weh hat mir das getan. Und dann sehe ich das Weibsbild an mir vorbeilaufen. Ich dachte noch, die kennste doch irgendwoher. Eh ich mich versehe, bleibt die an dem Haus vom Leonhard stehen und geht da rein. Da bin ich am nächsten Abend wieder hingegangen und hab mich auf die Lauer gelegt, und da kam die auch wieder hin. Und diesmal hab ich die Totenfrau erkannt, die auch auf der Beerdigung von der Hildegard war.«

Während ihrer letzten Worte war Florian zum Kachelofen geeilt, hatte seine dort abgelegte Schaube ergriffen und war hastig hineingeschlüpft.

»Entschuldigt bitte, Jungfer Zimmerin, dass ich nun doch nichts an dem Bild mache, aber ich muss weg. Vielen Dank für Speis und Trank«, murmelte er hektisch und strebte zur Tür.

»Junge, mach jetzt bloß keinen Fehler«, rief ihm die Hurenkönigin besorgt nach, doch da hastete der Maler auch schon draußen am Fenster vorbei.

Von kalter Wut getrieben, lief er durch die menschenleeren Gassen, in denen inzwischen knöchelhoch der Schnee lag. Jetzt würde er sich den verdammten Doktor vorknöpfen und nach dem Verbleib von Katharina fragen. Notfalls würde er die Wahrheit auch aus ihm herausprügeln. Je näher er dem Hause des verhassten Nebenbuhlers kam, desto wilder loderte sein Zorn.

Völlig außer Atem erreichte er nur wenige Minuten später das Haus in der Sandgasse, dessen obere Fenster erleuchtet waren. Er donnerte gegen die schwere Eichentür und begehrte lautstark Einlass. Gleich darauf wurde energisch die Tür aufgerissen, und Florian stand einem alten Hausdiener gegenüber, der ihn zunächst ungehalten ermahnte, nicht solch einen Lärm zu veranstalten. »Ist es denn so dringend? Der Doktor hält doch morgen früh wieder seine Behandlungsstunde ab. Oder geht es um einen Hausbesuch?«

Florian blaffte den Alten an: »Ich wünsche den Herrn Doktor in einer äußerst wichtigen Angelegenheit zu sprechen. Und zwar umgehend!«

Der alte Mann taxierte den jungen Heißsporn in der abgetragenen Schaube ungnädig und beschied ihn kühl: »Da habt Ihr Pech gehabt. Doktor Stefenelli macht Krankenbesuche und ist momentan nicht zu Hause. Kommt morgen wieder.« Daraufhin schlug er Florian die Tür vor der Nase zu.

Dieser schäumte vor Wut. »Macht auf!«, schrie er außer sich und trat gegen das Portal. »Wann kommt er denn wieder? Ich muss ihn unbedingt sprechen!«

Als sich auch nach fortgesetztem Rufen und Klopfen nichts mehr regte, beschloss Florian, in die nächstbeste Schenke zu gehen, um sich sein Mütchen mit ein paar Krügen Bier zu kühlen. *Ich krieg dich schon noch zu fassen, du Saukerl, und wenn ich dir die Tür eintreten muss*, dachte er wütend und steuerte auf das am Kornmarkt gelegene Wirtshaus zu.

Etwa anderthalb Stunden später stand Florian reichlich angetrunken wieder vor Stefenellis protzigem Wohnhaus. Während er heftig gegen die Tür schlug, schrie er immer wieder Stefenellis Namen. Doch in dem Haus blieb alles dunkel, von drinnen waren keinerlei Geräusche zu vernehmen. Dann machte er schwankend ein paar Schritte rückwärts, bückte sich und formte in den Händen einen dicken Schneeball, den er durch Zusammenpressen hart wie einen Stein machte.

»Wo ist Katharina, du Ratte? Was hast du ihr angetan?«, gellte seine heisere Stimme durch die Nacht. Dann holte er aus und zielte mit dem Schneeball auf eines der Fenster, das klirrend zerbarst. Im nächsten Augenblick traf ihn ein heftiger Schlag auf den Rücken, und er wurde von kräftigen Männerarmen gepackt und weggezerrt.

*

»Werter Herr Kollege, ich darf vorstellen: Das ist Anna Stockarn, eine gelehrte Dame aus Frankfurt am Main, deren hervorragende Abhandlungen über das Leib-Seele-Verhältnis in den Lehren Platons die Bibliothek der Philosophischen Fakultät bereichern«, sagte Professor Avenarius Eschenbach, ein würdevoller Herr mit silbergrauen schulterlangen Haaren und Denkerstirn, seines Zeichens Dekan des Philosophischen Kolloquiums der Universität Mainz. Dann stellte er Anna ihrerseits den kahlköpfigen Herrn mit den asketischen Gesichtszügen vor, der ihr hinter seinem Schreibtisch erstaunt entgegenblickte: »Professor Laurentius Euler, Dekan der Medizinischen Fakultät der Universität Mainz.«

Professor Euler erhob sich, schüttelte Anna höflich die Hand und bemühte sich dabei, seine Irritation über eine Frau in den heiligen Hallen der Alma Mater nicht allzu offenkundig zu zeigen. Dann erkundigte er sich nach Annas Begehr.

»Ich habe eine Frage zu einem gewissen Leonhard Stefenelli, Stadtarzt zu Frankfurt am Main, der hier an der Medizinischen Fakultät studiert und seinen Abschluss gemacht hat«, begann sie vorsichtig. Täuschte sie sich, oder hatten ihre Worte tatsächlich ein kurzes Aufflackern in seinen hochmütigen Augen bewirkt?

»Wie kann ich Euch da weiterhelfen?«, fragte der Professor reserviert und hob unwillig die dichten schwarzen Augenbrauen.

Anna erläuterte: »Doktor Stefenellis Abschlussurkunde der Medizinischen Fakultät wurde am 8. Januar 1507 ausgestellt, unterschrieben von Dekan Professor Anselmus Stefenelli, der auch der Vater von Leonhard Stefenelli war. Professor Stefenelli ist Anfang November 1508 in Frankfurt verschieden. Ich möchte lediglich von Ihnen wissen, Herr Dekan, ob das seine Richtigkeit hat.«

Professor Euler wirkte einigermaßen konsterniert. »Habt Ihr Gründe, daran zu zweifeln? Wenn mein ehrenwerter Vorgänger und verdienter Kollege, Professor Stefenelli, das so beurkundet hat, wird es wohl schon stimmen.«

»Versteht mich recht, ich möchte das Renommee des Verstorbenen keineswegs mindern. Aber wenn es möglich wäre, würde ich mir gerne die Absolventenliste des Jahrgangs 1507 anschauen, die doch bestimmt an Eurer Fakultät hinterlegt ist. Es geht mir vor allem um die medizinische Kompetenz Leonhard Stefenellis. Er war der behandelnde Arzt meiner Schwester Mechthild Stockarn, die, wie Ihr vielleicht vernommen habt, Anfang November bestialisch ermordet wurde ...«

»Ach, diese schlimme Sache in Frankfurt. Ich habe davon gehört. Mein Beileid übrigens. Hat denn der junge Stefenelli etwas damit zu tun? Ich dachte, der Mörder sei schon hingerichtet worden.« Professor Euler blickte bestürzt.

»Es gibt da gewisse Ungereimtheiten«, erklärte Anna. »Der Doktor hat unserer Familie einen Krankentröster empfohlen, der meine gemütskranke Schwester bis zu ihrem Tod betreut hat, und dieser hat sich im Nachhinein als Betrüger erwiesen und ist seit dem Mord an Mechthild unauffindbar. Außerdem ist es ruchbar geworden, dass Stefenelli eine

Wöchnerin mit einer Mutterkorntinktur behandelte, die er selbst hergestellt hat. Die Frau litt daraufhin unter Wahnvorstellungen, und ihr Fuß wurde brandig. Die Apothekerinnung hat sich beim Magistrat über den Stadtphysikus beschwert.«

»Das ist ja in der Tat recht fahrlässig«, murmelte Euler unbehaglich. »Ehrlich gesagt kann ich mir eine solche Verantwortungslosigkeit bei dem jungen Stefenelli gar nicht vorstellen. Ich kenne ihn von seinem Studium her nur als absolut gewissenhaft. Aber ...«, setzte er an und hielt dann plötzlich inne. Anna und der Dekan der Philosophischen Fakultät starrten ihn erwartungsvoll an, doch in dem Dekanatszimmer herrschte eine bedrückende Stille.

»Das mit der Abschlussurkunde kann nicht stimmen«, entrang sich Euler nach einer Weile. »Denn eines kann ich mit Gewissheit sagen: Leonhard Stefenelli hat viele Jahre an unserer Fakultät studiert und hervorragende Leistungen erbracht. Aber er hat bis heute sein Studium nicht abgeschlossen. Genauer gesagt: Ich habe ihn seit dem Ausbruch der Pest im Sommer 1507 nicht mehr in unserem Kollegium gesehen«, erklärte er kurzatmig und wischte sich die Schweißperlen von der Stirn. »Das Gleiche gilt im Übrigen auch für seinen Vater, Professor Stefenelli. Nach den Wirren der Pest hat er sein Amt niedergelegt und ist nach Frankfurt übersiedelt, wo er wohl eine Liegenschaft besitzt. Seit ich zu seinem Nachfolger berufen wurde, hatten wir keinerlei Kontakt mehr.«

Bitter fuhr der Professor fort: »Von seinem Tod habe ich per Zufall gehört. Und ich kann es bis heute nicht begreifen, was ihn dazu bewogen haben mag, hier so mir nichts dir nichts alles aufzugeben. Wo er doch die Fakultät im Jahre 1477 gegründet hat. Das medizinische Kollegium war sein Lebenswerk, er hing mit jeder Faser seines Herzens daran.« Euler hatte feuchte Augen bekommen und schüttelte ratlos den Kopf. »Unbegreiflich«, murmelte er ein ums andere Mal. »Von unserer langjährigen engen Freundschaft ganz zu schweigen. Meine zahlreichen Briefe und Einladungen blieben alle unbeantwortet. Und jetzt soll er auch noch Urkunden gefälscht haben ... Was ist nur mit diesem großartigen Mann geschehen?«

»Herr Dekan, ich danke Euch für Eure Aufrichtigkeit, die dazu beigetragen hat, die Wahrheit ans Licht zu bringen. Ich muss das leider an den Frankfurter Magistrat weiterleiten, denn Leonhard Stefenelli hat sich sein Amt offenbar durch betrügerische Machenschaften erschlichen. Ich gehe davon aus, dass der Senat Euch zu gegebener Zeit zwecks einer eidesstattlichen Versicherung in der Angelegenheit Stefenelli vorladen wird«, äußerte Anna behutsam. Der zerknirschte Mediziner tat ihr ein wenig leid.

Erschüttert hob Professor Euler die Hände und stieß mit bebender Stimme aus: »Was für eine Schande für unsere Fakultät!«

22

Kilian von Hattstein barg sein Gesicht in den Händen und sank zu Boden. Zusammengekrümmt lag er da, sein hagerer Körper wurde von Schluchzen geschüttelt. Katharina berührte ihn sachte an der Schulter und wollte ihm Trost spenden, doch Kilian zuckte zusammen, als habe ihn eine Nadel gestochen, und stammelte außer sich: »Noli me tangere!«

Katharina kannte zwar die Bedeutung dieser Worte nicht, nahm aber Kilians vehemente Abwehr wahr und vermied weitere Berührungen. Schweigend kauerte sie sich neben ihn.

»Kann ich Euch irgendwie helfen?«, fragte sie nach einer Weile zaghaft.

»Mir kann keiner mehr helfen«, presste Kilian mit tränenerstickter Stimme hervor und stöhnte laut auf. »Die Würfel sind gefallen, es gibt kein Entrinnen …«

»Doch, es gibt immer ein Hintertürchen. Man muss es nur suchen«, widersprach Katharina mit fester Stimme und fügte sanft hinzu: »Sprecht doch offen zu mir. Ihr könnt mir vertrauen.«

Kilian antwortete nicht, sondern stöhnte nur schmerzlich. Da kam Katharina ein Gedanke.

»Ihr … Ihr werdet ebenfalls hier gefangen gehalten. Ich meine, Ihr könnt nicht frei Eurer Wege gehen. Stimmt das?«

»Ja«, flüsterte Kilian und blickte sich verängstigt um.

»Da ist niemand«, suchte ihn Katharina zu beruhigen. »Das hätte ich gehört. Seit ich hier unten stundenlang im

Dunkeln sitze, haben sich meine Sinne geschärft. Ich kenne jedes Geräusch und weiß rechtzeitig, wann ich Besuch bekomme. Ein Knarren und ein dumpfer Schlag, als ob eine Luke aufgerissen wird, dann die Schritte auf der Holzstiege, die anschließend durch den Gang hallen, der lang und schmal sein muss.«

»Man kann sich auch anschleichen«, wandte Kilian ein und schien zu zaudern.

»Das wäre mir nicht entgangen. Ich höre sogar, wenn die Ratten über den Boden huschen. Und wenn sie mir zu nahe kommen, werfe ich immer einen meiner Schuhe nach ihnen«, erläuterte Katharina resolut und stieß Kilian aufmunternd in die Seite, so dass er erneut zusammenzuckte.

»Auf, erzählt schon. Warum hält man Euch hier fest?«, insistierte sie nachdrücklich.

»Seit Mechthilds Tod stehe ich hier gewissermaßen unter Hausarrest. Ich kann mich zwar im Haus frei bewegen, darf es aber nicht verlassen. Der Henker und seine Frau achten peinlich darauf, dass die Türen immer verschlossen sind. Nachts verriegeln sie sogar die Fensterläden. Man scheint mir immer noch nicht ganz zu trauen«, erwiderte er leise. »In der Nacht, in der Mechthild gestorben ist, hatte ich nämlich einen Zusammenbruch. Es war alles so entsetzlich ...« Er fing wieder an zu schluchzen. »Ihre schreckensgeweiteten Augen, die Todesangst, die panischen Schreie ... Zum Schluss kam nur noch ein leises Wimmern, und sie hat wie ein kleines Kind nach ihrer Mutter gefleht. *Mama, hilf mir bitte!* waren ihre letzten Worte. Ich konnte es kaum ertragen. Wir standen uns doch so nahe. Jedenfalls muss ich vor lauter Verzweiflung ohnmächtig geworden sein. Als Mechthild tot war, bin ich wieder zu mir gekommen. Puch und der Meister haben mich dann nach Hause begleitet. Ich habe die ganze Nacht nicht geschlafen und immer wieder Mechthild vor mir gesehen, wie ihr das Blut in pulsierenden Schüben aus der Halsschlagader schoss. Als endlich der Morgen graute, war mir bewusst, was für einen verhängnisvollen Irrweg wir alle eingeschlagen hatten. Ich zog in Erwägung, meinem Leben ein schnelles Ende zu bereiten, indem ich mich an meinem Gürtel am Dachbalken erhängte. Doch eine innere Stimme ermahnte mich, es nicht zu tun. Noch ganz benommen schnürte ich mein Bündel, sprach der Familie Stockarn mein Beileid aus, nachdem Mechthild im Beinhaus des Friedhofs tot aufgefunden worden war, und sattelte mein Pferd, um auf dem schnellsten Weg zu meinem Elternhaus, der Burg Hattstein im Taunusgebirge, aufzubrechen. Dort wähnte ich mich sicher vor den Brüdern des Todes, und außerdem fühlte ich mit einem Mal eine unbändige Sehnsucht nach meinen Eltern und Geschwistern, die ich schon viele Jahre nicht mehr gesehen hatte. Als ich gerade draußen vor dem Eingangsportal auf mein Pferd steigen wollte, packte mich plötzlich jemand am Arm, und zu meinem Entsetzen vernahm ich die Stimme des alten Puch, des Leibdieners des Meisters: ›Wohin des Weges, Bruder Kilian?‹, fragte er hämisch. Dann fackelte er nicht lange und verpasste mir einen heftigen Kinnhaken, der mich außer Gefecht setzte. Ich erwachte im Hause des Henkers und musste vor das große Strafgericht treten. Man hatte mich wie bei einem peinlichen Verhör an Händen und Füßen gefesselt, und Reinfried peitschte mir wutentbrannt den entblößten Rücken mit der neunschwänzigen Katze. So lange, bis ich endlich den Grund meiner geplanten Flucht gestand. Was ich ihm sagte, entsprach indessen nur zum Teil der Wahrheit. Aber der Meister glaubte mir und gab sich schließlich damit zufrieden …«

»Entschuldigt, aber was habt Ihr ihm denn für einen Grund genannt?«, unterbrach ihn Katharina.

»Dass ich den Tod der Frau, die ich liebte, nicht verkraften konnte«, erwiderte Kilian mit belegter Stimme und senkte niedergeschlagen den Kopf. »Ich habe ihn bis heute nicht verkraftet.«

»Und was waren die anderen Ereignisse, die Euch an den Lehren der Bruderschaft zweifeln ließen?«

»Es gab mehrere Vorkommnisse, die die ersten Zweifel in mir säten. Das begann schon bei den Geißlern: Einerseits war es Männern und Frauen strengstens verboten, geschlechtlichen Kontakt zu haben, dennoch kam es immer wieder zu abscheulicher Unzucht, und es befremdete mich, dass sich auch der Meister dieser Lüsternheit ergab. Und dann die toten Frauen, die man nach solchen Gelagen mit Würgemalen fand. Man hat sie nur notdürftig bestattet, und dann wurde nicht mehr über sie gesprochen. Einmal beobachtete ich, wie der Meister mit einer Frau kopulierte und sie dabei würgte. Als ich ihn danach fragte, erwiderte er nur, er tue dies, weil er nur so den läufigen Metzen die Geilheit austreiben könne. Dabei bekamen seine Augen jenen eigentümlichen Ausdruck, den ich seither immer wieder bei ihm gesehen habe. Ich erschrak bis in mein Innerstes. Er schien wie berauscht zu sein von seinem Allmachtsgefühl.«

Er sinnierte eine Weile und fuhr dann fort: »Ich war damals einfach noch so unendlich verblendet und zu sehr dem Wahn verfallen, das Leben sei ohnehin nur wertloser Tand. Außerdem war ich Reinfried, wie die meisten seiner Anhänger, in blinder Hörigkeit ergeben, was ich bis heute nicht ganz abstreifen kann. In seiner Gegenwart fühle ich mich wie gelähmt ...«

Erneut spähte er mit gehetzten Blicken um sich. Dann sprach er im Flüsterton weiter: »Als ich Reinfried nach der Auflösung der Geißler wiedersah, genügte es ihm nicht mehr länger, die Weisheit nur zu verkünden. Er verlangte von uns, den Brüdern des Todes, dass wir die Schrift wörtlich nahmen: ›Und sie werden die gute Tür öffnen durch dich, alle, welche hineingehen wollen und danach streben, auf dem Weg zu wandeln, der zu der Tür führt.‹ Und von seinen Getreuen erwartete er genau dieses.«

Katharina sah verwirrt aus, sie schien den Zusammenhang nicht ganz zu begreifen. »Was ist die ›gute Tür‹?«, fragte sie.

»*Die gute Tür zu öffnen*, um über die Schwelle ins Königreich des Todes zu schreiten, bedeutet nichts anderes, als freiwillig aus dem Leben zu scheiden. Aber die Brüder des Todes drängten sich nicht gerade darum, durch diese Tür zu treten. Es gab nur einen unter uns, der sich freiwillig meldete, und das war Bruder Anselmus, Reinfrieds Förderer und Mentor. Er war nach dem Pesttod seines Sohnes Leonhard ein gebrochener Mann, und als er zum Fest der Toten den Opfertod starb, hatte man tatsächlich das Gefühl, dass er froh war, das Leben hinter sich zu lassen. ›Leonhard, ich komme‹, rief er und verschied wenig später mit glückseligem Gesichtsausdruck. Da sich die Brüder offensichtlich so schwer damit taten, freiwillig aus dem Leben zu gehen, kam Reinfried die Idee mit dem brennenden Kienspan. Und das Los fiel auf Mechthild.«

Katharina starrte ihn entsetzt an, während der ehemalige Mönch weitererzählte. »Reinfried bestimmte mich, als seinen einstigen Wegbereiter, sie bei ihrem Weg zur Schwelle zu unterstützen. Dieser Beistand bestand vor allem darin, sie regelmäßig unter Drogen zu setzen, so dass sie schon lange vor ihrem eigentlichen Hinscheiden mehr tot als lebendig war. Als ich schließlich bemerkte, wie viel sie mir bedeutete, war es schon zu spät, um den unheilvollen Teufelskreis noch zu durchbrechen. Mechthild dämmerte mehr oder weniger nur noch vor sich hin. Bei Tobias, der ihr nachfolgte, verhielt es sich ähnlich, auch er wurde mit Drogen willenlos gemacht.«

Bitter erklärte Kilian: »Die regelmäßigen Treffen der Bruderschaft dienten einzig einem Ziel: Unsere Seelen auszulöschen, um uns dem Meister ganz und gar anheimzugeben. Reinfried war im Übrigen der Einzige, der sich an den Todesritualen zu ergötzen schien. Alle anderen Brüder und Schwestern, selbst Meister Hans, der Henker, waren beklommen, wenn vor ihren Augen ein Mensch verblutete. Aber keiner hatte den Mut und die Kraft, sich gegen Reinfried aufzulehnen. Dann ließ er sich in Frankfurt als Arzt nieder, und es geschahen neue, schreckliche Dinge. Ihm schienen die Tode aus den Reihen der Bruderschaft nicht mehr zu genügen. Im Frühjahr erwürgte er im Liebesrausch eine Bademagd, mit der er eine Affäre hatte, und Ende Oktober brachte er eine Dirne um. Es schien geradezu eine Art Todesrausch, denn er brüstete sich sogar seiner Taten. – Das alles hat mir nach und nach die Augen geöffnet. Er ist vollkommen von Sinnen, und ich ... ich habe unsägliche Angst vor ihm.«

»Ich habe die zwei toten Frauen gewaschen«, stammelte Katharina fassungslos. »Der rote Stofffetzen ... dann hat er die beiden also auch auf dem Gewissen! Er ist ein irrsinniger und grausamer Mörder.« Katharina erinnerte sich plötzlich wieder an die peinvolle Nacht, und ihr rannen vor Scham und Erniedrigung die Tränen über die Wangen.

»Er ... er hat dir wohl schlimm zugesetzt?«, erkundigte sich Kilian betroffen.

»Ja, das hat er, dieses Vieh. Und das wird er mir büßen!« Ihre Qual schlug um in kalte Wut. »Ich hasse ihn! Man muss ihn unschädlich machen«, zischte sie. »Wenn ich könnte, würde ich diese Bestie auf der Stelle töten ...«

Katharinas Tränen waren versiegt, und in ihren Augen spiegelte sich eine wilde Entschlossenheit. »Ich fürchte mich ja auch vor ihm«, sagte sie, »aber mein Hass ist stärker. Heute Nacht, als er bei mir war und mich mit roher Gewalt genommen hat, habe ich bei jedem Stoß und bei jedem Schlag, den er mir zugefügt hat, gedacht: *Das zahle ich dir heim, du Drecksack. Egal, was du mir auch antust, du kannst mich nicht brechen.* Und irgendwann, das weiß ich genau, werde ich Rache nehmen. Für mich, meinen Vater, Mechthild und all die anderen.« Um die schorfigen Lippen der Totenmagd spielte ein böses Lächeln.

Kilian schaute sie nachdenklich an. »Sei vorsichtig«, riet er ihr mit ernster Miene. »Er hat Übles mit dir vor.«

Katharina sah ihn erschrocken an. »Was denn? Sagt mir bitte die Wahrheit. Egal, wie schlimm sie ist.«

Kilian hielt kurz inne, bevor er ihr mit brüchiger Stimme zuraunte: »Er will dich demütigen und deinen Willen brechen. Reinfried erträgt es nicht, wenn sich ihm Menschen widersetzen. Und er ist sehr nachtragend.«

»Weil ich ihm bei der Versammlung widersprochen habe?« Katharina fühlte, wie eisige Furcht von ihrem Herz Besitz ergriff.

»Nein, nein, das hat ihn vielleicht noch zusätzlich angestachelt. Die Gründe dafür liegen sehr viel weiter zurück. Ich weiß nicht, ob du dich noch daran erinnern kannst. Es war vor zwei Jahren, im Pestjahr 1507. Damals zogen wir in Frankfurt ein und hielten auf dem Rossmarkt eine große Geißelung ab. Da hat der Meister dich angesprochen und aufgefordert, dich uns anzuschließen, und du hast ihn vor aller Augen beschämt und ihn einen Scharlatan genannt. Wir wollten dich daraufhin ergreifen, doch du bist uns entwischt. Der Meister war außer sich vor Wut und hat geschworen, dass du ihm das büßen müsstest, wenn du ihm je wieder unter die Augen kommen solltest. Und unglücklicherweise ist das geschehen.«

»Er hat es also damals schon geplant?« Katharina versagte die Stimme.

»Ja, so ist Reinfried. Er spielt erst mit den Menschen, bevor er sie tötet. Und er hat Freude am Quälen. Seine große Trumpfkarte ist, dass er unglaublich charmant sein kann. Er betört die Leute regelrecht, besonders die Frauenpersonen. Sie erliegen ihm, rennen ihm hinterher. Er ist wie ein Rattenfänger«, erklärte der junge Adelsmann. »Auch ich bin ihm auf den Leim gegangen, und jetzt komme ich nicht mehr von ihm los ...«

»Das muss sich erst noch herausstellen«, unterbrach ihn Katharina streng. »Aber dass ich auf diesen Schurken hereingefallen bin und die Leute vor den Kopf gestoßen habe, die es gut mit mir meinten, das verzeih ich mir nie!«, platzte es aus ihr heraus.

»Da sind schon andere Leute schwach geworden. Außerdem hat er bei dir ein wenig nachgeholfen.«

»Wie das?«

»Nun, er hat dir damals im Spital den Saft der Totenblume eingegeben. Das ist die gleiche Medizin, die er auch Mechthild und Tobias verabreicht hat. Er pflegt sie selbst herzustellen, und sie besteht zu gleichen Teilen aus Bilsenkraut und Schlafmohn. Nach einigen Malen macht dieses Teufelszeug aus dem muntersten Zeitgenossen eine schwache, willenlose Kreatur, die nur noch den einen Wunsch kennt: Mehr davon zu bekommen. So war es auch bei Mechthild. Zum Schluss hat sie immer größere Mengen davon benötigt, um nicht vor Schmerzen die Wände hochzugehen. Ich mache mir im Nachhinein die schlimmsten Vorwürfe. Denn immerhin war ich derjenige, der ihr im Hause ihrer Eltern das Elixier eingeflößt hat.«

»Hast du es denn selbst schon genommen?«

»Ja, kurz nach meinem Straucheln hat es mir Reinfried ein paar Tage lang verabreicht. Es tat teuflisch gut und brachte mich fast um den Verstand. Glücklicherweise gelang es mir dann, Reinfried davon zu überzeugen, dass ich nach wie vor sein treuer Gefolgsmann bin und mein Fehltritt einzig in der unsinnigen Verliebtheit zu einer Frau begründet lag.« Der ehemalige Mönch senkte verlegen den Blick. »Ich muss zugeben, dass es all meiner Willenskraft bedurfte, ihn nicht um das Mittel zu bitten.«

»Dann müsst Ihr fürwahr über einen eisernen Willen verfügen. Mir ist es viel zu lange nicht gelungen zu widerstehen. Am Anfang war es mir noch nicht bewusst, dass er mich unter Drogen gesetzt hatte. Obwohl es mir schon damals im Heiliggeistspital unendlich wohl zumute war, wenn er mir die Medizin eingeflößt hat. Und schon bald darauf fing ich an, mich nach ihrer überaus wohltuenden Wirkung zu sehnen, ja, zu verzehren. Erst nachdem Leonhard meinen Ehemann so kaltblütig ermordet hatte, gingen mir die Augen auf, und ich mühte mich fortan mit aller Kraft, dem Teufelszeug zu widerstehen. Außer dem einen Mal, wo Ihr es mir gewaltsam eingetrichtert habt, habe ich es nach der Einnahme immer heimlich erbrochen«, gestand sie freimütig.

»Es tut mir leid, dass ich damals so brutal zu dir war«, gab Kilian kleinlaut von sich. »Aber ich musste es tun, um in den Augen des Meisters und der anderen Brüder wieder glaubwürdig zu erscheinen. Um meine inneren Zweifel zu kaschieren, gab ich mich nach außen hin besonders radikal und unanfechtbar.«

»Das ist Euch in der Tat gut gelungen. Wie Ihr mir gegenüber die Lehren der Bruderschaft vertreten und verteidigt habt, das war schon sehr überzeugend.« Katharina nickte anerkennend.

»Dieses Kompliment kann ich nur erwidern. Wie überzeugend du die Entrückte markiert hast, wenn ich zu dir runterkam. Du hast mich ganz schön an der Nase herumgeführt.«

»Der Verzicht auf das Elixier war der schwerste Kampf, den ich jemals geführt habe, das könnt Ihr mir glauben. Hätte ich es nicht geschafft, wäre mir das gleiche Schicksal beschieden gewesen wie der bedauernswerten Mechthild«, bemerkte Katharina nachdenklich. Da verdüsterte sich ihre Miene plötzlich, als würde sie von einer dunklen Wolke überschattet. »Doch der Kampf ist noch lange nicht zu Ende. Im Gegenteil, er fängt erst an. Nach dem, was Ihr mir eben gesagt habt, steht mir ja noch Schlimmes bevor. Ich muss mich irgendwie dagegen wappnen. Ich weiß nur noch nicht, wie.«

Die Totenwäscherin blickte den ehemaligen Mönch offen an, der ihr zum ersten Mal ebenfalls in die Augen sah. Zwar verspürte sie gegen den verknöcherten jungen Adelsmann noch längst keine Zuneigung, dazu waren sie einander einfach zu fremd. Doch sie empfand zumindest eine gewisse Verbundenheit mit ihm.

Gefährten der Not sind nicht die schlechtesten, ging es der Totenmagd durch den Sinn.

»Gibt es denn irgendeine Möglichkeit, aus dem Haus zu entkommen?«, wollte sie wissen.

Kilian schien von ihrer Frage nicht überrascht zu sein. »Solche Gedanken hatte ich auch schon«, erwiderte er. »Doch das ist nicht ganz so einfach. Es gibt oben im Haus eine Haustür, und hier unten, im Kellergewölbe, am anderen Ende des Ganges, ist gleichfalls eine Tür, die nach draußen zur Hinrichtungsstätte führt. Beide Türen sind immer verschlossen, und nur der Henker hat die Schlüssel. Mein Schlüssel für die Kerkertür passt dafür nicht, das habe ich bereits ausprobiert. Und die Fenster im oberen Stockwerk sind Tag und Nacht mit Holzläden verrammelt, außerdem ist einer von den Henkersleuten immer zu Hause und hat ein wachsames Auge. In erster Linie wohl wegen dir, dass du hier gut verwahrt bist. Aber ich denke, so ganz traut man auch mir nicht über den Weg.«

»Die Flucht durch die Kellertür wäre wohl am wenigsten auffällig. Könnt Ihr nicht irgendwie an den Schlüssel kommen?« Katharina war vor Anspannung ganz blass geworden.

»Das dürfte schwierig werden, denn Meister Hans hat den Schlüsselbund immer an seinem Gürtel befestigt«, sagte der ehemalige Mönch. Sein abgezehrtes Gesicht glänzte trotz der klammen Kälte des Kellergewölbes vor Schweiß.

»Und nachts, wenn er schläft?«, fragte Katharina vorsichtig.

»Das wäre die einzige Möglichkeit. Aber das ist kein leichtes Unterfangen. Die Gefahr, dabei Lärm zu machen und entdeckt zu werden, ist einfach zu groß. Und dann Gnade mir Gott!« Der junge Gelehrte, der ohnehin nicht zu den Mutigsten zählte, schüttelte verzagt den Kopf.

»Und wenn ich es versuche?«, warf Katharina beherzt ein.

»Wie denn? Du müsstest ja dann von unten durch die Falltür kommen. Und die ist so laut, damit weckst du das ganze Haus auf.«

»Und wenn du sie für mich offen lässt?«

»Unmöglich, das würde man oben in der Stube sehen«, wehrte Kilian ab.

Katharina, die von ihrem Fluchtplan nicht abrücken mochte, dachte eine Weile nach. Dann schien sie eine neue Eingebung zu haben.

»Der Henker und seine Frau sind doch dem Branntwein sehr ergeben, richtig?«, wollte sie wissen.

»Das kann man wohl sagen! Den ganzen Tag über süffeln sie, und abends geben sie sich dann den Rest. Manchmal streiten sie um ihre Branntweinrationen, denn jeder hat Angst, dass ihm der andere was wegsäuft. Das ist schon eine ganz schöne Posse mit den beiden. Ich höre das Gezeter sogar oben in meiner Kammer, nur nicht ganz so laut. Und irgendwann herrscht dann endlich Ruhe. Dann weiß ich, dass sie auf ihren Strohsäcken liegen und ihren Rausch ausschlafen.«

»Saufer haben für gewöhnlich einen festen Schlaf«, konstatierte Katharina trocken. Sie erinnerte sich an den bleiernen Tiefschlaf ihres betrunkenen Vaters. »Vorausgesetzt natürlich, sie sind entsprechend abgefüllt.«

»Schon, aber ich möchte es ehrlich gesagt nicht unbedingt auf die Probe stellen«, gab Kilian zu bedenken.

»Und wenn Ihr noch ein bisschen nachhelft und den Branntwein mit der Totenblume veredelt?« Katharinas gerötete Augen funkelten diabolisch, was Kilian kurz auflachen ließ.

»Du bist mir ja vielleicht eine Durchtriebene«, mokierte er sich entgeistert.

Die Totenfrau schien von der Idee sehr angetan zu sein. »Ihr habt doch immer dieses Fläschchen dabei, um mir meine Ration einzugeben. Wenn Ihr das den beiden in den Branntwein schüttet, könnt Ihr in aller Ruhe nach dem Schlüssel suchen.«

Kilian schwieg bedrückt, während seine Atemzüge vor Bangigkeit immer keuchender wurden.

Katharina bedrängte ihn: »Wir sollten es in jedem Fall versuchen, es ist unsere einzige Chance. Sonst kommen wir hier nie raus, und was uns dann blüht, wisst Ihr ja selber.«

Trotz der Überzeugungskraft, die in Katharinas Worten

lag, schien Kilian zu zaudern. »Ich weiß nicht«, grummelte er unsicher.

»Ihr wollt doch gerne Eure Familie wiedersehen. Das habt Ihr mir vorhin gesagt. – Und ich kann Euch eines versichern: Euer Vater wäre überglücklich, wenn Ihr endlich nach Hause kommen würdet. Er lebt ganz einsam und zurückgezogen auf der Burg und grämt sich unsäglich wegen Euch. Vor ein paar Wochen habe ich ihn gemeinsam mit Mechthilds Schwester Anna auf der Burg Hattstein kennengelernt. Wir waren dorthin gereist, um Euch wegen Mechthild einige Fragen zu stellen ...«

»Was? Ihr wart bei meinem Vater? Und er hat Euch empfangen?«, fiel ihr Kilian bass erstaunt ins Wort.

»Ja. Am Anfang war er sehr abweisend. Aber als wir dann Euren Namen erwähnten, wurde er immer zugänglicher und wollte alles über Euch wissen. Es hat ihn sehr betrübt, dass Ihr ihn nie besucht habt, obwohl es von Frankfurt bis in den Taunus kein weiter Weg ist. Er hat mir sehr leidgetan. Er ist ein sehr einsamer, alter Mann ...«

»War denn meine Frau Mutter, Gräfin Hedwiga von Hattstein, nicht zu Hause?«, fragte Kilian befremdet.

»Es tut mir leid, Euch das sagen zu müssen, aber Eure Mutter und Euer älterer Bruder sind an der Pest gestorben«, erklärte Katharina traurig.

»O nein! Das kann nicht sein!«, stammelte Kilian bestürzt, barg sein Gesicht in den Händen und weinte heftig.

Nachdem er sich für geraume Zeit ganz und gar seiner Trauer hingegeben hatte, verlangte er von Katharina eine minutiöse Schilderung ihres Aufenthaltes auf Burg Hattstein. Dabei hing er förmlich an ihren Lippen.

Als sie geendet hatte, murmelte er ergriffen: »Ich muss unbedingt nach Hause!«

»Auf was warten wir dann noch?«, entgegnete die Totenfrau entschlossen.

»Gemach, gemach. Das muss erst alles wohl durchdacht und von langer Hand geplant sein«, protestierte der ehemalige Mönch unwirsch. »Man will ja schließlich nicht ins offene Messer rennen.«

»Je eher wir hier rauskommen, desto besser ist es doch!«, konterte Katharina entschieden. »Ich hab nämlich keine große Lust darauf, diesem Schuft noch einmal in die Finger zu geraten.«

»Das kann ich gut verstehen, Totenwäscherin. Trotzdem sollten wir bedächtig vorgehen, denn wenn unser Plan fehlschlägt, sind wir verloren.«

»Das mag sein«, stimmte ihm Katharina widerwillig zu. »Aber wenn Ihr zu lange wartet, sind wir es auch. – Wie spät mag es jetzt wohl sein?«

»Ich schätze, früher Nachmittag. Am Morgen bin ich heruntergekommen, und jetzt bin ich schon ein paar Stunden hier.«

»Gut, dann wird es ja bald dunkel. Ihr geht jetzt am besten hinauf und sondiert die Lage. Und wenn sich die Gelegenheit bietet, präpariert Ihr den Branntwein …«

»Das kann ich nicht!«, unterbrach Kilian sie verängstigt. »Was ist, wenn ich dabei ertappt werde?«

»Ich bitte Euch, tut es! Um der Liebe willen, die Ihr für Mechthild empfunden habt. Es ist unsere einzige Möglichkeit«, sagte Katharina leise und berührte mit der Fingerspitze sachte den Saum seines Gewandes.

Der ehemalige Mönch runzelte ungehalten die Stirn, verzog dann aber zu ihrem Erstaunen die schmalen Lippen zu einem spröden Lächeln und deklamierte schließlich seufzend einen Bibelvers:

»Wenn ich mit Menschen- und mit Engelszungen redete und hätte der Liebe nicht, so wäre ich ein tönend Erz oder eine klingende Schelle ... Ihr aber seid zum Steinerweichen, Totenfrau. Also gut, ich sehe zu, was ich machen kann. Aber ich entscheide alleine, wann der rechte Zeitpunkt gekommen ist, und lasse es Euch dann wissen. Bis dahin müsst Ihr Euch noch ein wenig in Geduld üben«, beschied sie der Adelsmann streng und verzichtete dabei zum ersten Mal darauf, die Geringere mit der üblichen Herablassung zu duzen.

23

Als Anna am Freitagmittag durch den hohen Schnee zu dem Haus in der Kanngießergasse stapfte, in dem Meister Caldenbach seine Malerwerkstatt hatte, war sie ziemlich außer Atem, und ihr Herz klopfte bis zum Hals.

Nach einer schlaflosen Nacht in Mainz hatte sie schon am frühen Morgen das erste Marktschiff genommen, um so schnell wie möglich wieder in Frankfurt zu sein. Doch die Fahrt war nur sehr langsam vonstattengegangen. Immer wieder hatte das mächtige Schiff, beladen mit Naturalien, Waren jeglicher Art und lebenden Tieren, welche die Bauern des Umlands auf einem der Frankfurter Märkte feilbieten wollten, mit dem Eis zu kämpfen, das sich über Nacht in der Fahrrinne des Flusses gebildet hatte. Anna war ungeduldig auf dem Deck hin- und hergelaufen, weil es sie vor innerer Anspannung nicht mehr länger unten, im beheizten Passagierraum der gehobenen Klasse, gehalten hatte. Die Fahrt war ihr unendlich lange vorgekommen.

Was sie an der Medizinischen Fakultät herausgefunden hatte, war so brisant, dass sie keinesfalls bis zum Abend warten mochte, um sich mit Florian zu beraten. Sobald das Schiff am Mainkai unweit der Fahrtorpforte angelegt hatte, eilte sie zur Malerwerkstatt.

Auf Annas Klopfen hin öffnete ihr eine hochschwangere Frau mit blassem Teint die Tür und erkundigte sich nach ihrem Begehr. Als Anna sich in aller Form für die Störung entschuldigte und ihr mitteilte, sie wünsche den Meisterschüler Florian Hillgärtner zu sprechen, zog die Frau nur ein säuerliches Gesicht und geleitete die Besucherin schweigend zur Werkstatt.

»Die Jungfer möchte den Florian sprechen«, verkündete sie ihrem Mann mit hochgezogenen Brauen und entfernte sich schnell.

Meister Martin Caldenbach, ein stattlicher Mann in den besten Jahren mit einer markanten Hakennase und schulterlangen, vom ersten Grau durchzogenen Haaren, war gerade damit beschäftigt, die Hintergrundlandschaft eines großen Tafelgemäldes zu bearbeiten. Missmutig raunzte er Anna an: »Wenn Ihr meinen Meisterschüler sprechen wollt, müsst Ihr Euch schon ein paar Gassen weiterbegeben. Der sitzt im Leinwandhaus am Weckmarkt ein. Man hat ihn heute Nacht nämlich eingekerkert, weil er im betrunkenen Zustand auf offener Straße rumkrakeelt und Scheiben eingeschmissen hat. Eine wahre Zierde für unsere Malerzunft, das ist er!«, schimpfte er aufgebracht.

Anna, über die unerwartete Hiobsbotschaft erschrocken, murmelte betreten: »Das kann ich kaum glauben. Es ist gar nicht seine Art, sich so zu benehmen. Bitte entschuldigt die Störung, Meister Caldenbach, ich werde gleich zum Weckmarkt gehen.«

»Wenn Ihr ihn seht, könnt Ihr ihm bestellen, dass ich mich mit dem Gedanken trage, mich von ihm zu trennen. Es ist ohnehin zu befürchten, dass er wegen diesem Vorfall aus der Malerzunft ausgeschlossen wird. Für Trunkenbolde und Randalierer ist in unserer Innung kein Platz. Und es gereicht auch mir keineswegs zur Ehre, einen solchen Schüler zu beschäftigen.« Meister Caldenbach war vor Erbitterung rot im Gesicht geworden, und auf seiner zerfurchten Stirn zeigte sich eine tiefe Zornesfalte. Anna erwiderte tonlos, sie werde es ihm bestellen, und floh.

Als sie wenig später im Leinwandhaus dem städtischen Untersuchungsrichter Lederer gegenübersaß, tat sich dieser offensichtlich schwer damit, die Tochter des Senatsangehörigen Josef Stockarn darüber in Kenntnis zu setzen, dass es nicht erlaubt war, Inhaftierte zu besuchen, deren Verfahren noch nicht abgeschlossen war.

»Könnt Ihr mir die Vorkommnisse der vergangenen Nacht vielleicht etwas genauer darlegen?«, erkundigte sich Anna kühl.

»Nun, die beiden Stangenknechte Anton Klemm und Jörg Lindemann haben zu Protokoll gegeben, kurz vor Mitternacht in der Neustadt wüste Schreie und lautes Scheppern vernommen zu haben. In der Sandgasse seien sie auf einen Betrunkenen gestoßen, der vor dem Haus unseres ehrenwerten Herrn Stadtphysikus Stefenelli herumgegrölt und dort mit Schneebällen die Fensterscheiben eingeschlagen habe. Daraufhin haben ihn die Stadtbüttel, wie es ihre Pflicht war, in Gewahrsam genommen und ihn hier im städtischen Untersuchungsgefängnis in Haft gesetzt. – Darf ich fragen, Jungfer Stockarin, was hat denn jemand wie Ihr mit so einem Taugenichts zu schaffen?«, fragte Lederer ölig.

»Das ist Euch unbenommen, Herr Untersuchungsrichter«, erwiderte Anna schnippisch. »Meisterschüler Hillgärtner, der sein Handwerk vortrefflich versteht, ist ein guter Freund der Familie und wird überdies von meinem Herrn Vater in Bälde mit einer umfangreichen Auftragsarbeit bedacht werden.« Es machte ihr ein diebisches Vergnügen zu sehen, wie sich der allseits bekannte Speichellecker angesichts ihrer Bekundung unbehaglich wand. »Außerdem darf ich Euch verraten, es haben sich gewisse ungute Verdachtsmomente gegen den gar nicht so ehrenwerten Doktor Stefenelli ergeben. Ich werde sie im Anschluss vor dem Magistrat in aller Ausführlichkeit darlegen. Danach wird sich eine weitere Inhaftierung meines lieben Freundes Hillgärtner sicherlich als unnötig erweisen. Einstweilen aber möchte ich mich für Euer freundliches Entgegenkommen bedanken. Bestellt dem Gefangenen herzliche Grüße von mir«, flötete sie. Als sie die Tür hinter sich schloss, starrte ihr Lederer entgeistert hinterher.

*

Gleich darauf wurde Anna Stockarn im Römerrathaus vorstellig und bat darum, Bürgermeister Reichmann höchstpersönlich zu sprechen. Bereits nach wenigen Minuten wurde sie von einem der livrierten Türsteher in das Amtszimmer des Stadtschultheiß geführt. In deutlichen Worten erläuterte sie dem Würdenträger, der zu den engsten Freunden ihres Vaters gehörte, den Sachverhalt und legte ihm eine schriftliche Erklärung des Dekans der Medizinischen Fakultät der Universität Mainz, Professor Euler, vor. Darin erklärte sich dieser bereit, in der Angelegenheit eine eidesstattliche Versicherung abzugeben.

Mit ernster Miene ließ Reichmann die Ratsherren Fichard, Neuhaus, Stalburg, Weiß und Holzhausen in sein Amtszimmer bitten.

Eine gute Stunde lang sprachen die Honoratioren den Fall genau durch und verglichen Annas Aussage mit Stefenellis hinterlegter Abschlussurkunde. Dann bestand für sie kein Zweifel mehr daran, dass der Magistrat der Stadt Frankfurt von Leonhard Stefenelli böswillig getäuscht und betrogen worden war.

Gleich darauf beauftragte Bürgermeister Reichmann zwei Stangenknechte, Doktor Stefenelli umgehend in den Rathaussaal zu zitieren, wo er vor dem gesamten Magistrat sowie den Vorstehern der Frankfurter Ärzteschaft Rede und Antwort zu stehen habe.

*

Mit angehaltenem Atem stand Reinfried von Gückingen alias Leonhard Stefenelli auf dem oberen Treppenabsatz und lauschte den Worten der Stadtbüttel. Als es an der Tür geklopft hatte, hatte er unauffällig aus einem Fenster des oberen Stockwerks geblickt. Beim Anblick der Stangenknechte schwante ihm nichts Gutes, und er hatte seinem Diener zugeraunt: »Ich bin nicht da!«

So vernahm Stefenelli nun den amtlichen Tonfall des Schergen: »Der höchst ehrenwerte Rat der freien Reichsstadt zu Frankfurt am Main unter dem Vorsitz des hochwohlgeborenen Herrn Bürgermeister Reichmann hat angeordnet, der Herr Stadtphysikus Stefenelli möge unverzüglich ins Römerrathaus kommen.«

»Mein Herr ist nicht zu Hause«, ertönte daraufhin die resolute Stimme des Hausdieners. »Er macht gerade Krankenbesuche.«

»Wo hält er sich denn momentan auf?«

»Das entzieht sich meiner Kenntnis. Aber er wird um die vierte Stunde im Hospital zum Heiligen Geist sein, um dort seine Nachmittagssprechstunde abzuhalten«, fügte der alte Fuchs entgegenkommend hinzu.

Für einen Augenblick herrschte Schweigen, dann erklärte einer der Büttel ungehalten: »Die Angelegenheit ist äußerst dringlich, und Ihr macht Euch strafbar, wenn Ihr dem Magistrat nicht die notwendige Unterstützung zukommen lasst.

Sollte Euer Herr in nächster Zeit hier auftauchen, sorgt dafür, dass er über die Vorladung in Kenntnis gesetzt wird.«

»Ich werde es ausrichten«, knarzte die Stimme des Alten. »Darf ich fragen, warum mein Herr vorgeladen wird?«

»Die Gründe dafür wird der Herr Stadtphysikus nachher schon selbst erfahren. Doch Ihr könnt ihm sagen, dass es um seine Approbation geht.«

Als Puch seinem Herrn entgegeneilte, um ihm Rapport zu erstatten, unterbrach ihn Reinfried barsch mit der Bemerkung, er habe alles mitgehört. Aufgebracht erklärte er: »Diese Pfeffersäcke wollen mir ans Leder. Wir müssen hier so schnell wie möglich abhauen. Pack schon mal das Nötigste zusammen, und sattel die Pferde. Wir schlüpfen im Galgenviertel bei Meister Hans unter, da sind wir fürs Erste sicher. Und dann beratschlagen wir, wie es weitergehen soll.«

»Ja, Meister. Was soll ich denn alles einpacken? Wir kommen ja sicher so schnell nicht mehr wieder hierher?« Der alte Puch wirkte sichtlich bekümmert. »Ach Gott, all die schönen Sachen, die wir zurücklassen müssen ...«, jammerte er.

Reinfried überlegte. »Damit müssen wir uns abfinden. Pack alles ein, was irgendwie von Wert ist. Es darf aber nicht zu groß und sperrig sein. Und natürlich unsere Waffen. Um meine persönlichen Sachen und mein Felleisen mit den ärztlichen Instrumenten und Medikamenten kümmere ich mich selbst.« Er ermahnte seinen Diener noch: »Beeil dich, wir haben nicht viel Zeit.« Dann entschwand er in seinen Behandlungsraum und ließ vernehmlich die Tür ins Schloss fallen.

Drinnen begab sich Stefenelli zielstrebig zu einer kunstvoll geschnitzten Eckvitrine, der er eine Glaskaraffe mit edlem spanischen Weinbrand entnahm. Er goss sich einen kräftigen Schluck daraus in einen Zinnbecher und leerte ihn in einem

Zug. Dann ließ er sich auf einen mit Seidenkissen gepolsterten Lehnstuhl sinken und dachte konzentriert nach.

In seinem hohlwangigen, narbigen Gesicht, das in seiner wilden Verwegenheit jedem Freibeuter zur Ehre gereicht hätte, zuckte kein Muskel. Lediglich die grünen Wolfsaugen leuchteten in düsterer Intensität. Während er sich mit der feingliedrigen gepflegten Hand immer wieder durch den dichten, mit schwarzem Henna gefärbten Haarschopf fuhr – sein Haar war vor zwei Jahren, nach seiner überstandenen Pesterkrankung, schlohweiß geworden –, zeigte sich um seine Mundwinkel plötzlich ein abgründiges Lächeln. Er schien zu einer Entscheidung gelangt zu sein.

»*Conium maculatum*«, flüsterte er fast zärtlich. »Das ist genau das Richtige!«

Er erhob sich und ging zu dem Wandregal, das mit Tiegeln, Gefäßen und Gläsern in unterschiedlichsten Formen und Größen angefüllt war, und ergriff einen gut verschlossenen Steinguttopf, den er auf den breiten Arbeitstisch stellte und vorsichtig öffnete. Sogleich breitete sich im ganzen Raum ein stechender Geruch nach Mäuseurin aus. Der Topf war bis zum Rand gefüllt mit kleinen grünlichen Samenkapseln, die ein wenig wie gedörrte unreife Pflaumen aussahen. Reinfried zögerte kurz, bevor er nach und nach den gesamten Inhalt in ein Leinensäckchen füllte, das er sorgfältig verschnürte und in seinem Felleisen verstaute.

»Bei so vielen Leuten werden wir schon alle brauchen. Besser zu viel als zu wenig«, murmelte er vor sich hin, während ihm von dem durchdringenden Geruch die Augen tränten, als habe er Zwiebeln geschält.

*

Gleich nach ihrer Unterredung mit dem Bürgermeister und den Ratsherren wurde Anna erneut im Leinwandhaus vorstellig, um sich bei Lederer für Florians Haftentlassung zu verwenden. Obgleich sie ihm auseinandersetzte, dass es sich bei dem Geschädigten Leonhard Stefenelli um einen erwiesenen Betrüger handele, der sich vor dem Magistrat zu verantworten habe, konnte sich der Untersuchungsrichter nicht dazu durchringen, Florian auf freien Fuß zu setzen. Immerhin gestattete er Anna, sich mit dem Gefangenen durch die Kerkertür zu besprechen.

Während sich Anna und Florian noch die Köpfe über Stefenelli heißredeten, war plötzlich aus der Wachstube lautes Stimmengewirr zu vernehmen. Mehrfach fiel der Name des Arztes. Anna stürzte sogleich die Treppe hinauf und bekam gerade noch mit, wie Lederer sich vor dem Stadtschultheiß und seinem Gefolge devot verbeugte.

»Der Betrüger Stefenelli ist zum Verhör im Rathaus nicht erschienen, und in seinem Wohnhaus in der Sandgasse öffnet niemand die Tür«, erklärte Reichmann dem Untersuchungsrichter. »Wir haben demnach also allen Grund zu der Annahme, dass sich Stefenelli der Befragung hinterlistig entziehen will. Was als ein weiteres Zeichen seiner Schuld gewertet werden kann. Ich beauftrage daher die Stadtpolizei, Stefenellis Haus aufzubrechen und nachzuforschen, ob er sich dort noch irgendwo versteckt hält. Desgleichen sind alle verfügbaren Stangenknechte anzuweisen, systematisch die Stadt nach ihm zu durchkämmen. Die Torwächter müssen instruiert werden, sämtliche Ausgangsstraßen nach dem falschen Doktor abzusuchen. – Auf, auf, Lederer, veranlasst alle nötigen Schritte, und zwar stante pede, denn es wird schon bald dunkel!«, befahl der Schultheiß ungeduldig. »Es muss alles drangesetzt werden, dass wir ihn heute noch erwischen, denn morgen ist er wahrscheinlich schon über alle Berge.«

Lederer straffte seine Haltung, ehe er mit belegter Stimme hervorstieß: »Das wird umgehend erledigt, Herr Bürgermeister!«

»Wir erwarten im Rathaus heute noch Euren Rapport, oder besser noch: die Vorführung des Schwindlers.«

Reichmann und seine Delegation wollten sich gerade wieder aus der Amtsstube entfernen, da richtete Anna, die sich die ganze Zeit schweigend im Hintergrund gehalten hatte, erregt das Wort an den Schultheiß: »Herr Bürgermeister, einen Moment noch bitte, ich habe Euch in der Angelegenheit noch etwas Wichtiges mitzuteilen.«

Den Mienen der Honoratioren war unschwer zu entnehmen, dass ihnen die vorlaute Einmischung der neunmalklugen Patriziertochter gehörigen Verdruss bereitete. Doch auch wenn die junge Frau alles, was man am weiblichen Geschlecht sonst so schätzte, nahezu vollständig vermissen ließ, handelte es sich bei ihr doch um eine Dame von Stand, der mit dem nötigen Respekt begegnet werden musste.

»Was gibt es denn noch, meine Liebe?«, entrang sich Reichmann und bemühte sich um ein wohlwollendes Lächeln.

Um einen möglichst sachlichen Tonfall bemüht, sagte Anna: »Leonhard Stefenelli ist womöglich sogar ein Mörder.«

»Was Ihr nicht sagt! Und wie kommt Ihr darauf?«

Anna, der sein spöttischer Unterton nicht entgangen war, atmete tief durch und lieferte ihm einen ebenso vollständigen wie eloquenten Bericht dessen, was sie eben erst von Florian über sein Gespräch mit der Hurenkönigin erfahren hatte.

Als der Bürgermeister hörte, wer die Quelle dieser Informationen war, rollte er nur abfällig mit den Augen und murmelte in seinen Bart: »Ach, die Zimmerin und ihre Hurenmenscher ... das sind mir ja grad die Richtigen ...«

»Wieso sollte denn die junge Hübscherin gelogen haben?«, insistierte Anna entrüstet.

»Na, vielleicht weil der Doktor sie verschmäht hat und sie sich an ihm rächen wollte?«, wandte Reichmann ein. Dann sagte er beschwichtigend: »In Gottes Namen, wir können ja Stefenelli diesbezüglich noch befragen, wenn wir seiner habhaft werden. Aber mit Verlaub, liebe Stockarin, nach einer durchgebrannten Totenwäscherin können wir nicht auch noch suchen, wo wir momentan mit diesem betrügerischen Medicus schon genug am Hals haben.«

»Findet Stefenelli, und dann werdet Ihr auch die Bacherin finden«, schnaubte Anna aufgebracht. »Und wenn Ihr schon dabei seid, jeden verfügbaren Stangenknecht zusammenzutrommeln, dann veranlasst doch bitte, dass der junge Hillgärtner endlich freikommt. Dann habt Ihr noch einen Mann mehr in Eurem Suchtrupp, von meiner Wenigkeit einmal ganz zu schweigen.« Anna grinste ihn provozierend an.

»Was soll denn das heißen?«, fragte Reichmann irritiert.

»Ganz einfach: Ich werde mich den Stadtbütteln anschließen. Ich kann reiten wie ein Mann, und mit einer Armbrust umgehen kann ich auch!«

Bei dieser degoutanten Eröffnung runzelte Reichmann nur ratlos die kahle Stirn und erteilte Lederer schließlich die Anweisung, Florian aus dem Kerker zu entlassen.

24

Katharina spürte, wie ihr vor Schreck und Erbitterung das Herz aussetzte, als Reinfrieds Stimme durch die geöffnete Luke zu ihr herunterdrang. Vor wenigen Stunden hatte Kilian sie mit der ihm eigenen Zurückhaltung wissen lassen, dass er sich nun möglicherweise in der Lage sehe, ihren gemeinsamen Plan endlich umzusetzen. Bevor er nach oben gegangen war, hatte er sie mit bebender Stimme noch darum gebeten, ihn in ihr Gebet einzuschließen. Was sie seitdem auch mit aller Inbrunst getan hatte.

Heilige Muttergottes, steh ihm bei, und halte schützend deine Hand über ihn. Hilf uns in all deiner Güte, aus den Klauen dieses Teufels zu entkommen …

Und jetzt war er plötzlich wieder da, der Mann, dem sie bis vor kurzem noch mit Haut und Haaren verfallen gewesen war und den sie mittlerweile so vehement verabscheute. Schon der Klang seiner Stimme reichte aus, ihr allen Mut zu rauben. *Welche Heimsuchungen stehen mir denn heute wieder bevor,* sinnierte sie verzweifelt. *Werde ich denn niemals hier herauskommen?*

In tiefer Wehmut musste sie plötzlich an Florian und Anna, an ihren Vater und an Ruprecht denken, an alle Menschen, die ihr nahestanden, die lebendigen und die toten. Unversehens strömten ihr die Tränen aus den Augen und mochten einfach nicht mehr versiegen. Auch nicht, als wenig später die Kerkertür geöffnet wurde und Reinfried, gefolgt von sämtlichen Brüdern des Todes, das Kellergewölbe betrat.

»Warum flennst du denn?«, herrschte er sie an, während er einen hohen Zinnkrug auf den Tisch stellte und an der Stirnseite Platz nahm. Katharinas Blick richtete sich unwillkürlich auf Kilian, der totenblass war und die Lider gesenkt hielt. Seine Züge wirkten wie erstarrt. Auch die anderen Brüder schienen bedrückt zu sein. Ilses Mondgesicht glänzte vor Schweiß, und sie keuchte vernehmlich, als sie ein Tablett mit Zinnbechern herbeibrachte, die sie nach und nach verteilte.

Nachdem alle Fackeln entzündet waren, die Mitglieder der Todesbruderschaft ihre Plätze eingenommen hatten und auch Katharina sich schniefend von ihrem Strohsack erhoben und zur rechten Hand von Reinfried niedergelassen hatte, hub der Meister an:

»Meine getreuen Brüder und Schwestern des Todes«, begann er mit feierlichem Ernst, »unsere Bruderschaft ist in großer Gefahr. Die Stadtobrigkeit hat sich gegen mich verschworen. Wenn sie meiner habhaft werden, werden sie mir den Prozess machen und mich zum Tode verurteilen. Euch wird in der Folge das Gleiche widerfahren. Das darf nicht geschehen. Daher habe ich als Euer Meister, dem Ihr absoluten Gehorsam gelobt habt, entschieden, dass wir ihnen zuvorkommen werden …«

Bruder Gottfried, der vierschrötige Almosensammler der Leprakranken, unterbrach ihn: »Mit Verlaub, Meister, aber warum versuchen wir nicht, auf dem schnellsten Wege zu flüchten? Wenn wir gleich losreiten und keine Rast einlegen, sind wir vielleicht morgen schon in Sicherheit.« Vor Aufregung hatte er einen hochroten Kopf.

»Wir werden ja flüchten, Bruder Gottfried, aber dorthin, wo uns niemand vermutet. Wir flüchten nämlich ins Reich des Todes«, erklärte Reinfried mit der Heiterkeit eines Bänkelsängers und blickte seine Getreuen durchdringend an.

Denen stand angesichts seiner Eröffnung das blanke Entsetzen in den Gesichtern. Die dicke Henkersfrau gab ein verzweifeltes Schluchzen von sich, dann biss sie sich auf die Lippen und verstummte. Eine Weile herrschte bleiernes Schweigen in der Tafelrunde.

Schließlich sprang der Meister wütend auf und fuhr seine Gefolgschaft mit dröhnender Stimme an: »Und ihr wollt Brüder des Todes sein? Wo ihr doch noch immer das Fleisch liebt und euch vor dem Tode fürchtet? Ihr verdammten Feiglinge, klammert ihr euch noch immer ans Leben? – Ihr enttäuscht mich maßlos!«, spie er ihnen verächtlich entgegen.

»Nein, Meister, so ist es nicht. Wenn Ihr es so entschieden habt, werde ich mich fügen. Ich fürchte mich schon lange nicht mehr vor dem Tod«, erwiderte der alte Puch mit fester Stimme.

»Auch ich bin bereit, Meister«, erklärte auch Meister Hans rundheraus. »Ich habe noch nie verstanden, warum die Leute immer so am Leben hängen. Ich für meinen Teil bin seiner längst überdrüssig.« Der resignierte Blick seiner trüben Säuferaugen verriet deutlich, dass er vom Leben tatsächlich nichts mehr erwartete. Seine Frau Ilse indessen brach bei seiner Bekundung in Tränen aus.

»Was gibt's denn da zu heulen, Alte«, brummte der Henker bärbeißig und kniff Ilse in den speckigen Oberarm. »Du hältst das ganze Elend doch auch nur aus, wenn du entsprechend zugesoffen bist.«

»Das stimmt«, presste sie unglücklich hervor. »Aber trotzdem hätte ich mir ein besseres Leben gewünscht. Und eigentlich ... eigentlich hab ich furchtbare Angst vorm Sterben.« Die dicke Frau barg ihr Gesicht in den Händen und wimmerte vor sich hin, während die anderen betroffen schwiegen. Katharina, die über Reinfrieds Ankündigung hochgradig schockiert war, tat die Henkersfrau herzlich leid.

Nun brach es aus ihr heraus: »Das Leben ist nun einmal schrecklich – und schön! Ich hänge an ihm, und ich habe nur das eine.« Sie funkelte Reinfried zornig an. »Wer bist du denn, dass du dir anmaßt, über unser Leben und unseren Tod zu entscheiden? Fang doch bei dir selber an, und leg zunächst einmal Hand an dich. Dann haben wir einen Teufel weniger auf Erden!«, schrie sie gellend und erhob sich drohend gegen den Mann in der roten Seidenkutte. Im nächsten Moment holte Reinfried aus und schlug Katharina mit dem Handrücken gegen den Mund, dass ihre Lippen heftig zu bluten begannen. In dicken, schweren Tropfen rann das Blut auf das schwarze Samtbanner mit dem Totenschädel.

»Ich bin König Tod, du Miststück! Und dich heb ich mir bis zum Schluss auf. Das wird ein ganz besonderer Spaß werden«, erwiderte Reinfried mit gefährlicher Ruhe und fuhr sich mit der Zunge lüstern über die Lippen. »Aber bis dahin bleibst du schön sitzen und hältst die Klappe. Oder willst du etwa, dass Meister Hans dich hier festbindet und dir einen Knebel in dein Schandmaul stopft?« Er musterte Katharina wie ein ungezogenes Kind und zog amüsiert die Brauen hoch.

»Hat denn niemand ein Tuch einstecken?«, fragte er in die Runde. »Die saut uns ja noch das ganze Banner ein.« Als sich keiner meldete, kräuselte er angewidert die Lippen und schnaubte hämisch: »Dann nimm halt den Ärmel. Das gehört in deinen Kreisen ja zum guten Ton.«

Katharina sank auf ihren Stuhl zurück und hielt sich unwillig den Ärmel vor den schmerzenden Mund. Sie enthielt sich weiterer Äußerungen, um nicht tatsächlich durch Fesseln außer Gefecht gesetzt zu werden. Während sie verzweifelt über einen Ausweg nachdachte, ergriff Reinfried das schwarze Buch, das auf dem Tisch lag, und schlug es auf.

»Liebe Brüder und Schwestern des Todes. Es ist unserer unwürdig, die knapp bemessene Zeit, die uns noch bleibt, mit Jammern und Gezänk zu entweihen. Stattdessen wollen wir uns auf das Einzige besinnen, was unserem erbärmlichen Leben Größe verleiht: den Tod. Erst im Tode werden wir unsere wahre Bestimmung erfahren und von unserer überheblichen Blindheit befreit werden. Der wahre Mensch erkennt trotz aller Leiden seine Berufung an. Am Ende des Erlösungsweges des Jakobus steht das Wort: *Dann bist du nicht mehr Jakobus, sondern der, der wahrhaft ist.* Jakobus nimmt die Knechtsgestalt an, er nimmt die Strafe des vergänglichen Leibes auf sich, um sein Erlösungswerk zu vollbringen. Darum lasst uns gemeinsam den Berg des Leidens überwinden und unseren natürlichen Leib töten, auf dass wir den triumphalen Aufstieg des reinen Geistes erleben. Der geistige Leib ist unzerstörbar und unangreifbar von den Mächten der vergänglichen Welt. Er ist Licht und leidet nicht. Er ist der wahre Mensch, der aus dem Gefängnis des natürlichen Menschen erlöst werden muss. Denkt an die letzten Worte von Jesus Christus, der sich freiwillig seinen Häschern ergab und mit offenen Augen in den Tod ging: *Ich sterbe des Todes, aber man wird mich lebendig finden.* Der wahre Mensch bleibt lebendig, auch wenn der natürliche Leib stirbt. Lasst uns den Weg der vielen Formen verlassen, der so mühsam ist, und über die Schwelle in die ewige Glückseligkeit eingehen.«

Reinfried hatte sich regelrecht in einen Rausch geredet und war sichtlich ergriffen. In seinen Wolfsaugen glitzerten Tränen wie Eiskristalle. Auch die Brüder des Todes waren von den erhabenen und leidenschaftlichen Worten des Meisters derart betört, dass sie allenthalben in einen Zustand der Verzückung gerieten. Lediglich Katharina und Kilian, die über die Tafel hinweg beredte Blicke gewechselt hatten, verharrten angespannt auf ihren Stühlen.

»*In morte sumus*«, tönte Reinfried mit verklärtem Gesichtsausdruck, während der kalte Glanz seiner Augen Zufriedenheit verriet.

»*Sumus in morte*«, echote die Tischgesellschaft ergeben.

»So sei es«, erwiderte der Meister. »Wir werden nun mit unserem Ritual beginnen und alle gemeinsam, einer nach dem anderen, ins Königreich des Todes hinübergehen«, verkündete er salbungsvoll.

Er ergriff den Zinnkrug, öffnete ihn und füllte reihum die sieben Becher. In dem Gewölbe herrschte plötzlich völlige Stille, lediglich die gluckernden Geräusche der Flüssigkeit waren zu vernehmen. Sogleich breitete sich ein scharfer Geruch nach Mäuseurin im Keller aus. Katharina brach der kalte Schweiß aus.

»Was ist das?«, fragte sie panisch.

»Das ist Rotwein, durchsetzt mit den pulverisierten Früchten des gefleckten Schierlings. Ein hochwirksames und schnell wirkendes Gift, das uns schnell und schmerzlos über die Schwelle bringen wird«, erwiderte Reinfried, der so ruhig und gelassen wirkte wie bei einem erquicklichen Umtrunk, im Plauderton und strahlte sie an. Anschließend richtete er seinen Blick auf Kilian zu seiner Linken.

»Bruder Kilian, dir als mein treuer Gefolgsmann und Wegbereiter soll die Ehre zuteil werden, den Anfang zu machen. Wir werden dich bei diesem weihevollen Akt mit unseren Fürbitten unterstützen.« Er machte eine auffordernde Handbewegung, und gleich darauf erklang der düstere Singsang der Brüder des Todes, wie er gewöhnlich bei einem Todesritual deklamiert wurde:

»Suche den Tod wie die Toten, die das Leben suchen. Suche den Tod deines natürlichen Wesens und finde deine Erlösung. Werde leer, und kehre ein ins Königreich des Todes.«

»Trink nur, Bruder«, forderte Reinfried Kilian auf. »Keine Angst, es wird auch ganz schnell gehen.«

In dem Verlies herrschte Totenstille, und alle Augen richteten sich auf Kilian, der heftig zu schlottern begonnen hatte.

»Ich ... ich kann nicht«, winselte der ehemalige Mönch und wirkte wie von Sinnen. »Bitte, Meister, lasst mich am Leben ...«, flehte er heiser, ehe ihm vor Todesangst die Stimme versagte.

Reinfried hielt den Blick unbarmherzig auf ihn gerichtet. »Natürlich kannst du nicht, mein Armer«, näselte er spöttisch. »Doch keine Sorge, Bruder, wir werden dir schon dabei helfen.« Er gab Puch, dem stämmigen Schellenknecht, und dem Henker entsprechende Zeichen. Die Männer erhoben sich und traten hinter Kilian an den Tisch.

»Bruder Gottfried und Bruder Michel, Ihr haltet den Feigling fest, und Bruder Hans, du flößt es ihm ein«, befahl der Meister in schneidendem Tonfall.

Der schmalbrüstige, hagere Kilian von Hattstein war von seinem Stuhl aufgesprungen. Als ihn die drei stattlichen Männer packten, setzte er sich mit einer Heftigkeit zur Wehr, die ihm niemand zugetraut hätte. Er schlug wild um sich und trat nach allen Seiten, entwand sich ihren Händen, so gut er konnte, verteidigte sein Leben mit Klauen und Zähnen und schrie immer wieder gellend: »Nein, ich will nicht sterben!«

Katharina war aufgesprungen, um ihm zur Hilfe zu kommen, doch ehe sie bei ihm war, landete Reinfrieds Faust krachend auf ihrem Nasenbein, und ihr wurde es augenblicklich schwarz vor Augen.

*

Es war bereits stockfinster, als sich der Schergentrupp vor der Galgenpforte sammelte. Das Schneetreiben war während der letzten Stunden immer dichter geworden, und die Männer waren erschöpft und hofften darauf, sich endlich auf den Heimweg machen zu können. Stundenlang hatten sie die ganze Stadt nach Leonhard Stefenelli abgesucht. In sämtliche Gastwirtschaften, Badestuben und Frauenhäuser waren sie eingedrungen, in der Hoffnung, dass er sich dort noch irgendwo versteckt hielt, doch er blieb unauffindbar, und niemand der zahlreichen Befragten hatte ihn gesehen. Selbst die Torwächter nicht, die zunächst die verschiedenen Zufahrtswege Frankfurts durchstreift hatten und nun an den Toren Wache hielten, um den Flüchtigen ausfindig zu machen.

»Wir brechen jetzt die Suche ab und machen morgen früh bei Tageslicht weiter. Dann durchkämmen wir das Umland nach dem Schlawiner«, ordnete der Anführer der Stangenknechte an und stieß damit bei seinen Männern auf große Zustimmung.

Nur die burschikose Patriziertochter, die reiten konnte wie ein Kerl und sogar eine Armbrust umgeschnallt hatte, und der verwegen aussehende Malergeselle, die sich die ganze Zeit über an ihre Fersen geheftet hatten, schienen damit nicht einverstanden zu sein. Vorhin schon hatten sie dem Schergenführer in den Ohren gelegen, auch das Galgenviertel zu durchsuchen, doch dieser hatte davon nichts wissen wollen. Und jetzt steckten die beiden Grünschnäbel schon wieder die Köpfe zusammen.

»Mit Verlaub, Herr Oberbüttel, aber sollten wir nicht vielleicht doch noch im Galgenviertel weitersuchen?«, insistierte die Patriziertochter gewichtig.

»Schergenführer Müller, wenn ich bitten darf«, blaffte der

Angesprochene zurück, dem es gewaltig gegen den Strich ging, sich von einem Weibsbild etwas sagen zu lassen.

»Es gibt Grund zu der Annahme, dass sich der Gesuchte im Hause des Henkers versteckt hält«, fuhr Anna fort.

»Im Rabenstein? Dahin könnt Ihr alleine reiten! Meister Hans wird sich sicher sehr über Euren Besuch freuen und Euch gebührend willkommen heißen«, entgegnete der Schergenführer höhnisch und erntete damit schallendes Gelächter bei den umstehenden Bütteln.

Doch das Lachen blieb den grobschlächtigen Burschen förmlich im Halse stecken, als Anna daraufhin trotzig erwiderte: »Gut. Wenn Ihr zu feige seid, reiten wir halt alleine dorthin!«

*

Katharina war noch ganz benommen, als sie wieder zu sich kam. Ihre Haare und das Gesicht troffen vor Nässe, und sobald sie den Wasserkrug auf dem Tisch gewahrte und in Reinfrieds hämische Grimasse blickte, war ihr sofort klar, was sie aufgeweckt hatte. Mit einem Schlag war sie wach bis in die Haarspitzen. In böser Ahnung ließ sie ihren Blick durch den Raum schweifen und erstarrte vor Entsetzen, als sie die fünf leblosen Körper sah, die in verkrümmter Haltung und mit verzerrten Gesichtszügen auf dem Boden lagen. An ihren weit aufgerissenen Augen erkannte sie sofort, dass sie tot waren.

Der ganze Raum war erfüllt vom Gestank menschlicher Ausscheidungen, durchsetzt von dem beißenden Geruch nach Mäuseurin. Katharina begann unwillkürlich zu keuchen und konnte sich nicht dagegen wehren, dass ein schlimmes Zittern von ihrem ganzen Körper Besitz ergriff.

Reinfried, der sie mit fiebrig glänzenden Augen beobachtete, lachte bösartig und krächzte mit rauer Stimme: »Du bist die Nächste, Totenmagd. Ich habe dich eigens aufgeweckt, damit du deinen eigenen Tod nicht verschläfst.«

Katharina warf einen panischen Blick zur Tür und fühlte gleichzeitig, wie ihr eine überwältigende Todesangst die Glieder lähmte.

Als könnte er ihre Gedanken lesen, raunte Reinfried ihr zu: »Nein, nein, weglaufen gilt nicht! Du trinkst jetzt brav deinen Becher leer, meine Schöne, sonst schneide ich dir deinen Schwanenhals durch!«

Er hatte unter seiner roten Kutte einen langen Dolch hervorgeholt und bewegte die Spitze mit genussvoller Langsamkeit auf Katharinas Kehle zu. Als das kalte Metall ihren Hals berührte, fühlte sie einen stechenden Schmerz und schrie laut auf.

Auf einmal wurde ihr kalt bis ins Mark, und eine tiefe Ruhe überkam sie. Als sie anschließend zu sprechen anfing, waren der keuchende Atem und das Beben in ihrer Stimme nur noch Inszenierung.

»Ich werde den Todestrank zu mir nehmen, Leonhard. Aber bitte erlaube mir vorher noch eine letzte Frage.«

»Frag, was immer du magst, meine Teure. Aber sei dir gewiss: Du wirst die Antwort mit in dein Grab nehmen.« Er lächelte gönnerhaft.

»Es geht dir doch gar nicht darum, den Menschen den Tod bloß *nahezubringen*?«

»Sondern?« Er hob belustigt die Brauen, während er die Dolchspitze weiterhin gegen ihren Hals drückte.

»Ich meine, was du eigentlich willst, das ist doch das Töten, nicht wahr?«

»Kluges Kind! Du hast mich durchschaut.« Reinfried verzog anerkennend die Mundwinkel. »Meine wahre Berufung erfuhr ich auch nicht, wie die anderen Schwachköpfe immer glaubten, als ich die Pest überlebte, sondern, als ich zum ersten Mal getötet habe. Keiner weiß das. Und du bist die Erste und auch die Letzte, die es erfährt.«

»Was genießt du so daran?«, fragte Katharina, während sie Reinfried keinen Moment aus den Augen ließ.

Einen Augenblick lang schien er ernsthaft nachzudenken, und mit einem Mal wirkte sein zuvor so zynisches Gesicht wie verklärt.

»Der Augenblick des Todes ist ein einzigartiger und erhabener Moment«, schwärmte er begeistert. »Nur wer selbst schon getötet hat, kennt das und wird verstehen, was ich meine. Das Töten ist unglaublich machtvoll und erregend. Man muss es auskosten, es darf auf keinen Fall zu schnell gehen. Ganz langsam musst du zudrücken und sie zappeln lassen wie ein Fisch auf dem Trockenen. Die Angst in ihren Augen ... Dann drückst du fester und fester, und schließlich erlöscht das Licht, der Lebensfunke. Das ist unsagbar göttlich. Nichts anderes vermag mich derart zu faszinieren.«

Zum ersten Mal, seit sie ihn kannte, schien er tatsächlich bewegt zu sein. *Er hatte sich offenbart!*

»Deswegen willst du auch, dass ich das Gift trinke. Weil es länger dauert, als ... als wenn du mich erstechen würdest«, flüsterte Katharina beklommen.

»Du bist ein schlaues Mädchen, Totenwäscherin. Warum sollte ich mich um dieses grandiose Schauspiel bringen? Ich werde jeden Moment davon genießen. Es fängt mit Brechreiz an, dann wirst du bald nicht mehr sprechen und auch nicht mehr schlucken können. Dann fangen die Muskelkrämpfe an.« Er kicherte belustigt angesichts von Katharinas entsetztem Blick. »Und dann kriegst du keine Luft mehr und erstickst. Vergiftungen haben immer etwas Groteskes. Aber in ihrer Dramatik sind sie einfach brillant.«

»Du selbst wirst das Gift aber nicht nehmen?« Katharinas Äußerung war eher eine Feststellung als eine Frage.

Reinfried lachte laut auf. »Warum sollte ich, meine Liebe? Denn ich werde ja schließlich noch gebraucht. Wer sollte denn sonst den Menschen *den Tod bringen*?« Nun stand in seiner Miene nichts mehr als höhnische Grausamkeit.

»Schluss jetzt mit dem Geplänkel! Trink jetzt endlich deinen Becher leer!«, befahl er in schneidendem Tonfall und erhöhte den Druck der Dolchspitze. Katharina spürte wieder einen stechenden Schmerz und nahm wahr, dass ihr das Blut den Hals herunterlief. Sie wagte nicht, den Kopf zu bewegen, verharrte in ihrer starren, aufgerichteten Haltung, tastete nach dem Zinnbecher und hob ihn an. Ihre Hand zitterte dabei so ungestüm, dass ein Teil der dunklen Flüssigkeit über den Becherrand schwappte.

*

Es schlug gerade zur achten Stunde, als die beiden Torwächter der Galgenpforte, Dietmar Stricker und Franz Scheingraben, endlich die Tore verriegelten. Sie waren müde und durchgefroren vom langen Wachdienst am zugigen Stadttor und genehmigten sich vor dem wohlverdienten Feierabend noch einen tiefen Schluck aus der Branntweinflasche, die Scheingraben in der kalten Jahreszeit immer unter dem Wams zu tragen pflegte. Dann griff sich jeder eine der Fackeln aus der Wandhalterung seitlich des Torbogens, um im Schneetreiben den Heimweg zu finden.

Gerade wollten sie aufbrechen, als sie unversehens angesprochen wurden. Unwillig wandten sie sich um und gewahrten zwei schneebedeckte Gestalten hoch zu Ross. Die eine davon, der Stimme nach eindeutig eine Frau, erkundigte sich höflich, ob sie sich etwas hinzuverdienen wollten. Wenn sie ihnen das Tor aufschließen und sie hinauslassen würden, zahle sie jedem von ihnen fünf Heller.

Die Torwärter überlegten kurz, dann meldete sich schließlich Scheingraben als der Dienstälteste zu Wort und raunte mit gedämpfter Stimme: »Sieben für jeden, und Ihr kriegt noch die Fackel dazu.«

»Abgemacht«, erwiderte die Reiterin, nestelte ein paar Münzen unter ihrem Umhang hervor, zählte sie im Licht der Pechfackel ab und reichte sie Scheingraben. Dieser nickte nur mit dem Kopf, zückte aus seinem ledernen Brustbeutel einen großen Bartschlüssel und traf Anstalten, das wuchtige Stadttor aufzusperren.

»Hinter Euch muss ich aber wieder zuschließen. Ihr müsst dann halt sehen, wo Ihr über Nacht bleibt. In die Stadt zurück könnt Ihr jedenfalls erst morgen früh wieder«, knurrte er und blickte sich ängstlich um. »Dass uns bloß keiner sieht! Das kann uns Kopf und Kragen kosten ... Habt Ihr am Ende sogar Dreck am Stecken?«, erkundigte er sich argwöhnisch.

»Im Gegenteil. Wir hatten uns sogar der Bürgerpolizei angeschlossen. Doch die hat bei Einbruch der Dunkelheit die Fahndung nach dem Stadtarzt eingestellt, und wir wollen noch weiter nach ihm suchen. Möglicherweise hält er sich ja im Galgenviertel versteckt. Wir sind ehrenwerte und unbescholtene Stadtbürger.«

»Unbescholtene Leute treiben sich nachts nicht im Galgenviertel herum und erst recht keine ehrbaren Frauenpersonen«, erwiderte Scheingraben schnippisch und entriegelte knarrend das Schloss. »Dort ist es schon tagsüber gefährlich genug. Na, mich geht's ja nichts an. Wenn Ihr unbedingt Ärger haben wollt, dann müsst Ihr das selber wissen. Aber wenn irgendwas passiert: Ich weiß von nichts«, bemerkte er kopfschüttelnd und ließ Anna und Florian passieren.

*

Wie eine Marionette hob Katharina den Arm und führte den Zinnbecher an den Mund, während sie den Mann, der die Fäden in der Hand hielt, gebannt anblickte.

»Runter mit dem Zeug, du Hure«, herrschte er sie an, und sein Blick verdüsterte sich. Erneut drang ihr die Dolchspitze in die Haut, und sie zuckte vor Schmerz zusammen. Ein Beben ging durch ihren Körper und versetzte sie von den Zehenspitzen bis zu den Haarwurzeln in höchste Anspannung. Sie wusste genau, sie durfte keinen Augenblick mehr zögern. Die Sehnen ihres linken Unterarms, der auf die Tischkante gestützt war, waren bis zum Zerreißen gespannt, die Hand war zur Faust geballt. Und dann ging alles sehr schnell.

Mit einem heftigen Ruck schnellte Katharinas Arm nach oben gegen Reinfrieds Handgelenk, so dass die Hand mit dem Dolch ein Stück weit von ihrem Hals wegfuhr. Gleichzeitig rammte sie ihm mit aller Wucht den gefüllten Zinnbecher ins Gesicht, sprang auf und schrie mit sich überschlagender Stimme: »Mich kriegst du nicht, du Bestie!«

Schäumend vor Wut und mit gezücktem Dolch wollte sich Reinfried auf sie stürzen, da ergriff Katharina den Wasserkrug und schlug ihn krachend gegen seine Schläfe.

Reinfried sackte augenblicklich in sich zusammen.

Katharina stürzte zur Kerkertür und streckte die Hand durch die Eisenstäbe, inständig darauf hoffend, dass der Schlüssel von außen im Schloss steckte. Doch ihre Hand griff ins Leere.

Kilian!, ging es ihr durch den Sinn. *Er hat doch einen Schlüssel für die Tür …* Es kostete sie einige Überwindung, an den Tisch zurückzukehren, auf dem regungslos Reinfrieds Kopf lag. Mit angehaltenem Atem ging sie an ihm vorbei.

Einen flüchtigen Moment lang zog sie in Erwägung, ihm mit dem wuchtigen Zinnkrug, der auf der Mitte des Tisches stand, den Schädel zu zertrümmern. Doch bei allem Hass gegen ihren Peiniger brachte sie es doch nicht über sich, den Wehrlosen meuchlings zu erschlagen. *Nur schnell weg von hier …*

Sie beugte sich zu Kilian von Hattstein herunter, der starr und zusammengekrümmt auf dem Stuhl kauerte, und empfand plötzlich eine tiefe Trauer. Behutsam schloss sie ihm die Lider, bekreuzigte sich und murmelte »Friede mit deiner Seele«, ehe sie ihre Hand in die Seitentasche seiner Kutte gleiten ließ und gleich darauf den großen Bartschlüssel zu fassen bekam.

»Danke, Kilian«, seufzte sie erleichtert und hastete zur Tür zurück. Mit zitternden Händen entriegelte sie das Schloss, stürzte nach draußen und schloss hinter sich die Tür ab. Dann eilte sie durch den langen, dunklen Gang, stolperte die hölzernen Trittstiegen hinauf und stemmte sich mit aller Kraft gegen die Luke, die sich knarrend öffnete. Ihr Herz war schier am Zerbersten, und ihre Lunge brannte, als sie in die Stube kletterte.

Der Raum wurde vom schwachen Glimmen einer heruntergebrannten Talgkerze nur notdürftig erhellt. An der rechten Stirnseite konnte sie die Haustür ausmachen. Eilig drückte Katharina die Klinke, aber die Tür war verschlossen. Während sie versuchte, das Schloss mit dem Kerkerschlüssel zu entriegeln, geriet sie derart ins Schwitzen, dass ihr die Schweißtropfen in die Augen rannen. Der Schlüssel passte nicht!

Panik schnürte ihr die Kehle zu, sie fühlte sich wie ein Tier in der Falle. Doch schon im nächsten Augenblick besann sie sich wieder und wandte sich einem der beiden Fenster zu. Seine schmutzigen Butzenglasscheiben ließen sich zwar mühelos öffnen, doch die Fensterläden waren geschlossen und gaben einfach nicht nach. Wie von Sinnen hämmerte Katharina mit den Fäusten gegen den Holzladen, doch er gab nur ein quietschendes Knarren von sich und rührte sich nicht. Beim anderen Fenster erging es ihr ebenso.

Schließlich sah sie ein, dass sie es so nicht schaffen würde, und schaute sich nach einem geeigneten Werkzeug um.

Als sie wenig später das kleine Handbeil entdeckte, das an der Feuerstelle lag, wusste sie, dass sie den Weg nach draußen gefunden hatte. Entschlossen packte sie die Axt am Griff, ging zu einem der Fenster, holte Schwung und schlug fest auf den Eisenriegel des Fensterladens. Er gab bereits nach. Mit grimmigem Gesichtsausdruck haute sie noch einmal dagegen und durchtrennte vollends den Riegel.

Die Ladenflügel öffneten sich weit nach außen, und der Wind wehte dichte Schneeflocken in ihr erhitztes Gesicht. Gierig sog sie die eisige Nachtluft ein und freute sich wie ein Kind. Sie legte die Axt, die sie möglicherweise noch gut gebrauchen konnte, auf die Fensterbank und kletterte hinaus. Wie eine Katze landete sie auf allen vieren im hohen Schnee.

Mit zusammengekniffenen Augen blinzelte sie durch das Schneetreiben und versuchte, sich zu orientieren. Ganz in der Nähe konnte sie das Hochgericht mit dem Galgen erkennen. Sie würde sich in diese Richtung halten und dann an der nächsten Hütte anklopfen und um Hilfe und Unterschlupf für die Nacht bitten.

Katharina packte die Axt und rannte in die Nacht hinaus.

25

Keine Menschenseele war auf den Gassen, als Florian und Anna durch das berüchtigte Viertel der Ehrlosen ritten. Das Schneetreiben war inzwischen zu einem Schneesturm mit heftigen Windböen angewachsen, und alle Bewohner waren vor dem Unwetter in ihre Bretterbuden geflüchtet. So blieben die beiden gänzlich unbehelligt. Trotz des Schnees, der ihnen in die Augen peitschte, fiel es ihnen nicht schwer, den Weg zum Hause des Henkers zu finden, denn der hochaufgerichtete Galgen war selbst bei dieser Witterung unübersehbar.

»Ich könnte mich ohrfeigen, dass wir nicht schon früher hierher aufgebrochen sind«, hallte Annas Stimme durch den Sturm. »Aber ich hatte darauf gehofft, die Büttel würden uns begleiten. Feiges Pack!«

Florian, der die ganze Zeit schweigend und angespannt neben ihr hergeritten war, grummelte vorwurfsvoll: »Warum hast du mir nicht früher gesagt, dass eine Spur zum Henker führt? Du weißt doch schon seit der Hinrichtung von Katharinas Vater davon! Wir hätten Meister Hans längst schon aufsuchen können.«

»Im Wirrwarr der letzten Tage habe ich einfach nicht mehr daran gedacht«, verteidigte sich Anna zerknirscht. »Und es ist ja auch nicht mehr als ein Anhaltspunkt. Vielleicht hat das ja alles mit Stefenelli gar nichts zu tun, und unser Besuch ist vergebens.«

»Das glaube ich nicht«, erwiderte Florian erbost und tastete nach dem Schaft des Messers, das er am Gürtel trug. »Hoffentlich ist es noch nicht zu spät.«

Anna schaute ihn betroffen an. »Du meinst, Katharina könnte dort sein?«

»Ja«, entgegnete er kehlig. »Hoffentlich ist sie noch am Leben!«

»Das hoffe ich auch«, murmelte Anna beschwörend. Plötzlich war ihr ganzer Mut verflogen, und sie wurde von schlimmen Ahnungen geplagt.

Als sie wenig später am Haus des Henkers ankamen, war den beiden doch recht mulmig zumute. Sie stiegen von den Pferden, leinten die erschöpften und vom Sturm verängstigten Tiere an einen Holzpfosten des Vordachs und näherten sich der Eingangstür.

Das Backsteinhaus lag im absoluten Dunkel, nicht der kleinste Lichtstrahl drang durch die Ritzen der Tür, und aus dem Innern war kein Laut zu vernehmen.

»Sind die etwa schon schlafen gegangen?«, raunte Anna verwundert.

»Sei ruhig! Ich höre etwas«, zischte Florian und lauschte mit angehaltenem Atem in die Dunkelheit. Im Getöse des Windes war ein lautes Klappern auszumachen, das von der Seitenfront des Hauses zu kommen schien. Florian und Anna gingen dem Geräusch nach und entdeckten die Flügel eines Fensterladens, die im Sturm auf- und zuklappten. Im diffusen Licht ihrer Teerfackel konnten sie an der Außenseite des Ladens einen zertrümmerten Eisenriegel ausmachen, und bei genauerer Begutachtung fiel ihnen auf, dass auch das Holz beschädigt war.

»Das sieht nach Einbruch aus«, flüsterte Anna mit düsterer Miene.

»Ich würde sagen, eher nach einem Ausbruch«, erwiderte Florian mit gedämpfter Stimme und deutete auf die tiefen Schrammen und Kerben auf der Innenseite des Ladenflügels.

»Ist denn da niemand zu Hause?« Anna hielt die beiden Ladenflügel auseinander und spähte durchs Fenster.

»Es ist offen«, murmelte sie tonlos. »Das Fenster ist offen!«

Florian befestigte die Fensterläden außen in den Wandhalterungen und tippte leicht gegen den Fensterrahmen. Der Fensterflügel schwang auf. »Hallo, ist da jemand?«, rief er, während er den Kopf durch die Öffnung steckte, doch es regte sich nichts.

»Komm, wir klettern rein. Ich mache den Anfang und helfe dir dann«, sagte Florian und schwang das Bein über das Fensterbrett. »Vorsicht«, mahnte er, »da sind überall Glasscherben.«

Als Anna auf die Holzdielen der Stube trat, knirschte es vernehmlich unter ihren Füßen. Florian schloss das Fenster, damit es nicht wieder aufflog. Der Wind fegte pfeifend durch die geborstene Glasscheibe.

In dem Raum herrschte ein heilloses Durcheinander. Teller mit Essensresten und eine Vielzahl leerer Flaschen und Trinkbecher standen auf dem Tisch, auch ein großer Mörser mit einem Stößel war zu sehen. Es stank nach kaltem Rauch, Branntwein, fauligen Speisen und nach Schweiß. Im Kamin war noch Glut, davor lagen zwei unsaubere Strohsäcke mit fleckigen Wolldecken.

»Hallo, ist denn niemand zu Hause?«, rief Florian erneut. Doch auch diesmal blieb es still. Florian und Anna standen einen Augenblick ratlos in der Stube.

»Irgendetwas stimmt hier nicht. Das sagt mir mein Gefühl«, flüsterte Anna und sah sich weiter um. »Hier hinten auf dem Boden ist eine offene Klappe, ich wäre eben um ein Haar ins Leere getreten. Komm mal her mit der Fackel.«

Florian eilte herbei und leuchtete in die Öffnung. »Da führt eine Holzstiege nach unten, und mir kommt es so vor, als würde da unten auch irgendwo Licht brennen. Vielleicht sind die ja im Keller. – Hallo, ist da jemand?« Auch dieses Mal erhielten sie keine Antwort. »Gut, ich steige jetzt mal da runter. Du kommst nach, wenn ich unten bin. Ich leuchte dir dann, dass du die Stufen siehst.«

Vorsichtig kletterte Florian die steile Holztreppe hinab, die bei jedem seiner Schritte vernehmlich knarrte und ächzte. Ein durchdringender Modergeruch schlug ihm entgegen. Schließlich war er unten angekommen und stand auf festgestampftem Lehmboden. Er leuchtete mit der Fackel, die inzwischen wieder lodernd brannte, und gewahrte, dass er sich am Anfang eines langgezogenen, gewölbeartigen Ganges befand. Aus dem hinteren Bereich, den er nicht genau erkennen konnte, war tatsächlich ein schwacher Lichtschein zu sehen. Florian trat wieder an die Treppe und hielt die Fackel so, dass die Stufen ausgeleuchtet waren.

»Du kannst kommen«, zischelte er in Annas Richtung. »Aber sei vorsichtig, die Treppe ist sehr steil und schmal.«

Mit dem Rücken nach außen gewandt, kletterte Anna langsam herunter. Sie keuchte vor Anspannung und hatte oben vor dem Abstieg noch einmal ihre Armbrust inspiziert. Der Bolzen war gespannt.

Der alte Jockel hatte ihr bereits in jungen Jahren das Armbrustschießen beigebracht, und Anna galt in der erlauchten Jagdgesellschaft des Hohen Taunus als ausgezeichnete Schützin.

Als sie beide unten standen, deutete sie auf den langen Gang und flüsterte: »Lass uns da mal nachschauen.« Mit der erhobenen Fackel gingen sie auf den schwachen Lichtschein zu. Sie kamen an einer Tür aus rostigen Eisenstäben vorbei, hinter der sich ein schlauchartiges Verlies mit Ketten und einem Halseisen, die in die Felswand eingelassen waren, befand. Beide schauderte es bei dem Anblick.

»Der Kerker für die Todeskandidaten«, zischte Florian und ging weiter, während sich Anna dicht hinter ihm hielt. Sie näherten sich der Lichtquelle und sahen schon beim Herankommen die weit geöffnete Kerkertür. Als sie in den weiten, gewölbeartigen Raum spähten, der durch das flackernde Licht der Pechfackeln in den Wandhalterungen gespenstisch anmutete, stockte ihnen der Atem.

»Was ist denn das für ein Gestank? Das ist ja ekelhaft ...«, schnaubte Anna angewidert und stieß gleich darauf mit der Fußspitze gegen etwas Weiches. Unwillkürlich entrang sich ihr ein spitzer Schrei, als sie mit Entsetzen wahrnahm, dass es sich dabei um einen menschlichen Körper handelte.

Auch Florian stöhnte auf. »Da sind noch mehr«, murmelte er bestürzt und richtete den Schein der Fackel auf den Boden. Die verkrümmten Körper, die im Halbkreis um einen langgezogenen Tisch lagen, waren alle in lange schwarze Kutten gewandet. Einigen waren die weiten Kapuzen von den Köpfen gerutscht, und man sah ihre verzerrten Gesichter mit den starren, schreckensgeweiteten Augen.

»Ich glaube, die sind alle tot«, stieß Anna keuchend hervor und rang mit aller Kraft um Fassung. *Mach jetzt bloß nicht schlapp,* ermahnte sie sich streng, denn sie war nahe daran, in Ohnmacht zu fallen.

Entschlossen richtete sie sich auf. »Aber lass uns nachsehen, vielleicht ist ja noch jemand am Leben«, flüsterte sie mit brüchiger Stimme, beugte sich zu einer der Gestalten hinab und berührte mit zitternden Fingern die Halsschlagader.

»Das ist eine Frau. Ich kenne sie irgendwoher.« Anna wich entsetzt zurück. »Das ist die Frau des Henkers. Sie betreibt immer einen Verkaufsstand auf der Messe«, murmelte sie tonlos. »Das Herz scheint nicht mehr zu schlagen, aber sie kann noch nicht lange tot sein, denn sie fühlt sich noch ganz warm an.«

Florian, der ächzend die Gestalt daneben auf den Rücken gedreht hatte, um den Puls zu ertasten, hielt inne, als habe ihn der Schlag getroffen, und zog erschrocken seine Hand zurück. »Das ist Meister Hans! Der ist ja ganz blau im Gesicht. Sieht aus, als wäre er erstickt.«

»Die Henkersfrau ist auch bläulich angelaufen und hat gelblichen Schaum vor dem Mund. Ich glaube fast, die sind vergiftet worden.« Anna hatte sich erhoben und stützte sich schwankend auf die Lehne eines Stuhls. Sie war aschfahl geworden.

»Komm, setz dich hin, und atme erst mal tief durch«, sagte Florian und schob sie fürsorglich auf einen der Stühle. Anna ließ sich entkräftet darauf nieder und fuhr im nächsten Augenblick ruckartig in die Höhe. »Da ist etwas Spitzes drauf!«

Auf der Sitzfläche des Stuhls lagen ein paar große Tonscherben. Auch die Oberfläche des Tisches war mit Scherben bedeckt. Am Rande lag ein Stück mit einem unversehrt gebliebenen Henkel.

»Da ist ein Krug zu Bruch gegangen«, stellte Florian fest und betrachtete die Tischplatte mit den Bechern und dem Zinnkrug. »Sieht aus wie bei einem Saufgelage – und diese seltsame Tischdecke mit dem Totenschädel …«

»Schau mal die goldenen Buchstaben da, ›Fratres mortis‹ – Brüder des Todes. Was hat das zu bedeuten?« Annas Augen weiteten sich vor Grauen. »Das sind sie! Das sind die Leute, mit denen sich meine Schwester getroffen hat und da drüben ...« Sie musste sich mit beiden Armen auf den Tisch stützen, so sehr war ihr der Schrecken in die Glieder gefahren.

Florian folgte ihrem Blick. Auf einem Stuhl an der gegenüberliegenden Seite des Tisches war die zusammengekrümmte Gestalt eines Mannes zu erkennen.

»Gott steh mir bei, das ist ja Kilian von Hattstein, der frühere Seelsorger meiner Schwester!«, stammelte Anna.

Florian nahm all seinen Mut zusammen und beugte sich über die beiden anderen Körper, die zwischen den Stühlen lagen.

»Kalt und starr sind die auch nicht. Sie können alle noch nicht lange tot sein.« Er sah sich plötzlich nachdenklich um. »Das sind insgesamt fünf Leute. Auf dem Tisch stehen aber sieben Becher, und es sind auch sieben Stühle zu sehen. Zwei Leute fehlen ... Vielleicht haben wir sie ja übersehen.« Er streifte mit der Fackel in der Hand durch das Gewölbe und konnte im Halbdunkel an der Wand einen Schatten ausmachen, der wie ein liegender Körper aussah.

»Da hinten ist ein Strohsack«, stieß er hervor. »Ich glaube, da liegt noch jemand.«

Während er sich der Stelle näherte, wurde ihm mit einem Mal bewusst, wie sehr er sich die ganze Zeit über davor gefürchtet hatte, unter den Toten Katharina zu entdecken. Zu seiner großen Erleichterung erkannte er jedoch gleich darauf, dass er sich getäuscht hatte: Auf dem Strohsack befand sich lediglich ein dunkles Wolltuch. Er ergriff vorsichtig einen Zipfel und zog es zur Seite, um sicherzugehen, dass dort wirklich niemand lag. Im nächsten Augenblick erstarrte er zur Salzsäule.

Anna trat zu ihm. »Was ist denn da?«

Anstelle einer Antwort drückte Florian den wollenen Umhang an die Brust und vergrub sein Gesicht darin.

»Das ist Katharinas braunes Schultertuch«, stammelte er. »Ich kenne es, sie hat es häufig getragen, wenn es kalt war ... Es riecht nach ihr.«

»Dann war sie also hier ...«, stellte Anna sachlich fest.

Florian stöhnte auf. »Sie war hier, und jetzt ist sie verschwunden! Zwei Leute fehlen ... Katharina und ... Stefenelli! Wir müssen ihr zur Hilfe eilen!« Er stürzte in wilder Entschlossenheit zur Tür.

»Warte, ich komme mit«, rief Anna atemlos, riss eine Fackel aus der Wandhalterung und rannte ihm hinterher. Als sie durch den Durchgang eilte, fiel ihr Blick unversehens auf eine Holztür am Ende des Ganges.

»Warte, hier ist noch eine Tür!« Anna betätigte die Klinke, und die Tür öffnete sich knarrend nach außen. Anna und Florian, der sofort herbeigeeilt war, wehten eisige Schneekristalle ins Gesicht.

*

Während Katharina durch das wilde Schneetreiben und die hohen Schneeverwehungen stapfte, wurden ihre Schritte zunächst beflügelt von dem erhabenen Gedanken, endlich wieder frei zu sein und den Ort des Grauens hinter sich zu lassen.

Der Schnee peitschte ihr in das wunde, verquollene Gesicht. Immer wieder strauchelte sie oder blieb im tiefen Schnee stecken, mehrfach glitt sie aus und fiel der Länge nach hin. Stand wieder auf und eilte weiter. An der Nasenwurzel spürte sie einen pochenden Schmerz, und ihre aufgeplatzten Lippen brannten wie Feuer. Aber es war egal, nur weiter, weiter!

Nach einer Weile überkam sie zunehmend das beklemmende Gefühl, dass ihr jemand auf den Fersen war. Schwelende Furcht saß ihr im Nacken, und auf ihren schmächtigen Schultern lastete ein übermächtiger Alp. Und bald rannte sie nicht nur gegen den Sturm an, sondern auch gegen ihre bösen Ahnungen. Nichts auf dem Leib als die fadenscheinige schwarze Leinenkutte, die mittlerweile völlig durchnässt war und an ihrem abgemagerten Körper klebte, schlotterte sie so stark, dass ihre Zähne aufeinanderschlugen.

Ich habe ihn doch eingeschlossen ... Er sitzt dort unten im Keller fest und kann nicht raus, suchte sie ihre Panik in Schach zu halten. Aber sie kam nicht dagegen an.

Und dann kam es ihr auf einmal so vor, als hörte sie Schritte hinter sich, die durch den Schnee knirschten. Aber der Sturm toste laut, und Katharina mahnte sich zur Ruhe. Vielleicht war es ja auch nur ein Tier, ein aufgescheuchtes Reh oder ein streunender Hund.

Sie wagte nicht, sich umzudrehen.

*

Reinfried kam langsam wieder zu sich und verspürte rasenden Zorn. Sein Auge und die Stirn schmerzten höllisch, vorsichtig tastete er die Stellen ab. Das Lid war geschwollen, und an der Braue und am Jochbein befanden sich tiefe Schnitte, die stark bluteten. Das meiste Blut schien aber von einer größeren Wunde an der Stirn zu kommen. Er riss ein Stück Stoff aus seinem weiten Ärmel und tupfte sich das Blut ab, das ihm über das Gesicht strömte.

»Dieses verdammte Miststück!«, fluchte er, als er entdeckte, dass Katharina entkommen war. »Die hol ich mir!«

Vielleicht war sie ja noch im Haus und kam nicht hinaus, weil Meister Hans alle Fenster und Türen verbarrikadiert hatte. Er verzog den schmallippigen Mund zu einem hämischen Grinsen, stemmte sich aus dem Stuhl hoch und wankte zur Tür. Alles drehte sich um ihn, kurz wurde es ihm sogar schwarz vor Augen. Doch sein Zorn war stärker.

Die Tür war natürlich verschlossen. So blöd war das Luder nicht. Im Gegenteil: Sie hatte ihn aufs Übelste vorgeführt. *Dafür werde ich sie aufschlitzen!*

Just in diesem Moment war von oben ein lautes Klopfen und Poltern zu vernehmen. *Das Aas versucht auszubrechen.* Er eilte zum Henker, der neben dem Tisch in einer übelriechenden Lache von Erbrochenem lag.

»Ich borg mir mal deinen Schlüssel aus, Meister Hans«, murmelte er und nestelte an dem Schlüsselbund, den der Henker am Gürtel befestigt hatte. Als sich der Knoten nicht gleich öffnen ließ, schnalzte er ungeduldig mit der Zunge und nahm den Dolch vom Tisch.

Von oben war plötzlich ein lautes metallisches Hämmern zu hören. Dann trat Stille ein. Mit den feinen Sinnen eines Hetzjägers spürte Reinfried, dass sein Beutetier drauf und dran war, das Weite zu suchen, und er durchtrennte den dicken Knoten des Lederriemens mit der scharfen Klinge so mühelos wie einen Seidenfaden.

Während er die verschiedenen Schlüssel am Türschloss ausprobierte, stieß er die wüstesten Flüche aus. Ständig lief ihm Blut in die Augen und verschleierte ihm den Blick. Der vierte Schlüssel passte endlich. Er nahm eine Fackel aus der Wandhalterung, steckte den Dolch in die Scheide an seinem Gürtel und verließ mit dem Schlüsselbund in der Hand den Kerker. Er wandte sich nach links zu der Kellertür, die direkt nach draußen führte. Dieses Mal hatte er mehr Glück. Schon der erste Schlüssel war der richtige. Reinfried bleckte triumphierend die Zähne und stürzte hinaus.

*

Plötzlich hörte sie noch etwas anderes. Es waren Schreie, schrille, hasserfüllte Schreie, die immer lauter wurden.

Katharina hielt kurz inne und wandte sich um. Nicht weit von ihr entfernt gewahrte sie den flackernden Lichtschein einer Fackel. *Reinfried!*

Wie ein Keulenschlag traf sie die entsetzliche Erkenntnis, dass sie noch längst nicht in Sicherheit war. Ihre Beine gaben unter ihr nach, sie strauchelte und wäre um ein Haar gestürzt. Verbissen kämpfte sie jedoch gegen ihre Schwäche an, richtete sich auf und rannte um ihr Leben.

Unterdessen wurde sein Kreischen immer lauter. Deutlich konnte sie seine Beschimpfungen vernehmen. Er kam immer näher. Bald würde er bei ihr sein und sie töten.

Aber nicht kampflos! Sie umklammerte den Griff der Axt und hastete weiter. Vor sich im dichten Schneetreiben erkannte sie plötzlich die vier mächtigen Pfeiler des Hinrichtungspodests. Sie schlüpfte rasch hinter einen der Holzpfosten und wappnete sich gegen seinen Angriff.

Vielleicht würde er sie gar nicht bemerken und vorbeirennen. Hinter dem breiten Balken war sie jedenfalls nicht so leicht auszumachen …

Durch den Sturm hallte plötzlich noch ein anderes Geräusch. Es hörte sich an wie Pferdegetrappel. Sollte sie vielleicht lauthals um Hilfe rufen?

Auf einmal fiel ein Lichtschein auf den Schnee vor ihr. Reinfried stand mit der Fackel nur wenige Meter von ihr entfernt und kam bedrohlich auf sie zu. In der rechten Hand hielt er den Dolch. Er sah furchterregend aus. Ein Auge war zugeschwollen, das Lid war dunkel verfärbt, und an der Stirn hatte er blutende Wunden. Wangen und Kinn waren blutverschmiert.

»Ich werde dich jetzt abstechen wie eine Schlachtsau!«, brüllte er wie von Sinnen.

»Versuch das nur, dann spalte ich dir aber vorher noch den Schädel!« Katharina hielt drohend die Axt hoch.

»Lass sofort die Axt fallen, du Miststück«, herrschte er sie an und machte einen weiteren Schritt auf sie zu.

In Katharina stieg ein überwältigender Hass auf, sie holte aus und schlug mit der Axt nach ihm wie ein Berserker. Immer wieder sauste die Waffe pfeifend durch die Luft.

Reinfried versuchte, in Deckung zu gehen, und wich den Axthieben aus, so gut es ging. Doch es gelang ihm nicht ganz. Die scharfe Schneide der Axt traf ihn am Arm und an der Schulter. Die Fackel war ihm entglitten und lag erlöschend im blutigen Schnee.

Plötzlich duckte er sich, machte aus der Hocke einen gewaltigen Sprung auf sie zu und stieß wildes Kampfgeheul aus. Wäre Katharina nicht geistesgegenwärtig zur Seite gesprungen, hätte die Dolchklinge sie mitten ins Herz getroffen. Stattdessen drang ihr die Messerspitze in den Oberarm. Sie stieß einen durchdringenden Schmerzensschrei aus.

Da gewahrte sie zu ihrer großen Verwunderung, wie Reinfried vor ihr langsam in sich zusammensackte. In seinem Blick lagen Erstaunen und Bestürzung. Dann strömte ein dunkler Schwall Blut aus seinem Mund, und seine Augen erstarrten. Er fiel vornüber und blieb regungslos liegen. Aus seinem Rücken ragte der Bolzen einer Armbrust.

Reinfried war über die Schwelle getreten.

26

Katharina war so sehr geschwächt, dass Florian und Anna sie bei Tagesanbruch ins Heiliggeistspital bringen mussten. Sie hatte hohes Fieber und redete unsinnig vor sich hin. Die Freunde, die unentwegt an ihrem Krankenbett wachten, schien sie in ihrem Delirium gar nicht mehr zu erkennen. Zuweilen stieß sie panische Schreie aus und schlug wild um sich, die meiste Zeit aber dämmerte sie nur apathisch vor sich hin.

Als auch am dritten Tag noch keine Besserung eingetreten war und die Kranke nach wie vor keine Nahrung bei sich behielt, erklärte der neu berufene Spitalsarzt Doktor Schütz den besorgten Besuchern, dass man mit dem Schlimmsten rechnen müsse. Der geschwächte und ausgemergelte Körper der jungen Frau sei der Belastung des hohen Fiebers nicht mehr lange gewachsen. Florian und Anna, die sich an ihrem Krankenlager abwechselten, weinten bittere Tränen.

An einem der Tage, als Katharinas Leben nur noch an einem seidenen Faden hing und Florian wieder einmal kummervoll an ihrem Bett saß und ihre Hand hielt, trat Doktor Schütz neben ihn. Er klopfte dem jungen Maler väterlich auf die Schulter und bemerkte milde:

»Recht so, junger Freund. Wenn die ärztliche Kunst schon längst versagt hat, kann die Liebe noch wahre Wunder bewirken. Sie ist und bleibt das beste Heilmittel.«

Florian lächelte den erfahrenen Arzt dankbar an. Sobald

er wieder mit Katharina allein war, küsste er ihr zärtlich Hände und Wangen und flüsterte ihr ins Ohr, wie sehr er sie liebe.

Am Morgen des vierten Tages ging es Katharina so schlecht, dass der Arzt schon einen Priester bestellen ließ, um der Sterbenden den letzten Segen zu spenden. Die Kranke gab nur noch röchelnde Atemzüge von sich.

Florian war fassungslos vor Leid. Die schreckliche Gewissheit, Katharina nun doch zu verlieren, hatte ihn jeglicher Lebenskraft beraubt. Er kauerte neben dem Bett der Todgeweihten, presste schluchzend sein Gesicht in das Laken und umklammerte ihre Hand. Immer wieder stammelte er in tiefster Verzweiflung: »Katharina, du darfst nicht sterben! Bleib doch bei mir!«

Auch Anna war untröstlich darüber, von der geliebten Freundin Abschied nehmen zu müssen. Sie saß an der anderen Seite des Bettes und streichelte unentwegt Katharinas Hand, während sich ihr von Zeit zu Zeit ein klägliches Wimmern entrang. Der alte Jockel, der darauf bestanden hatte, sie zu begleiten, stand mit ergriffener Miene hinter ihr und hatte ihr mitfühlend die Hand auf die Schulter gelegt.

Plötzlich ging die Tür auf, und die Hurenkönigin trat ins Zimmer. Als sie die Sterbende erblickte und die tiefe Trauer der Menschen, die sie liebten, wahrnahm, strömten ihr Tränen über die geschminkten Wangen. Sachte trat sie ans Bett und strich Florian liebevoll über den Kopf. »Mein armer Junge«, murmelte sie leise, beugte sich zu der Kranken hinunter und küsste ihr die Stirn.

»Kind, das kannst du uns doch nicht antun! Jetzt, wo wir dich endlich wiederhaben, willst du dich einfach so davonstehlen«, schimpfte sie streng.

Gerade als Pfarrer Juch erschien, um Katharina die letzte

Ölung zu erteilen, schlug diese plötzlich die Augen auf und verlangte mit schwacher Stimme nach Wasser.

Die Menschen an ihrem Sterbebett starrten sie an.

»Die ist dem Tod von der Schippe gesprungen«, murmelte Doktor Schütz, während er Katharina behutsam den Kopf stützte und ihr Wasser einflößte.

*

Am Abend war das Fieber bereits gefallen, und Katharina hatte die kräftige Hühnerbrühe, die Anna ihr gebracht hatte, bei sich behalten.

Als Katharina am Nachmittag darauf erwachte, waren ihre Augen klar. Sie ergriff die Hand von Anna, die still an ihrem Bett gesessen hatte, und murmelte unvermittelt: »Du hast mir das Leben gerettet. Dafür werde ich dir ewig dankbar sein. Wenn du nicht mit der Armbrust auf ihn geschossen hättest, wäre ich vermutlich tot.«

»Du hast dich selbst wacker geschlagen, Katharina, und hättest es sicher auch ohne meine Hilfe geschafft«, erwiderte Anna bescheiden. »Ich bin so froh, dass ich dich wiederhabe!« In ihrem Blick stand die ganze Liebe, die sie für die Freundin empfand.

»Ich weiß«, flüsterte Katharina unter Tränen. »Du wirst immer einen festen Platz in meinem Herzen haben.«

Anna verstand und gab sich alle Mühe, sich ihre Traurigkeit nicht anmerken zu lassen.

Als am Abend Florian aus der Werkstatt kam, konnte sich Katharina bereits in ihrem Bett aufrichten. Ausführlich berichtete sie den Freunden, was sich im Hause des Henkers zugetragen hatte, erzählte von den entsetzlichen Geheimnissen der Todesbruderschaft und von Reinfrieds Gräueltaten.

Als sie mit ihrem Bericht zu Ende war, erklärte sie entschlossen, sie sei bereit, dies alles auch vor dem Magistrat zur Aussage zu bringen.

»Aber erst, wenn du wieder ganz gesund bist«, beschied sie Florian resolut.

»Das wird nicht mehr lange dauern«, entgegnete Katharina zuversichtlich.

Anna schaltete sich ein und berichtete: »Inzwischen sind sämtliche Untersuchungsrichter der Stadt mit dem Fall Stefenelli befasst. In einer Dachkammer der Scharfrichterei hat man Kilian von Hattsteins Aufzeichnungen gefunden, die zurzeit eingehend geprüft werden. Ich habe mir bereits ausbedungen, dass man mir davon eine Abschrift anfertigt. Es soll noch in diesem Jahr zu einem Strafprozess kommen, bei dem du als Hauptzeugin aussagen sollst.«

»Jederzeit«, sagte Katharina. Ihre Stimme war noch etwas schwach, aber in ihren Augen stand schon wieder die alte Kampfeskraft.

*

Zwei Tage später durfte Katharina das Spital verlassen. Annas Angebot, sie im Hause Stockarn zu pflegen, hatte sie freundlich, aber entschieden abgelehnt und darauf bestanden, in ihr eigenes Zuhause an der Galgenwarte zurückzukehren.

»Du kannst mich doch jeden Tag besuchen kommen«, hatte sie hinzugefügt und die Freundin herzlich in den Arm genommen.

Als Florian Katharina nach Feierabend aufsuchte, hatte er eine Überraschung dabei. Sobald der alte Morro Katharina sah, begann er, vor Freude zu winseln, und wollte nicht mehr von ihrer Seite weichen. Katharina kraulte ihn liebevoll hinter den Ohren und strahlte Florian an.

Längst machte er keinen Hehl mehr aus seiner Zuneigung. Die Liebe, die er ihr entgegenbrachte, war Balsam für ihre Seele und hatte sie gesunden lassen. Und sie war sich bewusst, dass sie für ihn ebenso empfand. Seine Gegenwart tat ihr unsagbar gut, und sie sehnte sich nach seiner Berührung.

Doch noch standen die mannigfaltigen Grausamkeiten, die Reinfried ihr zugefügt hatte, zwischen ihnen. Sie würde damit fertig werden, dessen war sie sich ganz sicher – aber sie brauchte Zeit. Das zarte, wundersame Pflänzchen ihrer neuen Liebe musste erst noch reifen.

»Komm zu mir«, sagte sie plötzlich und breitete die Arme aus. Während sie Florian an sich drückte und ihm zärtlich über das ungebändigte rotblonde Haar strich, flüsterte sie ihm zu: »Kannst du noch ein wenig warten? Ich bin noch nicht so weit.« Unvermittelt hauchte sie ihm einen zarten Kuss auf den Mund.

»Du hast alle Zeit dieser Welt, Katharina«, raunte er ihr zu, während ihm vor Freude das Herz überging. »Du ahnst ja gar nicht, wie sehr ich dich liebe.« Sie hielten einander fest in den Armen.

Plötzlich spürte Katharina, wie Florian zu schluchzen begann. Er hob den Kopf und sagte: »Aber dass du dich diesem Schurken hingegeben hast, hat mich unsagbar verletzt …« Er barg sein Gesicht in den Händen und weinte hemmungslos.

Katharina wisperte mit brüchiger Stimme: »Verzeih mir, mein Liebster! Ich war einfach nicht mehr ich selbst. Die Droge, die er mir eingegeben hat, hat mir die Sinne vernebelt. Erst jetzt vermag ich wieder auf mein Herz zu hören. – Halt mich ganz fest. Ich will dich nie wieder verlieren.«

Sie sanken einander erneut in die Arme und waren so glücklich, dass nichts anderes mehr zählte.

*

Es dauerte nahezu zwei Wochen, bis sich Katharina von der ausgestandenen Marter erholt hatte und ihre körperlichen Wunden verheilt waren. Sie aß mit gutem Appetit, und allmählich wurden ihre Wangen wieder etwas voller. Die seelischen Verletzungen hingegen waren noch längst nicht ausgestanden, die schrecklichen Erlebnisse im Hause des Henkers würde sie wohl ihr Leben lang nicht vergessen.

Mitunter hatte sie schlimme Angstträume und wachte von ihren eigenen Schreien auf. Danach brauchte sie stets eine ganze Weile, bis sie sich beruhigt hatte und ihr wieder einfiel, dass Reinfried tot war und ihr nichts mehr anhaben konnte. Doch dank der liebevollen Fürsorge ihrer Freunde fand sie schließlich wieder zu ihrer früheren entschlossenen Lebensfreude zurück.

Am Christabend im Jahre des Herrn 1509 war sie strahlender und schöner denn je. In dem perlgrauen Samtkleid, welches Anna ihr eigens für das Christfest hatte anfertigen lassen, mit der dunkelbraunen Atlashaube mit Goldborte und den Kuhmaulschuhen aus weichem Wildleder sah sie aus wie eine Märchenprinzessin.

Um die fünfte Stunde holte Florian sie im Turm an der Galgenpforte ab, denn sie waren für den Christabend bei seinem Meister eingeladen. Als er sie sah, war er starr vor Staunen.

»So muss ich dich unbedingt einmal malen«, schwärmte er begeistert und konnte die Augen nicht mehr von ihr abwenden.

»Das sagst du jedes Mal, wenn du mich siehst. Wenn's danach ginge, müsste es schon mehr als hundert Bilder von mir geben«, neckte ihn Katharina.

»Das kommt noch«, erwiderte er mit tiefer Überzeugung und küsste ihr zärtlich die Hand.

Im Hause Caldenbach speisten sie gebratenen Kapaun und tranken dazu einen vollmundigen Frankenwein. Zum Nachtisch gab es Mandelpudding und Lebkuchen. Nachdem die Tafel abgeräumt war und die Meisterin die kleine Marie stillte, die erst vor drei Tagen das Licht der Welt erblickt hatte, gab Meister Caldenbach Florian und Katharina verstohlen ein Zeichen. Mit verschwörerischen Blicken folgten die beiden dem Meister in die Werkstatt.

In der festlich geschmückten, von Wachskerzen erhellten Stube blieben neben der Meisterin mit dem Säugling auf dem Arm die fünf älteren Kinder der Caldenbachs zurück, die es vor Aufregung kaum noch auf ihren Plätzen hielt. Mit großen, erwartungsvollen Augen blickten sie immer wieder zur Stubentür hin. Dann war es endlich so weit: Es pochte vernehmlich gegen die Tür, und die Meisterin rief: »Herein!«

Die Kinder klatschten freudig in die Hände und jauchzten vor Vergnügen, als gleich darauf zwei wunderschöne Engel mit goldenen, langwallenden Haaren in den Raum schwebten. Auf den Häuptern trugen sie Sternenkronen und auf den Rücken feine weiße Flügel aus Schwanenfedern. Die Kleinen waren vor Ehrfurcht verstummt und schauten die himmlischen Wesen gebannt an.

»Seid ihr auch immer artig und fromm und betet fleißig?«, tönten die Engel mit klangvollen Stimmen und sahen die Kleinen mit huldvollen Mienen der Reihe nach fragend an.

»Ja!«, erscholl es sogleich im Chor. Die Kinder sprangen

von ihren Stühlen auf, knieten sich hin und falteten andächtig die kleinen Hände.

»Brav!«, lobten die Engel. »Dann betet jetzt zum lieben Gott, der Jungfrau Maria und zu euren Namenspatronen, dass sie euch und eure lieben Eltern immer beschützen mögen. – Und schließt dabei die Augen.«

Die Kinder senkten die Lider und beteten mit Inbrunst. Währenddessen schlich Meister Caldenbach auf leisen Sohlen durch die Tür herein, einen Sack voller Geschenke auf dem Rücken, die er gemeinsam mit seiner Frau und den beiden Engeln reihum auf dem Tisch verteilte. Als alles an seinem Platz war und die Kinder mit ihren Gebeten zu Ende waren, wünschten die Engel den Kindern einen gesegneten Christabend und schwebten wieder davon.

»Weil ihr so brave, artige Kinder seid, hat der liebe Gott den Engeln Geschenke für euch mitgegeben«, verkündete der Vater und lächelte seine Frau vergnügt an. Die fünf Kinder stürmten zum Tisch, und beim Anblick der bunten Murmeln aus gebranntem Ton, der Tonpuppen für die beiden Mädchen, der bemalten Turnierpferdchen für die drei Knaben, der farbigen Holzreifen, Kreisel und hölzernen Steckenpferde kannte ihre Begeisterung keine Grenzen. Ihre Freude war so ansteckend, dass den Eltern sowie Florian und Katharina, die inzwischen wieder an die Festtafel zurückgekehrt waren, vor Rührung die Tränen kamen.

Ausgelassen tollten die Kinder mit den neuen Spielsachen durch die Stube und forderten auch die Erwachsenen zum Mitspielen auf. Florian, der gemeinsam mit seinem Meister tagelang Kreisel, Holzpferdchen und Puppengesichter bemalt hatte, balgte sich mit ihnen wie ein großer Junge. Auch Katharina reihte sich in das fröhliche Kinderspiel ein und fühlte sich so unbeschwert wie schon lange nicht mehr.

Als die Kinder zur neunten Stunde zu Bett gehen sollten, verabschiedeten sie sich mit Gutenachtküssen von Katharina und Florian.

»Du siehst ja aus wie die Sternenprinzessin«, sagte die vierjährige Theresia verschämt zu Katharina und drückte ihr einen Kuss auf die Wange. »Und du hast auch einen goldenen Stern im Haar!«

Katharina drückte die Kleine liebevoll an sich und fuhr sich mit der Hand durchs Haar. Ein kleiner Stern aus Goldpapier, der ihr vorhin wohl aus der Sternenkrone gefallen war, schwebte zu Boden. Die vier Erwachsenen tauschten beredte Blicke und brachen in herzhaftes Gelächter aus.

Auf dem Nachhauseweg hielten Katharina und Florian einander fest in den Armen.

»Es war so wunderbar mit dir und den Kindern, ich habe noch nie so ein schönes Christfest erlebt«, flüsterte Katharina verliebt, ehe sich ihre Lippen zu einem nicht enden wollenden Kuss vereinigten. Dann raunte sie ihm zärtlich ins Ohr: »Ich wünsche mir auch ein Kind.«

»Ich glaube, ich könnte dir Dutzende machen, so sehr liebe ich dich.« Florians Stimme war ganz heiser vor Begehren.

In jener Nacht liebten sie sich zum ersten Mal.

Epilog

Am Dienstag, den 28. Dezember 1509, wurden Reinfried von Gückingen alias Leonhard Stefenelli und sämtliche Brüder des Todes in einem großen Schauprozess im Kaisersaal des Römerrathauses nachträglich zum Tode verurteilt.

Den Totengräber Heinrich Sahl erklärte der Senat der freien Reichsstadt zu Frankfurt am Main für unschuldig am Mord an der Patriziertochter Mechthild Stockarn und stellte so seinen guten Ruf wieder her. Dies wurde den Stadtbürgern vom Stadtherold auf dem Römerberg zur Kenntnis gegeben und durch Anschläge an öffentlichen Plätzen in Umlauf gebracht. Die Flugblatthändler taten ein Übriges, und bald breitete sich die Kunde vom aufrechten Totengräber, der unschuldig sein Leben lassen musste, im ganzen Lande aus.

Nur die Kirche ließ sich nicht dazu herab, Heinrich Sahls Unschuld offiziell zu bekunden. Anna Stockarns Bemühungen wurden seitens des Erzbistums Mainz abgeschmettert mit der lapidaren Bemerkung, es sei doch nicht der Fehler der Kirche, wenn Heinrich Sahl ein falsches Geständnis abgelegt habe. Immerhin stimmten die Kirchenoberen der schriftlichen Eingabe der Tochter des Totengräbers zu, Heinrich Sahls sterbliche Überreste vom Friedhof der Ehrlosen zum Peterskirchhof überführen zu dürfen. Nach einer schlichten Aussegnung, zu der nur Katharina, Florian und Anna erschienen waren, wurden Heinrich Sahls Gebeine in der Grabstätte seiner Familie beigesetzt.

Am Ostersonntag des Jahres 1510 wurde das prächtige Altarbild »Das Martyrium des St. Jakob«, das Meister Martin Caldenbach gemeinsam mit seinem Meisterschüler Florian Hillgärtner im Auftrag des Patriziers Jakob Heller angefertigt hatte, in einem feierlichen Akt der Frankfurter Predigerkirche übergeben. Bald darauf erhielt Florian seinen Meisterbrief.

Am Mittwoch, den 1. Juni 1510, fand in der Predigerkirche die Trauung von Katharina und Florian statt. Es wurde zwar allenthalben gemunkelt, die Braut sei bereits guter Hoffnung, doch die glückstrahlenden Gesichter des jungen Brautpaars ließen selbst die schlimmsten Lästermäuler verstummen.

Am 28. September brachte Katharina ein gesundes Mädchen zur Welt. Anna Stockarn wurde seine Taufpatin.

Im Laufe der Jahre wurde Florian Hillgärtner zu einem der erfolgreichsten Porträtmaler Frankfurts. Sein Lieblingsmodell indessen blieb seine schöne Frau. Er fertigte mehrere hundert Zeichnungen und Gemälde von Katharina an.

Katharina Hillgärtner arbeitete nicht mehr als Totenwäscherin. Sie lernte lesen und schreiben, führte die Geschäfte ihres Mannes und versorgte die Kinder. Die Ehe von Florian und Katharina war sehr glücklich, und ihre Liebe hielt ein Leben lang.

Anna Stockarn blieb unverheiratet und führte das Leben einer Privatgelehrten. Über den Fall Stefenelli verfasste sie eine Kriminalchronik, die auf der Frankfurter Buchmesse des Jahres 1510 reißenden Absatz fand. Sie blieb Katharina und Florian eng verbunden und gehörte wie selbstverständlich zu ihrer großen Familie.

Glossar

Accidia – Lateinisch für Müßiggang. Accidia galt als Todsünde, die Gott mit Symptomen wie Depression und Niedergeschlagenheit bestrafte.

Antoniusfeuer – Vergiftungen durch einen Getreidepilz, das sogenannte »Mutterkorn«. Schwindel, Erbrechen, Durchfall, Krämpfe und Wahnvorstellungen sowie ein sich ausbreitender Wundbrand traten als Kennzeichen des Antoniusfeuers auf, das durch den Genuss von verseuchtem Brot verursacht wurde. Gebete zum heiligen Antonius sollten die Heilung bewirken.

Barré – Eisenstange, die bei der Hinrichtungsfolter des Radbrechens eingesetzt wurde.

Beinlinge – Von Männern getragene enganliegende Hosen, welche das Gesäß und die Geschlechtsteile deutlich hervortreten ließen, vergleichbar mit den heutigen Strumpfhosen.

Bundschuh – Der Schuh des einfachen Volkes bestand aus einem Lederlappen, der um den Fuß gewickelt war und über den Knöcheln zusammengebunden wurde.

Conium maculatum – Lateinische Bezeichnung für den gefleckten Schierling.

Einschnüren – Dem Delinquenten wurde ein Seil um den Kopf geschlungen, welches immer fester zusammengezogen wurde.

Flugblatthändler – Die fahrenden Flugblatthändler erfreuten sich seit der Erfindung des Buchdrucks großer Beliebtheit. Die Blätter behandelten Themen wie Liebe, Tod, Sensationen, Schauergeschichten, aber auch aktuelle politische Ereignisse, die vom Flugblatthändler mit viel Theatralik einem leseunkundigen Publikum vorgetragen wurden.

Frauenhaus – Im Mittelalter wurden die städtischen Bordelle als »Frauenhäuser« bezeichnet.

Gauch – Mittelalterliche Bezeichnung für »Kuckuck«.

Gutleuthof – Die Bezeichnungen »Gutleuthöfe« oder »Gutleuthäuser« für die Leprösenhospitäler liegen darin begründet, dass sie zu einem großen Teil von mildtätigen Spendern, den sogenannten »Guten Leuten«, ins Leben gerufen wurden.

Himmelsbrief – Der sogenannte »Himmelsbrief«, ein Dokument aus dem 13. Jahrhundert, stand am Beginn der Geißlerbewegung und war der Legende nach von einem Engel überbracht worden, um die Welt zu erretten.

Hübscherin – Hübscherinnen, freie Töchter, wandelbare Frauen, offenbare Frauen, Stromerinnen, feile Frauen, feile Metzen, Grabennymphen waren zeitgenössische Bezeichnungen für Prostituierte.

Hundshäuter – Eine Aufgabe des Abdeckers war es, die streunenden Hunde in der Stadt zu erschlagen. Das Fell der Tiere durfte der Abdecker behalten und verwerten. In vielen Städten war es Brauch, dass daraus Handschuhe für die Herren des Rates gefertigt wurden.

Hurenbank – Eine bestimmte Bank im hinteren Bereich des Kirchenschiffes war als die sogenannte »Hurenbank« den freien Töchtern der Stadt vorbehalten.

Hurenkönigin – Die städtischen Huren waren in einer Gilde zusammengeschlossen. Die Vorsteherin der Hurengilde wurde »Hurenkönigin« genannt.

In den Stock schließen – Die Füße des Gefangenen wurden in ein Holz geklemmt, das ihnen das Laufen und Umhergehen unmöglich machte.

Kapaun – Masthahn.

Karner – Andere Bezeichnung für »Beinhaus«.

Kuhmaulschuhe – Kuhmaulschuhe waren im späten Mittelalter sehr beliebt und lösten mehr und mehr die extravaganten Schnabelschuhe ab. Im Gegensatz zu diesen waren die Kuhmaulschuhe mit ihren abgerundeten Schuhspitzen – einem Kuhmaul vergleichbar – sehr bequem.

Leinwandhaus – Dieses städtische Gebäude, in welchem während der Messe die Leinwand feilgeboten wurde, diente der Frankfurter Bürgerpolizei als Interimsgefängnis, wo auch erste Befragungen des Inhaftierten durchgeführt wurden.

Mutterkorn – Ein unter Umständen tödlicher Getreidepilz (siehe auch *Antoniusfeuer*).

Noli me tangere! – Lateinisch: Rühr mich nicht an. (siehe auch Johannes-Evangelium)

Satanszeichen – Das mit der Spitze nach unten weisende Pentagramm.

Schaube – Knielanger Mantel mit großem Pelzkragen, der weit über die Schultern reichte. Gefertigt aus teurem Wollstoff, der für den Winter mit Pelz gefüttert war.

Schellenknecht – Jedes Leprosorium beschäftigte einen »Schellenknecht« oder »Klingelmann«, zu dessen Aufgaben es gehörte, in der Stadt mit lautem Läuten einer Glocke Spenden für die Aussätzigen einzusammeln. Außerdem verrichtete er eine Art Hausmeistertätigkeit auf dem Gutleuthof.

Schnabelschuhe – Luxuriös gefertigte Schuhe mit schnabelartigen Schuhspitzen in kurioser Länge, die ihren vornehmen Trägern nur einen trippelnden Gang ermöglichten.

Spanische Stiefel – Folterinstrument der spanischen Inquisition. Füße und Unterschenkel wurden zwischen verschraubte Eisenplatten gespannt und durch Anziehen der Schrauben zusammengepresst.

Stangenknecht – Mit langen Holzstangen ausgestattete Stadtbüttel, die von der Stadt zur Aufrechterhaltung der Ordnung eingesetzt wurden.

Teufelsfenster – Weite, seitliche Öffnungen des Oberkleides, durch die man, dank des enganliegenden Unterkleides, einiges über den Körperbau der Trägerin erahnen konnte.

Theriak – Opiumhaltiges Arzneimittel, das aus siebzig unterschiedlichen Stoffen zusammengebraut wurde und den Menschen des Mittelalters als beliebtes Universalheilmittel diente.

Totenblume – Das weiße Bilsenkraut wurde im Volksmund auch »Totenblume« genannt.

Totenweck – Bestandteil des Leichenschmauses war im hessischen Raum häufig auch der sogenannte »Totenweck«, ein aus Hefeteig gefertigtes Brötchen, das man noch heute als »Eierweck« oder auch »Rosinenbrötchen« kennt.

Den folgenden Quellen verdankt die Autorin wertvolle Informationen und interessante Anregungen:

Philippe Ariès: »Geschichte des Todes«, München 1982

Otto Borst: »Alltagsleben im Mittelalter«, Frankfurt am Main 1983

Werner Danckert: »Unehrliche Leute – Die verfemten Berufe«, Bern 1963

Konrad Dietzfelbinger: »Erlöser und Erlösung – Texte aus Nag Hammadi – Die erste und zweite Apokalypse des Jakobus«, Andechs 1990

Jacob Grimm: »Deutsche Mythologie« 2 Bde., 1875–78

Friedrich Gwinner: »Kunst und Künstler in Frankfurt am Main vom 13. Jh. bis zur Eröffnung des Städelschen Kunstinstituts«, Frankfurt am Main 1862–67

W. Hanauer: »Geschichte der Prostitution in Frankfurt am Main«, Frankfurt am Main 1903

Nicoline Hortzitz: »Von den unmenschlichen Taten des Totengräbers Heinrich Krahle zu Frankenstein … und andere wahrhaftige Neue Zeitungen aus der Frühzeit der Sensationspresse«, Frankfurt am Main 1997

Franz Irsigler, Arnold Lassotta: »Bettler und Gauner, Dirnen und Henker«, München 1989

Georg Ludwig Kriegk: »Deutsches Bürgertum im Mittelalter«, 2 Bde., Frankfurt am Main 1886

Norbert Ohler: »Sterben und Tod im Mittelalter«, München 1993

Barbara G. Walker: »Das geheime Wissen der Frauen«, München 1995
Björn Wissenbach: »Der Peterskirchhof: Ein historisches Kleinod in der Frankfurter City«, Frankfurt am Main 2004
Walter Karl Zülch: »Frankfurter Künstler 1223–1700«, Frankfurt 1935

Anmerkung der Autorin:

Die Predigten des Geißlerführers sowie die Lehren und Gebete der »Brüder des Todes« sind der Apokalypse des Jakobus entnommen (siehe Quellenangabe).

Danksagung

Mein ganz besonderer Dank gilt denjenigen, die die »Totenmagd« von ihrem Entstehen und Werden bis zur Vollendung so famos begleitet haben:

Meinem Freund Markus Wild für seine klugen und kritischen Anregungen bei der Plotentwicklung und dem Manuskript, meiner Agentin Bettina Querfurth, die von Anfang an das richtige Händchen, und Ann-Kathrin Schwarz, die den richtigen Riecher für die »Totenmagd« hatte. Desgleichen danke ich Uta Rupprecht für die gute Zusammenarbeit und das ausgezeichnete Lektorat sowie Wiebke Bolliger für die anregenden Gespräche und ihre Aufgeschlossenheit für neue Projekte.

Danken möchte ich auch Jürgen Blümel, Gerold Hens, Petra Kaiser, Bernhard Wicke, meinen Sachsenhäuser und Seelenberger Lesefreunden für ihr reges Interesse an meinem Werk, das mich ungeheuer motiviert hat.

Den Mitarbeitern des Frankfurter Instituts für Stadtgeschichte, die mich sowohl im Lesesaal als auch im Rahmen des wissenschaftlichen Dienstes freundlich und kompetent bei der Recherche unterstützt haben, danke ich vielmals.

Vor allem aber danke ich meinen Lesern, für die ich dieses

Buch geschrieben habe. Denkt daran: »Das Leben ist schrecklich und schön« – verliert nie eure Begeisterungsfähigkeit, und lasst euch nicht unterkriegen!

Bedanken möchte ich mich auch bei meinen beiden Hunden Mocho und Twiggy, die beim Schreiben immer anwesend waren und mich, wenn ich aus den finsteren Folterkammern des Mittelalters ins Hier und Jetzt zurückgekehrt bin, stets so liebevoll geerdet haben.

Marion Henneberg

Die Entscheidung der Magd

Historischer Roman

Originalausgabe

ISBN 978-3-548-26959-7
www.ullstein-buchverlage.de

Die temperamentvolle 17-jährige Eilika lebt als Dienstmagd auf der Bernburg. Dort trifft sie auf den stattlichen Ritter Robert von Harsefeld. Beide sind fasziniert voneinander, doch das Schicksal trennt sie sofort wieder: Robert zieht mit seinem Knappen Ingulf, Eilikas kleinem Bruder, für den Sachsenherzog Heinrich den Löwen in den Krieg. Als ein junger Adliger zudringlich wird, flüchtet Eilika zur alten Amme Alda, die sie in die Geheimnisse der Heilkunst einführt, und lernt in Quedlinburg Lesen und Schreiben. Als Heilkundige erfährt sie immer größere Anerkennung. Doch Alda stirbt, und Eilika reist dem Kriegsschauplatz entgegen, um Robert und ihren Bruder zu suchen.

UB499

Oliver Pötzsch

Die Henkerstochter

Historischer Kriminalroman

Originalausgabe

ISBN 978-3-548-26852-1
www.ullstein-buchverlage.de

Kurz nach dem Dreißigjährigen Krieg wird in der bayerischen Stadt Schongau ein sterbender Junge aus dem Lech gezogen. Eine Tätowierung deutet auf Hexenwerk hin, und sofort beschuldigen die Schongauer die Hebamme des Ortes. Der Henker Jakob Kuisl soll ihr unter Folter ein Geständnis entlocken, doch er ist überzeugt: die alte Frau ist unschuldig. Unterstützt von seiner Tochter Magdalena und dem jungen Stadtmedicus macht er sich auf die Suche nach dem Täter.

UB469

ullstein